DIE MÄRCHEN DER WELTLITERATUR

Begründet von Friedrich von der Leyen
Herausgegeben von
Kurt Schier und Felix Karlinger

RUSSISCHE VOLKSMÄRCHEN

EUGEN DIEDERICHS VERLAG

Übertragen von August von Löwis of Menar
Verbesserte und erweiterte Ausgabe von
Reinhold Olesch

CIP-Kurztitelaufnahme der Deutschen Bibliothek
Russische Volksmärchen
[übertr. von August von Löwis of Menar],
Verb. u. erw. Ausg. / [von Reinhold Olesch].
57.–60. Tsd. – Düsseldorf, Köln: Diederichs, 1980
(Die Märchen der Weltliteratur)
ISBN 3-424-00313-1 Hln
ISBN 3-424-00314-x Leder
NE: Olesch, Reinhold [Hrsg.]

57.–60. Tausend 1980

Einbandentwurf: Fritz H. Ehmcke
Gesamtherstellung: Passavia Passau
ISBN 3-424-00313-1 Hln
ISBN 3-424-00314-x Leder

1. Die Mutter und der tote Sohn

Einst weinte eine Frau lange ihrem verstorbenen Sohne nach. »Wenn ich ihn doch noch einmal wiedersehen könnte, und sei es auch nur als Toten!« Da rieten ihr die Leute, nächtlicherweile zu der Kirche zu gehen, wenn die Toten dort zusammenkämen, und für alle Fälle einen Hahn mitzunehmen. Sie ging hin und stellte sich nahe bei der Kirche auf. Um Mitternacht sieht sie: vom Friedhof naht ein großer Haufe Toter, unter ihnen auch ihr Sohn. Er geht und trägt einen Eimer voller Tränen, die seine Mutter um ihn geweint hat. Als sie ihn unter den Toten erblickte, rannte sie vor Entsetzen davon und lief nach Hause. Er spürte aber den Geist der Mutter und eilte ihr nach! Da fing sie an, sich die Kleider vom Leibe zu reißen. Und was sie hinwarf, das packte er und zerriß es! Als sie bis zu ihrer Schwelle gelaufen war, da krähte der Hahn! Der Tote fiel hin, die Mutter aber starb am nächsten Tage.

Es lastet einem Sohn schwer auf dem Herzen, wenn die Mutter sich um ihn grämt; eine Mutter aber ruht sanfter, wenn ihre Kinder um sie weinen.

2. Die drei Brüder

Es waren einmal drei Brüder, zwei kluge und ein dummer. In ihrem Garten stand ein Baum mit goldenen Äpfeln, und ein Eber kam oft und fraß von diesen Äpfeln. Da sandte der Vater seine Söhne auf die Wache. Der Älteste ging hin, saß und saß und wartete und wartete, doch er hielt es nicht aus und schlief ein. Dann kam aber der Eber, wühlte mächtig herum, fraß einen Apfel und lief wieder fort. Am Morgen stand der Vater auf und zählte die Äpfel, da fehlte einer. Der Vater schickte den zweiten Sohn aus. Der wartete und wartete und schlief ebenfalls ein. Der Eber kam, wühlte herum, fraß einen Apfel und lief wieder fort. Am Morgen stand der Vater auf und zählte die Äpfel, aber wieder fehlte einer. Da sagte der Dumme: »Laß mich jetzt gehen!« Der Vater aber rief: »Ach, Dummkopf, Dummkopf! Wozu willst du denn hin? Die klugen Brüder haben gewacht, aber den Eber nicht gefangen, wie wirst du's denn fertigbringen?« Der Dumme aber antwortete: »Oi, oi, oi! gebt mir nur eine Flinte!« Der Vater wollte sie ihm jedoch nicht geben, da nahm sie sich der Dumme selbst und ging hin, um zu wachen. Er brach stachliges Gesträuch ab, steckte es rund um sich herum in den Boden und wachte. Er saß dort lange Zeit, aber der Eber kam und kam nicht. Der Dumme nickte ein und beugte sich vornüber, doch als es ihn stach, richtete er sich wieder auf und saß da wie zuvor. Dann hörte er den Eber kommen. Und kaum hatte der mit dem Wühlen begonnen, da spannte der Dumme den Hahn und – bum! ging der Schuß los. Die Brüder hörten's und kamen hinzu. Sie sahen den Eber daliegen und sprachen: »Der soll jetzt aber unser sein!« Und der älteste Bruder sagte zum jüngeren: »Wir wollen den Dummen totschlagen und in einer Grube verscharren und sagen, daß wir es waren, die den Eber getötet haben.« Da erschlugen sie den Dummen und scharrten ihn ein; den Eber aber luden sie auf, kamen zum Vater, weckten ihn und sprachen: »Wir saßen gerade beide auf der Schwelle, da kam der Eber, und wir haben ihn sofort getötet.«

Ein Gutsherr aber fuhr seines Weges und sah, daß auf einem Erdhügel ein wunderschöner Schneeballstrauch gewachsen war. Er stieg aus, ging hinzu und schnitt ihn ab. Dann machte er sich eine Flöte und spielte auf ihr. Sie spielte aber von selber und sang dazu:

»Spiel, Gutsherr, spiel auf mir,
Brich aber nicht das Herze mir!
Der Bruder hat mich erschlagen,
Der Bruder hat mich begraben,
Um des Ebers willen,
Der im Garten hat gegraben.«

Dann kam der Herr zur Dorfschenke, und dort war des Dummen Vater. Der Gutsherr sagte: »Ich fuhr und schnitt mir eine Flöte, und sie spielt von selber!« Der Vater nahm sie vor, und sie sang:

»Spiel, Vater, spiel auf mir,
Brich aber nicht das Herze mir!
Der Bruder hat mich erschlagen,
Der Bruder hat mich begraben,
Um des Ebers willen,
Der im Garten hat gegraben.«

Der Vater trug die Flöte heim und gab sie der Mutter, darauf zu blasen:

»Spiel, Mutter, spiel auf mir,
Brich aber nicht das Herze mir!
Der Bruder hat mich erschlagen,
Der Bruder hat mich begraben,
Um des Ebers willen,
Der im Garten hat gegraben.«

Der Vater gab die Flöte den Brüdern zum Spielen, aber die Brüder wollten nicht. »Ihr müßt spielen!« befahl er ihnen. Da nahm der Jüngere die Flöte, und sie sang:

»Spiel, Bruder, spiel auf mir,
Brich aber nicht das Herze mir!
Der Bruder hat mich erschlagen,
Der Bruder hat mich begraben,
Um des Ebers willen,
Der im Garten hat gegraben.«

Der Vater gab sie dem Ältesten zu spielen, der den Dummen getötet hatte, aber er wollte nicht. Der Vater schrie ihn an: »Spielen sollst du!« Da nahm er die Flöte, und sie sang:

»Spiel, Bruder, spiel auf mir,
Brich aber nicht das Herze mir!
Du hast mich erschlagen,
Du hast mich begraben,
Um des Ebers willen,
Der im Garten hat gegraben.«

Da rief der Vater sogleich: »Für uns dorthin, wo du ihn erschlagen hast!« Der Bruder konnte nicht anders, er führte sie hin. Sie gruben nach, hoben den Toten heraus und bestatteten ihn auf dem Friedhof. Den ältesten Bruder aber banden sie an einen Hengst, und der zerstampfte seine Knochen kurz und klein.

Auch ich war dort,
Trank Met und Wein,
Über den Bart floß es,
Doch kam nichts in den Mund hinein.

3. Die Taube

Es waren einmal ein Mann und eine Frau, die hatten zwei Kinder: einen Sohn und eine Tochter. Die Tochter liebten sie, den Sohn aber nicht. Und als der Hunger zu ihnen kam, da hatten sie kein Krümchen Brot mehr und kein Stäubchen Mehl. Was sollten sie nun beginnen? »Wir wollen unseren Sohn schlachten«, sagten sie, »er ist uns zu nichts nütze!« Da nahmen sie ihn und schlachteten ihn, doch das Fleisch stellten sie in die Vorratskammer, damit die Tochter es nicht sehen sollte.

Die beiden aber, Sohn und Tochter, hatten sich sehr lieb gehabt: das eine aß nie etwas ohne das andere und ging auch nirgends hin ohne das andere; immer, immer waren sie beisammen! Mit einem Wort, sie waren wie Bruder und Schwester. Als die Eltern den Bruder geschlachtet hatten, fragte die Tochter: »Vater, wo ist mein Brüderchen?« Der Alte antwortete: »Ach, es ist irgendwohin spielen gegangen.« Da wartete sie und wartete, aber es kam nicht; dann fragte sie die Mutter: »Mutter, Mutter! Wo ist denn mein Brüderchen, daß es so lange fortbleibt? Seit es fortging, ist es auch verschwunden!« »Lauf ich denn hinter ihm her? Laß mich zufrieden!« antwortete die Mutter. Die Tochter aber merkte bereits etwas und war schon fast von Sinnen. Doch gegen Abend machte es sich so, daß der Alte und sein Weib für eine Weile fortgingen, da fing die Tochter sofort an zu suchen. Sie suchte lange, lange und guckte in alle Winkel. Als sie aber in die Vorratskammer hineinschaute – da fand sie ihn. Wie flossen ihr die Tränen über das Gesicht!

Am andern Tage wirtschaftete die Frau herum, kochte das Mittagessen und briet das Fleisch. Sie setzten sich zu Tisch, und die Alte rief: »Komm essen, Töchterchen!« Die Tochter aber sah sich vor und kam nicht. »Eßt ihr nur, ich bin nicht hungrig, ich mag nicht«, sagte sie. »So komm nur«, redeten ihr die Alten zu, »iß wenigstens ein Stückchen Fleisch.« »Nein, ich will nicht!« Und so ging sie denn auch nicht hin zu ihnen. Als sie mit dem Mittagessen fertig waren, wusch die Tochter die Löffel ab; die Knochen aber sammelte sie auf, vergrub sie unter dem Tisch und begoß sie mit Wasser. Und so tat sie es jeden Morgen und jeden Abend.

War es lang nachher oder nicht? – da flog eine Taube aus den Knochen hervor, und so schön war diese Taube! graublau mit dichtem Federkleid. Die Alte fragte: »Wie ist diese Taube zu uns gekommen? Sicherlich hat sie sich verflogen und ihren Schlag verlassen.« »Vielleicht hat sie sich aber auch vor dem Habicht versteckt, Mutter!« sagte die Tochter, doch verriet sie nicht, was sie getan hatte. Als sich aber die Alten zum Mittagessen hinsetzten, flog die Taube auf die Kleiderstange und sang:

»Geschlachtet hat Väterchen
Die Seele mein!

Gebraten hat Mütterchen
Die Seele mein!
Schwesterchen war hilfsbereit,
Hat die Knöchelchen betreut;
Unterm Tisch begrub sie mich,
Früh und spät begoß sie mich,
Kukuru, Kukuru!«

Wie die Alten das hörten, überlief sie's ganz kalt, so daß sie kein Wort herausbrachten. Dann hatten sie fertig gegessen, wie sollten sie auch noch viel an das Mittagessen denken, und der Alte fragte: »Was sollen wir jetzt tun, Frau?« »Nun, was denn? wir müssen die Taube schlachten!« Die Tochter aber hatte sie belauscht, und als sich die Alten schlafen gelegt hatten, ließ sie die Taube frei.

Die Alte erwachte und wollte die Taube schlachten, da war sie aber nicht mehr dort. »Töchterchen, wo ist unsere Taube?« »Ich weiß nicht, Mutter; sie war mitten unter den Hühnern.« »Jetzt ist sie nicht mehr dort; vielleicht haben die Kinder irgendeines Lumpen sie gesehen und gestohlen.« Die Tochter aber verriet nicht, daß sie es getan hatte. Kaum hatten sich jedoch die Alten zum Mittagessen hingesetzt, da flatterte die Taube gegen die Scheibe, ließ sich am Fenster nieder und sang:

»Geschlachtet hat Väterchen
Die Seele mein!
Gebraten hat Mütterchen
Die Seele mein!
Schwesterchen war hilfsbereit,
Hat die Knöchelchen betreut;
Unterm Tisch begrub sie mich,
Früh und spät begoß sie mich,
Kukuru, Kukuru!«

Der Alte und sein Weib erschraken gewaltig! »Wie könnten wir wohl diese Taube fangen?« »Mach eine Schlinge, Alter, dann wirst du den verdammten Vogel schon fangen!« sagte die Frau. Da fertigte er eine Schlinge an, streute Lockfutter drauf und legte sie aus. Die Taube aber ging immer nur um die Schlinge herum; fangen ließ sie sich nicht. Und immer, immer saß sie auf der Hütte; trieb man sie fort, so setzte sie sich später wieder hin. Wenn aber das Mittagessen kam, flog sie zum Fenster und fing an:

»Geschlachtet hat Väterchen
Die Seele mein!
Gebraten hat Mütterchen
Die Seele mein!
Schwesterchen war hilfsbereit,
Hat die Knöchelchen betreut;
Unterm Tisch begrub sie mich,
Früh und spät begoß sie mich,
Kukuru, Kukuru!«

Da wurden auch die Leute im Dorf aufmerksam: »Was ist das für eine Taube, die dort immer auf der Hütte sitzt?« Der Alte hatte schon mit Erdklumpen und Knüppeln nach ihr geworfen, aber kaum hatte er sie verjagt, so setzte sie sich wieder hin. Nun geschah es eines Tages, daß die Nachbarn auf der Tenne draschen. Zur Mittagszeit aber hörten sie irgend etwas singen:

»Geschlachtet hat Väterchen
Die Seele mein!
Gebraten hat Mütterchen
Die Seele mein!
Schwesterchen war hilfsbereit,
Hat die Knöchelchen betreut;
Unterm Tisch begrub sie mich,
Früh und spät begoß sie mich,
Kukuru, Kukuru!«

Die Drescher eilten hin, – da war es die Taube. Dann ging's zum Alten in die Hütte. Der war aber kaum noch lebendig; und nun gab es kein Ausweichen, er gestand es ein. Da packten sie ihn und banden ihn an einen Pferdeschweif und die Alte an einen andern, und fort damit ins Feld, dort wurden sie zu Tode geschleift. Die Tochter aber machte eine gute Heirat und lebte glücklich und zufrieden.

4. Das fliegende Schiff

Es waren einmal Mann und Frau, die hatten drei Söhne: zwei kluge und einen dummen. Die klugen, die verwöhnten sie, und die Mutter gab ihnen jede Woche ein reines Hemd, auf den Dummen aber schimpften alle und lachten über ihn, denn er lag auf dem Ofen in der Hirse in einem schwarzen Hemd und ohne Hosen. Gab man ihm was, so aß er; bekam er nichts, so hungerte er. Eines Tages aber kam die Botschaft zu ihnen, der Zar habe verkünden lassen, daß sich alle bei ihm zu einem Schmaus versammeln sollten; und wer ein Schiff bauen würde, das fliegen könne, und käme zu ihm her auf diesem Schiff, dem wolle der Zar seine Tochter zur Frau geben.

Da berieten sich die klugen Brüder und meinten: »Wir müssen auch hin, vielleicht finden wir dort unser Glück!« Nachdem sie sich beraten hatten, baten sie Vater und Mutter: »Wir wollen zum Zaren gehn: wir verlieren ja nichts dabei, vielleicht ist uns aber dort das Glück beschert!« Der Vater bat sie dazubleiben, und die Mutter bat sie ebenfalls, aber nein! »Wir gehn, und damit ist's gut! Segnet uns für den Weg!« Die Alten konnten nichts machen, sie segneten sie, und die Mutter gab ihnen weißes Weizenbrot mit, briet ein Ferkel, gab ihnen eine Flasche Schnaps, und dann gingen sie los.

Der Dumme aber saß auf dem Ofen und fing ebenfalls an zu bitten: »Ich will auch dorthin, wohin die Brüder gegangen sind!« »Was fällt dir ein, Dummkopf?« sagte die Mutter, »die Wölfe werden dich noch fressen!« »Nein«, antwortete er, »sie werden mich schon nicht fressen: ich gehe hin!« Die Alten lachten ihn zuerst aus, dann fingen sie aber an zu schimpfen.

Doch es half nichts! Was sie auch sagen mochten, sie konnten mit dem Dummen nichts anfangen, und schließlich sprachen sie: »Nun, so geh! aber daß du nie mehr zurückkehrst und nicht verrätst, daß du unser Sohn bist!« Die Alte gab ihm einen Sack, legte schwarzes, altgewordenes Brot hinein, gab ihm eine Flasche Wasser und begleitete ihn zum Haus hinaus. Und so ging er los.

Er wanderte und wanderte und traf unterwegs einen alten Mann. Ein grauhaariger Alter war's, der Bart aber war ganz weiß und reichte bis zum Gürtel! »Guten Tag, Großvater!« »Guten Tag, mein Sohn!« »Wohin gehst du, Alter?« »Ich wandere durch die Welt und helfe den Menschen aus der Not. Und wohin gehst du?« »Zum Zaren auf den Schmaus.« »Verstehst du denn aber ein Schiff zu bauen, das von selbst fliegen kann?« fragte der Alte. »Nein, das versteh ich nicht.« »Ja, warum gehst du dann hin?« »Gott weiß, warum ich hingehe! Ich verlier ja nichts dabei, aber vielleicht find ich dort irgendwo mein Glück.« »Setz dich«, sagte der Alte, »ruh dich ein wenig aus, wir wollen nun etwas essen. Nimm heraus, was du da im Sack hast!« »Ach, Großväterchen, da ist gar nichts drin! Nur so altes trockenes Brot, daß Ihr es nicht essen könnt.« »Macht nichts, nimm's nur heraus!« Der Dumme zog es hervor, da war aber aus dem schwarzen Brot so schönes weißes Weizenbrot geworden, wie er es sein Lebtag nicht gegessen hatte; wirklich, wie bei den Herren war es! »Nun, wie steht's?« fragte der Alte, »sollen wir essen, ohne dazu eins zu trinken? Hast du nicht dort in deinem Sack etwas Schnaps?« »Wie soll der wohl bei mir zu finden sein? Nur eine Flasche Wasser hab ich!« »Nimm sie heraus!« Der Dummkopf tat es, versuchte – da war es richtiger Schnaps geworden! »Sieh mal an, wie Gott die Dummen beschenkt!« sagte der Alte.

Sie breiteten ihre Röcke auf dem Grase aus, setzten sich nieder und fingen an zu essen. Sie speisten fein, und der Alte dankte dem Dummkopf für das Brot und den Schnaps und sagte: »Jetzt hör zu, mein Sohn: geh in den Wald, stell dich an einen Baum, bekreuzige dich dreimal und schlag mit dem Beil an den Baum; dann fall schnell zu Boden und lieg still, bis dich jemand aufwecken wird; der wird dir auch das Schiff bauen, und du setz dich hinein und flieg, wohin du willst, unterwegs aber nimm auf, wem du begegnen wirst.« Der Dumme dankte dem Alten, und dann nahmen sie Abschied voneinander. Der Alte ging seines Weges, der Dummkopf aber wanderte dem Walde zu.

Er ging hinein, trat an einen Baum heran, hieb mit dem Beile zu, fiel zu Boden und schlief ein. Er schlief und schlief. Plötzlich, nach langer Zeit fühlte er, daß ihn jemand weckte: »Steh auf, dein Glück ist schon bereit, steh auf!« Der Dumme erwachte; und wie er hinschaut, da steht schon das Schiff: ganz von Gold, die Maste aus Silber, die Segel aber von Seide, und sie blähten sich, als wollten sie schon in die Höh! Da bedachte er sich nicht lange und setzte sich in das Schiff, und das Schiff erhob sich und flog davon. Und wie es flog, so flog es auch weiter: niedriger als der Himmel, höher als die Erde, mit dem Auge hättest du's nicht erkennen können.

Und der Dumme flog und flog, plötzlich aber sah er: auf dem breiten Wege lag ein Mensch mit dem Ohr am Boden und horchte. Der Dummkopf rief ihn an: »Guten Tag, Onkelchen!« »Guten Tag, mein Lieber!« »Was machst du da?« »Ich horche«, sagte er, »ob sich die Leute zum Schmaus beim Zaren schon versammelt haben.« »Ja, willst du denn auch dorthin?« »Jawohl!« »Setz dich zu mir, ich bringe dich hin.« Er setzte sich hinzu, und sie flogen weiter.

Sie flogen und flogen, und plötzlich sahen sie: auf der Straße ging ein Mensch, der hatte ein Bein an das Ohr festgebunden, auf dem andern aber sprang er. »Guten Tag, Onkelchen!« »Guten Tag, mein Lieber!« »Warum hüpfst du auf einem Bein?« »Darum«, sagte er, »weil ich mit einem Satz über die ganze Welt hinwegspringen würde, wenn ich das andere Bein losbinden würde. Und das will ich nicht.« »Wohin gehst du denn?« »Zum Zaren auf den Schmaus.« »Setz dich zu uns.« »Gut.« Und er setzte sich hinzu, und sie flogen wieder weiter.

Und sie flogen und flogen und sahen auf einmal: ein Schütze stand auf dem Wege und zielte mit dem Bogen, aber nirgends war ein Vogel oder sonst etwas zu sehen. Der Dumme rief ihm zu: »Guten Tag, Onkelchen! Worauf zielst du denn, wo doch kein Vogel zu sehen ist und nichts?« »Wieso ist denn keiner zu sehen? Ihr könnt ihn bloß nicht sehen, aber ich wohl!« »Wo siehst du ihn denn?« »Dort«, sagte er, »hundert Meilen von hier sitzt er auf einem dürren Birnbaum!« »Komm mit uns!« Und er setzte sich hinzu, und sie flogen davon.

Sie flogen und flogen und sahen mit einemmal: ein Mensch ging seines Weges und trug auf dem Rücken einen Sack voll Brot. »Guten Tag, Onkelchen!« »Guten Tag!« »Wohin gehst du?« »Ich gehe mir Brot zum Mittagessen holen«, antwortete er. »Aber du hast doch einen ganzen Sack voll Brot!« »Was nützt mir das bißchen Brot! es langt nicht einmal für ein einziges Frühstück.« »Setz dich zu uns!« »Gut.« Und auch dieser Mensch setzte sich hinzu, und sie flogen weiter.

Sie flogen und flogen, plötzlich aber sahen sie: ein Mensch ging immerzu um einen See herum und schien etwas zu suchen. »Guten Tag, Onkelchen!« »Guten Tag!« »Warum gehst du dort herum?« »Ich will trinken, aber finde kein Wasser.« »Aber vor dir ist doch ein ganzer See, warum trinkst du nicht?« »Ach, was nützt mir das bißchen Wasser! es langt nicht einmal für einen Schluck.« »Dann setz dich zu uns!« »Gut.« Er setzte sich hinzu, und sie flogen weiter.

Sie flogen und flogen und sahen auf einmal einen Menschen, der trug eine Garbe Stroh. »Guten Tag, Onkelchen! Wohin trägst du das Stroh?« »Ins Dorf«, antwortete er. »Oho! gibt's denn im Dorf nicht Stroh genug?« »Ach, das ist doch kein gewöhnliches Stroh!« »Was für Stroh ist es denn?« »Solches, daß, wenn es auch noch so heiß wäre und man streute dieses Stroh aus, so gäb es sogleich Frost und Schnee.« »Setz dich zu uns!« Und er setzte sich hinzu, und sie flogen weiter.

Und sie flogen und flogen, auf einmal aber sahen sie: ein Mensch ging in den Wald und trug ein Bündel Reisig auf den Schultern. »Guten Tag, Onkelchen!« »Guten Tag!« »Wohin trägst du das Reisig?« »In den Wald.« »Oho! gibt's denn im Walde keines?« »Wie sollt es keins geben! aber das ist kein solches Reisig.« »Was für welches denn?« »Dort ist gewöhnliches«, sagte er, »aber dieses ist so, daß, wenn du es auseinanderwirfst, sofort ein Heer vor dir steht.« »Setz dich zu uns!« Und auch der war es zufrieden und setzte sich hinzu, und sie flogen weiter.

Ob sie nun lange flogen oder nicht, endlich langten sie zum Schmaus beim Zaren an. Dort aber waren mitten auf dem Hof gedeckte Tische aufgestellt, und Fässer mit Met und Schnaps waren herangerollt: iß und trink, liebe Seele, soviel du nur willst! Und Leute waren dort, das kennt man schon! Das halbe Reich war zusammengekommen: und Alte und Junge, und Herren, und Reiche und alte Bettler, wie auf einem Jahrmarkt! Da kam der Dumme mit seinen Gefährten im Schiff angeflogen und ließ sich vor den Fenstern des Zaren hinunter; und dann stiegen sie aus und gingen zum Mittagsmahl. Der Zar sah durchs Fenster, daß jemand in einem goldenen Schiff angelangt war. Er befahl einem Diener: »Geh und frag, wer dort im goldenen Schiff hergeflogen ist.« Der Diener ging hin, sah sie sich an, kam zum Zaren und meldete: »Irgendwelche zerlumpten Bauernkerle!« Der Zar glaubte es nicht. »Wie ist es denn möglich«, sagte er, »daß Bauern auf einem goldenen Schiff hergeflogen sind? Du hast wahrscheinlich nicht richtig nachgefragt.« Und er ging selbst zu den Leuten. »Wer ist auf diesem Schiff hergeflogen?« fragte er. Da trat der Dummkopf vor und sprach: »Ich bin es, Eure Majestät!« Der Zar aber wunderte sich, daß an seinem Rock Flikken auf Flicken saß und die Knie durch die Hosen guckten, und er fuhr sich an den Kopf: »Ist es denn möglich, daß ich mein liebes Kind diesem Bauernjungen zur Frau gebe?!« Was sollte er aber tun? Da stellte er ihm Aufgaben.

»Geh hin«, sprach er zum Diener, »und sag ihm: wenn er auch im Schiff hergeflogen ist, aber nicht das Wasser des Lebens und das Wasser der Heilung herbeischafft, solange die Leute essen, geb ich ihm die Zarentochter nicht; und bringt er's nicht her, so schlag ich ihm mit dem Schwerte den Kopf von den Schultern!« Der Diener ging hin. Der Horcher aber hatte mit angehört, was der Zar gesagt hatte, und erzählte es dem Dummen. Der saß auf einer Bank, wie sie rund um die Tische herumgestellt waren, und fing an zu trauern, aß nichts und trank nichts. Der Läufer sah es und fragte: »Warum ißt du nichts?« »Wie soll ich denn essen? es bleibt mir ja im Halse stecken.« Und er erzählte, so und so: »Der Zar hat mir aufgetragen, daß ich das Wasser des Lebens und der Heilung herbeischaffen müsse, während die Leute noch äßen. Wie soll ich das anfangen?« »Gräm dich nicht! ich werd es dir bringen.« »Na, so probier's.«

Der Diener kam heran und brachte ihm des Zaren Befehl; er wußte aber schon längst, was und wie. »Melde, daß ich es bringen werde«, sagte er. Da ging der Diener zurück. Der Läufer aber band das Bein vom Ohr los, und wie er ausschritt, hatte er im Augenblick vom Wasser des Lebens und der Heilung geschöpft. Er war aber müde geworden und dachte bei sich: »Ich komme noch leicht während des Essens zurück, jetzt will ich mich unter die Mühle hier setzen und ein wenig Rast halten.« Er setzte sich, schlief aber ein. Die Leute endigten unterdessen schon ihr Mittagsmahl, doch der Läufer kam nicht. Der Dumme saß da halb tot, halb lebendig. »Ich bin verloren!« dachte er im stillen. Der Horcher aber legte sein Ohr an die Erde und fing an zu lauschen. Und er lauschte und lauschte und sprach dann zum Dummkopf: »Gräm dich nicht! Der Hundesohn schläft unter der Mühle!« »Was sollen wir jetzt anfangen?« fragte der Dumme, »wie könnte man ihn aufwecken?« Da sagte der Schütze: »Fürchte dich nicht, ich werd ihn wecken!« Und wie er den Bogen spannte und abschoß, sauste der Pfeil in die Mühle, daß die Splitter flogen.

Der Läufer erwachte und eilte hin: die Leute beendeten eben erst ihr Mittagessen, da hatte er aber das Wasser schon gebracht.

Was sollte der Zar nun machen? Er gab dem Dummen eine neue Aufgabe und sprach zum Diener: »Geh hin und sag ihm: wenn er mit seinen Gefährten auf einmal sechs Paar gebratene Ochsen und Brot aus vierzig Öfen aufißt, so geb ich ihm mein liebes Kind zur Frau; ißt er's nicht auf, so schlag ich ihm mit dem Schwerte den Kopf von den Schultern!« Der Horcher aber hatte das gehört und sagte es dem Dummen wieder. »Was soll ich jetzt tun? Ich kann nicht ein einziges Brot aufessen!« sprach der Dummkopf, ward wieder traurig und fing an zu weinen. Da sagte der Fresser: »Weine nicht! ich werde für euch alle essen, und es wird noch wenig für mich sein.« Der Diener kam hinzu und richtete aus: so und so. Und der Dumme antwortete: »Es ist gut, man soll nur auftragen!« Da brieten sie zwölf Ochsen und buken vierzig Öfen Brot; doch als der Fresser anfing zu essen, blieb nicht ein Krümchen übrig, und er bat noch dazu: »Ach, wie war das wenig! wenn sie mir doch noch ein bißchen geben wollten!«

Da sah der Zar, was der Dumme alles konnte, und gab ihm eine neue Aufgabe: vierzig Fässer Wasser zu vierzig Eimern sollten sie auf einen Zug austrinken und dazu noch vierzig Fässer Wein, »kann er das nicht, so schlag ich ihm mit dem Schwerte den Kopf von den Schultern!« Der Horcher hatte es mit angehört und erzählte es wieder, der Dumme aber weinte. »Weine nicht!« sprach der Säufer, »ich werd es allein austrinken, und es wird noch wenig für mich sein.« Da rollten sie ihm vierzig Fässer zu vierzig Eimern mit Wasser und Wein heran; doch als der Säufer anfing zu trinken, blieb kein Tropfen übrig, und er spottete noch: »Ach, wie war das wenig! wenn doch noch ein bißchen da wäre, so würd ich's auch noch austrinken!«

Da sah jedoch der Zar, daß er mit dem Dummen nichts ausrichten konnte und dachte bei sich: »Man muß ihn, den

Hurensohn, aus der Welt schaffen, sonst kriegt er noch mein liebes Kind in die Hände!« Und er schickte den Diener zum Dummkopf und sprach: »Geh hin und bestell, daß der Zar gesagt hat, ihr sollt vor der Hochzeit ins Bad gehn.« Und einem andern Diener trug er auf, daß man die Badstube so heiß wie glühendes Eisen mache solle: »Dort muß er, ob er will oder nicht, verbrennen!« Der Heizer feuerte so gewaltig, daß eine Glühhitze entstand: den Teufel selbst könnte man braten, meinte er. Dann sagte man es dem Dummen an. Und er ging in die Badstube, doch hinter ihm her kam der Frostmensch mit seinem Stroh. Kaum waren sie aber eingetreten, da gab's eine Hitze, nicht zum Aushalten! Der Frostmensch streute jedoch sein Stroh aus, und auf einmal ward es so kalt, daß der Dumme sich mit Mühe wusch und schnell auf den Ofen kroch; dort schlief er auch ein, denn er war gut durchfroren! In der Früh öffneten sie die Badstube und dachten, daß von ihm nur noch die Asche übriggeblieben sein würde; da lag er aber auf dem Ofen, und als sie ihn weckten, sagte er: »Ach, wie fest hab ich geschlafen!« und ging hinaus.

Sie meldeten dem Zaren, was geschehen war: »Und er schlief auf dem Ofen, und in der Badstube war es so kalt, als ob einen ganzen Winter lang nicht geheizt worden sei.« Der Zar ward sehr bekümmert: was sollte er mit ihm anfangen? Er dachte und dachte, und dachte immerzu... »Na, wenn er mir bis morgen früh ein Regiment Soldaten verschafft, so geb ich ihm meinetwegen die Tochter zur Frau, wenn nicht, so schlag ich ihm mit dem Schwerte den Kopf von den Schultern!« Er dachte aber bei sich: »Woher soll der einfache Bauer ein Regiment herbekommen? Selbst ich, als Zar, könnte es kaum!« Und er gab den Befehl. Der Horcher hatte es gehört und sagte es dem Dummen, und der saß wieder da und weinte: »Was in aller Welt soll ich nun tun? Von wo soll ich die Soldaten herbeischaffen?« Er ging auf das Schiff und sprach zu seinen Gefährten: »Rettet mich, Brüder! Ihr habt mir schon mehr als einmal aus der Gefahr geholfen, helft mir auch jetzt!

Sonst bin ich verloren für diese Welt!« »Weine nicht!« sagte der, welcher das Reisig trug, »ich werde dich schon retten.« Der Diener kam und meldete: »Der Zar hat gesagt, wenn du morgen früh ein ganzes Regiment Soldaten aufstellst, ist die Zarentochter dein!« »Gut, ich werde es schaffen«, sagte der Dumme, »aber bestell dem Zaren: wenn er mir sie dann nicht gibt, so führ ich Krieg gegen ihn und nehme mir die Zarentochter mit Gewalt.«

In der Nacht führte der Gefährte den Dummen auf das Feld und hatte auch sein Bündel Reisig mitgenommen. Und wie er anfing es auszustreuen: ward ein Mensch, was er hinwarf, ward ein Mensch, was er hinwarf, und solch ein Heer versammelte sich, daß es gar nicht zu zählen war! In der Früh erwachte der Zar und hörte: Musik spielt! Er fragte: »Wer spielt so früh am Tage?« »Das ist der«, antworteten sie ihm, »der auf dem goldenen Schiff hergeflogen ist; und jetzt exerziert er mit seinem Heer.« Da sah der Zar wohl ein, daß für ihn nichts zu machen sei, und er befahl, den Dummen zu rufen.

Der Diener ging hin und bat ihn zum Zaren. Der Dummkopf aber hatte sich so sehr verändert, daß er nicht mehr zu erkennen war: sein Anzug schimmerte an ihm, der Dreimaster war golden, und er selbst war schön geworden! nicht zu sagen wie sehr! Er führte sein Heer und ritt auf einem rabenschwarzen Roß an der Spitze, hinter ihm der Oberst. Er zog in den Palast ein und rief: »Halt!« Das Heer richtete sich aus, und ein Soldat war besser als der andere! Er ging in den Palast hinein, und der Zar umarmte und küßte ihn. »Setz dich, mein lieber Schwiegersohn!« Auch die Zarentochter kam aus ihren Gemächern und lachte froh, als sie sah, welch ein schöner Mann ihr bestimmt war! Sie wurden nun rasch getraut, und es gab ein Gastmahl, daß der Rauch bis zum Himmel stieg und in den Wolken hängen blieb; als ich aber von dem Gastmahl fortging und auf diese Wolke guckte, da fiel ich hin; und als ich gefallen war, stand ich hier mit einemmal; ihr aber batet um ein Märchen, nun hab ich euch eins erzählt, nicht zu lang und nicht zu kurz: so wie von mir bis zu euch. Würd euch gern noch mehr erzählen, aber ich weiß nichts weiter.

5. Die Zarentochter Frosch

Irgendwo in einem Zarenreich, in einem fernen Reich, lebten einst ein Zar und eine Zarin, und sie hatten drei Söhne, die waren wie die Falken. Sie wuchsen heran und wurden so schmucke Burschen, daß es weder zu sagen, noch zu denken, nur im Märchen zu erzählen ist! Und sie kamen in die Jahre, da es Zeit für sie war zu heiraten. Der Zar hatte sich mit seiner Frau gründlich beraten, rief die Söhne zu sich und sprach zu ihnen: »Meine Söhne, meine Falken! Ihr seid nun in die Jahre gekommen, und es ist an der Zeit, euch Frauen zu suchen.« »Es ist Zeit, Väterchen«, antworteten sie, »es ist Zeit.« »So nehmt, Kinder, eure silbernen Bogen zur Hand, legt kupferne Pfeile auf und laßt sie fliegen in fremde, ferne Lande: und von dem Hof, in dem sie niederfallen werden, soll jeder seine Braut holen.«

Sie traten hinaus auf den Hof, spannten die Bogen und schossen ab. Der Älteste schoß, und der Pfeil flog schwirrend unter dem Himmel dahin und fiel dann in einem anderen Zarenreich in den Garten des Zaren. Zu dieser Stunde erging sich die Zarentochter im Garten, hob den Pfeil auf und freute sich an ihm. Sie ging zu ihrem Vater und rühmte sich: »Schau, was für einen wunderhübschen Pfeil ich gefunden hab, Väterchen!« »Gib ihn keinem«, sagte der Zar, »außer demjenigen, der dich zur Gattin nehmen wird.« Und richtig, nach einiger Zeit geschah es, daß der älteste Zarensohn angeritten kam und sie um seinen Pfeil bat. »Ich gebe keinem andern den Pfeil, nur dem, der mich zur Gattin nimmt.« »Ich will dich zur Gattin nehmen«, sagte der Zarensohn. Und sie versprachen sich, und dann ritt er wieder fort.

Der zweite Bruder schoß, und der Pfeil flog tiefer als die Wolken, aber höher als der Wald und fiel in einen Fürstenhof. Zu der Zeit saß die Fürstentochter auf der Freitreppe, erblickte den Pfeil, hob ihn auf und brachte ihn dem Vater: »Schau, was für einen wunderhübschen Pfeil ich gefunden hab, Väterchen!« »Gib ihn keinem«, sagte der Fürst, »außer demjenigen, der dich zur Gattin nehmen wird.« Da kam auch der zweite Zarensohn an und bat um seinen Pfeil. Die Fürstentochter gab die gleiche Antwort wie die Zarentochter. Und jener sagte: »Ich will dich zur Gattin nehmen.« Sie versprachen sich, und er ritt davon.

Dann kam die Reihe zu schießen an den dritten Zarensohn. Und als Iwan-Zarewitsch, so wurde er genannt, den Pfeil abschoß, flog er nicht hoch und nicht niedrig, doch höher als die Häuser, und fiel nicht weit und nicht nah zu Boden: beim Dorf in den Sumpf. Auf einem Mooshügelchen aber saß ein Frosch und nahm den Pfeil an sich. Iwan-Zarewitsch kam und bat: »Gib mir den Pfeil wieder!« »Den Pfeil geb ich keinem«, sagte der Frosch, »außer demjenigen, der mich zur Gattin nimmt.« Iwan-Zarewitsch bedachte sich: »Wie sollt ich denn diesen grünen Frosch zur Gattin nehmen?« Er stand noch eine Weile am Sumpf herum, ward sehr betrübt und ging dann weinend nach Hause.

Es war schon Zeit für ihn, zum Vater zu gehn und zu erzählen, welche Braut er gefunden habe. Jene zwei, der älteste und der zweite Bruder, waren so froh, daß es nicht zu sagen war! Iwan-Zarewitsch aber kam daher und weinte. Der Vater sprach zu ihnen: »Nun erzählt nur, meine Söhne, meine Falken, welche Schwiegertöchter ihr gefunden habt!« Der Älteste sagte: »Ich hab eine Zarentochter gefunden, Vater.« Und der Zweite: »Ich – eine Fürstentochter.« Iwan-Zarewitsch aber stand da und brachte kein Wort heraus, er weinte nur und weinte! Der Vater fragte ihn: »Warum weinst du, Iwan-Zarewitsch?« »Wie sollt ich nicht weinen, meine Brüder haben Frauen, wie sie sein sollen, aber ich muß mir einen grünen

Frosch aus dem Sumpfe nehmen; paßt er denn zu mir?« »Nimm ihn!« sagte der Zar, »da ist nichts zu machen: das ist gewiß schon so dein Los!« Und die Zarensöhne heirateten: der Älteste nahm die Zarentochter, der Zweite die Fürstentochter, Iwan-Zarewitsch aber den grünen Frosch aus dem Sumpf.

Und sie heirateten und lebten so dahin. Eines Tages aber wollte der Zar sehen, welche von den Schwiegertöchtern die schönsten Tücher weben könne. Und er gab den Befehl: »Bis morgen in der Früh sollen Tücher gewebt und hierher gebracht werden, damit ich sehe, welche von euch am besten gewebt hat.« Iwan-Zarewitsch ging nach Hause, der Frosch aber kroch ihm entgegen und fragte: »Iwan-Zarewitsch, warum weinst du?« »Wie sollt ich nicht weinen, da es doch so und so steht: unser Vater verlangt, daß bis morgen früh jede Schwiegertochter ihm ein Tuch webt.« »Weine nicht! Alles wird bereit sein; leg dich hin und schlaf!« Er legte sich nieder und schlief ein. Doch sie warf ihre Haut ab, ging hinaus auf den Hof, schrie und rief und pfiff, und plötzlich erschienen ihre Mädchen, die Dienerinnen, webten Tücher, stickten gar kunstvoll Adler hinein und gaben ihr die Tücher. Sie nahm sie entgegen, legte sie neben Iwan-Zarewitsch hin, zog wieder ihre Haut an und ward zum Frosch, wie sie vorher gewesen. Als Iwan-Zarewitsch erwachte, da erblickte er Tücher, wie er sein Lebtag keine gesehen hatte! Er ward froh und brachte sie dem Zaren. Der Vater dankte ihm vielmals für die Tücher. Und die Tücher der anderen Schwiegertöchter gab er in die Küche, denn sie waren nur so-so, ganz einfach, aber des Frosches Tücher hängte er am Heiligenbilde auf.

Und der Vater gab abermals einen Befehl: die Schwiegertöchter sollten Buchweizenfladen backen und sie ihm bringen, damit er sehe, wer's am besten verstünde. Iwan-Zarewitsch ging nach Hause und weinte wiederum. Der Frosch kroch ihm entgegen und quakte: »Iwan-Zarewitsch, warum weinst du?« »Wie sollt ich nicht weinen, da der Vater befohlen hat, Buchweizenfladen zu backen, du das aber nicht verstehst!«

»Weine nicht, wir werden damit schon zurechtkommen! Leg dich hin und schlaf!« Er legte sich nieder und schlief ein. Die andern Schwiegertöchter aber standen unterm Fenster, um mit anzusehen, wie sie backen würde. Sie begann den Teig dünn einzurühren und arbeitete ihn so durch, daß er flüssig blieb, dann kletterte sie auf den Ofen, schlug ein Loch hinein, goß alles hinunter und der Kuchenteig zerfloß im Nu auf den heißen Steinen. Die Schwiegertöchter aber liefen schnell nach Hause und machten's ebenso. Und die buken solche Buchweizenfladen zusammen, daß man sie nur den Hunden vorwerfen konnte. Doch als sie fort waren, warf der Frosch die Haut ab, trat auf den Hof hinaus, schrie und rief und pfiff, und gleich waren auch die Mädchen, die Dienerinnen, da. Sie befahl ihnen, bis zum Morgengrauen die Buchweizenfladen fertigzumachen. Gar bald brachten sie die Fladen, wie die Sonne so schön waren sie geworden! Die Schwiegertochter nahm sie entgegen, legte sie neben Iwan-Zarewitsch, zog dann die Haut an und ward wieder zum grünen Frosch, wie sie vorher gewesen. Iwan-Zarewitsch erwachte und schaute – neben ihm lagen Buchweizenfladen, einer schöner als der andere. Er freute sich sehr und brachte sie dem Zaren. Der Vater aber war ihm sehr dankbar. Die Buchweizenfladen der andern Schwiegertöchter ließ er den Hunden vorwerfen, aber die des Frosches befahl er bei Tisch zu reichen.

Und wieder gab der Zar den Söhnen etwas auf: »Kommt an dem und dem Tage mit euren Frauen zum Festmahl.« Die älteren Brüder freuten sich, Iwan-Zarewitsch aber ging nach Hause, ließ den Kopf hängen und weinte. Der Frosch kroch ihm entgegen und fragte: »Iwan-Zarewitsch, warum weinst du?« »Wie sollt ich nicht weinen«, sagte er, »da der Vater uns befohlen hat, mit unseren Frauen zum Festmahl zu kommen. Wie soll ich aber dich hinbringen?« »Weine nicht«, antwortete sie, »leg dich hin und schlaf, wir fahren schon irgendwie hin!« Er legte sich nieder und schlief ein. Und als der Tag kam, an dem das Festmahl sein sollte, wurde Iwan-Zarewitsch wieder traurig. »Gräm dich nicht, Iwan-Zarewitsch«, sagte der Frosch, »geh nur voran! Wenn aber der Regen anfängt zu tröpfeln, so wisse, daß dein Weib sich mit Regentau wäscht; und wenn ein Blitzstrahl aufzuckt, so wisse, daß dein Weib sich den Staat anzieht für den Weg; doch wenn der Donner grollt, so kommt sie gleich.« Iwan-Zarewitsch kleidete sich an, saß auf und ritt davon.

Und als er hinkam, waren die älteren Brüder mit ihren Frauen schon da; sie selber waren reich gekleidet, ihre Frauen aber kamen in Gold, in Seide und mit kostbarem Halsschmuck. Die Brüder spotteten über ihn: »Warum bist du denn allein gekommen, Bruder? Hättest du sie doch in ein Tuch gebunden und hergebracht.« »Spottet nicht«, sagte er, »sie kommt schon nachher.« Als aber der Regen anfing zu tröpfeln, sagte Iwan-Zarewitsch: »Jetzt wäscht sich mein liebes Weib mit Regentau!« Die Brüder aber spotteten über ihn: »Bist du denn toll geworden, daß du solchen Unsinn redest?« Und als ein Blitzstrahl aufzuckte, sagte Iwan-Zarewitsch: »Jetzt legt mein liebes Weib den Staat an für den Weg!« Die Brüder zuckten bloß mit den Achseln: der Bruder war doch bisher ganz vernünftig, aber jetzt ist er von Sinnen gekommen! Doch plötzlich fing der Donner gewaltig an zu grollen, daß der Palast erbebte; der Zarensohn aber sprach: »Jetzt kommt mein Täubchen schon!« Und richtig, an der Freitreppe fuhr eine Kutsche mit sechs feurigen Rossen vor, und die Schwiegertochter stieg heraus und war so schön, daß alle ganz still und schüchtern wurden!

Dann setzten sie sich zum Mahl; und der Zar, die Zarin und die beiden älteren Brüder konnten sich nicht satt sehen an ihr, denn wirklich: sie war so schön, so schön, daß es nicht zu sagen war! Und nun wurde gegessen; sie steckte aber einen Bissen in den Mund, einen in den Ärmel, einen Löffel in den Mund, einen in den Ärmel. Die andern Schwiegertöchter achteten auf sie und machten's ebenso: einen Löffel in den Mund, einen in den Ärmel, einen Bissen in den Mund, einen in den Ärmel. Und als sie fertig waren, gingen sie auf den Hof; die Musik fing an zu spielen, und der Vater bat zum Tanz. Die zwei Schwiegertöchter wollten aber nicht und sagten: »Mag sie zuerst tanzen!« Doch als sie nun mit Iwan-Zarewitsch anfing zu tanzen, da berührte sie kaum den Boden, so leicht und schön tanzte sie! Und dann schwenkte sie den rechten Ärmel und warf einen Bissen hinaus, da ward daraus ein Garten, und in dem Garten war eine Säule, auf ihr ging ein Kater hinauf und hinab, ging er hinauf, sang er Lieder, kam er herunter, erzählte er Märchen. Sie tanzte und tanzte, schwenkte den linken Ärmel, und in dem Garten entstand ein Flüßchen, und in dem Flüßchen schwammen Schwäne. Alle staunten über das Wunder wie kleine Kinder! Sie tanzte bis zum Ende und setzte sich hin, um auszuruhen. Dann gingen auch die anderen Schwiegertöchter zum Tanz. Und wie sie den rechten Ärmel schwenkten, flogen die Knochen der Zarin an die Stirn, und als sie den linken Ärmel schwenkten, spritzten sie dem Zaren die Augen voll. Da rief der Zar ihnen zu: »Genug, genug, ihr Töchter von Hundesöhnen! Ihr schlagt mir ja die Augen aus.« Da ließen sie's bleiben. Sie setzten sich alle auf die Sockelbank hin, die Musik spielte, und nun tanzten die Hofbedienten.

Iwan-Zarewitsch aber schaute auf sein Weib und wunderte sich, wie aus dem grünen Frosch ein so wunderschönes Mädchen geworden war, daß man die Augen nicht mehr abwenden konnte! Da befahl er, ein Roß vorzuführen, und eilte nach Hause, um nachzuschauen, von wo sie das alles her habe. Er kam an, ging in das Zimmer, in dem sie schlief, und fand dort die Froschhaut liegen. Im Kamin war Feuer; er warf die Haut hinein, und nichts als Rauch stieg in die Höhe. Dann kehrte er wieder zum Zaren zurück und kam noch zurecht zum Abendschmaus. Noch lange vergnügten sie sich dort, und erst als der Morgen graute, fuhren sie auseinander. Auch Iwan-Zarewitsch fuhr mit seiner Frau heim. Und als sie nach Hause kamen, ging sie in ihr Zimmer, schaute umher, aber die Froschhaut war nicht mehr da. Sie suchte und suchte und fragte schließlich: »Iwan-Zarewitsch, hast du nicht mein Kleid gesehen?« »Welches denn?« »Meine Haut«, sagte sie, »ich hab sie hier abgeworfen.« »Und ich hab sie verbrannt!« sagte Iwan-Zarewitsch. »Ach, was hast du mir angetan, Iwan-Zarewitsch? Hättest du sie nicht angerührt, wäre ich ewig die Deine geblieben, jetzt aber müssen wir uns trennen, vielleicht für immer.« Sie weinte und weinte, mit blutigen Tränen weinte sie und sprach sodann: »Leb wohl! Such mich im dreißigsten Zarenreich, im dreißigsten fremden Reich bei der Baba-Jaga, dem Knochenbein.« Sie schwang ihre Händchen in die Höh und verwandelte sich in einen Kuckuck; das Fenster war geöffnet, und sie flog hinaus.

Lange grämte sich Iwan-Zarewitsch um sein Weib, lange weinte er bitterlich; er fragte alle Leute, was er machen solle, aber niemand konnte ihm raten. Da nahm er seinen silbernen Bogen, füllte einen Sack mit Brot, hängte sich die Kürbisflasche über die Schultern und ging auf die Suche. Er wanderte und wanderte und begegnete einem Alten; der war so weiß wie Milch und fragte den Zarensohn: »Guten Tag, Iwan-Zarewitsch! Wohin führt dich dein Weg?« »Ich gehe, wohin die Augen schauen, meine Frau zu suchen: sie ist irgendwo im dreißigsten Zarenreich, im dreißigsten fremden Reich bei der Baba-Jaga, dem Knochenbein. So geh ich und weiß nicht wohin. Wißt Ihr nicht, Alterchen, wo sie lebt?« »Warum soll ich es nicht wissen? Gewiß weiß ich's.« »Sagt es auch mir, Alterchen, seid so gut!« »Ach, wozu soll ich dir's sagen, mein Sohn: es ist ja gleich, ob ich's tu oder nicht, du bringst ja doch nichts zustande.« »Einerlei, ob ich's vollbring oder nicht, sagt mir's nur, ich werde mein Lebtag für Euch beten.« »Na, wenn du's so notwendig wissen mußt, dann nimm hier das Knäuel, und roll es vor dir her, und wohin es läuft, dahin geh ihm nach, so kommst du geradeswegs zur Baba-Jaga, dem Knochenbein.« Iwan-Zarewitsch dankte dem Alten für das Knäuel und ließ es laufen: das Knäuel rollte dahin, und er ging ihm nach. Und er kam in einen so dichten Wald, daß es dunkel ward ringsum. Da begegnete ihm ein Bär. Er legte einen kupfernen Pfeil auf den silbernen Bogen und wollte schießen. Aber der Bär sprach zu ihm: »Iwan-Zarewitsch, töte mich nicht, ich werde dir noch von großem Nutzen sein!« Er verschonte ihn und tötete ihn nicht. Und ebenso geschah es mit einem Falken, auch den tötete er nicht.

Und er wanderte und wanderte; das Knäuel rollte vor ihm her, und er ging ihm nach, und so kam er schließlich an das blaue Meer. Da sah er am Ufer auf dem Trockenen einen Hecht, den Scharfzahn, liegen, der war in der Sonne an Todes Enden. Er wollte ihn aufheben und verspeisen, aber der Hecht bat ihn: »Iwan-Zarewitsch, iß mich nicht, wirf mich lieber in das Meer, ich werde dir noch von großem Nutzen sein!« Da warf er ihn ins Meer und ging weiter. Und endlich gelangte er in das dreißigste Zarenreich, in das dreißigste fremde Reich. Da stand ein Hüttchen auf einem Hühnerfüßchen, mit Rohrstäben gestützt, sonst wär es zusammengefallen. Er trat in das Hüttchen, und dort lag auf dem Ofen die Baba-Jaga, das Knochenbein. Ihre Füße hingen bis zur Ofenpritsche hinunter, den Kopf aber hatte sie an den Rauchfang gelehnt. »Willkommen, Iwan-Zarewitsch! Bist du mit Willen oder wider Willen hierher gekommen?« »Mit Willen und auch wider Willen«, sagte er. »Versteckst du dich vor jemand oder suchst du jemand?« »Ich verstecke mich gar nicht, Mütterchen, sondern ich suche meine liebe Frau, den grünen Frosch.« »Ich weiß, ich weiß!« sagte die Baba-Jaga, »sie sucht mir die Läuse ab vom Kopf, wenn sie zu Gast kommt.« »Wo ist sie denn, Mütterchen, sagt mir's!« »Sie dient bei meinem Brüderchen als Tagelöhnerin.« Da bat er sie flehentlich, ihm zu sagen, wo ihr Bruder wohne. Sie antwortete: »Dort im Meer ist eine Insel, auf der steht seine Hütte. Aber sieh dich vor, daß dir kein Unglück zustößt! Sobald du deine Frau erblickst, pack sie rasch und flieh mit ihr, aber schau dich nicht um.« Er dankte der Baba-Jaga und wanderte von dannen.

Er ging und ging und gelangte ans Meer; er schaute und sah nur das endlose Meer, aber wo die Insel sein mochte, das wußte Gott weiß wer. Er ging am Meer entlang, ließ den Kopf hängen und grämte sich. Da schwamm der Hecht empor und fragte: »Iwan-Zarewitsch, warum grämst du dich?« »So und so steht's«, antwortete er, »auf dem Meer ist eine Insel, und ich kann auf keine Art hinüber.« »Sei nicht traurig!« sagte der Hecht. Und dann schlug er mit dem Schwanz aufs Wasser, und eine Brücke entstand, wie sie auch der Zar nicht hatte: die Pfähle waren aus Silber, die Geländer aus Gold, der Boden aber war mit Glas gedeckt; gingst du darauf, so war dir's wie auf einem Spiegel! Iwan-Zarewitsch ging nun über die Brücke und gelangte auf die Insel. Dort aber stand ein Wald, der war so dicht, daß man nicht durchgehen, noch sich durchzwängen konnte, und dunkel war's, ganz dunkel. Iwan-Zarewitsch wanderte am Wald entlang und weinte und weinte. Auch war ihm das Brot ausgegangen, und er hatte nichts zu essen. Er setzte sich in den Sand, grämte sich und dachte: »Nun bin ich verloren!« Plötzlich lief ein Hase an ihm vorbei; der Falke stieß auf ihn herab und tötete ihn; Iwan-Zarewitsch nahm den Hasen, zog ihm das Fell ab, rieb Feuer aus zwei Hölzern, briet den Hasen am Spieß und aß ihn auf. Und als er satt war, fing er an zu überlegen, wie er in den Palast gelangen könnte. Und wieder ging er am Walde entlang, doch der Wald war wirklich so dicht, daß man nicht eindringen konnte. Plötzlich aber kam ihm der Bär entgegen. »Willkommen, Iwan-Zarewitsch! Warum läufst du hier herum?« »Ich will in den Palast hinein, aber es geht nicht wegen des Waldes.« »Ich werde dir helfen.« Und er fing an die Eichen zu brechen und schleuderte Stämme zur Seite, die ein Mann nicht umfassen konnte! So arbeitete er lange und ward müde; dann ging er hin und trank Wasser und fing wieder an, die Bäume zu brechen. Und schon hatte er einen schmalen Pfad gelichtet! Wieder ging er hin, um Wasser zu trinken und brach sich dann weiter durch. Er machte bis zum Palast einen Pfad, den ging Iwan-Zarewitsch.

Und als er dahinschritt, kam er mitten im Walde in ein liebliches Tal, und in dem Tal stand ein Palast aus Glas. Er ging in den Palast hinein, öffnete eine eiserne Tür: niemand war zu sehen; er öffnete eine andere, die von Silber war: auch dort war niemand; als er aber die dritte von Gold öffnete, da saß hinter der goldenen Tür seine Frau, zählte Flachsgarne und war so vergrämt, daß schon der Anblick schrecklich war. Als sie aber Iwan-Zarewitsch erblickte, fiel sie ihm um den Hals: »Du mein blaues Täubchen, wie hab ich mich nach dir gesehnt! Eine kurze Weile noch, nicht viel später, so hättest du mich vielleicht nie mehr wiedergesehen!« Und sie weinte vor Freude! Er aber wußte nicht: war er auf dieser Welt oder auf jener? Sie umarmten sich und küßten sich herzlich. Dann verwandelte sie sich wieder in einen Kuckuck, nahm Iwan-Zarewitsch unter die Flügel und flog davon. Und als sie in sein Zarenreich kamen, verwandelte sie sich wieder in menschliche Gestalt und sprach: »Es war mein Vater, der mich verwünscht hat und dem Drachen gab auf drei Jahre Dienst; jetzt aber hab ich meine Strafe schon abgebüßt.« Sie kamen heim und lebten fortan glücklich miteinander und lobten Gott, der ihnen geholfen hatte.

6. Och

Früher war es nicht so wie jetzt, früher geschahen allerhand Wunder auf der Welt, und auch die Welt selbst war nicht so, wie sie jetzt ist. Zu unsrer Zeit gibt es von alledem nichts mehr. Ich will euch ein Märchen erzählen von dem Waldkönig Och, was das für ein Kerl war.

Vor langer Zeit einmal, und früher, als unsre Erinnerung zurückreicht, vielleicht waren auch unsre Väter und Großväter noch nicht einmal auf der Welt, da lebte ein armer Mann mit seiner Frau, und sie hatten nur einen einzigen Sohn, aber selbst der war nicht so geraten, wie es sein sollte: er war so faul, dieser Einzige, daß Gott erbarm! Nichts tat er, und kaltes Wasser ließ er nicht an sich heran, sondern lag immer nur auf dem Ofen und wühlte in der Hirse herum. Er war vielleicht schon zwanzig Jahre alt, aber er saß noch immer ohne Hosen auf dem Ofen und kroch nie hinunter; gab man ihm zu essen, so aß er, gab man ihm nichts, so war er auch damit zufrieden. Vater und Mutter aber waren sehr bekümmert und sprachen: »Was sollen wir mit dir anfangen, wo du doch zu nichts zu gebrauchen bist? Andere Kinder sind ihren Eltern eine Hilfe, aber du frißt ganz unnütz unser Brot!« Er wollte aber von Arbeit nichts wissen, saß da und wühlte in der Hirse. Zu unsrer Zeit, was so die fünf-, sechsjährigen Buben sind, die tragen schon Hosen und helfen den Eltern; jener aber war ein Kerl fast bis zur Decke und ging immer ohne Hosen.

Vater und Mutter grämten und grämten sich, und schließlich sagte die Mutter: »Was denkst du, Alter, mit ihm anzufangen, wo er doch schon erwachsen ist, aber solch ein Nichtsnutz, daß er keine einzige Arbeit versteht? Du solltest ihn irgendwohin geben und ihn verdingen, vielleicht lernt er etwas bei fremden Leuten.« Sie beschlossen so, und der Vater gab ihn zum Schneider in die Lehre. Dort blieb er an die drei Tage und lief davon; er kroch auf den Ofen und wühlte aufs neue in der Hirse. Der Vater schimpfte und prügelte ihn ordentlich durch und gab ihn dann zu einem Schuster, das Schusterhandwerk zu erlernen. Aber er lief auch dort davon. Der Vater prügelte ihn wieder und tat ihn zu einem Schmied in die Lehre. Doch er blieb auch dort nicht lange und lief fort. Was sollte der Vater beginnen? »Ich will den Hundesohn, den Faulpelz, in ein anderes Reich bringen und dem ersten besten verdingen, vielleicht läuft er dort nicht davon.« Und er führte ihn fort.

Sie gingen und gingen, lange oder auch nicht lange, und sie kamen schließlich in einen Wald, der war so dunkel, daß man nur noch Himmel und Erde zu sehen vermochte. Als sie den Wald durchschritten hatten, waren sie etwas müde geworden; am Wege aber stand gerade ein verkohlter Baumstumpf. Da sprach der Vater: »Ich bin müde geworden und will mich setzen und ein wenig ausruhen.« Und als er sich auf den Baumstumpf niederließ, sagte er ächzend: »Och! wie bin ich müde!« Kaum hatte er diese Worte gesprochen, als im selben Augenblick aus dem Baumstumpf ein kleines altes Männchen hervorkroch; ganz runzlig war es, und ein grüner Bart hing ihm bis zu den Knien hinab. »Was brauchst du von mir, guter Freund?« fragte es. Der Bauer staunte: von wo ist das wunderliche Ding hergekommen? und er sprach zu ihm: »Hab ich dich denn gerufen? Scher dich fort!« »Wie hast du mich denn nicht gerufen?« erwiderte das Männchen, »natürlich hast du's getan!« »Wer bist du denn?« fragte der Bauer. »Ich bin der Waldkönig Och. Warum riefst du mich?« »Pack dich fort, ich hab nicht daran gedacht, dich zu rufen!« sagte der Bauer. »Und doch hast du mich gerufen und hast Och! gesagt.« »Ich war müde geworden, darum hab ich es gesagt.« »Wohin gehst du denn?« fragte Och. »Wohin die Augen schauen! Ich will hier meinen liederlichen Sohn verdingen, vielleicht bringen ihm fremde Leute Vernunft bei, denn daheim lief er fort, wohin ich ihn auch gab.« »Verding ihn mir«, sagte Och, »ich werd ihn in die Lehre nehmen, aber unter einer Bedingung: wenn du nach einem Jahr ihn holen kommst und du erkennst ihn, so nimm ihn mit, erkennst du ihn nicht, muß er mir noch ein Jahr dienen!« »Schon gut«, sagte der Bauer. Und sie bekräftigten es durch Handschlag und tranken darauf den Kauftrunk, wie sich's gehört; der Bauer ging dann heim, den Sohn aber führte Och zu sich.

Und als der Waldkönig mit ihm fortging, führte er ihn in jene andere Welt unter der Erde und brachte ihn in eine grüne Hütte, die war von einem Rohrzaun umgeben. In der Hütte aber war alles grün: die Wände waren grün und die Bänke, Ochs Frau war grün und die Kinder waren grün, kurz – alles, alles. Und die Nixen, die bei ihm dienten, die waren so grün wie Rauten! »Na, setz dich«, sagte Och zu seinem Knecht, »und iß etwas!« Die Nixen brachten ihm Essen, und auch das

Essen war grün; und er aß sich satt. »Jetzt geh«, sagte Och, »schlag Brennholz klein und trag es her.« Der Knecht ging hinaus. Ob er nun Holz gehauen hat oder nicht, er legte sich drauf und schlief ein. Och kam heran und sah ihn schlafen. Da hob er ihn auf, ließ das Holz zusammentragen, legte den gefesselten Knecht darauf und zündete den Holzstoß an. Der Bursch verbrannte! Dann streute Och die Asche in den Wind, aber eine Kohle fiel aus der Asche heraus. Och besprengte sie mit Lebenswasser, und der Knecht ward wieder lebendig, aber er war schon ein wenig behender geworden. Och befahl ihm nochmals, Holz zu hacken, aber er schlief wieder ein. Och zündete das Holz an, verbrannte den Knecht, streute die Asche in den Wind, besprengte die Kohle mit Lebenswasser, und der Bursch ward wieder lebendig und so schmuck, wie es keinen zweiten gab! Da verbrannte ihn Och zum drittenmal und besprengte wieder die Kohle mit Lebenswasser, und aus dem faulen Lümmel ward ein so flinker und schöner Bursch, daß es nicht zu sagen, noch zu denken, nur im Märchen zu erzählen ist.

Und er diente ein Jahr bei dem Waldkönig. Doch als das Jahr herum war, ging der Vater seinen Sohn zu holen. Er kam in den Wald, setzte sich auf den verkohlten Baumstumpf und rief: »Och!« Da kroch der Och aus dem Baumstumpf hervor und sprach: »Guten Tag, Bauer!« »Guten Tag, Och!« »Was willst du denn, Bauer?« »Ich bin um meinen Sohn gekommen.« »Na, so geh, erkennst du ihn, so nimm ihn mit dir, erkennst du ihn aber nicht, muß er mir noch ein Jahr dienen.« Der Bauer ging mit dem Och, und sie kamen in seine Hütte. Och trug ein Maß Hirse hinaus und streute sie umher: da lief eine Unmenge von Hähnen zusammen! »Na, such ihn dir heraus«, sagte Och, »wo ist denn dein Sohn?« Der Bauer sah sie sich an, doch alle Hähne waren einander gleich, einer wie der andere, und er erkannte seinen Sohn nicht. »Na, dann geh nur wieder, wenn du ihn nicht erkannt hast, ein Jahr dient dein Sohn noch bei mir.« Und der Bauer ging nach Hause.

Als das zweite Jahr herum war, ging der Bauer wieder zu Och. Er kam zum Baumstumpf und rief: »Och!« Da kroch dieser zu ihm hinaus und sprach: »Komm, such ihn heraus!« Er führte ihn in die Schafhürde, die war aber voll von Schafen, und eines glich dem andern. Der Bauer suchte und suchte und fand ihn nicht heraus. »Geh nur heim, wenn's so steht«, sagte Och, »dein Sohn wird noch ein Jahr bei mir wohnen.« Der Bauer ging fort und grämte sich.

Auch das dritte Jahr ging herum. Der Bauer wanderte wieder zum Och. Und wie er so dahinging, begegnete ihm ein alter Mann, der war so weiß wie Milch, und auch seine Kleider waren weiß. »Guten Tag, Bauer!« »Guten Tag, Alter!« »Wohin führt dein Weg?« »Ich geh zu Och, meinen Sohn auszulösen.« »Wie geht das zu?« »So und so«, sagte der Bauer und erzählte dem weißen Alten, wie er seinen Sohn dem Och gegeben hatte und unter welcher Bedingung. »Oh, da steht's schlimm, Bauer!« sagte der Alte, »der zieht die Sache lang hinaus.« »Ich sehe ja schon selbst, daß es schlecht steht«, erwiderte der Bauer, »aber ich weiß nicht, was in aller Welt ich anfangen soll. Wißt Ihr nicht, Alterchen, wie ich meinen Sohn erkennen kann?« »Ich weiß es wohl!« meinte der Alte. »Sagt es mir doch, Alterchen, mein Täubchen, ich will mein Lebtag für Euch beten! Denn immerhin, wie er auch gewesen sein mag, er ist doch mein Sohn, mein eigen Blut!« »Hör mal zu«, sagte der Alte, »wenn du zum Och kommst, wird er Tauben herauslassen; dann nimm dir aber keine andere, als diejenige, die nicht fressen, sondern unter dem Birnbaum sitzen und sich das Gefieder glattstreichen wird: das ist dein Sohn!« Da dankte der Bauer dem Alten und ging weiter.

Er kam zum Baumstumpf und rief: »Och!« Och kam sogleich herausgekrochen und führte ihn in sein Waldreich. Dann schüttete er ein Maß Weizen aus und lockte die Tauben. So viele flogen ihrer zusammen, daß Gott erbarm! und eine war genau wie die andere. »Such deinen Sohn!« sagte Och, »erkennst du ihn – ist er dein, erkennst du ihn nicht – ist er mein!« Alle Tauben pickten den Weizen auf, nur eine saß ganz allein unter dem Birnbaum, hatte sich aufgeplustert und strich sich das Gefieder glatt. Da sprach der Bauer: »Das ist mein Sohn!« »Na, du hast's erraten! so nimm ihn denn auch.« Er verwandelte die Taube, und ein so schmucker Bursch stand da, wie es keinen schöneren mehr auf der Welt gab. Der Vater freute sich von Herzen, umarmte ihn und küßte ihn. »Komm, mein Sohn, laß uns nach Hause gehn!« Und sie machten sich auf.

Sie gingen ihres Weges und plauderten miteinander. Der Vater fragte, wie es beim Och gewesen wäre, und der Sohn erzählte. Und dann erzählte der Vater, wie elend es ihm gehe, und der Sohn hörte zu. Endlich sagte der Vater: »Was sollen wir jetzt anfangen, mein Sohn? Ich bin arm und du bist arm. Drei Jahre hast du gedient und nichts erarbeitet!« »Grämt Euch nicht, Vater, alles wird gut werden. Schaut, dort jagen Herrensöhne hinter den Füchsen her. Ich will mich in einen Windhund verwandeln und den Fuchs fangen, dann werden die jungen Herren mich von Euch kaufen wollen; verkauft mich für dreihundert Rubel, aber nur ohne Halsband, so werden wir zu Geld kommen und reich werden!« Und als sie weiter gingen, da jagten die Hunde am Waldrande den Fuchs und jagten hart hinterher, daß der Fuchs nicht auskam, doch erreichen konnte ihn kein Hund. Sofort verwandelte sich der Sohn in einen Windhund, jagte den Fuchs und fing ihn. Die jungen Herren kamen aus dem Walde angesprengt. »Ist das dein Windhund?« »Ja, er ist mein!« »Ein guter Hund! Verkauf ihn uns.« »Kauft nur.« »Was willst du für ihn haben?« »Dreihundert Rubel ohne Halsband.« »Was sollen wir mit deinem Halsband? Wir wollen ihm ein vergoldetes machen lassen. Hier hast du hundert Rubel!« »Nein.« »Na, so nimm das Geld; gib den Hund her.« Sie zählten ihm das Geld ab, nahmen den Hund mit sich und jagten weiter. Sie ließen den Windhund auf einen Fuchs los, doch als er hinter dem Fuchs herjagte, lief er in den Wald, verwandelte sich wieder in den Burschen und kam zum Vater zurück.

Und als sie weitergingen, sprach der Vater: »Was nützt uns das bißchen Geld, mein Sohn; nur für die Wirtschaft was anzuschaffen und die Hütte auszubessern.« »Sorgt Euch nicht, Vater, es kommt noch mehr zusammen. Dort jagen Herrensöhne mit dem Falken Wachteln. Ich will mich in einen Falken verwandeln, die jungen Herren werden mich kaufen wollen, und Ihr verkauft mich dann wieder für dreihundert Rubel, aber ohne Kappe.« Sie gingen über ein Feld, und die Herren ließen den Falken auf die Wachtel los; der Falke stößt hinab, aber die Wachtel fliegt davon. Da verwandelte sich der Sohn in einen Falken und stieß sofort auf die Wachtel hinunter. Die jungen Herren sahen es. »Ist das dein Falke?« »Ja, er ist mein.« »Verkauf ihn uns.« »Kauft ihn nur.« »Was willst du für ihn haben?« »Gebt ihr dreihundert Rubel, so nehmt den Falken, aber ohne Kappe.« »Wir werden ihm eine aus Brokat machen.« Sie handelten, und schließlich verkaufte er ihn für dreihundert Rubel. Dann ließen die Herren den Falken auf eine Wachtel, aber er flog fort, weiter und immer weiter, verwandelte sich wieder in den Burschen und kam wieder zum Vater zurück.

»Na, jetzt sind wir schon ein wenig reicher geworden«, sagte der Vater. Aber der Sohn meinte: »Wartet nur, Vater, es wird noch mehr werden. Wenn wir auf den Jahrmarkt kommen, will ich mich in ein Roß verwandeln, und Ihr verkauft mich dann. Man wird Euch tausend Rubel für mich geben, aber verkauft mich nur ohne Halfter.« Und als sie in den nächsten Flecken kamen, war dort gerade Jahrmarkt. Der Sohn verwandelte sich in ein Roß, und es war feurig wie ein Drache, so daß man Furcht hatte heranzutreten! Der Vater führte das Roß am Halfter, und es bäumte sich und stampfte die Erde mit den Hufen! Da stellten sich die Händler ein und feilschten. »Für tausend ohne Halfter«, sagte der Vater, »dann kriegt ihr es.« »Was brauchen wir das Halfter, wir machen ihm einen Zaum, der wird aus Silber sein und vergoldet!« Fünfhundert gaben sie. »Nein! dafür bekommt ihr's nicht.« Da kam ein

Zigeuner heran, der war auf einem Auge blind. »Was willst du, Bauer, für das Roß?« »Tausend, ohne Halfter.« »He, teuer bist du, mein Lieber! Nimm fünfhundert mit dem Halfter!« »Nein, das paßt mir nicht«, sagte der Vater. »Na, sechshundert – hier!« Aber der Zigeuner mochte noch so sehr handeln, der Bauer gab nicht nach. »Gut, ich gebe dir's, Alter, aber mit dem Halfter.« »He, nein, Zigeuner! das Halfter ist mein.« »Guter Freund, hast du schon einmal gesehen, daß man ein Pferd ohne Zaum verkauft? Man kann es ja so nicht einmal dem andern in die Hände geben.« »Wie du willst, aber das Halfter ist mein!« sagte der Bauer. »Dann will ich dir noch fünf Rubel zulegen, Alter, aber mit dem Halfter.« Der Bauer überlegte sich's: der Zaum war vielleicht seine drei Silberlinge wert, der Zigeuner aber gab fünf Rubel! Da ließ er ab und gab ihm Roß und Halfter. Sie tranken den Kauftrunk drauf, und dann steckte der Bauer sein Geld ein und ging nach Hause, der Zigeuner aber saß auf und ritt davon. Das war aber kein Zigeuner, sondern Och hatte sich nur in einen Zigeuner verwandelt.

Das Roß trug den Och weit fort und trug ihn höher als die Bäume und niedriger als die Wolken. Endlich ließen sie sich in dem Walde nieder und kehrten heim zum Och; er ließ das Roß auf der Weide und ging selbst in die Hütte. »Er ist mir nun doch nicht entschlüpft, der Hundesohn!« sagte er zu seiner Frau. Zur Mittagszeit aber führte Och das Roß am Zügel zur Tränke an den Fluß. Kaum hatte er es herangeführt und sich zum Saufen niederbeugen lassen, als es sich in einen Barsch verwandelte und davonschwamm. Och besann sich nicht lange, verwandelte sich in einen Hecht und verfolgte den Barsch. Aber sooft er ihn erreicht hatte, sträubte der Barsch seine Flossen und kehrte ihm den Schwanz zu, daß der Hecht ihn nicht zu fassen bekam. Schließlich rief der Hecht:

»Barschchen, Barschchen,
Dreh dein Köpfchen her zu mir,
Komm und plaudere mit mir!«

»Willst du, Gevatter, mit mir plaudern«, sprach der Barsch zum Hecht, »so hör ich dich auch so.« Und wieder hatte der Hecht ihn fast erreicht und rief:

»Barschchen, Barschchen,
Dreh dein Köpfchen her zu mir,
Komm und plaudere mit mir!«

Doch der Barsch sträubte nur die Flossen und sagte: »Willst du das, Gevatter, so hör ich dich auch so.« Lange jagte der Hecht ihm nach, aber vergebens! Endlich schwamm der Barsch an das Ufer; dort wusch gerade die Zarentochter ihre Wäsche. Der Barsch verwandelte sich in einen Granatring mit goldener Fassung, den erblickte die Zarentochter und hob ihn aus dem Wasser heraus. Sie brachte ihn heim und rühmte sich: »Schau, was für einen schönen Ring ich gefunden hab, Väterchen!« Dem Vater gefiel er, aber die Zarentochter wußte gar nicht, an welchen Finger sie ihn stecken sollte, so schön war er!

Und als darauf einige Zeit vergangen war, meldete man dem Zaren, daß ein Kaufmann gekommen sei. Das war aber Och, der sich verwandelt hatte. Der Zar ging hinaus und fragte: »Was willst du, Alterchen?« »So und so«, sagte der: »ich bin auf dem Schiff übers Meer gefahren und brachte für den Zaren in meiner Heimat einen Granatring mit, aber ich ließ ihn ins Wasser fallen. Hat nicht vielleicht einer von Euren Dienern den Ring gefunden?« »Nein«, sagte der Zar, »aber meine Tochter hat ihn gefunden.« Und sie riefen sie herbei. Och bat sie flehentlich, den Ring zurückzugeben, »denn ich kann nicht länger leben«, sagte er, »wenn ich den Ring nicht mitbringe!« Sie gab ihn aber nicht her, und damit gut! Da trat aber der Vater für den Kaufmann ein und sprach: »Gib ihn her, Töchterchen, sonst kommt der Arme durch uns ins Unglück; gib ihn nur!« Und Och bat sie so sehr: »Was Ihr nur wollt, nehmt von mir, aber gebt mir nur den Ring wieder!« »Nu, wenn es so ist«, sagte die Zarentochter, »soll er nicht mein sein und nicht dein!« und sie warf den Ring auf die

Erde. Da zerfiel der Ring in Hirsekörner, und sie kollerten in der ganzen Hütte herum. Och besann sich aber nicht lange und verwandelte sich in einen Hahn und fing eilends an, die Körner aufzupicken. Er pickte und pickte und hatte schon fast alles aufgepickt. Ein Hirsekorn aber war unter den Fuß der Zarentochter gerollt, und das hatte er nicht aufgegessen. Und als er fertig war, flog er durchs Fenster und machte sich davon. Das Hirsekorn aber verwandelte sich in einen Burschen, der war so schmuck, daß die Zarentochter sich sofort in ihn verliebte, als sie ihn sah. Und gleich bat sie auch den Zaren und die Zarin, sie möchten ihn ihr zum Manne geben. »Mit keinem anderen werd ich glücklich werden«, sagte sie, »nur bei ihm ist mein Glück!« Der Zar runzelte wohl die Stirn darüber, daß er die Tochter einem einfachen Kerl geben solle, aber schließlich war er's zufrieden. Und sie segneten die beiden und verheirateten sie und feierten eine solche Hochzeit, daß alle Welt zusammenlief.

Dort war auch ich, Met und Wein trank ich, und kam auch nichts in den Mund, so floß es doch übern Bart, und davon bin ich so weiß geworden.

7. Iwas und die Hexe

Es waren einmal ein Mann und eine Frau, die hatten einen Sohn, der hieß Iwas. Und Iwas bat seinen Vater: »Väterchen, Väterchen, bau mir einen Kahn; ich will Fische fangen und euch ernähren.« Da machte ihm der Vater einen Kahn, und Iwas fuhr hinaus auf den Fluß, fing Fische und ernährte Vater und Mutter. Doch wenn die Mittagszeit kam, brachte ihm die Mutter das Essen, ging ans Ufer und rief:

»Iwas, mein Söhnlein,
Im goldenen Kähnlein,
Mit silbernem Ruder,
Fahr her geschwind,
Mein liebes Kind!«

Iwas hörte es und sprach zu seinem Kahn:

»Näher, näher fahr ans Ufer!
Mein Mütterlein hat mich gerufen!«

Da schwamm der Kahn heran; Iwas gab der Mutter die Fische, aß sich satt und fuhr wieder davon.

Die Hexe war aber neidisch auf Mann und Frau, weil sie einen so braven Sohn hatten und fügte ihnen auf alle Art Böses zu. Einmal waren die Ähren auf dem Felde zu Büscheln ineinander verflochten, ein andermal hatte irgendwer Fäden über die Türöffnung hin gespannt oder einen Pferdeschädel auf die Schwelle gelegt; dann wieder war Mehl gestreut oder die Ecke der Hütte mit Blut beschmiert. Doch Mann und Frau beteten zu Gott und gedachten auch der Abgeschiedenen, so ging endlich der Spuk vorüber, ohne Schaden anzurichten. Da rief aber die Hexe aus: »Na, wartet nur!« lief an das Ufer und lockte den jungen Iwas:

»Iwas, mein Söhnlein,
Im goldenen Kähnlein,
Mit silbernem Ruder,
Fahr her geschwind,
Mein liebes Kind!«

Iwas hörte jedoch, daß die Stimme grob war und befahl dem Kahn:

»Weiter, weiter fort vom Ufer!
Mutter war's nicht, die gerufen!«

Da ging die Hexe zum Schmied und bat: »Schmied, lieber Schmied, mach mir eine so feine Stimme, wie die Mutter vom Iwas sie hat!« Er schmiedete ihr solch eine Stimme, und sie ging abermals an das Ufer und rief:

»Iwas, mein Söhnlein,
Im goldenen Kähnlein,
Mit silbernem Ruder,
Fahr her geschwind,
Mein liebes Kind!«

Da kam er heran; sie aber packte ihn, steckte ihn in einen eisernen Sack und trug ihn zu sich heim. Und als sie vor der Tür anlangte, rief sie: »Hündin-Helenchen, mach auf!« Da öffnete die Tochter Hündin-Helenchen die Türe. Die Hexe zog nun Iwas ein reines Hemd und Hosen an und gab ihm Nüsse und einen Mörser. Er knackte die Nüsse und aß sie auf. Die Hexe aber flüsterte heimlich der Tochter zu: »Heiz den Ofen, setz den Burschen hinein und sperr zu; dann räum hier alles sauber auf, ich aber will fortgehn und Gäste rufen.«

Sie machte sich auf. Hündin-Helenchen heizte den Ofen und legte die Schaufel bereit. »Setz dich auf die Schaufel, Iwasyk!« befahl sie. Da legte er ein Bein drauf. Doch sie sagte: »Nicht so.« Er legte eine Hand drauf. »Nicht doch so!« sprach sie. »Aber setz du dich doch auf die Schaufel«, sagte Iwas, »und zeig mir, wie ich sitzen soll.« Allein, kaum hatte sie sich draufgesetzt, da packte Iwas die Schaufel und schob sie samt dem Mädchen in den Ofen; wie fing sie dort über dem Feuer an zu brutzeln! Iwas schloß die Ofenklappe fest zu und sperrte die Hexentochter ein. Dann räumte er in der Hütte auf, ging hinaus, schloß ab und kletterte auf einen sehr, sehr hohen Ahornbaum.

Als die Hexe mit ihren Gästen kam, rief sie :»Hündin-Helenchen, mach auf!« Still blieb es. »Hündin-Helenchen, mach auf! Fort ist sie, und streunt wohl irgendwo herum!« meinte die Hexe. Dann öffneten sie selbst die Tür, und die Gäste setzten sich an den Tisch. Die Hexe nahm den Braten aus dem Ofen heraus, und alle fingen an zu essen. Sie aßen sich tüchtig satt, gingen dann alle hinaus, wälzten sich auf dem Boden und sprachen: »Ich wälze mich, ich torkle hin, hab am Fleisch vom Iwas mich satt gegessen!« Iwas aber rief vom Ahorn hinab: »Wälzt euch, torkelt zu Boden, habt an Helenchens Fleisch euch sattgegessen!« Da schrien sie: »Wo ist er?« Guckten nach allen Seiten und erblickten ihn endlich, stürzten zum Ahorn und fingen an, den Baum zu durchnagen. Aber so ging's nicht, sie brachen sich nur die Zähne aus. Da gingen sie zum Schmied und baten ihn: »Schmied, lieber Schmied, mach uns solche Zähne, daß wir den Ahornbaum durchnagen können!« Er schmiedete ihnen solche Zähne, und sie gingen hin und fingen an zu nagen. Da flogen aber wilde Gänse vorbei und Iwas flehte sie an:

»Gänse, Gänse, liebe Vögel!
Nehmt mich schnell auf eure Flügel,
Tragt mich hin zum Väterchen;
Geb euch zu trinken, zu essen,
Will von allem Guten nichts vergessen!«

Aber die Gänse antworteten: »Mögen die mittleren von uns dich mitnehmen.« Da kamen die mittleren Gänse angeflogen, und Iwas bat sie:

»Gänse, Gänse, liebe Vögel!
Nehmt mich schnell auf eure Flügel,
Tragt mich hin zum Väterchen;
Dort gibt es zu trinken, zu essen,
Von allem Guten wird nichts vergessen!«

Die Gänse aber antworteten: »Mag dich die allerschlechteste letzte Gans mitnehmen.« Und da kam auch sie herangeflogen: die Arme war zurückgeblieben. Die Hexen aber nagten und nagten unterdessen. Und fast, fast war es schon so weit, daß der Baum fallen mußte. Da bat Iwas die letzte Gans:

»Gänschen, Gänschen, lieber Vogel!
Nimm mich schnell auf deine Flügel,
Trag mich hin zum Väterchen;
Geb dir zu trinken, zu essen,
Will von allem Guten nichts vergessen!«

Da nahm sie ihn auf ihre Flügel. Sie wurde jedoch müde, die Arme, und flog ganz, ganz niedrig! Die Hexen aber waren hinterher und dachten Iwas zu fangen. Sie jagten und jagten ihm nach, aber konnten ihn doch nicht einholen. Und endlich brachte die Gans Iwas nach Hause und setzte ihn auf dem Schornstein ab; sie selber ging auf dem Hof herum und suchte sich ihr Futter. Unterdessen aber zog die Mutter von Iwas gerade Pasteten aus dem Ofen und sagte: »Diese hier ist für dich, Mann, und diese für mich.« Da rief Iwas durch den Schornstein hinunter: »Und welche ist für mich?« Die Mutter fragte: »Wer ist denn dort?« und nochmals sagte sie: »Hier, diese Pastete ist für dich, Alter, und diese für mich.« Da rief Iwas abermals: »Und welche ist für mich, Mutter?« Mann und Frau liefen zur Hütte hinaus, sahen sich nach allen Seiten um und erblickten Iwas auf dem Schornstein. Sie hoben ihn herunter und trugen ihn in die Hütte. Unterdessen watschelte die Gans auf dem Hof herum, die Mutter sah sie und rief: »Da ist ja eine Gans auf dem Hof! Ich will sie fangen und schlachten.« Iwas jedoch sagte: »Nein, Mutter, schlachtet sie nicht, sondern füttert sie. Wäre sie nicht gewesen, würd ich nicht hier bei euch sein.« Da fütterte die Mutter die Gans und gab ihr zu trinken und streute ihr Hirse hin. Und dann flog die Gans wieder weiter.

Hier habt ihr mein Märchen und einen Bund Kringelchen!

8. Der dumme Iwan

Auch bei uns kennt man das Märchen vom dummen Iwanko, nur ist es nicht aus einem Buch, sondern ich hab es von meiner eigenen Großmutter gehört. Meiner Großmutter aber hat es wieder ihre Großmutter erzählt.

Es war einmal ein Vater – wer das war, weiß man nicht – der hatte drei Söhne, zwei verständige, wie jeder von uns, und den dummen Iwanko. Einmal fuhren die beiden klugen Brüder für ein paar Tage auf den Jahrmarkt. Dem Dummen sagten sie: »Bleib du zu Haus und sei folgsam; was man dich heißen wird, das tu! Finden wir daheim alles in guter Ordnung wieder, bekommst du einen roten Rock.« Und dann fuhren sie auf den Jahrmarkt. Bald darauf sagte die junge Schwägerin zu Iwan: »Geh mal und hol Wasser!« Iwanko ging hin. Aber die Dummen, wißt ihr, haben immer Glück! Iwan schöpfte Wasser und fing ein goldenes Fischlein. Warum es gerade dem Dummen zuteil wurde, das wird niemand herauskriegen. Das Fischlein aber bat den Dümmling: »Laß mich wieder zurück, Iwanko! Ich werde dir später noch von großem Nutzen sein.« Da fragte er: »Was für einen Nutzen willst du mir denn bringen?« »Nun, welchen willst du?« Der Dümmling dachte ein wenig nach, besann sich darauf, daß es lästig ist, in Eimern Wasser zu schleppen, und sagte: »Ich will, daß die Eimer von selbst nach Hause gingen.« Das Fischlein antwortete: »Wenn du etwas willst, so sprich jedesmal dazu: ›Auf des Fischleins Befehl, auf mein eigen Begehr: geschehe dies und das!‹« Der Dumme sprach es nach, und die Eimer gingen von selbst nach Haus. Darauf warf Iwanko das goldene Fischlein ins Wasser zurück: wahrscheinlich glaubte er's ihm, daß es alles zu tun vermöge. »Schwimm dahin und bleib gesund«, sagte Iwan, »aber gib acht und tu alles, was ich will!« »Sei unbesorgt!« antwortete das Fischlein schon aus dem Wasser heraus.

Am nächsten Tage schickten die Weiber den Dummkopf in den Wald Brennholz zu holen. »Aber, mach flink!« sagten sie. Gut. Iwanko zog den Schlitten hervor, hakte die Gabeldeichsel aus, schlug das Beil fest ein und rief: »Auf mein eigen Begehr, auf des Fischleins Befehl: geh, Schlitten, von selbst!« Schnell saß er auf und husch ging's in den Wald. Dort gab er abermals seinen Befehl, und das Brennholz schlug sich von selbst in Stücke, lud sich auf, und der Schlitten fuhr von selbst nach Hause wie zuvor. Iwanko mußte aber mit dem Brennholz auf dem Rückweg durch einen Flecken fahren, wo viel Leute auf dem Markt standen. Doch ein Dummkopf findet bekanntlich überall seinen Weg. So lenkte denn Iwanko seinen Schlitten weder nach rechts, noch nach links, sondern sauste immer geradeaus! Da rannte er viele Leute um, die in der Menge standen, und alle im Flecken staunten, was das für ein wunderbarer Schlitten sei, der ohne Pferd von selber ging, mit Brennholz und einem Burschen fuhr! Sie wollten ihn packen und festhalten, Iwanko aber verschwand im Nu samt dem Schlitten.

Am Tage nach dieser Begebenheit kamen Leute aus dem Flecken zu Iwanko. Sie fanden seine Hütte, gingen hinein und erkannten ihn als den Richtigen. Der Dümmling aber saß auf dem Ofen und lachte. Sie fragten ihn, ob er derjenige sei, der mit seiner Holzlast die Leute zerquetscht habe? Er antwortete jedoch: »Nein!« Da setzten sie ihm auf alle Weise zu. Iwanko aber wurde wütend und rief: »Auf mein eigen Begehr, auf des Fischleins Befehl: Feuerhaken, treib sie aus der Hütte!« Und als der Feuerhaken anfing, die Leute zu prügeln und zu hauen, da stoben sie aus der Hütte, dieser durch die Tür, jener durchs Fenster.

Die Leute aus dem Flecken kehrten heim und schrieben eine Klage gegen Iwanko an den Zaren selbst: »Dort und dort ist ein Kerl, an den kann niemand heran, denn er versteht alle Zauberkünste.« Der Zar schrieb zur Antwort: »Kauft einen Sack voll Zuckerwerk, geht damit zu ihm und bringt ihn mir her.« Sie kauften das Zuckerwerk und brachten es dem Dümmling. Der nahm es an und ließ mit sich reden. »Geh zum Zaren!« sagten sie zu ihm. »Ohne Ofen geh ich nirgends hin!« Was sollte man mit dem Dummkopf anfangen? Sie schrieben wieder an den Zaren und fragten, ob Iwanko zu ihm auf dem Ofen fahren dürfe. Der Zar antwortete, daß er es ihm erlaube. Iwanko kaute an seinem Zuckerwerk, rief abermals den Befehl, den das Fischlein ihn gelehrt hatte, und fuhr auf dem Ofen zum Zaren. Hinter ihm aber folgte eine Unmenge von Leuten. Alles Volk am Wege kam herbei und staunte. »Was ist das für ein Kerl, der auf dem Ofen fährt?« »Das ist der dumme Iwanko«, antworteten jene, die ihn von früher kannten.

Iwanko langte beim Zaren an. Der Zar trat hinaus zu ihm

auf die Freitreppe. »Gut, daß du gekommen bist«, sagte er, »komm zu mir ins Zimmer.« »Nein, allein, ohne Ofen geh ich nicht!« Der Zar schrie den Dümmling an und drohte ihm, aber der blieb bei dem Seinen: »Ohne Ofen geh ich nicht zu dir hinein! Willst du's nicht, so bin ich fort, eh du dich auch nur umschaust!« Der Zar wußte nichts mit dem Dümmling anzufangen. Ob er wollte oder nicht, er öffnete alle Türen, und der Dummkopf fuhr mit seinem Ofen in die Zarengemächer hinein. Dort fand Iwanko gute Bewirtung, obwohl er vom Ofen nicht einmal hinunterstieg! Alles reichte man ihm hinauf, am meisten aber vom Zuckerwerk des Zaren. Wieviel er davon auffraß, das war gar nicht zu zählen! Des Zaren Tochter war auch dort bei ihnen. Ihr gefiel der Iwanko, und da sagte sie: »Verheirat mich mit ihm!« Der Zar ward aber sehr zornig auf sie: Doch sie sprang zu Iwanko hinauf auf den Ofen, und nun konnte sie niemand mehr von dort herunterholen. Es war nichts zu machen, der Zar mußte sie verheiraten. Als die beiden aber ein Paar geworden waren, verschwand Iwankos Ofen.

Da befahl der Zar, ein großes Faß zu bauen, und als es fertig war, stieß er selber Iwanko und seine Tochter hinein. Dann sprach er: »Hebt sie auf mitsamt dem Faß und werft sie ins Meer.« Sie taten es, schlugen den Boden fest und warfen das Faß ins Wasser. Drei Jahre irrten Iwanko und seine Frau im Faß auf dem Meere umher. Dann stieß es ans Ufer, und Iwanko sagte wieder die Worte, die das Fischlein ihn gelehrt hatte: »Faß, fall auseinander!« Das Faß zerbarst, und die beiden stiegen ans Ufer. Dort waren aber keine Menschen, nur schön war es dort, wie im Paradiese. Und abermals sagte Iwanko sein Sprüchlein: »Ein Palast stehe da!« Sogleich stand vor ihnen ein Palast, der war noch schöner, als der des Zaren. Nur Bediente gab es dort nicht. In diesen Gemächern lebte nun Iwanko mit seiner Frau, der Zarentochter. Die Tiere und die Vögel brachten ihnen Speise und Trank, und die Bienen machten für sie aus Honig Zuckerwerk.

Bei ihnen war ich,
Met und Wein trank ich,
Zuckerwerk aß ich,
Mit Iwanko sprach ich.

Doch als er mich stieß, flog ich mit der Nase auf die Erde und schlug mit dem Kopf an eine Fichte – und aus ist die Geschichte.

9. Die Zarentochter im unterirdischen Reich

Es waren einmal ein Zar und eine Zarin, die hatten einen Sohn und eine Tochter. Sie befahlen dem Sohn, seine Schwester zu heiraten, wenn sie sterben würden. War's lange darauf oder kurz? – da starben der Zar und die Zarin. Nun hieß der Bruder seine Schwester, sich zur Hochzeit bereitzumachen und ging, den Popen zu bitten, sie zu trauen. Die Schwester begann sich anzukleiden, machte drei Puppen, setzte sie auf die Fenster, stellte sich selbst in die Mitte der Stube und rief: »Püppchen, kuckuck!« Die erste Puppe sagte: »Was willst du?« Die zweite: »Der Bruder nimmt die Schwester!« Die dritte: »Erde öffne dich, Schwester versinke!« Und ebenso antworteten sie beim zweiten und dritten Male. Dann kam der Bruder und fragte die Schwester: »Hast du dich nun ganz angekleidet?« Die Schwester antwortete: »Nein, noch nicht ganz.« Da ging er in seine Gemächer und wartete, bis die Schwester sich angekleidet haben würde. Sie rief aber nochmals: »Püppchen, kuckuck!« Die erste Puppe sagte: »Was willst du?« Die zweite: »Der Bruder nimmt die Schwester!« Die dritte: »Erde öffne dich, Schwester versinke!« Da versank sie und gelangte in die andere Welt. Als aber der Bruder wieder hinging, fand er die Schwester nicht mehr und blieb nun allein.

Als die Zarentochter in die andere Welt versunken war, ging sie immer weiter und kam zu einer Eiche. Dort zog sie sich aus, die Eiche öffnete sich, und in die Höhlung legte die Zarentochter ihre Kleider; dann verwandelte sie sich in ein altes Weib und ging weiter. So wanderte sie lange, bis sie zum Palast des Zaren kam. Sie trat ein und bat, man möge sie als Magd dingen. Da nahm man sie auf und ließ sie die Öfen heizen. Der Zar, bei dem sie diente, hatte einen ledigen Sohn. Und als der Sonntag kam, machte sich der Zarensohn bereit, in die Kirche zu gehn, und befahl der Alten, ihm einen Kamm zu reichen. Doch als sie ihn nicht gleich brachte, geriet er in Zorn und schlug sie auf die Backe. Dann machte er sich fertig und fuhr zur Kirche. Die Zarentochter, die alte Frau, ging zur Eiche, wo sie ihre Kleider verwahrt hatte, und die Eiche öffnete sich. Sie kleidete sich an, ward wieder zur schönen Zarentochter und ging in die Kirche. Der Zarensohn erblickte sie dort und fragte einen Diener, woher die Jungfrau wohl sei. Der Diener aber hatte sie als die Alte erkannt, die in den Gemächern die Öfen heizte, und wußte, daß der Zarensohn sie mit dem Kamm geschlagen hatte, daher antwortete er: »Sie ist aus der Stadt Kammschlag.« Der Zarensohn fuhr heim, suchte und suchte nach dieser Stadt in seinem Reich und fand sie nicht.

Danach geschah es einmal, daß der Zarensohn wieder in Zorn geriet und die Alte mit einem Stiefel schlug, und bald darauf fuhr er zur Kirche. Dort war auch *sie* wieder in den Kleidern, die sie in der Eiche verborgen hatte. Als der Zarensohn die unbekannte Schöne abermals erblickte, fragte er seinen Diener, woher die Jungfrau wohl sei. Der Diener antwortete: »Sie ist aus Stiefelschlag.« Der Zarensohn suchte und suchte nach dieser Stadt in seinem Reich und fand sie nicht.

Da fing er an zu grübeln und zu sinnen, wie er mit seiner fremden Schönen wohl bekannt werden könne; denn er hatte sie liebgewonnen und wollte sie heiraten. Und er dachte sich eine List aus und ließ auf die Stelle, wo sie in der Kirche zu stehn pflegte, Pech hingießen, doch so, daß sie es nicht merken konnte. Am Sonntag kam die Zarentochter in ihren schönen

Kleidern in die Kirche und stellte sich auf den gewohnten Platz. Der Gottesdienst war zu Ende, doch als sie ihren Platz verlassen wollte, um heimzugehen, klebte der Pantoffel am Pech und blieb stecken. So ging sie denn nur in einem Pantoffel nach Hause. Der Zarensohn befahl, den andern mitzunehmen, brachte ihn heim und maß ihn allen Jungfrauen an, die in seinem Reiche waren. Aber keiner paßte der Pantoffel auf den Fuß, außer der Alten, die die Öfen heizte. Da fragte der Zarensohn die Alte aus, und sie bekannte, wer sie sei und woher. Und er nahm sie zur Frau.

Auf der Hochzeit war ich,
Met und Wein trank ich,
In den Mund nicht kam es,
Übern Bart da floß es.

10. Vaters Tochter und Mutters Tochter

Es waren einmal ein Mann und eine Frau, die hatten zwei Töchter; die eine war Vaters Tochter, die andere war Mutters Tochter. Die beiden Mädchen gingen des Abends zum Spinnen in ein Nachbarhaus. Die Tochter des Alten spann fleißig, aber die Tochter der Frau trieb sich nur mit den Burschen herum. Und als es Zeit war heimzukehren, ging sie die Schwester mit Bitten an und bekam auch von ihr einen Strang Garn; den brachte sie der Mutter mit, aber die schimpfte sie beide dafür aus, daß sie so wenig gesponnen hatten. So kam es, daß sie sich verzankten, aber auf den nächsten Spinnstubenabend gingen sie doch wieder. Und die Tochter des Alten spann fleißig und dachte bei sich: »Ich will der Katja nicht ein einziges Garn geben, mag die Mutter sie ordentlich ausschimpfen!« Und als sie im Morgengrauen nach Hause gingen, trug die Tochter des Alten ein ganzes Sieb voll Garn und unter dem Arm noch ungesponnenen Flachs. Sie mußten aber über einen Zaunüberstieg. Da stellte die Tochter des Alten das

Sieb auf den Bogen neben dem Zaun, kletterte hinüber und wollte sich über den Zaun beugen, um das Sieb aufzunehmen; aber Katja lief hinzu, ergriff das Sieb mit dem Garn und kletterte über den Zaun. Sie brachte der Mutter das Garn und prahlte, wieviel sie zusammenspinnen könne, wenn sie nur wolle, aber über Oljana, ihre Stiefschwester, log sie vor, daß sie sich nur mit den Burschen herumgetrieben habe! Da ging die Alte auf Oljana zu und schlug und schlug sie und sagte dann zum Alten: »Schaff sie fort, daß ich sie nie mehr zu sehen brauche!« Der Alte sagte dazu: »Gut, gut«, aber führte sie doch nicht fort, sondern dachte: »Der Alten wird die Wut schon vergehen, und dann bleibt es, wie es war.« Allein die Mutter hörte nicht auf mit ihrem Zorn und lag dem Alten in den Ohren, er solle mit der Tochter ein Ende machen, wenn nicht, so werde sie ihn und sie umbringen. Da sieht der Alte, es steht schlimm, spannt die Pferde an und fährt mit Oljana in den Wald.

Sie fuhren und fuhren, die Pferde wurden schon müde, und sie selbst wurden hungrig. Der Alte hielt, um die Rosse zu füttern und um Mittag zu essen. Oljana aber aß nichts, weinte bloß und betete im stillen zu Gott. Doch als sie umherschaute, sah sie einen Quell, der war ganz mit Gras überwachsen, und er bat sie: »Reinige mich, liebes Mädchen, ich werde dir noch einmal von Nutzen sein!« Da schlug sie die Ärmel auf und reinigte den Quell und jätete das Gras und ging dann weiter. Dort stand aber auch ein Birnbaum und bat ebenfalls: »Säubere mich, liebes Mädchen, sonst geh ich ganz zugrunde!« Sie machte sich an die Arbeit, säuberte den Baum und brach die trockenen Äste ab und ging dann weiter. Da sah sie einen Hund liegen, der konnte sich kaum noch rühren vor Hunger, und er bat sie: »Liebes Mädchen, mein Täubchen, rette mich, ich werde dir noch einmal von großem Nutzen sein!« Da wusch sie ihm die Wunden und bestrich sie mit Teer, damit sich keine Fliege auf sie setze, gab ihm ein Stück Brot, das sie für sich mitgenommen hatte, und ging weiter.

Danach holte sie ihr Vater ein, der inzwischen zu Mittag gegessen und die Pferde angespannt hatte. Sie setzte sich auf den Wagen, und sie fuhren weiter. Und als es anfing zu dunkeln, bog der Alte vom Wege in den Wald ab, fuhr ohne Weg und fuhr so lange, bis er zu einer kleinen Hütte kam, die auf einem Hühnerfuß im Walde stand. Da sprach der Alte: »Hier wollen wir über Nacht bleiben, Töchterchen, doch morgen, wenn's Gott wieder hell werden läßt, fahren wir weiter; jetzt zünd aber den Ofen an und sammle Reisig auf, ich werde die Pferde ausspannen und sie besorgen und Brennholz kleinschlagen.« Sie machte Feuer an, und der Vater ging hinaus und brachte Brot und ein Stück Speck, das sie auf den Weg mitgenommen hatten. Sie aßen beide, und dann sagte der Alte: »Sitz du in der Hütte, ich aber will hinausgehen und noch Brennholz hacken.« So blieb sie denn allein, wickelte jetzt ihren Hahn aus, den sie mitgebracht hatte, und setzte ihn zum Schlafen auf den Ofenrand, danach aber betete sie zu Gott. Der Alte jedoch war hinausgegangen und hatte einen Klotz zurechtgehauen, den band er an einen Ast, damit er im Winde gegen den Stamm klopfe; dann spannte er heimlich die Pferde an, verließ eilends den Wald und fuhr davon, bevor es Mitternacht wurde. Als Oljana den Klotz anschlagen hörte, meinte sie: »Solch ein Wind geht daher, und mein armer Vater muß Brennholz hacken!« Aber nachher dachte sie bei sich: »Warum schlägt er für eine Nacht soviel Holz klein? Ich will gehn und ihn hereinrufen.« Als sie aus der Türe trat, da schlug nur der Klotz gegen den Baum, vom Vater aber war keine Spur mehr zu sehen, als ob das Wasser ihn fortgespült hätte! Da erriet sie wohl, daß er sie mit Willen verlassen habe; sie ging in die Hütte, fing an zu weinen und zu beten.

Da kam zu ihr der Fremde, fein gekleidet war er und trug einen schwarzen Hut; er sprach zu ihr: »Guten Abend, Mädchen! Warum sollst du dich langweilen, komm lieber mit mir tanzen.« Sie erschrak und sagte: »Wie sollt ich mit Euch tanzen, wo ich doch nicht einmal ein reines Hemd anhabe? Seht, wie es beschmutzt ist!« Da sprach er zu ihr: »Das will ich dir gleich bringen.« Und fort war er aus der Hütte. Sieh da, er brachte das Hemd und rief: »Hetz, hetz, hetz! Zum Tanze gehn wir jetzt!« Sie sagte aber zu ihm: »Ich hab kein schönes Kleid, geh hin und bring mir eins.« Da machte er sich auf, brachte ein prächtiges seidenes Kleid und rief wieder: »Hetz, hetz, hetz! Zum Tanze gehn wir jetzt!« Doch sie sprach abermals zu ihm: »Ich habe noch kein Tuch.« Da brachte er ihr auch ein Tuch und hernach Schuhe und Strümpfe, kostbare Ringe und Halsschmuck und alles, was zum Staat gehört! Und dann gab sie ihm noch auf, eine Kutsche herbeizuschaffen und ihr Geld zu bringen. So mußte er die ganze Nacht hin- und herlaufen, bis alles beisammen war. Sie aber hatte sich geschmückt und war über alle Maßen schön geworden; da rief er: »Hetz, hetz, hetz! Zum Tanze gehn wir jetzt!« Doch wie er sie pakken wollte, krähte der Hahn auf dem Ofen: »Kikeriki!« Da zerfloß der Teufel zu Pech, aber all die Sachen gehörten nun Oljana.

Sie wartete den Tag ab, setzte sich in die Kutsche und fuhr hinaus in die Welt. Sie fuhr und fuhr, verirrte sich oft und weinte schon bitterlich, weil sie sich aus dem Walde nicht hinausfinden konnte. Da lief plötzlich der Hund herbei und sprach zu ihr: »Ich will dich auf den Weg führen und nach Hause bringen, weil du mich vom Tode errettet hast.« Der Hund lief also voraus und zeigte den Weg, sie selbst aber fuhr hinterher. Und sie hatte ein so großes Verlangen, etwas zu essen, daß es schon ganz schrecklich war. Plötzlich roch sie den Duft von Birnen. Sie wunderte sich darüber, aber da stand auch schon der Birnbaum, den sie gesäubert hatte. Als sie nun hinzuging, um Birnen abzuschütteln, fielen sie von selbst vor ihr nieder. Und sie aß sich satt und brachte noch viele Birnen als Geschenk mit heim. Dann kamen sie auch zu dem Quell, hielten an bei ihm und tranken von dem Wasser; es war aber süß wie Honig. Endlich kamen sie in das Dorf;

der Hund lief voraus unter das Fenster und rief: »Wau, wau, ich sage euch: des Alten Tochter ist einem Fräulein gleich, der Alten ihre – einer Hündin!« Das Weib lief hinaus mit einem Stock, um den Hund zu schlagen, doch da kam schon der Wagen mit dem Fräulein heran und fuhr geradeswegs zu ihnen auf den Hof. Nun erkannten sie, daß es ihre Oljana war. Der Alte war sehr froh und nahm die Tochter gerne wieder auf; aber auch die Mutter freute sich, weil Oljana Geschenke mitgebracht hatte.

Dann verlangte sie jedoch vom Alten, er solle auch Katja in den Wald führen, damit sie auch so werde, wie die Schwester. Der Alte spannte wieder die Pferde an, nahm Katja mit und fuhr davon. Und sie rasteten an der gleichen Stelle, wie das erstemal. Katja aß sich mit dem Vater satt, ging darauf Wasser suchen und fand ein kleines Brünnlein, es war aber ganz versandet. Da sprach das Brünnlein: »Reinige mich, liebes Mädchen, dann wirst du später einmal von meinem Wasser trinken können.« Sie antwortete jedoch: »Fällt mir wohl ein, bei dir herumzuplantschen! Kommen wir ins Dorf, krieg ich schon Wasser zu trinken!« Danach kamen sie zu einem Apfelbaum, der am Wege stand, der bat sie: »Reinige mich, liebes Mädchen, ich werde dir noch einmal von Nutzen sein.« »Was? meinst du, ich hätte nichts anderes zu tun, als mich mit dir abzugeben?!« – und so ließ sie's denn sein. Sie kehrte zum Wagen zurück, und da lag auf dem Wege ein alter, schwacher Hund, der bat sie: »Rette mich, liebes Mädchen, ich werde dir von Nutzen sein.« »Was?« sagte sie, »stinken tust du wie die Pest, und ich soll mich noch an dir beschmutzen?! Nein, das will ich nicht!« Und sie ging fort. Dann setzte sie sich in den Wagen und fuhr mit dem Alten in den Wald. Der Vater ließ sie allein in der Hütte und machte sich selbst davon, wie beim erstenmal. Und da Katja unterwegs einen Hahn gefunden hatte, drehte sie ihm den Hals um und kochte zum Abendessen eine Suppe.

Mit einem Male aber kam der Fremde und sprach zu ihr:

»Guten Abend, liebes Mädchen! Warum sollst du dich langweilen, komm lieber mit mir zum Tanz!« Sie antwortete ihm: »Wie sollt ich mit dir tanzen gehn, wo ich doch kein Kleid hab, wie's die Fräulein tragen, und keine Kutsche und keine Pferde und kein Geld? Erst bring mir das alles.« Da ging er fort und brachte alles auf einmal mit, so, wie sie es ihm aufgetragen hatte, und sagte: »Nun zieh dich an, und dann wollen wir tanzen!« Sie zog sich auch an und begann mit ihm zu tanzen. Und er tanzte mit ihr so lange, bis ihr die Knöchelchen auseinanderfielen, dann nahm er alle Sachen mit sich und verschwand. Die Alte aber wartete auf ihre Tochter, hielt es nicht mehr aus und fuhr selber, sie zu holen. Doch als sie hinkam, lagen nur noch die Knöchelchen dort. Da heulte sie und heulte, aber die Tochter kehrte davon nicht zurück. Des Alten Tochter aber freite der Gutsherr aus ihrem Dorf, und sie machten Hochzeit.

Bei ihnen war ich,
Met und Wein trank ich,
Übern Bart da floß es mir,
Doch der Mund blieb trocken mir.

11. Das Glücksmädchen

Es war einmal ein Kaufmann, der hatte einen einzigen Sohn, und der kam in das Alter, da man ihn verheiraten mußte. Da sagte der Kaufmann: »Geh, mein Sohn, dorthin zu jenem reichen Mädchen und wirb um sie, und sie wird dich nehmen, weil ich schon mit ihrem Vater gesprochen habe.« Der Sohn erwiderte: »Vorher will ich noch die Welt durchwandern und mich umschauen, vielleicht wähl ich mir ein Mädchen, das schöner ist als jene.« Der Vater antwortete: »Geh nur zu!«

Der Sohn machte sich auf und ging fort. Er ging und ging und verirrte sich im Walde. Plötzlich sah er: da stand ein

Hüttchen auf einem Hühnerfuß und drehte sich im Kreise. Er ging in die Hütte hinein, und dort saß ein alter Mann, der war so weiß, wie mit Milch übergossen. Das war aber kein alter Mann, sondern das Glück. Der Jüngling begrüßte ihn: »Guten Abend, Alter!« »Willkommen!« sagte der Alte, »was führt dich her?« »Ich hab mich verirrt, erblickte Eure Hütte und trat ein.«

Der Bursche schaute umher und sah bei dem Alten drei Sessel stehn, einen goldenen, einen silbernen und einen dritten aus Kupfer. Da fragte er den Alten: »Was habt Ihr da für Sessel?« »Wenn ich auf dem goldenen sitze«, erwiderte der Alte, »so wird das Menschenkind glücklich, das zu dieser Zeit geboren wird; sitz ich aber auf dem silbernen, so wird es nur ein wenig glücklich; sitz ich aber auf dem kupfernen, so wird es unglücklich.« »Und als ich geboren wurde, auf welchem Sessel habt Ihr da gesessen?« »Auf dem kupfernen«, sagte der Alte. »Und bei jener Kaufmannstochter – auf welchem?« »Auf dem kupfernen; aber als ich auf dem silbernen saß, da wurde das Mädchen geboren, das bei den Juden das Wasser trägt. Um die halt an, mit ihr wirst auch du glücklich werden.«

Der Bursche dankte dem Alten und ging zu seinem Vater, damit er ihm die Heirat mit der Tagelöhnerin der Juden erlaube. Er kam zu seinem Vater, und der fragte ihn: »Nun, mein Sohn, hast du eine gefunden, die zu dir paßt?« »Ja, Vater«, antwortete der Sohn, »sie trägt bei den Juden das Wasser; die will ich nehmen. Segnet mich!« Der Vater aber erwiderte: »Du bist wohl verrückt geworden, Sohn? Geh, wohin du willst, und sei verflucht! Ich will nichts von dir wissen! Du bringst mich in Schande, wenn du die Tagelöhnerin der Juden nimmst!« Der Sohn machte sich jedoch auf und ging zu der Tagelöhnerin; er nahm sie mit sich, gab ihr Kleidung und ließ sich trauen. Alle lachten über ihn, der Vater aber weinte.

Der Mann gab seiner Frau fünfzehn Rubel und sagte: »Geh

und kauf Waren, wir wollen mit ihnen handeln.« Sie fuhr fort, kaufte eine Fuhre Kohlen und brachte sie heim; er sah das und dachte bei sich: »Oh, ich Dummkopf! Gelogen hat der Alte, daß sie ein Glückskind sei.« Als er aber am nächsten Tage Kohlen zum Teekochen holen wollte – lagen dort lauter Goldstücke. Und da meinte er bei sich: »Es ist doch wahr, was der Alte gesagt hat!« Und jetzt lebt er mit seiner Frau in großem Wohlstand.

Ich war bei ihr,
Trank Wein und Bier,
Es floß über den Bart,
Doch nichts kam in den Mund.
Sag an, bin ich nicht ein guter Gesell,
Daß ich mein Märchen ende so schnell?

12. Vom Drachen

Es waren einmal Mann und Frau, die hatten drei Töchter; die älteste und die jüngste spannen, die mittlere aber machte sich auf dem Hof zu schaffen. Der Vater arbeitete vom Morgen bis zum Abend auf dem Felde; und als er eines Tages nach Hause kam, sprach er zu seiner Frau: »Warum schickst du mir kein Mittagessen hinaus? Ich plage mich dort den ganzen Tag und pflüge und hab davon einen mächtigen Hunger. Schick mir morgen die älteste Tochter mit dem Essen.« Die Älteste weigerte sich aber und sagte zum Vater: »Ich bring es Euch nicht hinaus, denn ich weiß nicht, wo Euer Feld liegt.« Er antwortete jedoch: »Du wirst es schon finden; morgen, wenn ich aufs Feld gehe, werd ich an einem Stock schnitzeln; dann halt dich nur an die Späne und so wirst du zu mir gelangen.«

Am nächsten Tage ging der Bauer aufs Feld und schnitzelte unterwegs am Stock, aber der Drache hatte davon erfahren und pustete die Späne weg, so daß sie nun zu seiner Hütte führten. Als die Zeit kam, das Mittagessen hinauszutragen, ging die älteste Tochter fort, erblickte die Spur und folgte ihr. Sie wanderte und wanderte, und schon fing es an zu dunkeln, aber vom Vater war noch immer nichts zu sehen. Da kam sie ein großes Verlangen an zu essen; sie setzte sich am Wege nieder, aß sich satt, stand wieder auf und ging weiter. Noch war sie aber keine ganze Werst weitergekommen, als sie ein Hüttchen erblickte und ein Feuer darin. Da bekreuzigte sie sich und sagte: »Gott sei Dank, da ist endlich mein Vater!« Sie trat in die Hütte und sah: dort aß der Drache sein Abendbrot! Da sprach der Drache zu ihr: »Komm und iß!« Doch sie antwortete ihm: «Ich will nicht.« Jetzt schrie er sie aber an: »Ich sage dir: setz dich hin und iß!« Sie erwiderte jedoch: »Ich hab schon gegessen, trug dem Vater das Mittag hinaus, aber fand ihn nicht, darum aß ich's selber auf.« Der Drache brüllte sie nochmals an: »So komm und iß auch bei mir!« Da blieb ihr nichts anderes übrig, sie setzte sich hin und aß mit ihm zu Abend. Das Fleisch aber war süß, denn es war von Menschen. Und als sie gegessen hatten, legten sie sich schlafen. Das Mädchen stand früh auf, der Drache jedoch noch früher. Er sprach zu ihr: »Jetzt sollst du mein Weib sein; da hast du die Schlüssel und einen Apfel; geh durch alle Zimmer und Scheunen, aber hier, in diese zwei Kammern, geh nicht hinein.« So sprach er und flog davon.

Sie ging dann in alle Zimmer hinein und erblickte ganze Zuber voll Gold, Silber und Kupfer. Es lockte sie aber auch heftig, in jene zwei Kammern hineinzuschauen; sie öffnete sie, trat ein und stöhnte vor Entsetzen, denn Leichen lagen in der ersten Kammer und in der zweiten standen Zuber voller Blut! Sie schaute hinein und ließ den Apfel fallen. Zwar nahm sie ihn heraus und wusch ihn, aber am Stengel blieb ein wenig Blut kleben. Dann kam der Drache wieder angeflogen und verlangte gleich den Apfel von ihr. Sie gab ihn her, der Drache besah sich ihn und fragte: »Bist du in die Kammern hineingegangen?« »Nein, ich bin nicht hineingegangen!« »Du lügst, verfluchtes Aas, denn du bist doch drin gewesen!« Er nahm ein Beil, schlug ihr den Kopf ab und warf die Leiche in die Kammer. Kam der Vater am Abend nach Hause und sagte zu seiner Frau: »Warum hast du mir kein Essen geschickt?« »Schau einer den an! ich hab's dir doch geschickt! Noch immer ist die Älteste nicht zurück; vielleicht hat sie sich verirrt.« »Na, schwatz keinen Unsinn, aber schick mir morgen die jüngste Tochter hin; ich werd aufs Feld gehn und Asche streuen.«

Am nächsten Tage ging er fort und streute Asche auf den Weg, der Drache aber blies sie wieder zu seiner Hütte. Als es Mittagszeit wurde, schickte die Mutter die jüngste Tochter mit dem Essen zum Vater, und sie ging den Spuren der Asche nach. Sie wanderte lange, lange, und es fing schon an zu dunkeln, aber vom Vater war noch nichts zu sehen. Da setzte sie sich nieder und aß von dem Mitgebrachten; und danach stand sie wieder auf und ging weiter. Auf einmal erblickte sie eine Hütte, und die war erleuchtet. Die Tochter bekreuzigte sich und sagte: »Gott sei Dank! dort wird doch endlich wohl mein Vater sein.« Sie trat in die Hütte ein, erblickte den Drachen und wünschte ihm einen guten Abend. »Willkommen, mein gutes Kind! Wie hast du dich hierher verirrt?« fragte der Drache. Sie antwortete: »Ich hab dem Vater das Essen hintragen wollen und mich dabei zu Euch verirrt.« »Nun, dann leg dich schlafen, wenn es so ist«, sagte der Drache. Und die Tochter legte sich nieder. In der Früh, als sie aufstand, sprach der Drache zu ihr: «Sei von nun ab meine Frau; hier hast du die Schlüssel und einen Apfel und geh überall herum, nur in diese zwei Kammern geh nicht hinein!« Und dann flog er davon. Es lockte sie aber gar sehr, in die beiden Kammern hineinzugehen. Sie öffnete die eine, erblickte dort ihre Schwester und fing an zu weinen; dann öffnete sie auch die zweite, erblickte dort die Zuber und beugte sich vor, um hineinzuschauen, da fiel ihr aber der Apfel aus dem Busen. Sie nahm ihn heraus und wusch ihn ab, doch am Stengel blieb ein wenig Blut kleben. Der Drache kam angeflogen und befahl: »Trag das Abendbrot auf!« Sie brachte ihm das Essen, und als er satt geworden war, fragte er: »Bist du in die Kammern gegangen?« »Nein, ich bin nicht hineingegangen!« »Dann zeig mir den Apfel her!« Er besah sich den Apfel, ergriff ohne ein Wort zu sagen das Beil, hackte ihr den Kopf ab und warf die Leiche in die Kammer. Der Bauer aber kam wieder nach Hause zurück und sagte zu seiner Frau: »Warum hast du mir das Essen nicht hinausgeschickt?« »Wieso hab ich's dir nicht geschickt? Jetzt ist schon die zweite Tochter fort und kommt nicht zurück.« »Na, dann schick mir morgen die dritte!« Die mittlere Tochter aber kam zum Vater und sagte: »Ich weiß den Weg nicht aufs Feld.« »Dann will ich Kartoffeln auf den Weg streuen«, antwortete der Vater, »so wirst du mich schon finden.«

Am andern Tage ging er wieder pflügen und streute auf dem Wege Kartoffeln aus, aber der Drache blies sie wiederum zu seiner Hütte. Und als es Mittagszeit wurde, schickte die Mutter die zweite Tochter mit dem Essen, und sie ging der Spur nach. Es fing schon an zu dunkeln, doch vom Vater war noch nichts zu sehen. Sie setzte sich nieder, aß ihr Abendbrot, stand wieder auf und ging weiter; da sah sie eine Hütte und ging auf sie zu. Sie trat ein und erblickte den Drachen beim Abendessen. Der Drache sprach zu ihr: »Setz dich hin und iß!« Sie setzte sich und fing an zu essen, und hernach legten sie sich beide nieder. Als die Tochter am Morgen aufstand, sagte der Drache zu ihr: »Sei von nun ab meine Frau; hier hast du die Schlüssel und einen Apfel; geh überall umher, aber nur in diese zwei Kammern geh nicht hinein!« Und dann flog er davon. Es lockte sie sehr zu sehen, was wohl in den beiden Kammern sein möge, in die hineinzugehen der Drache ihr verboten hatte. Sie öffnete die eine und erblickte dort ihre Schwestern; da schloß sie die Kammer schnell ab und ging wieder in die Hütte. Der Drache kam angeflogen und fragte: »Bist du in die Kammern hineingegangen?«

»Nein, ich bin nicht hineingegangen!« »Zeig mir aber mal den Apfel her!« Sie reichte ihm den Apfel, und der Drache sagte darauf: »Nun, es ist wahr, du bist nicht drin gewesen.«

Am nächsten Tage sprach sie zum Drachen: »Ich fühl es, daß es meinem Vater schlecht geht.« Er antwortete ihr: »Hab ich denn so wenig Gold und Silber? Nimm, soviel du willst und schick es ihm!« Da ging sie in den Garten, fing eine Krähe und befahl ihr: »Bring mir das Wasser des Lebens und des Todes, sonst zerreiß ich dich!« Die Krähe flog davon und brachte ihr von dem Wasser. Nun ging die Tochter in die Kammer, bespritzte ihre Schwestern, legte sie in eine Truhe und sperrte sie ab; dann ging sie zum Drachen und sagte: »Nimm hier diese Truhe und trag sie zu meinem Vater!« Und der Drache trug sie fort. Nach ein paar Jahren gebar die Tochter einen Sohn: halb ein Drache, halb ein Mensch. Und wieder sprach sie zum Drachen: »Ich fühl es: meinem Vater geht es schlecht!« »Na, dann pack Gold zusammen und schick es ihm«, sagte der Drache. Da legte sie Gold in eine Truhe, hackte ihr Kind in zwei Hälften und warf sie in die Kammer; dann ging sie zum Drachen und sprach zu ihm: »Trag doch diese Truhe zum Vater, ich aber will zur Gevatterin gehn.« Sie ging hinaus, kroch in die Truhe und sperrte sich ein. Der Drache hob die Truhe auf und brachte sie fort. Als er aber nach Hause kam, merkte er, daß die Frau nicht mehr da war. Nun erkannte er, daß sie ihn betrogen hatte, aber es war nichts mehr zu machen.

13. Die einundvierzig Brüder

Es war einmal ein Vater, der hatte einundvierzig Söhne. Und als er sterben mußte, teilte er sein Hab und Gut unter sie und gab einem jeden ein gutes Roß, nur für den einundvierzigsten Sohn war keines mehr da, dem gab er eine alte Mähre an Stelle eines mutigen Rosses. Als der Vater tot war, sprachen die Söhne zueinander: »Laßt uns zum Freitag reiten, Brüder, und bei ihm Hochzeit halten.« Der älteste Bruder aber meinte: »Der Freitag hat nur vierzig Töchter, da ist eine zu wenig.« Die Brüder antworteten: »Dann laßt uns zum Mittwoch reiten, der hat einundvierzig Töchter: da bekommt ein jeder die seine.« Sie ritten davon, langten an und wählten sich die Mädchen aus. Der Älteste nahm die Älteste, der Jüngste – die Jüngste, und so nahm jeder eine für sich. Der jüngste Bruder sagte dabei: »Ich will mir die Kleine mit dem Tuch nehmen, die dort auf dem Ofen sitzt!« Dann brachten die Burschen Schnaps, und die Brautwerbung wurde begossen. Als sie den Kauftrunk getrunken hatten, legten sie sich mit den Mädchen schlafen. Der jüngste Bruder aber dachte bei sich: »Ich will mein Pferd lieber in den Flur stellen.« Er führte es dorthin, kehrte wieder zurück und legte sich schlafen. Sein Mädchen lag da mit ihrem Tuch, und er fing an zu bitten, sie möge es ihm geben, und schließlich bekam er es auch.

Als der Mittwoch merkte, daß alles eingeschlafen war, ging er auf den Hof hinaus, um seinen Säbel zu schleifen. Das Pferd aber sprach zum jüngsten Bruder: »Ach, mein liebes Herrchen, komm heraus zu mir!« Da ging der Jüngste hinaus, und das Pferd sprach: »Nimm den schlafenden Burschen die Hemden fort und zieh sie den Mädchen an, und der Mädchen Hemden zieh den Burschen an, denn viel Schreckliches wird sich ereignen!« Und der Jüngste tat, wie ihn das Pferd geheißen hatte. Der Mittwoch schärfte seinen Säbel, schlich sich in den Schlafraum, und wo er den Hemdkragen eines Burschen zu fassen kriegte, da schlug er den Kopf herunter! So schlug er allen seinen Töchtern die Köpfe ab und legte sich darauf schlafen. Das Pferd aber sprach: »Mein liebes Herrchen, weck die Burschen auf und schau, daß wir uns fortmachen von hier!« Der Jüngste weckte die Brüder und schickte sie voraus; er selbst aber setzte sich auf sein Pferd und ritt hinterher. Da sagte das Pferd: »Schau dich um, ob der Mittwoch uns nachjagt!« Er sah sich um und sprach: »Er jagt schon heran!« »Wink mit dem Tuch!« befahl das Pferd. Und kaum fing er an zu winken, da entstand mit einemmal ein Meer hinter ihnen. Sie ritten weiter, und wieder sagte das Pferd: »Jagt er uns nach?« Der Bursch sah sich um und sagte: »Ja, er ist hinter uns her.« »Dann wink mit dem Tuch zur linken Seite!« sprach das Pferd. Er winkte, und es entstand ein so dichter Wald, daß keine Maus durchkriechen konnte. Wieder ritten sie weiter, und abermals fragte das Pferd: »Schau dich um; kommt der Mittwoch uns nach?« Er sah sich um: der Verfolger lief hinterher, und er war nicht mehr weit. »Wink mit dem Tuch!« sagte das Pferd. Er winkte, und es entstand ein steiler, steiler Berg. Wieder ritten sie weiter, und das Pferd fragte: »Schau dich um, jagt der Mittwoch uns nach?« Er sah sich um und sagte: »Jetzt ist er nicht mehr da.«

Nun ritten sie weiter und weiter und waren schon nah bei ihrem Hause. Da sprach der jüngste Bruder zum ältesten: »Reitet ihr nach Hause, ich aber will mir eine Frau suchen.« Er machte sich nun auf und ritt lange Zeit. Plötzlich sah er eine Feder vom Feuervogel am Boden liegen. »Ich will sie einstecken«, sprach er vor sich hin. Das Pferd aber sagte: »Heb die Feder nicht auf; denn sonst wird dir Übles und Gutes begegnen.« Der Bursch jedoch meinte: »Was für ein Esel wär ich, wenn ich die Feder nicht nähme!« Er kehrte um und hob die Feder auf. Weiter ritt er und erblickte eine Erdhütte; er ging hinein, sah dort ein Weib sitzen und bat es: »Laß mich über Nacht bei dir bleiben!« Sie antwortete ihm: »Ich hab aber nichts zu essen und auch kein Licht.« Da ging er ganz in die Erdhütte hinein und legte die Feder auf das Fensterbrett, und sie erleuchtete die ganze Hütte. Danach schlief er ein, die Frau jedoch lief zum Zaren und erzählte ihm: »Zu mir ist ein fremder Mann gekommen und hat eine Feder ins Fenster gelegt, die leuchtet gar hell!« Der Zar erriet, daß es eine Feder vom Feuervogel sein müsse, und befahl seinen Soldaten: »Geht hin und ruft mir diesen Mann her.« Da ergriffen ihn die Soldaten und führten ihn zum Zaren. Und der Zar fragte ihn: »Willst du nicht bei mir in den Dienst treten?« »Ich will«, antwortete er, »doch muß ich alle Schlüssel bei mir tragen.« Der Zar gab ihm die Schlüssel und wies ihm ein eigenes Häuschen zum Wohnen an.

Eines Tages befahl der Zar seinen Dienern: »Kocht mir einen Bottich Milch.« Die Diener taten es. Dann nahm er einen goldenen Ring, warf ihn hinein und sprach zu dem Fremden: »Hast du die Feder vom Feuervogel zu erlangen gewußt, so kannst du mir auch den Ring aus der kochenden Milch herausholen.« Da antwortete jener: »Führt mein Roß herbei; mag es mitansehen, wie ich den Tod erleide in der kochenden Milch!« Sie führten das Pferd herbei. Doch kaum stieg sein Herr in die kochende Milch hinein, da prustete das Pferd, daß die Milch überfloß. Der Jüngste ergriff den Ring und gab ihn dem Zaren; die Milch aber floß wieder zurück. Als der Zar sah, daß der Mann jung und schön aus der kochenden Milch herausgekommen war, sagte er: »Laßt mich auch versuchen, den Ring herauszuholen.« Er warf den Ring in die Milch hinein und sprang ihm nach. Seine Leute aber wunderten sich, daß er so lange nicht herauskam, und gossen die Milch aus. Doch da war der Zar schon ganz verbrüht. Der Jüngste aber sprach: »Nun, Zarin, jetzt bist du mein und ich bin dein!« Und sie lebten fortan miteinander.

14. Der Däumling

Es waren einmal ein Bauer und eine Bäuerin, die hatten keine Kinder. Und weil das Weib so sehr traurig darüber war, ging der Mann in den Wald und schnitzte einen Knaben aus Holz. Er brachte ihn nach Hause und sagte: »Leg ihn in die Wiege und spiel mit ihm.« Und sie schaukelte ihn beständig und war von Herzen glücklich. Da wurde der Knabe jedoch lebendig und sagte: »Mutter, bist du hier?« Die Mutter ward froh, als sie den Sohn sprechen hörte, und erzählte es ihrem Manne.

Und einstmals, als der Sohn mit Gottes Hilfe schon ganz ordentlich herangewachsen war, fuhr der Vater zum Ackern aufs Feld und sagte zu seiner Frau: »Wenn das Söhnchen eingeschlafen ist, dann bring du mir das Mittagessen.« Und sie richtete das Essen an, der Sohn aber erwachte und rief: »Mutter, ach Mutter! laß mich dem Vater das Essen bringen!« »Du kannst es doch nicht hintragen!« erwiderte die Mutter. »Doch, ich kann's!« Und er brachte einen Bastschuh herbei, setzte den Topf auf ihn drauf und die Pfannkuchen, setzte sich selbst auf und fuhr davon. So fuhr er und fuhr und schrie: »Vater, Vater, ich bringe dir das Mittagessen!« Er brachte es hin und gab es dem Vater. Der Bauer freute sich sehr, der Sohn aber sagte: »Vater, laß mich pflügen.« »Ach nein, wie willst du denn pflügen?« Der Knabe nahm den Pflug, setzte sich darauf und fing an zu ackern. Da kam der Gutsherr gefahren und sagte: »Überlaß mir deinen Sohn.« »Ach nein, Herr, ich habe nur diesen einen.« »Nimm, was du willst, für ihn, nur gib ihn mir.« Das Söhnchen aber kam zum Vater gelaufen und flüsterte ihm ins Ohr: »Vater, gib mich her, doch verlang von ihm eine Mütze voll Gold.« Der Gutsherr schüttete ihm die Mütze voll Gold, nahm den Knaben und setzte ihn sich in die Tasche. Das Söhnchen aber schnitt die Tasche auf und kroch hinaus. Es lief auf der Landstraße, begegnete Räubern und hörte, wie sie untereinander sprachen: »Wo könnte man hier wohl einbrechen?« Da rief der Knabe ihnen zu: »Nehmt mich mit, ich werd es euch sagen! Laßt uns zum Popen gehen, der hat schöne Ochsen.« Und sie gingen hin und stahlen dem Popen einen Ochsen und wollten eben anfangen, ihn zu teilen, als der Knabe schrie: »Pope, Pope! man stiehlt deine Ochsen!« Die Räuber warfen ihren Schnappsack hin, aber das Fleisch nahmen sie mit sich. Das Söhnchen kroch in den Sack hinein und saß dort. Da kam ein Wolf des

Weges gelaufen und fragte: »Wer ist dort?« »Ich bin's, Iwanjka.« »Kriech heraus!« »Nein, ich krieche nicht hinaus, trag mich auf meinen Hof.« Der Wolf brachte ihn dorthin. »Kriech heraus!« sagte der Wolf, aber der Knabe erwiderte: »Trag mich in den Flur!« Und der Wolf tat es, Iwanjka aber kroch hervor, sperrte den Flur ab und rief: »Vater, komm und schlag den Wolf tot!« Der Vater ergriff einen Knüppel und schlug ihn tot. Die Eltern nähten dem Söhnchen aus dem Wolfsfell einen Pelz, und sie leben noch heute glücklich und in Freuden.

15. Der Kater und der Dümmling

Es war einmal ein Mann, der hatte drei Söhne: zwei kluge und einen dummen. Der Vater wurde krank und hatte keine Hoffnung mehr, gesund zu werden. Vor dem Tode verteilte er seinen Besitz zur Hälfte unter die beiden klugen Söhne. Als der Dümmling sah, daß der Vater ihm nichts hinterlassen hatte, fing er an zu jammern und zu weinen. »Warum übergehst du mich denn, Väterchen?« fragte er. Der Alte dachte nach und sagte: »Mein ganzes Hab und Gut, Söhnchen, hab ich unter deine älteren Brüder verteilt; nur mein Kater und der Ofen zum Teerbrennen sind übriggeblieben, die sollen dir gehören.« Der Dümmling dankte ihm auch dafür.

Der Vater starb. Kaum hatten sie ihn begraben, so packten die klugen Brüder den Dümmling beim Genick und stießen ihn zur Tür hinaus, und den Kater warfen sie ihm auch noch hinterher. »Sucht euch selber euer Brot«, sagten sie, »Faulenzer wollen wir nicht füttern!« Und der Dümmling ging hin und legte sich in sein väterliches Erbteil, in den Teerofen. Dort lag er auf der Asche und nahm den Kater unter den Kopf, um sich zu wärmen. So lag er lange, lange Zeit, dann wollte er essen und schrie: »Essen will ich! Essen will ich.« Und er ergriff den Kater und sagte zu ihm: »Ich werde dich auffressen.« »Wart ein wenig, friß mich nicht«, antwortete der Kater, »ich werde dir schon Speise bringen.« Und der Kater ging fort, kletterte auf die Dächer und schnüffelte nach Eßbarem herum; er brachte eine Wurst mit und gab sie dem Dümmling zu essen. Kaum hatte der sich vollgefressen, so schrie er: »Heiraten will ich!« Da konnte aber auch der Kater keine Abhilfe schaffen, und so schrie der Dümmling, bis er wieder essen wollte. So ging es Tag für Tag: war er hungrig geworden, schrie er: »Ich will essen«, hatte er sich vollgefressen, schrie er: »Ich will heiraten!« Schließlich fing er an, den Kater zu prügeln. »Man muß ihn verheiraten«, dachte der bei sich. »Aber wie soll man sich mit diesem Klotz in der Asche auf der Freite zeigen? Wer wird denn so einen, wie den, zum Mann nehmen?« Er dachte lange, lange nach, und schließlich hatte er sich etwas ausgedacht.

Er ging auf den Abfallhaufen eines Schneiders, raffte allerhand Flicken zusammen und nähte dem Dümmling ein Kleid; darauf ging er auf den Abfallhaufen eines Schusters, sammelte kleine Stückchen Leder und ein Endchen Pechdraht und machte ihm Stiefel. Er gab ihm zu essen, wusch ihn und zog ihm die neuen Kleider an. Und man weiß ja doch, daß Kleider Leute machen! So war denn auch der Dümmling so hübsch geworden, daß man ihn selbst zur Königstochter hätte führen mögen, und der Kater konnte sich an ihm nicht sattsehen. »Jetzt wollen wir zu unserm Gutsherrn auf die Freite gehen«, sagte er zum Dümmling. »Nenne dich Herr Aschenpuster, denn in Asche hast du dich gewälzt, und sitz da, wie ein großer Herr, sprich kein Wort, halt den Kopf hoch und schau nicht an dir hinunter.« Und sie gingen in die vornehme Welt, zum Gutsherrn. Als sie dort ankamen, konnte sich der Gutsbesitzer vor Staunen nicht fassen, als er einen Kater erblickte, der zu sprechen verstand; doch er staunte noch nicht so sehr wie das Fräulein, seine Tochter. Als der Kater aber erzählte, wie groß des Herrn Aschenpusters Besitzung sei, und daß er die Tochter heiraten wolle, da war sie sogleich mit Freuden einverstanden. Die Eltern wollten jedoch wissen, ob es wahr sei, was der Kater von der Besitzung des Herrn Aschenpusters erzählte, und beschlossen, ihn vor der Hochzeit als Gäste zu besuchen. Sie riefen die Nachbarn zusammen, setzten den Dümmling in eine Kutsche und fuhren davon, der Kater aber lief vorneweg.

Sie fuhren und fuhren und kamen auf das Gut des Drachen von der Berghöhle. Die Hirten hüteten eine große, große Herde Kühe. Der Kater fragte: »Wessen Hirten seid ihr?« »Des Drachen von der Berghöhle.« »Sagt nicht, daß ihr des Drachen Hirten seid, sondern antwortet: des Herrn Aschenpusters; denn hinter mir da brausen Grom und Perun heran, die werden euch sonst erschlagen!« Und die Hirten gehorchten, als die Gutsbesitzer sie fragten, wessen sie seien. Darauf stieß der Kater auf die Pferdeknechte des Drachen von der Berghöhle, schreckte sie ebenso mit Grom und Perun und befahl ihnen zu sagen, sie seien des Herrn Aschenpusters Knechte. Und so antworteten sie auch auf die Frage der Gutsherren. Der Vater von dem Fräulein aber blähte sich wie ein Hefebrot, weil ein so reicher Herr sein Schwiegersohn werden sollte. Der Kater kam endlich auf den Hof des Drachen gelaufen und rief: »Versteck dich schnell irgendwo, Herr Drache, denn Grom und Perun kommen geflogen; sie werden dich erschlagen und zu Staub zermalmen!« Der Drache aber fürchtete natürlich Grom und erschrak. »Wo soll ich mich verstecken?« sagte er. Mitten aber auf dem Hof des Drachen wuchs eine große hohle Linde. »Klettre schnell dort hinein!« sagte der Kater zum Drachen. Der merkte in seinem Schreck keinen Unrat und war so dumm hineinzukriechen. Mehr wollte der Kater auch nicht: er verstopfte die Höhlung mit Holzscheiten und verschmierte sie mit Lehm. Und dann schrie er dem Hofgesinde des Drachen zu: »Wenn ihr am Leben bleiben wollt, so sagt nicht, daß ihr dem Drachen von der Berghöhle gehört, sondern sagt: dem Herrn Aschenpuster, denn Grom und Perun kommen geflogen, die werden euch sonst zerschlagen, zerstampfen und zertreten wie einen bitteren Apfel.« Alle Knechte gerieten da in fürchterliche Angst.

Unterdessen kamen die Hochzeitsgäste auf den Hof gefahren. Und sie staunten gewaltig, so schön war alles und so herrschaftlich eingerichtet. Die Diener eilten ihnen entgegen und führten das junge Paar in die Gemächer. Dort feierten die Gäste dann die Hochzeit, und es war eine wilde, fröhliche Hochzeit. So lebte nun der Dümmling als Herr auf dem Hofe des Drachen. Und wenn es auch wahr bleibt, daß er seither nicht klüger geworden ist – wozu braucht denn ein Reicher Klugheit? Wem der Herr gibt ein Amt, dem gibt er auch Verstand.

16. Der Edelmann und der Bauer

Der Bauer fragte einmal den Herrn: »Warum ist es eigentlich so, daß der Edelmann Herr ist und der Bauer Knecht?« »Das kommt daher, weil jeder Edelmann ein Fuder Ruten gefressen hat. Auch mich hat man gelehrt und dabei geprügelt«, antwortete ihm der Herr. Da wollte der Bauer auch ein Herr werden. Er fuhr in den Wald, hieb sich ein ganzes Fuder Ruten zusammen, band sie in kleine Bündel und befahl seiner Frau, sie solle ihn prügeln. »Bist du toll geworden? Was ist dir geschehen? Wofür soll ich dich schlagen?« fragte das Weib. »Prügle mich nur; und tust du's nicht, so schlag ich an dir das ganze Fuder Ruten klein! Ich will ein Herr werden.« Da fing die Frau an, sich herumzuzanken, der Mann aber packte sie bei den Zöpfen und zählte ihr so derb auf, daß sie nun aus Wut ihn zu prügeln begann. Doch soviel sie auch auf ihn einschlug, aus dem Bauern ward doch kein Herr. Nur mußte der Arme den ganzen Frühling über im Bett liegen, bis ihm die Wunden verheilt waren.

Im Dorfe sprach sich's herum, und der Bauer wurde bös

verhöhnt: »Schaut den alten Lumpen an, Herr wollt er werden! Mag er sich nun ausflicken!« Der Bauer konnte sich nirgends blicken lassen, überall lachten sie ihn aus. Da sagte er schließlich zu seinen Nachbarn: »Na, so will ich euch zum Tort erst recht ein Herr werden!« Eine Brotkruste steckte er sich in den Ranzen und wanderte in die weite Welt hinaus, sein Herrentum zu suchen. So ging er und ging immerzu und kam in einen tiefen, tiefen Wald und geriet in solches Dunkel, daß er sich nicht mehr hinausfinden konnte. Da verirrte sich unser Bauer in dem Walde. Sein Brot aber war schon aufgegessen, und er hatte nichts mehr, um seinen Hunger zu stillen; halb verhungert war er und ganz erschöpft. Doch auf einmal spürte er den Geruch von Äpfeln. Er schaute sich um und erblickte einen Apfelbaum mit sehr schönen und duftenden Äpfeln. Er riß sich welche ab und fing an zu essen. Einen Apfel aß er, dann den zweiten, fein schmeckte es ihm! Und wie er beim dritten war, da merkte er, daß sich seine Mütze über dem Kopf in die Höhe hob. Er griff mit der Hand hin – drei Hörner waren ihm gewachsen! Der Bauer erschrak und machte sich schnell fort von dem Apfelbaum. Aber mit den Hörnern wurde es ihm noch schwerer, sich durch das Dunkel durchzufinden. Mit seinen Kräften war es aus, er fiel zu Boden, und obwohl ihm der Kopf schmerzte, schlief er doch bald ein. Am nächsten Tage erwachte er und sah über sich einen zweiten Apfelbaum. »Ich will auch von diesen Äpfeln versuchen, mag werden, was da will!« dachte der Bauer. Er aß einen Apfel – ein Horn fiel ab, er aß einen zweiten – das zweite Horn fiel ab, er aß einen dritten – da fiel auch das dritte Horn ab. Im Ranzen hatte er noch von den andern Äpfeln, die steckte er nun in die Tasche, mit den guten aber füllte er seinen Ranzen. Lange irrte er noch umher, doch endlich fand er hinaus ins Freie.

So kam unser Bauer in ein anderes Königreich. Es war aber gerade ein Feiertag, und da ging er vor die Kirche und bat um Almosen. In der Kirche aber war die Königstochter.

Sie merkte, daß es stark nach Äpfeln roch und schickte ihre Dienerinnen hin, sie zu kaufen; doch wieviel Äpfel sie auch brachten, es waren nicht die richtigen. Die Königstochter ward zornig, ging zur Kirche hinaus und ließ ihre Kutsche vorfahren. Als sie aber beim Bettler vorbeifuhr, roch es noch stärker nach Äpfeln. Die Königstochter fragte, wem diese duftenden Äpfel gehörten? Da brachte unser Bauer sie ihr heran, und sie gab ihm ein Goldstück dafür. Und während die Königstochter in der Kutsche fuhr, aß sie von den Äpfeln. Doch soviel Äpfel sie aß, soviel Hörner wuchsen ihr auf dem Kopf, und als sie zu Hause ankam, konnte sie fast nicht mehr aus der Kutsche steigen. Die Doktoren wurden herbeigerufen und meinten, man müsse die Hörner abfeilen. Das versuchte man auch, aber die Königstochter schrie Gewalt! Nun war guter Rat teuer. Der König ließ bekanntmachen: wer die Königstochter zu heilen vermöchte, solle Senator werden. Da meldete sich der Bauer. Die Doktoren sahen ihn schief an, doch der König befahl ihnen hinauszugehen.

Der Bauer ließ ein Bad bereiten und setzte die Königstochter hinein; als ihr aber die Sache langweilig wurde, gab er ihr Äpfel zu essen. Sie aß einen Apfel – und ein Horn fiel ab; und so verschwand ein Horn nach dem andern. Als die Doktoren das sahen, wollten sie fortlaufen, aber sie wurden gefangen und auf Befehl des Königs gehängt. Den Bauern jedoch machte der König zum Senator und wollte ihm auch seine Tochter zur Frau geben, der Bauer sagte aber, daß er schon ein Weib habe. So lebte der Bauer eine Zeitlang in jenem Königreich; dann machte er sich frei und reiste heim, um seine Frau zu sich zu holen. Natürlich erkannte ihn niemand zu Hause. Aber das ganze Dorf versammelte sich, um den Herrn zu sehen, der ein Fuder Ruten gefressen hatte. Dann nahm er sein Weib mit und fuhr zurück in sein Königreich und lebt jetzt noch dort als Herr.

Nicht bloß zum Spaß heißt es ja: Für einen Geprügelten gibt man zwei Ungeprügelte und bringt selbst die nicht an.

17. Von dem Bauern, der gewandt zu lügen verstand

Es war einmal ein Herrscher, der liebte es, wenn ihm einer was vorlog. Er stellte einen tiefen Teller voll Gold auf den Tisch und legte ein Schwert daneben. Wenn der Zar sagt, du lügst, Bruder, – dann nimm das Gold; vergißt sich der Zar bei der Erzählung aber nicht und sagt er nicht, daß du lügst, muß dein Kopf herunter!

Ein alter Bauer, der sich ordentlich angetrunken hatte, beschloß zum Herrscher zu gehn und nicht soviel zu lügen, als die Wahrheit zu sagen und auf diese Art das Gold zu erlangen. Als er hinkam, gab es beim Zaren gerade ein großes Festmahl, und die Würdenträger hatten sich versammelt. Man meldete, daß ein Alter gekommen sei, bei ihrem Gelage zu lügen; der Herrscher freute sich sehr darüber. Es wurde befohlen, eine Schüssel mit Gold vollzuschütten und das Schwert daneben zu legen, und dann fing der Alte an, sein erstes Stückchen zu erzählen.

»Gestern fuhr ich hinaus, um das Feld fürs Sommergetreide zu pflügen; mein Pferd war schwach, schon früh spannte ich es aus. Da schwankte das Pferd hin und her und brach in zwei Hälften auseinander; das Vorderteil lief nach Hause, das Hinterteil blieb auf dem Felde und wieherte.« Da sagten die Würdenträger: »Der Bauer lügt!« Der Zar jedoch meinte: »Schlau ist der Bauer, bringt alles zustande.«

»Ich trieb das Hinterteil zum Vorderteil heran, nähte sie mit Bast zusammen und keilte sie mit einem Weidenpfahl fest; dann legte ich mich hin, um auszuruhen. Als ich erwachte, war die Weide auf meinem Pferde in die Höhe geschossen, aber nicht bloß etwa so hoch, sondern hinauf bis in den Himmel. Da kam es mir in den Sinn, an der Weide in den Himmel zu klettern.« Die Würdenträger sagten: »Der Bauer lügt! Kann denn ein Baum bis in den Himmel wachsen?« Aber der Herrscher meinte: »Schlau ist der Bauer, bei ihm ist alles möglich.«

»Und ich stieg hinauf in den Himmel ...« »Hast du auch den Herrgott dort gesehen?« fragten gleich die Großen des Reichs. »Jawohl.« »Was macht er denn dort?« »Er spielt mit seinen Jüngern Karten.« Die Würdenträger meinten, daß der Bauer lüge, der Herrscher aber sagte: »Ihr könnt doch mit mir Karten spielen, da kann Gott es auch mit seinen Jüngern tun.« Die Großen jedoch erwiderten: »Das ist nicht wahr: der Herrgott gibt sich damit nicht ab.« Der Zar aber meinte, der Bauer sei schlau, bei ihm sei alles möglich.

»Als ich dort herumging, wurde es Zeit, das Pferd wieder anzuspannen; ich wollte auf die Erde hinuntersteigen, aber die Weide, die auf dem Pferde gewachsen war, war verdorrt und zusammengebrochen, und mein Vesperbrot mußte für die Vorübergehenden liegen bleiben. Ich ging aber im Himmel umher und sah, wie ein reicher Bauer seinen Hafer worfelte. Die Spreu aber flog bis zum Himmel hinauf, ich fing sie und setzte mich hin, um ein Seil zu drehen.« Da sagten die großen Herren: »Was lügt der Bauer: kann man denn aus Spreu Seile drehen?« Der Zar jedoch meinte: »Schlau ist der Bauer, bringt alles zustande.«

»Dann band ich dieses Seil am Himmel fest und ließ mich an ihm hinunter; doch ich kam nur bis auf hundert Werst zur Erde, nicht weiter, denn das Seil war zu kurz. Ich schnitt es aber oben ab und setzte es unten an.« Die Würdenträger riefen: »Lügen tut der Bauer! Wie kann man es oben abschneiden und unten ansetzen? Er wäre ja hinuntergefallen.« Der Zar aber meinte: »Schlau ist der Bauer, bringt alles zustande.«

»Dann kletterte ich weiter, doch der Strick war noch immer zu kurz, aber nicht mehr als um hundert Faden. Da glaubte ich abspringen zu können, war zu faul, das Seil nochmals abzuschneiden, fiel gerade in ein Roggenfeld hinein und stak nun bis zum Hals in der Erde, so daß ich nicht herauskriechen konnte. Da ging ich ins Dorf, holte einen Spaten und grub mich aus.« Die Großen sagten: »Der Bauer lügt:

wie hat er sich denn freigemacht, wenn er bis zum Halse drinstak? und warum ist er denn ins Dorf nach dem Spaten gegangen? er brauchte ihn doch nicht; lügen tut er!« Der Zar aber meinte: »Schlau ist der Bauer, bringt alles zustande.«

»Dann stieg ich in den Fluß, wusch mich und wanderte in ein weites Tal, wo ein Hirte seine Schafe weidete. Ich sagte zu ihm: ›Guten Tag, lieber Schäfer!‹ Er aber antwortete: ›Bin kein Schäfer, sondern bin des Zaren Vater!‹ Da rief jedoch der Herrscher aus: »Du lügst, guter Freund: mein Vater hat keine Schafe gehütet!« »Wer aber Lügen konnte sagen, Eure Majestät, der darf das Gold heimtragen.«

18. Drei Jäger

Es war einmal ein Bauer, der hatte drei Söhne, und die waren alle große Jäger. Aber soviel sie auch jagten, keiner von ihnen hatte Glück. Und als sie einmal durch dichten Wald ritten, verirrten sie sich. Drei Tage zogen sie umher und fanden dann endlich auf die Landstraße hinaus. Da sprachen sie zueinander: »Laßt uns, Brüder, jeder sein Glück probieren.« Auf der Landstraße aber stand eine Säule. Und von der Säule gingen drei Wege ab, und drei Tafeln hingen an ihr, auf denen stand geschrieben: »Wer nach rechts reitet, der wird selbst satt, aber sein Roß bleibt hungrig; wer nach links reitet, dessen Pferd wird satt, aber selbst bleibt er hungrig; wer den dritten Weg reitet, wird Zar im Reiche des Wachramej werden.«

Sie waren alle von gleicher Stimme, von gleichem Haar und von gleichem Wuchs, wie ein Mann. Iwan Iwanywitsch aber war der älteste Bruder. Er ritt in das Reich des Zaren Wachramej; der Zar empfing ihn und fragte: »Wie heißt du? und welche Künste kannst du?« »Ich bin ein großmächtiger Jäger.« Da schickte ihn der Zar auf die Jagd. Der Wald jedoch war ein undurchdringliches Dickicht. Ein Löwentier, so groß wie ein Berg, kam dem Jäger entgegen. Er legte an, um zu schießen, aber die Löwin sagte: »Töte mich nicht, Iwan Iwanywitsch: ich gebe dir mein Junges, das wird dir von Nutzen sein.« Ein wenig weiter kam ihm eine Bärin entgegen. Er legte an, um zu schießen, aber sie sagte: »Ach, Iwan Iwanywitsch, töte mich nicht: hier hast du ein Bärchen zum Geschenk, es wird dir von Nutzen sein.« Da tötete er die Bärin nicht. Ein wenig weiter kam ihm eine Wölfin entgegen und sagte: »Ach, Iwan Iwanywitsch, töte mich nicht!« Er schoß nicht, und die Wölfin gab ihm dafür ein Junges. Er kaufte sich ein Pferd, und sein Löwe, sein Bär und sein Wolf folgten ihm überallhin nach. Der Zar Wachramej gab Iwan Iwanywitsch seine Tochter zur Frau, und nach der Hochzeit wollte Iwan mit seinem Löwen, seinem Bären und seinem Wolf auf die Jagd gehen. Es war aber in diesem Reiche nach Norden zu eine abgelegene Wildnis. Die Frau sagte zu Iwan: »Mein Liebster, reit nicht in jenes Walddickicht! Dort herrschen grimmige Fröste und große Kälte.« Er ritt jedoch über Land und dachte bei sich: »Was bin ich für ein Jäger, wenn ich nicht in jene Wildnis reite?« So ritt er denn hin gen Norden in den dichten Wald. Als er in den Wald kam, ward es dunkel; ein kalter Wind ging, und grimmiger Frost fiel ein. Er fing an umherzuirren, verirrte sich ganz in dem Walde und nächtigte dort. Da sah er irgendwo in der Ferne ein Licht aufleuchten. »Nun mach dich auf, Löwe, du bist stark und flink, bring uns von dem Feuer! Und du, Bärchen, schlepp Brennholz herbei! Und du, Wölfchen, bring uns ein Ferkel zum Abendbrot!« Der Löwe brachte Feuer, der Wolf ein Ferkel, und der Bär das Brennholz, und Iwan zündete das Feuer an und briet das Ferkel zum Abendessen.

In diesem Walde aber wohnte eine Hexe, die hieß Baba-Iga, das Knochenbein; sie war braun wie Leder, und ihre Augen waren wie Kohlen. Als Iwan und seine Tiere anfingen zu essen, schleppte sie sich heran und zitterte erbärmlich. »Ach, mein lieber Bursch, der du hier übernachtest, erlaube mir, mich zu wärmen, sonst muß ich erfrieren!« »Ach, Großmütterchen, komm und wärme dich!« »Nein, Väterchen, ich fürchte mich vor deinen Tieren.« »Fürchte dich nicht, Großmütterchen, komm her, dir wird nichts geschehen.« »Nein, Väterchen, reiß zuerst fünf Haare aus: von deinem Kopf, von deinem Pferd und von deinen Tieren.« Er riß sie aus und gab sie ihr. Und sowie sie die Haare anblies, wurden Iwan Iwanywitsch und seine Tiere zu Stein. Zu Hause aber wartete sein Weib auf ihn.

Iwans Bruder Danila Iwanywitsch ging seines Weges und begegnete einer Löwin. Er wollte auf sie schießen, aber die Löwin sagte: »Ach, Danila Iwanywitsch! töte mich nicht: hier hast du ein Löwenjunges, es wird dir von Nutzen sein.« Danila tötete die Löwin nicht, sondern nahm ihr Junges mit sich. Ein wenig weiter kam ihm eine Bärin entgegen. Er wollte sie töten, doch sie sagte: »Ach, Danila Iwanywitsch, töte mich nicht: da hast du ein Bärchen zum Geschenk, es wird dir von Nutzen sein.« Er nahm das Junge mit sich und ritt weiter. Da begegnete ihm eine Wölfin und sagte: »Ach, Danila Iwanywitsch, töte mich nicht: da hast du ein Wölfchen, es wird dir von Nutzen sein.« Er nahm das Junge mit sich und ritt davon. Und er kam in das Reich des Zaren Wachramej. Die Zarentochter aber dachte, daß er ihr Gatte sei, und er erkannte, daß sie die Frau seines Bruders sein müsse. Sie küßte ihn und drückte seine Hände an ihr Herz und sprach: »Ich dachte, daß du nicht mehr zurückkommen würdest, denn von den Unsrigen ist bisher noch niemand von dort zurückgekehrt.« Sie gab ihm zu trinken und zu essen, schlug das weiße Lager auf, bettete ihn zur Ruh und legte sich an seine Seite. Er aber legte ein bloßes Schwert zwischen sich und die Zarentochter und sprach: »Höre, mein liebes Weib! Wer sich in dieser Nacht dem andern zuwendet, dessen Haupt soll fallen!« Sie lagen da und rührten sich nicht. Frühmorgens machte er sich auf zu jagen. Sie sprach aber zu ihm: »Ach, mein Liebster, reit nicht in jenes Land gen Norden:

von dort ist keine Wiederkehr!« Er ritt aber fort und wandte sich der Wildnis zu. Es wurde sehr kalt, und da schlug er dort sein Nachtlager auf. Den Löwen schickte er nach Feuer, den Bären nach Brennholz und den Wolf nach einem Ferkel. Als sie ihr Abendbrot zubereiteten, kam die Baba-Iga, das Knochenbein; braun war sie wie Leder, und ihre Augen waren wie Kohlen, zitternd schleppte sie sich heran. »Ach, erwärme mich!« »Komm her, Großmütterchen, und wärme dich!« »Nein, Väterchen, reiß zuerst fünf Haare aus: von deinem Kopf, von deinem Pferd und von deinen Tieren.« Er riß sie aus und gab sie ihr. Und sowie sie die Haare anblies, wurden Danila Iwanywitsch und seine Tiere zu Stein.

Der dritte Bruder, Mikita Iwanywitsch, ritt seines Weges. Eine Löwin kam ihm entgegen. Er wollte sie töten, aber die Löwin sprach: »Ach, Mikita Iwanywitsch! Töte mich nicht: hier hast du ein Junges, es wird dir von Nutzen sein.« Er nahm das Löwenjunge mit und ritt weiter. Da begegnete ihm eine Bärin: »Ach, Mikita Iwanywitsch, töte mich nicht: hier hast du ein Bärchen, es wird dir von Nutzen sein.« Er nahm das Junge mit und ritt weiter. Dann kam ihm eine Wölfin entgegen: »Ach, Mikita Iwanywitsch, töte mich nicht: hier hast du ein Wölfchen, es wird dir von Nutzen sein.« Mikita kam zu der Säule, bei der sich die Brüder getrennt hatten, aber die Schrift auf den Tafeln war ausgelöscht. Da sprach er: »Gewiß sind meine Brüder nicht mehr am Leben! Ich will hinreiten und sie suchen.« Er war aber ein riesenstarker, mächtiger Held und ein tapferer Krieger. Als er zu der Tochter des Zaren Wachramej kam, ward sie sehr froh, als sie ihn erblickte, und hielt ihn für ihren Mann. Sie küßte ihn und drückte seine Hände an ihr Herz. Bevor er aber zur Ruhe ging, legte er das Schwert sich zu Häupten und sprach: »Weib! wer sich in dieser Nacht dem andern zukehrt, dessen Haupt soll fallen.« Da rührte sich keines von ihnen während der ganzen Nacht. Am Morgen stand er auf und ritt fort, seine Brüder zu suchen. Er ritt gen Norden in den wilden

Wald und kam zu jenen Steinen. Den Löwen schickte er nach Feuer, den Bären nach Brennholz und den Wolf nach einem Ferkel, und dann fing er an, das Abendbrot zu bereiten. Da schleppte sich zitternd die Baba-Iga heran und bat: »Ach, guter Gesell, erlaube mir, mich zu wärmen!« »Komm heran, Großmütterchen, und wärme dich!« »Nein, Väterchen, gib mir erst fünf Haare: von deinem Kopf, von deinem Pferd und von deinen Tieren.« Doch da rief er: »Heda! mein Löwe, und du, mein Bär, und du, mein Wolf, schleppt sie einmal aufs Feuer!« Sie drehte sich und wand sich, aber die Tiere zerrten sie aufs Feuer. Doch da schrie sie mit riesenstarker Stimme: »Ach, Mikita Iwanywitsch, laß mich nicht verbrennen! Deine beiden Brüder will ich wieder lebendig machen!« »Nun gut, dann erwecke sie!« Kaum blies sie darauf die Steine an, wurden sie wieder zu Menschen. »Jetzt, Bruder Iwan und Danila, verbrennt sie!« Und sie packten und verbrannten die Hexe.

Dann ritten sie alle drei in das Reich des Zaren Wachramej. Der aber gab einen großen Ball, auf dem waren alle Könige. Und als sie am Meere lustwandelten, da warf ein Meeresungeheuer einen Brief ans Ufer. Den fanden die Könige, und dort stand geschrieben: »Iwan Iwanywitsch, Danila Iwanywitsch und Mikita Iwanywitsch! Weil ihr meine Mutter getötet habt, so werd ich euer Reich vernichten; wenn du aber, Wachramej, nicht willst, daß dein Reich zugrunde geht, so führe deine Tochter in einem goldenen Wagen an das Meeresufer.« Der Zar Wachramej setzte seine Tochter in einen goldenen Wagen und stellte ihn am Ufer des Meeres auf. Dann rief er: »Ach, ihr Brüder, wollt ihr nicht das Ungeheuer töten, wie ihr die Baba-Iga getötet habt?« Da machten sich die Brüder bereit und stellten sich nachts beim Wagen auf. »Wohlan, ihr Löwen, haltet die Hinterräder fest, und ihr, Bären, legt euch zu den Seiten nieder, aber ihr, Wölfe, packt das Ungeheuer am Hals, wenn es aus dem Wasser herauskommt.« Um Mitternacht erbrauste das Meer, und die

Erde erbebte. Das Ungeheuer warf sich aus dem Meer hervor und fing an, den Wagen ins Wasser zu ziehen, die Löwen aber ließen es nicht zu. »Heran, ihr Bären, werft euch ihm auf die Schultern, und ihr, Wölfe, reißt es an den Waden!« Und sie hieben das Untier in kleine Stücke. Dann zogen die Bären die Zarentochter in den Palast, und viele Dankgebete wurden gehalten. Iwan Iwanywitsch wurde zum Zaren über das Reich des Wachramej bestimmt, Danila Iwanywitsch über Asien und Mikita Iwanywitsch über Amerika.

19. Iwan Aschenpuster

Es war einmal ein Mann, der war sehr reich, aber er hatte keine Kinder. Er bat den lieben Gott unablässig, daß er ihm ein Kind schenken möge, opferte Kerzen zu einem Rubel und gab den Bettlern Almosen. Gott erbarmte sich seiner und schenkte ihm ein Söhnchen mit Hühnerfüßen. Der Mann war auch damit zufrieden, denn wie es im Sprichwort heißt: Mit Gott kannst du nicht streiten. Das Kind aber wuchs nicht nach Tagen, sondern nach Stunden; es wuchs an einem Tage zu einem stattlichen Manne heran und rief: »Vater, he, Vater! Wollen wir zum Zaren auf die Freite gehn?« »Nein«, sagte der Alte, »wie sollten wir wohl zum Zaren auf die Freite gehn!« »Doch, Vater, wir wollen hingehn!«

Und so machten sie sich denn auf und kamen zum Zaren. Der fragte sie: »Was wollt ihr, gute Leute? Weswegen kommt ihr zu mir? Mit einer Klage vielleicht oder mit einer Bitte?« »Nein«, erwiderte der Sohn, »nicht um zu bitten und nicht um zu klagen, sondern in wichtiger Angelegenheit sind wir hier: wir haben gehört, daß du eine Tochter hast, und wollen um sie freien.« »Freier oder nicht Freier, bist du ein braver Gesell, so übernachte bei uns, und morgen wollen wir dann sehen, was weiter wird.«

Kaum ward es hell, als der Zar erwachte und seine Gäste

weckte. Und dann fragte er sie: »Welchen Standes seid ihr denn? Bojaren oder von Zarengeblüt? und wie heißt ihr?« »Nein«, sagte der Sohn, »wird sind weder Bojaren noch Zaren, sondern einfache Bauern, und ich heiße Iwan Aschenpuster.« Dann gingen sie in die Wohngemächer und tranken und zechten. »Also, Iwan«, sagte der Zar, »wenn du meine Tochter zur Frau willst, so trink diesen Becher Gift aus; bleibst du leben, wirst du mein Schwiegersohn, wenn nicht, dann nicht.« Iwan Aschenpuster nahm den Becher entgegen, leckte und schleckte, und der Becher kollerte leer bis zur Schwelle. »Mein Schwiegersohn bist du, aber noch nicht ganz. Ich hab eine Keule: wirfst du sie über meinen Hof, so wird Gott dich segnen.« Iwan Aschenpuster ergriff die Keule, und als er sie in die Höhe schleuderte, entschwand sie ganz den Blicken. Der Zar gab ihm nun seine Tochter zur Frau.

Es schien ihr aber eine Schande, mit einem Bauern zu leben, der Hühnerfüße hatte. Sie packte die Füße und schlug sie ab. Iwan erwachte und sah, daß er keine Füße mehr hatte, geriet in großen Zorn über die Zarentochter und wanderte in die weite Welt hinaus. Er ging und ging und begegnete einem Menschen ohne Hände. Da fragte ihn Iwan: »Woher bist du, armer Kerl, und wie heißt du?« »Ich bin nicht aus diesem Zarenreich, und rufen tut man mich Torok.« »Wo sind denn deine Hände?« fragte Iwan. »Ach, Bruder!« antwortete Torok, »meine Hände sind weit von hier in der Nähe vom Zarenhof; eine Keule hat sie mir abgerissen, sie flog über den Hof, ich aber wollte sie auffangen.« »Wohin gehst du denn?« fragte Iwan. »Wohin die Augen schauen!« »Nun, Bruder, dorthin geh auch ich, wir wollen beisammen bleiben.« »Gut«, sagte Torok.

Und so gingen sie dahin, war es lang, war es kurz – rasch wird das Märchen erzählt, langsam die Tat getan – da begegneten sie auf der Straße dem Teufel. Iwan Aschenpuster packte ihn mit beiden Händen beim Schopf und schlug ihn mit den Fäusten auf den Rücken, was das Zeug hielt, und schlug und schlug ihn, bis er genug hatte. Da sagte der Teufel: »Ach, Iwan Aschenpuster! Schlag mich nicht, ich will dir ein Kraut geben, daß deine Beine wieder heil werden.« Iwan Aschenpuster ließ ihn frei. Der Teufel aber führte ihn zu einem Brunnen und sagte: »Steig hinein, gleich wirst du deine Füße wieder haben.« Iwan Aschenpuster warf aber vorher ein Stöckchen hinein – und das Stöckchen verbrannte. Da fing er noch einmal an, den Teufel zu prügeln, weil er ihn betrogen hatte. Der Teufel führte ihn zu einem anderen Brunnen, und Iwan Aschenpuster warf abermals ein Stöckchen hinein – und das Stöckchen verfaulte. Wiederum prügelte er den Teufel und ließ ihn kaum noch lebendig frei. Dann führte ihn der Teufel aber zum dritten Brunnen, Iwan Aschenpuster warf nochmals ein Stöckchen hinein – und es trieb Knospen. Da stieg Iwan selbst ins Wasser, begoß sich, und es wuchsen ihm Menschenbeine; aber auch Torok begoß sich und bekam wieder Hände. Sie schlugen darauf den Teufel tot und gingen ihrer Wege: der eine auf die eine Seite, der andere auf die andere.

Iwan Aschenpuster gelangte in eine Stadt, wo man gerade Hochzeit feierte, denn der Zar wollte seine Tochter verheiraten. Iwan kaufte sich ein Pfeifchen, und als er anfing, darauf zu blasen, mußte alles tanzen. Da führten ihn die Leute auf den Zarenhof, und als er auch dort zu blasen begann, sprangen selbst die kleinen Kinder umher, nicht nur die Erwachsenen. Der Zar befahl, den Bauern zu sich in den Palast zu rufen. Man führte ihn hin, und kaum fing er an zu spielen, so mußten der Zar, die Zarin und die Zarentochter alle springen und tanzen. Als aber die Zarentochter ihn mit Schnaps bewirtete, erblickte sie ihren Ring. Da schlang sie ihre Arme um seinen Hals und küßte ihn viele Male, der Zar aber fragte sie: »Wer ist dieser Mann? warum küßt du ihn?« Nun erzählte sie ihrem Vater, wie sie ihrem Manne die Füße abgehauen hatte, und daß er in die weite Welt hinausgewandert war. Und als der Zar erfuhr, daß er sein erster Schwiegersohn sei, ließ er den anderen töten; jener aber blieb bei der Zarentochter, und er lebt noch heute, ißt sein Brot und trinkt seinen Wein.

20. Der beinlose und der blinde Held

Irgendwo in einem Zarenreich, in einem fernen Reich, lebte einst ein grimmer Zar, berühmt in allen Ländern, gefürchtet von allen Königen und Königssöhnen. Der Zar gedachte zu heiraten und ließ diese Kundmachung in alle Städte und Dörfer ergehn: Wer ihm eine Braut fände, strahlender als die Sonne, leuchtender als der Mond und weißer denn Schnee, den wolle er belohnen mit unermeßlichem Reichtum.

Das Gerücht davon drang durch das ganze Reich; vom Geringsten bis zum Höchsten besprachen und beredeten sie's alle, aber nicht einer erbot sich, solch eine Schönheit aufzufinden. Nicht weit vom Zarenpalast stand eine große Bierbrauerei. Einmal geschah es, daß sich Arbeitervolk zusammenfand und darüber sprach, wieviel Geld man da wohl vom Zaren erhalten könnte, aber wo solch eine Braut hernehmen! »Ja, Brüder!« sagte einer der Bauern, mit Namen Nikita Koltoma, »ohne mich wird niemand dem Zaren die Braut verschaffen; nehm ich's aber auf mich, find ich sie gewiß!« »Was prahlst du, Dummkopf! Wie willst du in Teufels Namen diese Tat vollbringen? Es gibt vornehme und reiche Leute genug, für uns ist das nichts, und selbst jene kneifen den Schwanz zwischen die Beine! Nicht einmal im Traum wird dir's gelingen, geschweige denn in Wirklichkeit.« »Denkt, was ihr wollt, ich verlaß mich auf mich selbst; hab ich gesagt, ich bringe sie, so bring ich sie auch!« »Ach, Nikita, prahle nicht! Weißt selbst, unser Zar ist mächtig; für leeres Gewäsch läßt er dich hängen.« »Glaub nicht, daß er mich hängt, sondern mich reich beschenkt!« Sofort hinterbrachte man dieses Gerede dem Zaren; er ward froh und befahl, Nikita vor sein Angesicht zu führen. Soldaten eilten hin, ergriffen Nikita Koltoma und schleppten ihn in den Palast; die Kameraden aber schrien hinter ihm her: »Nun, Bruder, hast du's erreicht? Glaubst du, du kannst mit dem Zaren spaßen? Jetzt geh und verantworte dich.«

Nikita wurde in die hohen Gemächer geführt, und der grimme Zar sprach zu ihm: «Du rühmst dich, Nikita, daß du mir eine Braut, strahlender als die Sonne, leuchtender als der Mond und weißer denn Schnee erlangen kannst?« »Ich kann's, Eure Majestät!« »Gut, Bruder! führst du's aus, so belohn ich dich mit unermeßlichen Schätzen und mache dich zum ersten Minister; hast du aber gelogen, so laß ich dich's büßen, leg dir den Kopf zu deinen Füßen.« Zu Befehl, Eure Majestät! Erlaubt mir aber, vorher einen Monat lang in Saus und Braus zu leben.« Der Zar war's zufrieden und gab Nikita ein offenes Schreiben mit seiner Unterschrift, damit man ihn in allen Kneipen und Garküchen unentgeltlich mit Speise und Trank bewirte. Nikita Koltoma ging in die Hauptstadt zechen: in welche Kneipe er auch kam, er zeigte nur das Schreiben vor, und sofort brachte man ihm alles, was die Seele begehrt. Er feierte einen Tag, den zweiten und den dritten, er feierte eine Woche, die zweite und die dritte; bald war die Zeit herum, er mußte zum Zaren. Nikita nahm Abschied von seinen Freunden, kam in den Palast und bat den Zaren, ihm zwölf kühne Burschen zusammenzusuchen, von gleichem Wuchs, mit gleichem Haar, mit gleicher Stimme, und ferner dreizehn weißleinene, goldverzierte Zelte anfertigen zu lassen. Beim Zaren ist alles rasch bereit: im Augenblick waren die Burschen beisammen und die Zelte angefertigt. »So, Eure Majestät!« sagte Nikita, »jetzt macht Euch auf und laßt uns auf die Brautsuche reiten.« Sie sattelten ihre stattlichen Rosse und luden die Zelte auf; dann wurde das Gebet um glückhafte Reise gesprochen, den Bewohnern der Stadt Lebewohl gesagt, aufgesessen und fortgesprengt, daß der Staub in Säulen aufwirbelte!

Sie ritten einen Tag und zwei und drei, da stand auf freiem Felde eine Schmiede. Nikita sagte: »Reitet ihr mit Gott geradeaus, ich aber laufe derweil in die Schmiede und rauch ein Pfeifchen an.« Er trat in die Schmiede ein; dort schmiedeten fünfzehn Gesellen das Eisen und ließen die Hämmer sausen. »Gott helf euch, Brüder!« »Dank dir, guter Gesell!« »Macht mir einen Stab von fünfzehn Pud.« »Wir wollen ihn gern machen, aber wer wird das Eisen umdrehen? Fünfzehn Pud sind keine Kleinigkeit!« »Macht nichts, Brüder! Schlagt ihr nur mit den Hämmern zu, ich werde es schon umdrehen.« Die Schmiede machten sich an die Arbeit und hämmerten einen Stab von fünfzehn Pud zurecht. Nikita ergriff ihn und ging auf das Feld hinaus, warf ihn fünfzehn Faden in die Höh und hielt den Arm unter. Der eiserne Stab fiel ihm auf die Hand, aber der Heldenkraft war er nicht gewachsen und brach in zwei Stücke. Nikita Koltoma bezahlte die Schmiede für ihre Mühe, warf ihnen den Stab zu, ritt davon und holte seine Gefährten ein.

Dann ritten sie noch drei Tage, und wieder stand auf freiem Felde eine Schmiede. »Reitet voran, ich gehe noch in die Schmiede«, sagte Nikita. Er trat ein, dort schmiedeten aber fünfundzwanzig Gesellen das Eisen und ließen die Hämmer sausen. »Gott helf euch, Kinder!« »Dank dir, guter Gesell!« »Schmiedet mir einen Stab von fünfundzwanzig Pud.« »Schmieden ist nicht schwer, aber wo ist der starke Mann, der so viel Eisen umdrehen kann?« »Ich selbst werd es umdrehen.« Er nahm fünfundzwanzig Pud Eisen, machte es rotglühend und wendete es auf dem Amboß um, die Schmiede aber schlugen mit den Hämmern zu. Sie machten einen Stab von fünfundzwanzig Pud. Nikita ergriff ihn, ging hinaus auf das Feld, warf ihn fünfundzwanzig Faden in die Höhe und hielt seinen Arm unter. Der Stab schlug auf die Heldenhand auf und brach entzwei. »Nein, er taugt nichts!« sagte Nikita, bezahlte die Arbeit, setzte sich auf sein Roß und ritt davon. Er holte seine Gefährten ein.

Sie ritten einen Tag, zwei und drei, und wieder stand auf freiem Felde eine Schmiede. Nikita sagte zu seinen Gefährten: »Reitet voraus; ich geh in die Schmiede, rauch ein Pfeifchen an.« Er tritt hinein; dort aber martern fünfzig Schmiede einen alten Mann: auf dem Amboß liegt ein grauhaariger Alter, zehn Gesellen halten ihn mit Zangen am Bart, vierzig aber dreschen mit Hämmern auf ihn ein. »Brüder, erbarmt euch!« schrie der Alte aus vollem Hals, »laßt mir mein Leben!« »Gott helf euch!« sagte Nikita. »Dank dir, guter Gesell!« antworteten die Schmiede. »Wofür martert ihr den Alten?« »Dafür, weil er uns allen je einen Rubel schuldig ist und ihn nicht hergibt; wie sollten wir ihn da nicht schlagen?« »Der Arme!« dachte Nikita, »wegen fünfzig Rubel muß er solch eine Strafe leiden.« Und er sprach zu den Schmieden: »Hört, Brüder, ich werde für ihn zahlen, laßt den Alten frei!« »Wie du willst, guter Gesell! Uns ist es gleich, von wem wir's erhalten, wenn das Geld nur bezahlt wird.« Nikita Koltoma zog fünfzig Rubel hervor; die Schmiede nahmen das Geld, und kaum hatten sie den Alten aus den eisernen Zangen gelassen, als er im selben Augenblick aus den Augen verschwunden war. Nikita schaute sich um: »Wo mag er geblieben sein?« »Ja, such du ihn jetzt nur!« sagten die Schmiede, »er ist doch ein Zauberer!« Nikita hieß sie einen eisernen Stab von fünfzig Pud schmieden; dann nahm er ihn, warf ihn fünfzig Faden in die Höhe und hielt seinen Arm unter: der Stab hielt es aus, brach nicht. »Dieser da taugt mir!« sagte Nikita und ritt davon, seine Gefährten einzuholen. Plötzlich hörte er hinter sich eine Stimme: »Nikita Koltoma, halt an!« Er wandte sich um und sah, der Alte, den er von der Strafe freigekauft hatte, lief ihm nach. »Dank dir, guter Gesell, daß du mich aus böser Qual befreit hast«, sagte der Alte; »wisse, daß ich genau dreißig Jahre dieses Leid erdulden mußte. Da hast du zum Andenken ein Geschenk: nimm es an, es wird dir von Nutzen sein.« Und er gab ihm eine Tarnkappe. »Setzt du sie auf – kann keiner dich sehen!« Nikita nahm die Tarnkappe, bedankte sich beim Alten und sprengte davon. Er holte seine Gefährten ein, und sie ritten gemeinsam weiter.

War es lang nachher oder kurz, nah oder fern? – sie ritten an einen Palast heran. Rundherum war dieser Palast von einer hohen eisernen Umzäunung umgeben: weder gab's eine Möglichkeit, in den Hof zu gelangen, noch für wackere Burschen hineinzureiten. Sprach der grimme Zar: »Na, Bruder Nikita! hier kommen wir ja nicht weiter.« Antwortete Nikita Koltoma: »Wie sollte da kein Eingang sein, Eure Majestät! Das ganze Weltall will ich durchwandern, um Euch die Braut zu finden. Diese Umzäunung ist für uns kein Hindernis. Heran, Kinder! Zerbrecht die Gitter, macht ein Tor in den weiten Hof.« Die kühnen Burschen stiegen von den Rossen und machten sich an die Arbeit, aber wie sie's auch versuchten, sie konnten die Einfriedigung nicht durchbrechen: sie stand und rührte sich nicht. »He, Brüder«, sagte Nikita, »ihr schwimmt alle nur im Flachen, auf euch ist für mich kein Verlaß, ich werde selbst drangehen müssen.« Nikita sprang von seinem Roß, trat an die Umzäunung heran, packte mit den Heldenarmen das Gitter, rüttelte einmal – und schleuderte den ganzen Zaun zu Boden. Der grimme Zar und die wackeren Burschen ritten hinein in den weiten Hof, und dort auf grüner Wiese richteten sie ihre weißleinenen, goldverzierten Zelte auf. Sie aßen, was Gott ihnen beschert hatte, legten sich zur Ruhe und fielen ermüdet in tiefen Schlaf. Alle hatten ihre Zelte, nur für Nikita Koltoma war keines da. Er suchte sich drei durchlöcherte Matten aus Bast, machte sich ein Hüttchen daraus, legte sich auf die nackte Erde und wachte, erwartete, was kommen würde.

Als die Morgenröte emporstieg, erwachte in ihrem Frauengemach die Zarentochter Helene die Wunderschöne, sah zum Fensterchen hinaus und erblickte auf der grünen Wiese dreizehn weißleinene Zelte, mit goldenen Blumen bestickt, aber vor ihnen allen stand ein Hüttchen aus Bastmatten errichtet. »Was ist denn das?« dachte die Zarentochter, »von wo sind diese Gäste hergeritten? Schau, auch das eiserne Gitter ist zerbrochen!« In großen Zorn geriet Helene, die Wunderschöne, rief einen riesenstarken Helden zu sich und befahl: »Setz dich sogleich auf ein Roß, reit zu diesen Zelten und gib allen jenen Ungehorsamen den bitteren Tod; die Leichen wirf über die Umzäunung, die Zelte aber bring mir her.« Der riesenstarke Held sattelte sein treues Roß, wappnete sich mit der Kriegerrüstung und sprengte auf die ungerufenen Gäste zu. Nikita Koltoma erspähte ihn und rief ihn an: »Wer kommt da geritten?« »Wer bist denn du, Flegel, daß du mich anrufst?« Diese Worte behagten Nikita nicht wohl, er sprang aus seinem Hüttchen hervor, packte den Helden am Bein und zerrte ihn vom Pferd auf die feuchte Erde; schwang den eisernen Stab von fünfzig Pud, gab ihm einen derben Schlag und sagte: »Jetzt geh zu deiner Zarentochter zurück und melde ihr, sie möge nicht lange den Hochmut herauskehren und ihre Kriegsscharen nicht unnütz verschwenden, sondern die Gattin unseres grimmen Zaren werden.« Der Held sprengte zurück, froh, daß Nikita ihn lebend hatte laufen lassen! Er ritt zum Palast und berichtete der Zarentochter: »Auf Euren Hof sind ungeheuer starke Leute gekommen, sie werben um Euch für ihren grimmen Zaren und befahlen mir zu melden, Ihr möget Euch nicht hochmütig zeigen und Eure Kriegsheere nicht unnütz verschwenden, sondern jenem Zaren als Gattin folgen.« Als Helene, die Wunderschöne, so kecke Rede hörte, war sie empört darüber, rief alle ihre riesenstarken Helden zusammen und befahl ihnen: »Ihr getreuen Diener! sammelt ein unermeßliches Heer, zerstört die weißleinenen Zelte und schlagt die ungerufenen Gäste zusammen, daß nicht ein Stäubchen von ihnen übrigbleibt.« Die riesenstarken Helden bedachten sich nicht lange; sie riefen ein zahlloses Heer auf den Plan, setzten sich auf ihre Heldenrosse und sprengten wider die weißleinenen Zelte mit goldenem Zierat an. Kaum aber waren sie bis zum Hüttchen aus Bastmatten gelangt, so sprang Nikita Koltoma hervor, packte seinen eisernen Stab von fünfzig Pud und fing an, nach allen Seiten einzuhauen; in kurzer Zeit erschlug er das ganze Heer und alle riesenstarken Helden, nur einen einzigen ließ er am Leben. »Reit hin zu der Zarewna Helene, der Wunderschönen, und sag ihr, daß sie ihre Krieger nicht länger verschwenden solle; mit Heerscharen sind wir nicht zu schrecken! Bisher hab ich allein wider euch gekämpft; was aber wird aus eurem Zarenreich werden, wenn meine Gefährten erwachen? Keinen Stein werden wir auf dem anderen lassen und alles dem Erdboden gleichmachen!« Der Held kehrte zur Zarentochter zurück und berichtete, daß das Heer erschlagen sei und keine Macht genüge, um solche Recken zu überwinden. Helene, die Wunderschöne, schickte aus und ließ den grimmen Zaren in den Palast bitten, befahl aber gleich, einen wohlgehärteten Pfeil anzufertigen; selbst ging sie hinaus, die Gäste freundlich und ehrenvoll zu empfangen. Die Zarentochter ging ihnen entgegen, hinter ihr aber trugen fünfzig Mann den Bogen und den Pfeil. Nikita Koltoma erblickte den Heldenbogen und erriet sofort, daß sie mit diesem Pfeile bewirtet werden sollten. Er setzte die Tarnkappe auf, sprang hinzu, spannte den Bogen und zielte auf die Gemächer der Zarentochter – im Augenblick schoß er das ganze obere Stockwerk herunter!

Es blieb nichts anderes übrig: Helene, die Wunderschöne, nahm den grimmen Zaren bei der Hand, führte ihn in die weißsteinernen Gemächer und setzte ihn an die eichenen Tische vor die gemusterten Tücher; sie tranken und aßen und waren froh. Im Palast war alles herrlich eingerichtet: die ganze Welt kannst du durchwandern, einen so schönen findest du nicht wieder! Nach dem Essen fragte Nikita den grimmen Zar: »Gefällt Eurer Majestät die Braut, oder sollen wir eine andere suchen?« »Nein, Nikita, wir wollen nicht ins Blaue hinein weiterreiten; eine schönere als diese gibt es auf der ganzen Welt nicht!« »Nun, so heiratet, jetzt ist sie in unseren Händen. Aber seht Euch vor, Euer Majestät, und seid auf Eurer Hut: die ersten drei Nächte wird sie Eure Stärke erproben, wird ihre Hand auf Euch legen und mit Riesenkraft drücken, Ihr werdet es ganz gewiß nicht ertragen können! Darum geht danach sogleich aus der Kammer, ich aber werd an Eurer Stelle zurückkommen und sie rasch bändigen.«

Und so machten sie sich zur Hochzeit bereit. Bei den Zaren wird weder Met gebraut, noch Schnaps gebrannt, alles ist schon bereit. Die Hochzeit wurde gefeiert, und der grimme Zar ging mit Helenen, der Wunderschönen, zur Ruh. Er legte sich auf das weiche Bett und stellte sich, als ob er schlafen wolle. Helene, die Wunderschöne, legte ihm die Hand auf die Brust und fragte: »Ist meine Hand wohl schwer?« »So schwer, wie eine Feder auf dem Wasser!« antwortete der grimme Zar; aber kaum konnte er dabei Atem holen, so stark drückte sie ihm die Brust zusammen. »Wart einmal, Helene, du Wunderschöne, ich habe ja vergessen, einen Befehl für morgen zu erteilen, da muß ich jetzt gehn.« Er trat zur Schlafkammer hinaus, an der Tür aber stand Nikita: »Na, Bruder! du hast wahr gesprochen, fast hätte sie mich ganz erdrückt.« »Macht nichts, Eure Majestät! Bleibt hier stehn, ich werde die Sache schon richten.« Nikita sprach's, ging zur Zarentochter, legte sich auf das Bett und fing an zu schnarchen. Helene, die Wunderschöne, dachte, daß der grimme Zar zurückgekommen sei, legte ihre Hand auf ihn und drückte und drückte, aber ohne Erfolg! Sie legte beide Hände auf und drückte noch stärker als vorher. Da packte sie Nikita Koltoma wie im Schlaf, und als er sie auf den Boden warf, krachten alle Gemächer! Die Zarin erhob sich, legte sich still nieder und schlief ein. Dann stand Nikita auf, ging zum Zaren hinaus und sagte: »So, jetzt geht nur dreist hinein, bis zur nächsten Nacht wird sich nichts ereignen!« Auf solche Weise überstand der Zar mit Nikita Koltomas Hilfe die ersten drei Nächte, und dann lebte er mit der Zarewna Helene, der Wunderschönen, wie es Mann und Frau ziemt.

Einige Zeit danach erfuhr Helene, die Wunderschöne, daß

der grimme Zar sie durch Betrug gewonnen habe und seine Stärke nicht so groß sei, und daß die Leute über sie spotteten: »Nikita hat mit der Zarentochter drei Nächte geschlafen.« Sie geriet in furchtbaren Zorn und brütete in ihrem Herzen grausame Rache. Der Zar aber gedachte, in sein Reich zu fahren, und sprach zu Helenen, der Wunderschönen: »Lange genug haben wir hier gelebt, es ist Zeit, heimzukehren; mach dich zur Reise fertig.« Sie schickten sich an, übers Meer zu fahren, beluden das Schiff mit viel kostbarem Gut, gingen an Bord und fuhren ab. Sie schwammen einen Tag, den zweiten und den dritten. Der Zar war heiter und konnte sich nicht genug freuen, daß er die Zarentochter, strahlender als die Sonne, leuchtender als der Mond und weißer denn Schnee zu sich heimführte. Helene, die Wunderschöne, aber dachte nur den einen Gedanken, wie sie den Schimpf heimzahlen solle.

Und zu der Zeit befiel Nikita der Heldenschlaf, und er schlief zwölf Tage und zwölf Nächte. Als die Zarin das sah, rief sie sogleich ihre getreuen Diener und befahl ihnen, dem Helden die Beine bis zu den Knien abzuhauen, ihn dann in ein Boot zu legen und ins offene Meer treiben zu lassen. Auf der Stelle hieben jene vor ihren Augen dem schlafenden Nikita die Beine bis zu den Knien ab, legten ihn in ein Boot und ließen ihn auf das offene Meer treiben. Am dreizehnten Tage erwachte der arme Nikita, schaute um sich, sah das Wasser ringsum und sich selbst ohne Beine daliegen, das Schiff aber war spurlos verschwunden.

Unterdessen fuhr das Schiff weiter und weiter und gelangte endlich in den Hafen. Kanonenschüsse erdröhnten, die Stadtbewohner liefen zusammen, und die Kaufleute und Bojaren begrüßten den Zaren mit Salz und Brot und wünschten Glück zur rechtmäßigen Ehe. Der Zar fing an, Feste zu feiern und Gäste zu laden, aber an Nikita zu denken, hatte er vergessen. Nicht lange jedoch sollte er sein Vergnügen haben; bald nahm ihm Helene, die Wunderschöne, das Zarenreich ab, herrschte über alles selbst und zwang ihn, die Schweine zu hüten. Aber auch damit gab sich das Herz der Zarentochter nicht zufrieden: sie befahl, überall Nachforschung zu halten, ob nicht irgendwo Verwandte von Nikita Koltoma nachgeblieben seien. Wenn sich einer fände, sollte er in den Palast geschafft werden. Die Häscher sprengten davon, suchten überall und fanden den leiblichen Bruder Nikitas, Timofej Koltoma. Sie packten ihn und schleppten ihn in den Palast. Die Zarentochter Helene, die Wunderschöne, befahl, ihm die Augen auszustechen und dann zur Stadt hinauszujagen. Sofort geschah es, sie führten ihn zur Stadt hinaus und ließen ihn auf freiem Felde stehn.

Der Blinde schleppte sich tastend fort; er ging weiter und weiter, kam an das Meer, machte noch ein, zwei Schritte und fühlte das Wasser unter seinen Füßen; er blieb auf einer Stelle stehn, konnte nicht vor- und nicht rückwärts und fürchtete sich weiterzugehen! In diesem Augenblick trieb das Boot Nikitas an das Ufer. Nikita erblickte einen Menschen, ward froh und rief ihn an: »He, guter Gesell, hilf mir hinaus auf festen Boden!« Der Blinde antwortete: »Gern würd ich dir helfen, kann's aber nicht; ich bin ohne Augen, kann gar nichts sehen.« »Woher bist du denn und wie heißt du?« »Ich bin Timofej Koltoma; die neue Zarin Helene, die Wunderschöne, hat mir die Augen ausgestochen und mich aus dem Reich hinausgejagt.« »Ach, dann bist du mein leiblicher Bruder; ich bin Nikita Koltoma. Geh, lieber Timofej, dorthin zur rechten Hand, dort wächst eine hohe Eiche; reiß sie aus, schleppe sie her und wirf sie vom Ufer ins Wasser, ich werde auf ihr hinauskriechen zu dir.« Timofej Koltoma wandte sich nach rechts, machte ein paar Schritte, stieß auf eine hohe alte Eiche, umfaßte sie mit beiden Armen und riß sie mit einem Ruck samt den Wurzeln aus; er schleppte die Eiche heran und warf sie ins Wasser: sie kam mit dem einen Ende auf dem Lande zu liegen, mit dem andern aber reichte sie bis zum Boot. Nikita kroch, so gut es ging, an das Ufer, sie küßten einander und er fragte: »Wie geht es denn jetzt unserem grimmen Zaren?« »Ach, Bruder!« antwortete Timofej Koltoma, »unser grimmer Zar sitzt tief im Unglück; er hütet Schweine auf dem Felde, jeden Morgen bekommt er ein Pfund Brot, einen Krug Wasser und drei Hiebe auf den Rücken.«

Dann fingen die Brüder an zu beraten, wie sie das Leben fristen und wovon sie sich nähren sollten. Nikita sagte: »Höre, Bruder, meinen Rat. Du wirst mich tragen, weil ich ohne Beine bin; ich aber werde auf dir sitzen und dir sagen, wohin du gehen sollst.« »Schon recht, mag es nach deinem Willen geschehen! Und wenn wir auch beide Krüppel sind, zu zweien sind wir so gut wie ein Gesunder.« Nikita Koltoma setzte sich dem Bruder auf die Schultern und wies ihm den Weg; Timofej ging weiter und weiter und kam in den finsteren Wald. In diesem Walde aber stand die Hütte der Baba-Jaga. Die Brüder gingen hinein. Keine Seele war darin. »Nun, Bruder«, sagte Nikita, »taste mal im Ofen nach, ob nichts zu essen da ist.« Timofej kroch in den Ofen, zog mancherlei Speisen hervor und stellte sie auf den Tisch, und dann fingen sie an einzuhauen und aßen vor Hunger alles auf. Dann sah sich Nikita in der Hütte um, erblickte auf dem Fensterbrett eine kleine Pfeife, ergriff sie, steckte sie zwischen die Lippen und fing an zu pfeifen. Welch ein Wunder begab sich da! Der blinde Bruder fing an zu tanzen, die Hütte tanzte, der Tisch und die Bänke und das Geschirr, alles tanzte, und die Töpfe gingen dabei in Scherben! »Genug, Nikita! Hör auf zu pfeifen«, bat der Blinde, »meine Kraft reicht nicht mehr.« Nikita hörte auf zu pfeifen, und im Augenblick wurde alles still.

Plötzlich öffnete sich die Türe, die Baba-Jaga trat ein und schrie mit lauter Stimme: »Ach, ihr obdachlosen Strolche! Bisher ist kein Vogel hierher geflogen und kein Tier hier durchgerannt, ihr aber seid eingedrungen, habt alles aufgegessen und alle Töpfe zerschlagen. Schon gut, jetzt werd ich mit euch abrechnen!« Nikita antwortete: »Halt's Maul, altes

Luder! Wir verstehen selber abzurechnen. He, Bruder Timofej, halt sie mal, die Hexe – aber fest!« Timofej packte die Baba-Jaga mit beiden Händen und drückte sie gewaltig zusammen, Nikita aber faßte sie bei den Haaren und zerrte sie in der Hütte herum. »Väterchen, schlagt nicht!« bat die Baba-Jaga, »ich werd euch noch Nutzen bringen: alles, was ihr wollt, will ich euch verschaffen.« »Dann sag, Alte, kannst du uns das heilende und belebende Wasser verschaffen? Kannst du's, so laß ich dich am Leben, wenn nicht, mußt du eines grausamen Todes sterben.« Die Baba-Jaga war einverstanden und führte sie zu zwei Quellen. »Hier ist das heilende und dort das belebende Wasser!« Nikita Koltoma schöpfte vom heilenden Wasser und begoß sich damit: sofort wuchsen ihm die Beine; sie waren ganz gesund, aber noch bewegten sie sich nicht. Er schöpfte vom belebenden Wasser, benetzte die Beine und ward ihrer Herr. Ebenso ging es Timofej Koltoma: er bestrich seine Augenhöhlen mit dem heilenden Wasser, da kamen die Augen hervor, und waren ganz unversehrt, aber sehen konnten sie noch nichts; dann bestrich er sie mit dem belebenden Wasser und konnte sehen, besser denn je zuvor. Die Brüder dankten der Alten, ließen sie heimkehren und gingen, den Zar aus dem Elend zu befreien.

Sie kamen in die Hauptstadt und sahen den grimmen Zaren dicht vor dem Palast die Schweine hüten. Nikita Koltoma fing an zu pfeifen, und der Hirte und die Schweine begannen zu tanzen! Helene, die Wunderschöne, erblickte dies vom Fenster aus, geriet in Zorn und befahl, sofort ein Bündel Ruten zu bringen und den Hirten und die Musikanten durchzuprügeln. Die Wächter liefen hinzu, packten sie und führten sie in den Palast, um sie mit Hieben zu bewirten. Als aber Nikita Koltoma in den Palast zu der Zarin kam, wollte er nicht länger fackeln; er packte sie bei den weißen Armen und sprach: »Erkennst du mich wohl, Helene, du Wunderschöne? Ich bin ja Nikita Koltoma. Jetzt, grimmer Zar, ist sie in deiner Gewalt, was du willst, wird geschehen!« Der

Zar befahl, sie zu erschießen, Nikita jedoch machte er zu seinem ersten Minister, ehrte ihn stets und folgte ihm in allen Stücken.

21. Das Märchen von der Tiermilch

Irgendwo in einem Zarenreich, nicht in unserem Reich, lebte einst ein gewaltiger Zar, ein mächtiger König, der hatte zwei Kinder: einen Sohn Iwan-Zarewitsch und eine Tochter Helene, die Wunderschöne. Eines Tages erschien in seinem Reich der Bär Eisenfell und fing an die Untertanen zu fressen. Und während er die Leute fraß, zerbrach sich der Zar den Kopf darüber, wie er wohl seine Kinder retten könne. Er befahl, eine hohe Säule zu erbauen, setzte Iwan-Zarewitsch und Helene, die Wunderschöne, dort hinauf und ließ ihnen Vorräte auf fünf Jahre hinschaffen. Der Bär fraß alle Menschen auf, lief in den Zarenpalast und machte sich voll Ärger daran, einen Rutenbesen zu benagen. »Nage nicht an mir, du Bär Eisenfell!« sagte der Rutenbesen, »sondern geh lieber aufs Feld, dort wirst du eine Säule erblicken, und auf dieser Säule sitzen Iwan-Zarewitsch und Helene, die Wunderschöne!« Der Bär lief hin und begann sofort an der Säule zu rütteln. Iwan-Zarewitsch erschrak und warf ihm Essen hinunter, der Bär fraß sich voll und legte sich schlafen. Doch während er so in festem Schlafe lag, liefen Iwan-Zarewitsch und Helene die Wunderschöne fort, ohne sich umzusehen. Am Wege sahen sie ein Roß stehen und riefen: »Roß, Roß, rette uns!« Kaum aber hatten sie sich aufgesetzt, so holte sie der Bär ein. Das Roß zerriß er in Stücke, doch die Zarenkinder nahm er in den Rachen und trug sie zu der Säule zurück. Wieder gaben sie ihm Essen, und er fraß sich voll und schlief wieder ein. Während er in festem Schlafe lag, liefen Iwan-Zarewitsch und Helene, die Wunderschöne, fort, ohne sich umzusehen. Da sahen sie Gänse auf dem Wege gehn und riefen: »Gänse, Gänse, rettet uns!« Sie setzten sich auf die Gänse und flogen davon, aber der Bär erwachte, versengte die Gänse mit lodernden Flammen und brachte die Zarenkinder zu der Säule zurück. Sie gaben ihm wieder zu essen, und er fraß sich voll und schlief wieder ein. Während er in tiefem Schlafe lag, liefen Iwan-Zarewitsch und Helene, die Wunderschöne, fort, ohne sich umzusehen. Auf dem Wege aber stand ein dreijähriger Stier. »Stierchen, Stierchen, rette uns: der Bär Eisenfell jagt hinter uns her!« »Setzt euch nur auf; du aber, Iwan-Zarewitsch, setz dich mit dem Rücken nach vorn, und wenn du den Bären erblickst, so sag es mir.« Als dann der Bär sie erreichte, schiß der Stier ihn an und verkleisterte ihm die Augen. Dreimal holte der Bär sie ein, und dreimal verkleisterte ihm der Stier die Augen. Doch als sie über einen Fluß setzen mußten, rannte der Bär hinter ihnen her und ertrank.

Hernach wollten die Zarenkinder essen; sprach der Stier zu ihnen: »Schlachtet mich und eßt mich auf, aber sammelt meine Knochen und schlagt auf sie drauf, dann wird aus ihnen das Bäuerlein Faustgroß herauskommen, der Däumling mit dem ellenlangen Bart. Es wird alles tun, was ihr wollt.« Die Zeit verging, den Stier hatten sie aufgegessen und wurden wieder hungrig; sie schlugen leicht auf die Knochen, und das Bäuerlein Faustgroß kam hervor. Darauf gerieten sie in einen Wald, und in diesem Wald stand ein Haus, es war aber ein Räuberhaus. Faustgroß schlug die Räuber und den Hauptmann tot und warf sie in eine Kammer; er befahl aber der Zarentochter, niemals dort hineinzugehen. Sie hielt es jedoch vor Neugierde nicht aus, schaute hinein und verliebte sich in den Kopf des Anführers. Sie bat Iwan-Zarewitsch, ihr das Wasser des Lebens und des Todes zu verschaffen. Kaum hatte er ihr diesen Wunsch erfüllt, als sie den Hauptmann lebendig machte und mit ihm verabredete, Iwan-Zarewitsch umzubringen. Zuerst beschlossen sie, ihn nach Wolfsmilch auszuschicken. Iwan-Zarewitsch ging mit dem Bäuerlein Faustgroß fort, und sie fanden endlich eine Wölfin. »Gib uns deine Milch!« sprachen sie zu ihr. Sie ließ ihnen ihre Milch und bat sie, auch ihr Junges mitzunehmen, weil es bloß scheißt und pißt, unnütz Brot nur frißt. Sie nahmen die Milch und das Wölflein mit und kehrten um; die Milch gaben sie Helenen, der Wunderschönen, das Wölflein aber behielten sie für sich. So war es also nicht gelungen, den Bruder zu verderben; da schickte ihn die Schwester nach Bärenmilch, und Iwan-Zarewitsch ging mit dem Bäuerlein Faustgroß fort, um Bärenmilch zu holen. Sie fanden eine Bärin und sprachen zu ihr: »Gib uns deine Milch!« Sie ließ ihnen ihre Milch und bat sie, auch ihr Junges mitzunehmen, weil es bloß scheißt und pißt, unnütz Brot nur frißt. Da nahmen sie die Milch und das Bärchen mit und kehrten um; die Milch gaben sie Helenen, der Wunderschönen, das Bärchen aber behielten sie für sich. Also auch auf diese Art hatten sie nicht vermocht, Iwan-Zarewitsch umzubringen; da schickten sie ihn nach Löwenmilch, und er ging mit dem Bäuerlein Faustgroß fort. Sie fanden eine Löwin und erhielten ihre Milch; sie bat, auch ihr Junges mitzunehmen, weil es bloß scheißt und pißt, unnütz Brot nur frißt. Dann kehrten sie zu Helenen, der Wunderschönen, zurück, gaben ihr die Milch, und behielten das Löwenjunge für sich.

Jetzt sahen der Räuberhauptmann und Helene, die Wunderschöne, daß sie auch auf diese Weise Iwan-Zarewitsch nicht verderben konnten, und schickten ihn nun aus, Eier des Feuervogels zu holen. Iwan-Zarewitsch machte sich mit dem Bäuerlein Faustgroß auf; sie fanden den Feuervogel und wollten ihm seine Eier fortnehmen, er geriet aber in Zorn und verschluckte das Bäuerlein Faustgroß; Iwan-Zarewitsch ging ohne Eier nach Hause. Er kam zur Schwester Helene, der Wunderschönen, und erzählte ihr, daß er die Eier nicht habe erlangen können, und daß der Feuervogel das Bäuerlein Faustgroß verschlungen habe. Da freuten sich Helene, die Wunderschöne, und der Hauptmann und meinten, daß Iwan-Zarewitsch ohne den Faustgroß nichts würde ausrichten können; und sie befahlen, ihn zu töten. Iwan-Zarewitsch aber hatte das mitangehört und bat sich aus, vor dem Tode noch einmal baden zu dürfen. Da ließ Helene, die Wunderschöne, die Badstube heizen, und Iwan-Zarewitsch ging hinein. Die Schwester schickte aber zu ihm und ließ ihm sagen, er solle sich beeilen. Doch Iwan-Zarewitsch gehorchte ihr nicht und wusch sich ohne jede Eile. Plötzlich kamen das Wölfchen, das Bärchen und das Löwchen zu ihm gelaufen und sagten ihm, daß das Bäuerlein Faustgroß sich vor dem Feuervogel gerettet habe und gleich hierher käme. Iwan-Zarewitsch befahl den Tieren, sich auf die Schwelle zu legen und wusch sich ruhig weiter. Helene, die Wunderschöne, schickte wieder zu ihm und ließ ihm sagen, er solle sich beeilen und käme er nicht gleich, so würde sie ihn selbst holen. Iwan- Zarewitsch gehorchte ihr aber nicht und kam nicht aus der Badstube heraus. Helene, die Wunderschöne, wartete und wartete, konnte sich jedoch nicht länger gedulden und ging mit dem Hauptmann hin, um zu sehen, was der Bruder dort treibe. Sie kam hin und sah, daß er sich wusch und ihrem Befehl nicht gehorchte; sie ward zornig und gab ihm eine Backpfeife. Hast du nicht gesehen! war das Bäuerlein Faustgroß da und befahl dem Wölfchen, dem Bärchen und dem Löwchen, den Räuberhauptmann in Stücke zu reißen; Helene, die Wunderschöne, aber band er nackt an einen Baum, damit ihr Leib von Mücken und Fliegen zerfressen würde; dann machte er sich mit Iwan-Zarewitsch auf und wanderte über Weg und Steg. Und als sie einen großen Palast erblickten, sprach das Bäuerlein Faustgroß: »Willst du nicht heiraten, Iwan-Zarewitsch? Hier in diesem Hause wohnt eine Heldenjungfrau; sie sucht einen starken Burschen, der sie zu überwinden vermag.« Sie gingen auf das Haus zu. Kurz davor setzte sich Iwan-Zarewitsch auf ein Pferd und das Bäuerlein Faustgroß hinter ihn, und sie forderten die Heldenjungfrau zum Kampf heraus. Sie schlugen und schlugen sich, und die Heldenjungfrau traf Iwan-Zarewitsch auf die Brust; fast wäre er gefallen, aber Faustgroß hielt ihn fest. Dann traf jedoch Iwan-Zarewitsch die Heldenjungfrau mit der Lanze, und die Jungfrau stürzte sogleich vom Pferde. Als Iwan-Zarewitsch sie aus dem Sattel geworfen hatte, sprach sie zu ihm: »Nun kannst du mich zur Frau nehmen, Iwan-Zarewitsch!«

Rasch wird das Märchen erzählt, langsam die Tat getan. Iwan-Zarewitsch vermählte sich mit der Heldenjungfrau. Das Bäuerlein Faustgroß sagte aber zu ihm: »Hör mich an, Iwan-Zarewitsch: wird dir in der ersten Nacht schlecht zumute, so komm zu mir heraus, ich werde dir beistehn.« Iwan-Zarewitsch legte sich mit der Heldenjungfrau schlafen. Plötzlich legte sie ihm die Hand auf die Brust, und ihm ward schlecht zumute; da bat er, hinausgehen zu dürfen. Und als er hinausgegangen war, rief er das Bäuerlein Faustgroß und erzählte ihm, daß die Heldenjungfrau ihn ersticken wolle. Das Bäuerlein Faustgroß ging zur Heldenjungfrau hinein, fing an sie zu prügeln und sprach dazu: »Ehre deinen Mann!« Und von der Zeit ab lebten sie glücklich und in Frieden.

Danach bat die Heldenjungfrau Iwan-Zarewitsch, er möge Helene, die Wunderschöne, losbinden und sie bei sich wohnen lassen. Da schickte er sogleich hin und ließ sie losbinden und zu ihm führen. Lange lebte Helene, die Wunderschöne, bei ihm. Eines Tages aber sprach sie zu Iwan-Zarewitsch: »Bruder, laß mich dich lausen!« Und sie begann ihn zu lausen und steckte ihm einen Todeszahn in den Kopf, davon kam Iwan-Zarewitsch das Sterben an. Das Löwchen sah, daß Iwan-Zarewitsch im Sterben lag, und zog ihm den Todeszahn heraus; da kam Iwan-Zarewitsch wieder zu sich, aber das Löwchen lag im Sterben. Nun zog das Bärchen dem Löwchen den Zahn heraus, und das Löwchen kam zu sich, aber das Bärchen begann zu sterben. Der Fuchs sah es sterben und zog ihm den Todeszahn heraus, aber da er schlauer war als sie alle, so warf er ihn sofort auf eine Pfanne, wovon der Zahn in Stücke sprang. Dafür ließ Iwan-Zarewitsch Helene, die Wunderschöne, an den Schweif eines starken Rosses binden und auf dem freien Felde zu Tode schleifen.

Ich bin dort gewesen,
Met hab ich getrunken;
Übern Schnurrbart floß er mir,
In den Mund nicht kam er mir.

22. Sturmheld Iwan Kuhsohn

Irgendwo in einem Zarenreich, in einem fernen Reich, lebte einst ein König mit seiner Königin. Sie hatten keine Kinder, aber waren doch schon an die zehn Jahre verheiratet. Da sandte der König an alle Zaren, in alle Städte, zu allen Völkern, allen geringen Leuten die Botschaft: »Wer vermag die Königin zu heilen, auf daß sie schwanger werde?« Die Fürsten und Bojaren kamen zusammen, reiche Kaufleute und Bauern; der König speiste sie, bis sie satt waren, tränkte sie, bis sie trunken waren, und begann sie dann auszufragen. Niemand weiß ein Mittel, niemand wagt zu sagen, wodurch die Königin schwanger werden könne; nur ein Bauernsohn fand den Mut. Der König gab ihm eine ganze Handvoll Goldstücke und bestimmte als Frist drei Tage. Der Bauernsohn hatte sich zwar gemeldet, aber was er sagen sollte, das war ihm nicht einmal im Traum eingefallen; er ging zur Stadt hinaus und dachte gewaltig nach. Da begegnete ihm ein altes Mütterchen und fragte: »Sag an, Bauernsohn, worüber grübelst du?« Er anwortete: »Schweig, alte Hutzel, ärgere mich nicht!« Sie lief ihm aber nach, vertrat ihm den Weg und sagte: »Vertrau mir nur an, welche Sorge dich drückt: ich bin alt geworden, weiß alles.« Da besann er sich: wozu hab ich sie beschimpft? vielleicht weiß sie doch etwas. »Hör einmal, Großmütterchen, ich hab dem König versprochen zu sagen, wodurch die Königin schwanger werden könne, aber weiß es selber nicht.« »So, so! ich weiß es aber. Geh zum König und sag ihm, daß man drei seidene Netze flechten solle; im Meer, unter dem Schloßfenster, da wohnt ein Hecht mit goldenen Flossen und schwimmt immer vor dem Palast herum. Wenn der König ihn fängt und zubereiten läßt, und die Königin ihn ißt, so wird sie ein Kind gebären.« Der Bauernsohn fuhr selber zum Fang auf das Meer, warf drei seidene Netze aus, aber der Hecht sprang in die Höh und zerriß alle drei Netze. Ein zweites Mal warf er aus, und wieder zerrissen sie. Der Bauernsohn nahm seinen Gürtel ab und vom Hals das seidene Tuch, band die Netze zusammen, warf sie ein drittes Mal aus – und fing den Hecht mit den goldenen Flossen. Da ward er unsagbar froh und brachte ihn dem König. Der König befahl, den Hecht zu waschen, auszunehmen, zu braten und der Königin vorzusetzen. Die Köche reinigten den Hecht und wuschen ihn und gossen das Spülwasser zum Fenster hinaus; eine Kuh kam vorbei und leckte es auf. Als die Köche den Hecht gebraten hatten, eilte die Dienstmagd-Schwarzhaar hinzu, legte ihn auf eine Schüssel und trug ihn zur Königin, aber unterwegs kostete sie davon. Alle drei brachten am gleichen Tage, zu gleicher Stunde ein Kind zur Welt: die Kuh, die Dienstmagd und die Königin.

Rasch wird das Märchen erzählt, langsam die Tat getan. Nach einiger Zeit kam die Viehmagd vom Viehhof und meldete dem König, daß die Kuh einen Menschen geboren habe. Der König wunderte sich sehr darüber; kaum hatte er diese Nachricht gehört, als man gelaufen kam und ihm erzählte, daß die Dienstmagd-Schwarzhaar einen Knaben geboren habe, der genau wie der Sohn der Kuh aussähe. Und gleich darauf wurde ihm berichtet, daß auch die Königin einen Sohn geboren habe, der dem Kuhsohn auf das Haar gleiche. Wunderbare Knaben waren da geboren! Wie einer in Jahren wächst, wachsen sie in Stunden; wie einer in einem Jahr, sind sie in einer Stunde; wie einer in drei Jahren, sind sie in drei Stunden. Als sie herangewachsen waren, fühlten sie eine ungeheure Heldenkraft in sich. Sie gingen zu ihrem Vater, dem

König, und baten sich aus, in der Stadt spazieren zu dürfen, die Leute zu betrachten und sich selbst zu zeigen. Er erlaubte es, befahl ihnen, sich still und ruhig zu benehmen und gab ihnen Geld mit, soviel sie nur tragen konnten. Da gingen die kühnen Burschen fort. Der eine wurde Iwan-Zarewitsch genannt, der andere Iwan-Magdsohn, der dritte Sturmheld Iwan-Kuhsohn. Sie schlenderten hin und her, kauften aber nichts. Da erblickte Iwan-Zarewitsch kleine gläserne Kugeln und sagte zu den Brüdern: »Laßt uns, Brüder, jeder eine Kugel kaufen und sie in die Höhe werfen: wer am höchsten wirft, soll der erste unter uns sein.« Die Brüder waren einverstanden; sie losten, wer zuerst werfen solle. Das Los traf Iwan-Zarewitsch. Er warf die Kugel hoch, aber Iwan-Magdsohn noch höher, Sturmheld-Kuhsohn jedoch warf sie so hoch, daß man sie aus den Augen verlor. »Jetzt bin ich der erste unter euch«, sagte er. Iwan-Zarewitsch geriet darüber in Zorn: »Wie, ein Kuhsohn, und will der erste sein!« Sturmheld erwiderte darauf: »Gott gefällt es wohl, daß ihr mir gehorchen sollt.«

Sie wanderten über Weg und Steg und kamen zum Schwarzen Meer, dort zischte ein Schlangenungeheuer. Iwan-Zarewitsch sagte: »Nun, Brüder, wer dieses Ungeheuer zur Ruhe bringt, soll der erste unter uns sein!« Die Brüder waren einverstanden, und Sturmheld sagte: »Beruhige du es, Iwan-Zarewitsch! Gelingt's dir, sollst du der erste unter uns sein.« Der Zarensohn begann zu schreien und wollte das Ungeheuer zur Ruhe bringen, es ward aber noch wütender. Dann fing Iwan-Magdsohn an, es zur Ruhe zu bringen, aber auch er brachte nichts zustande, Sturmheld jedoch schrie auf und warf einen Stock ins Wasser – weg war das Ungeheuer, als ob es nie dagewesen wäre! Und wieder sagte er: »Ich bin der erste unter euch!« Iwan-Zarewitsch aber geriet in Zorn: »Wir wollen dir nicht untertan sein!« »Nun, so bleibt allein!« sagte Sturmheld und kehrte in seine Heimat zurück; die beiden Brüder aber gingen weiter, wohin die Augen schauen.

Der König erfuhr, daß Sturmheld allein zurückgekehrt war, und befahl, ihn in den Turm zu werfen. Man gab ihm nichts zu trinken und nichts zu essen drei Tage lang. Der Held schlug mit der Faust an die steinerne Wand und schrie mit gewaltiger Stimme: »Fragt einmal euren König, meinen Pflegevater, warum, weswegen er mir kein Essen geben läßt? Eure Mauern sind für mich keine Mauern und die Gitter keine Gitter; will ich, so zerschlag ich alles mit der Faust!« Sofort wurde dem König dies berichtet; der König ging selbst zu ihm und sagte: »Was prahlst du, Sturmheld?« »Mein Pflegevater! Warum, weswegen gibt du mir kein Essen, quälst mich drei Tage mit dem Hungertode? Ich weiß keine Schuld, die auf mir liegt.« »Wo hast du meine Söhne, deine Brüder, gelassen?« Sturmheld-Kuhsohn erzählte ihm, was sich begeben hatte: »Die Brüder leben, sind heil und gesund und gingen weiter, wohin die Augen schauen.« Der König fragte: »Warum bist du nicht mit ihnen gegangen?« »Weil Iwan-Zarewitsch der erste sein wollte, obwohl es dem Lose nach mir zukam.« »Nun gut, ich werde sie zurückrufen lassen.« Sturmheld erwiderte: »Niemand, außer mir, wird sie einholen; sie gingen zu jenem Ort im Drachenland, wo aus dem Schwarzen Meer drei Drachen mit sechs, mit neun und mit zwölf Köpfen emporsteigen.« Der König bat ihn darauf gar sehr, und Sturmheld-Kuhsohn machte sich auf die Reise, nahm seine Kampfkeule mit und das Schwert und ging fort.

Rasch wird das Märchen erzählt, langsam die Tat getan. Er ging und ging und ereilte die Brüder nah vom Schwarzen Meer, an der Maßholderbrücke. Bei dieser Brücke stand eine Säule, und auf der Säule war geschrieben, daß hier die drei Drachen emporsteigen. »Willkommen, Brüder!« Sie freuten sich und antworteten: »Willkommen, Sturmheld, unser ältester Bruder!« »Nun, euch ist es, scheint's, nicht nach Geschmack, was dort auf der Säule geschrieben steht?« Sturmheld schaute umher: nah bei der Brücke stand ein Hüttchen auf Hühnerfüßchen, auf einem Hahnenköpfchen, mit der Stirn zum

Wald, mit dem Rücken zu ihnen gekehrt. Da schrie Sturmheld:

»Hüttchen, Hüttchen!
Stelle dich,
Lege dich
Mit dem Rücken zum Wald,
Zu uns mit der Stirn.«

Das Hüttchen drehte sich um, und sie gingen hinein; da stand ein Tisch gedeckt, und auf dem Tisch gab es von allem reichlich: Speisen und Getränke aller Art. In der Ecke stand ein Holzbett, darauf lag ein Daunenpfühl. Sturmheld sagte: »Seht, Brüder, wär ich nicht dabei, hättet ihr nichts von alledem!« Sie setzten sich und aßen und legten sich dann zur Ruhe nieder. Hernach, als Sturmheld sich erhoben hatte, sprach er: »Brüder, in dieser Nacht wird der sechsköpfige Drache emporsteigen; laßt uns losen, wer die Wache halten soll.« Sie warfen das Los, und es traf Iwan-Magdsohn. Sturmheld sagte zu ihm: »Gib acht, aus dem Meer wird ein Krüglein herausspringen und vor dir tanzen, schau aber nicht auf das Krüglein, sondern spuck darauf und zerschlag es.« Der Magdsohn ging hin, aber schlief gleich ein. Sturmheld jedoch wußte, daß auf seine Brüder kein Verlaß war und ging selbst ebenfalls hin; er wanderte auf der Brücke umher und klopfte hier und da mit seinem Stöckchen auf. Plötzlich sprang das Krüglein vor ihm hoch und tanzte herum. Sturmheld spuckte darauf und zerschlug es in kleine Stücke. Da schnatterte eine Ente, die Ufer erzitterten, das Meer erbrauste, das Meer wallte auf: da kroch ein seltsames Ungeheuer, der sechsköpfige Drache, heran. Er pfiff und rief mit keckem Pfiff, mit kühnem Ruf:

»Grauchen-Braunchen,
Zauberroß!
Sei zur Stell' und zeig dich mir,
Wie das Blatt vorm Grase!«

Das Roß rennt, die Erde zittert, unter den Hufen fliegen die Klumpen wie Heuschober so groß, aus Ohren und Nüstern wallt der Dampf. Der Drache saß auf und ritt auf die Maßholderbrücke, das Roß aber strauchelte unter ihm: »Was stolperst du, du Rabenaas, witterst du Freund oder Feind?« Antwortete das treue Roß: »Es gibt *einen* Feind für uns: Sturmheld-Kuhsohn.« »Du lügst, du Rabenaas! die Krähe hat seine Knochen im Beutel doch nicht hergetragen, wie sollte er selbst hier sein?« »Ach, du Drache!« rief da Sturmheld-Kuhsohn, »die Krähe hat meine Knochen nicht hergetragen, sondern ich selbst gehe hier herum.« Der Drache fragte: »Weshalb bist du gekommen? Willst du meine Schwestern freien oder meine Töchter?« »Nein, Bruder! Im Feld wollen wir uns begegnen, nicht Verwandtschaft pflegen! Laß uns kämpfen!« Sturmheld trat zurück, holte mit der Kampfkeule aus und hieb drei Köpfe dem Untier ab; beim zweiten Male fielen die anderen drei. Den Rumpf zerschnitt er und warf ihn ins Meer; die Köpfe versteckte er unter der Maßholderbrücke, das Roß aber band er zu Füßen des Magdsohnes an, das Schwert aus gutem Stahl legte er ihm zu Häupten; dann ging er in das Hüttchen und legte sich schlafen, als sei nichts geschehen. Iwan-Magdsohn erwachte, erblickte das Roß und ward sehr froh, setzte sich auf, ritt zum Hüttchen und rief: »Sturmheld verbot mir zwar, auf das Krüglein zu schauen, ich aber tat es doch, und da hat mir Gott ein Pferd gegeben!« Jener antwortete: »Dir hat er's gegeben, uns aber erst versprochen!«

In der nächsten Nacht war Iwan-Zarewitsch an der Reihe zu wachen. Sturmheld sagte auch ihm das gleiche über das Krüglein. Der Zarensohn ging auf der Brücke umher, klopfte hier und da mit dem Stöckchen auf, das Krüglein sprang hervor und begann vor ihm zu tanzen; er schaute lange zu und fiel in festen Schlaf. Sturmheld aber verließ sich nicht auf den Bruder, sondern ging auch hin; er wanderte auf der Brücke umher, klopfte hier und da mit seinem Stöckchen auf, das

Krüglein sprang hervor und tanzte herum. Sturmheld spuckte darauf und schlug es in Scherben. Plötzlich schnatterte die Ente, die Ufer erzitterten, das Meer erbrauste, das Meer wallte auf: da kroch ein seltsames Ungeheuer heran, pfiff und rief mit keckem Pfiff, mit kühnem Ruf:

»Grauchen-Braunchen,
Zauberroß!
Sei zur Stell' und zeig dich mir,
Wie das Blatt vorm Grase!«

Das Roß rennt, die Erde zittert, aus Ohren und Nüstern wallt der Dampf in Säulen, aus dem Maule loht die feurige Flamme; es steht vor ihm wie angewurzelt. Das Ungeheuer, der neunköpfige Drache, saß auf, und als er auf die Maßholderbrücke hinaufritt, strauchelte das Roß unter ihm. Der Drache schlug es auf die starken Schenkel. »Was stolperst du, du Rabenaas, witterst du Freund oder Feind?« »Es gibt *einen* Feind für uns: Sturmheld-Kuhsohn.« »Du lügst; seine Knochen hat die Krähe im Beutel doch nicht hergetragen, wie sollte er selbst hier sein!« »Ach, du verfluchter Drache!« rief da Sturmheld-Kuhsohn, »ich selbst gehe hier schon das zweite Jahr herum.« »Nun, wie ist's, Sturmheld, freist du um meine Schwestern oder meine Töchter?« »Im Feld wollen wir uns begegnen, nicht Verwandtschaft pflegen! Laß uns kämpfen!« Sturmheld trat zurück, holte mit der Kampfkeule aus, drei Häupter hieb er wie Kohlköpfe ab; zum zweiten Male holte er aus, hieb noch drei Köpfe ab, beim dritten Male fielen die übrigen. Den Rumpf zerschnitt er und warf ihn ins Schwarze Meer, die Köpfe versteckte er unter der Maßholderbrücke, das Roß band er zu Füßen des Zarensohnes an, das Schwert aber aus gutem Stahl legte er ihm zu Häupten; dann ging er in das Hüttchen und legte sich schlafen, als sei nichts geschehen. Am Morgen erwachte Iwan-Zarewitsch, erblickte das Roß, das noch besser war als das erste; er freute sich, ritt zum Hüttchen und rief: »He, Sturmheld, du verbotest mir zwar, auf das Krüglein zu schauen, Gott aber hat mir ein Roß gegeben, ein besseres als das erste.« Jener antwortete: »Euch hat Gott eins gegeben, mir aber nur versprochen.«

Es nahte die dritte Nacht; Sturmheld rüstete sich zur Wache. Er stellte einen Tisch hin und ein Licht darauf, stach ein Messer in die Wand, hängte ein Handtuch daran, gab den Brüdern ein Spiel Karten und sagte: »Spielt Kinder, vergeßt jedoch meiner nicht. Sobald die Kerze zu Ende gebrannt ist, von diesem Handtuch aber Blut auf den Teller tropft, lauft schnell auf die Brücke mir zu Hilfe.« Sturmheld wanderte auf der Brücke umher, klopfte hier und da mit dem Stöckchen auf, das Krüglein sprang hervor und tanzte vor ihm. Sturmheld spuckte darauf und schlug es in kleine Stücke. Plötzlich schnatterte die Ente, die Ufer zitterten, das Meer erbrauste, das Meer wallte auf: da kroch ein seltsames Ungeheuer heran: der zwölfköpfige Drache. Er pfiff und rief mit keckem Pfiff, mit kühnem Ruf:

»Grauchen-Braunchen,
Zauberroß!
Sei zur Stell' und zeig dich mir,
Wie das Blatt vorm Grase!«

Das Roß rennt, die Erde zittert, aus Ohren und Nüstern wallt der Dampf in Säulen, aus dem Maule loht die feurige Flamme; es läuft herbei und steht vor ihm wie angewurzelt. Das Ungeheuer saß auf und machte sich auf den Weg; und als es auf die Brücke ritt, da strauchelte das Roß unter ihm: »Was stolperst du, du Rabenaas, witterst du gar einen Feind?« »Es gibt *einen* Feind für uns: Sturmheld-Kuhsohn.« »Schweig, seine Knochen hat die Krähe im Beutel nicht hergetragen!« »Du lügst, verfluchter Drache! Ich selbst gehe hier schon das dritte Jahr herum.« »Nun, wie ist's, Sturmheld, willst du um meine Schwestern oder meine Töchter freien?« »Im Felde wollen wir uns begegnen, nicht Verwandtschaft pflegen! Laß uns kämpfen!« »Aha, meine beiden Brüder hast du getötet, da glaubst du auch mich besiegen zu können?!« »Der Ausgang steht bei Gott! Aber höre, verfluchter Drache, du bist zu Pferd, ich aber bin zu Fuß. Dieses Übereinkommen soll gelten: den Liegenden trifft kein Schlag.« Strumheld trat zurück, holte mit der Kampfkeule aus, drei Köpfe schlug er mit *einem* Hiebe ab; zum zweiten Male trat er zurück, der Drache warf ihn jedoch zu Boden. Der Held rief: »Halt, Ungeheuer! es war verabredet: den Liegenden trifft kein Schlag.« Der Drache gab ihm Zeit, aufzustehen; jener erhob sich, und drei Häupter flogen ab wie Kohlköpfe. Sie begannen wieder zu kämpfen; viele Stunden mühten sie sich ab, beiden versagte die Kraft, der Drache verlor noch drei Köpfe, dem Helden aber zersprang die Keule. Sturmheld-Kuhsohn zog vom linken Fuß den Stiefel, warf ihn auf das Hüttchen: die Hälfte riß er ein, aber die Brüder schliefen, sie hörten nichts; vom rechten Fuß zog er den Stiefel und warf ihn, daß das Hüttchen barst, aber die Brüder wachten noch immer nicht auf. Sturmheld packte ein Stück der Keule, warf es gegen den Stall, wo die zwei Hengste standen, und brach die Tür entzwei; die Hengste rannten auf die Brücke und warfen den Drachen aus dem Sattel. Da ward der Held froh, eilte hinzu und schlug dem Drachen die letzten drei Köpfe ab; den Rumpf zerschnitt er und warf ihn ins Schwarze Meer, die Köpfe aber versteckte er unter der Maßholderbrücke. Dann führte er die drei Hengste in den Stall, versteckte sich selbst unter der Maßholderbrücke und trocknete das Blut auf der Brücke nicht auf.

Am Morgen erwachten die Brüder; sie sahen: das Hüttchen ist zusammengefallen, der Teller voll Blut. Sie gingen in den Stall hinein, drei Hengste standen darin; sie wunderten sich, wo ihr ältester Bruder geblieben sein könne, suchten ihn drei Tage lang, aber fanden ihn nicht und sprachen zueinander: »Sicherlich hat einer den andern getötet, ihre Leiber aber sind verschwunden, wir wollen nun heimreiten!« Kaum hatten sie die Pferde gesattelt und sich zum Ritt bereit gemacht, als Sturmheld erwachte und unter der Brücke hervorkam: »Warum verlaßt ihr euren Gefährten, Brüder? Ich hab euch vom Tode errettet, ihr aber habt immer nur geschlafen und seid mir nicht zu Hilfe gekommen.« Da fielen sie vor ihm auf die Knie nieder: »Wir sind schuld, Sturmheld, unser großer Bruder!« »Gott wird euch verzeihen!« Dann flüsterte er, zum Hüttchen gewendet: »Wie du früher warst, sei auch jetzt wieder!« Das Hüttchen stand da wie früher, mit Essen und mit Getränken. »Eßt, Brüder, denn ohne mich seid ihr wohl fast verhungert; dann aber laßt uns reiten!« Sie aßen und ritten über Weg und Steg.

Als sie zwei Werst entfernt waren, sagte Sturmheld-Kuhsohn: »Brüder, ich hab im Hüttchen meine Peitsche vergessen; reitet im Schritt, während ich sie schnell hole.« Er kam zum Hüttchen, stieg vom Roß und ließ es auf die Bannwiesen. Lauf, treues Roß, bis ich dich rufe!« Sich selbst verwandelte er in eine Fliege, schwirrte ins Hüttchen hinein und setzte sich auf den Ofen. Ein wenig später trat die Baba-Jaga herein und setzte sich vorn in die Ecke; zu ihr kam die junge Schwiegertochter und sprach: »Ach, Mütterchen! Euren Sohn, meinen Mann, hat Sturmheld Iwan-Kuhsohn umgebracht. Aber ich werd ihm diesen Schimpf schon heimzahlen: will vorauslaufen und ihm einen heißen Tag auf den Hals schikken, mich selbst aber zur grünen Wiese machen; auf dieser Wiese verwandle ich mich in einen Brunnen; in diesem Brunnen wird ein silberner Becher schwimmen; und auch in ein Holzbett werd ich mich verwandeln. Die Brüder werden die Rosse füttern, sich erholen und Wasser trinken wollen; da wird es sie zu Mohnkörnchen zerreißen!« Die Schwiegermutter antwortete: »So haben die Bösewichter es auch verdient!« Die zweite Schwiegertochter kam hinzu und sprach: »Ach, Mütterchen! Euren Sohn, meinen Mann, hat Sturmheld Iwan-Kuhsohn umgebracht. Aber ich werd ihm diesen Schimpf schon heimzahlen: will vorauslaufen, mich in einen wundervollen Garten verwandeln; über den Zaun werden allerlei Früchte herabhängen; saftige, duftende! Ein jeder wird pflücken wollen, was ihm behagt; doch da wird es sie zu Mohnkörnchen zerreißen.« Antwortete ihr die Schwiegermutter: »Auch du hast es klug erdacht.« Die dritte, jüngste Schwiegertochter kam hinzu und sprach: »Ach, Mütterchen! Sturmheld Iwan-Kuhsohn hat Euren Sohn, meinen Mann, umgebracht. Aber ich werd ihm diesen Schimpf schon heimzahlen: will mich in ein altes Hüttchen verwandeln; sie werden übernachten wollen, und sowie sie ins Hüttchen hineingehen werden, wird es sie zu Mohnkörnchen zerreißen.« »Nun, meine lieben Schwiegertöchter! und wenn ihr sie nicht vernichtet, so werd ich morgen selbst voranlaufen, mich in ein Schwein verwandeln und alle drei verschlingen.« Sturmheld saß auf dem Ofen, hörte, was sie sprachen und flog hinaus auf den Weg: er warf sich auf die Erde und ward alsbald zum Heldenjüngling; er pfiff und rief mit keckem Pfiff, mit kühnem Ruf:

»Grauchen-Braunchen,
Zauberroß!
Sei zur Stell' und zeig dich mir,
Wie das Blatt vorm Grase!«

Das Roß rennt, die Erde zittert. Sturmheld saß auf und ritt davon; er band eine Bastfaser an sein Stöckchen, eilte seinen Gefährten nach und sagte zu ihnen: »Seht, Brüder, das Peitschchen, ohne welches ich nicht leben kann!« »He, Bruder, um welchen Quark du dich kümmerst! In der Stadt hätten wir ein neues kaufen können.«

Sie ritten über die Steppe und durch Täler; der Tag war heiß, nicht zum Aushalten, und der Durst quälte sie. Da kamen sie an eine grüne Wiese mit saftigem Gras, und auf dem Grase stand ein hölzernes Bett. »Bruder Sturmheld, laß uns die Pferde auf der Wiese weiden und uns selbst auf dem Bett ausruhen; da ist auch ein Brunnen, vom kalten Wasser laß uns trinken!« Doch Sturmheld antwortete seinen Brüdern: »Der Brunnen steht einsam in der Steppe, niemand schöpft und trinkt aus ihm.« Er sprang von seinem treuen Roß und fing an den Brunnen zu hauen und zu schlagen: Blut floß in Strömen; sofort ward das Wetter trübe, die Hitze wich und der Durst verschwand. »Seht, Brüder, welch dickes Wasser! Blut mag es wohl scheinen.«

Sie ritten weiter. War es lang darauf, war es kurz – da kamen sie an einem wundervollen Garten vorüber. Iwan-Zarewitsch sagte zum ältesten Bruder: »Erlaube uns, ein Äpfelchen zu pflücken. « »He, Brüder, der Garten steht einsam in der Steppe, vielleicht sind die Äpfel alt und faul; ißt man sie, so befällt einen eine Krankheit. Erst werd ich hingehn und nachschauen!« Er ging in den Garten, fing an zu hauen und zu schlagen, hieb alle Bäume bis auf den letzten ab. Die Brüder jedoch wurden zornig auf ihn, weil er nicht nach ihrem Willen tat.

Sie ritten über Weg und Steg, die dunkle Nacht umfing sie; an einer Hütte langten sie an. »Bruder Sturmheld! schau, der Regen fällt, laß uns in der Hütte nächtigen.« »Ach, Brüder! besser laßt uns Zelte aufschlagen und auf freiem Felde nächtigen, als in dieser Hütte. Sie ist alt, und wenn wir hineingehn, stürzt sie zusammen und erdrückt uns. Ich will aber absteigen und hineinschauen.« Er trat in die Hütte und fing an zu hauen, Blut spritzte empor! »Da seht ihr nun selber, was für eine Hütte das ist: durch und durch ist sie faul! Laßt uns weiterreiten.« Die Brüder murrten vor sich hin, ließen es aber nicht merken, daß sie sich ärgerten. Sie ritten weiter; da teilte sich der Weg. Sturmheld sagte: »Brüder, laßt uns den linken Weg nehmen!« Jene antworteten: »Reit, wohin du willst, wir folgen dir aber nicht.« Und sie ritten nach rechts, Sturmheld jedoch nach links.

Sturmheld kam zu einem Dorf, und in diesem Dorf arbeiteten zwölf Schmiede. Da rief und pfiff er mit keckem Pfiff, mit kühnem Ruf: »Schmiede, Schmiede, kommt alle herbei!« Die Schmiede hörten es, alle zwölf eilten zu ihm: »Was willst du?« »Zieht rings um die Schmiede eine eiserne Wand!« Sie gehorchten und vollbrachten es im Nu. »Schmiedet, Schmiede, zwölf eiserne Ruten und glüht die Zangen zu roter Glut! Ein Schwein wird zu euch gelaufen kommen und sagen: ›Schmiede, Schmiede! gebt mir den Schuldigen heraus; gebt ihr mir den Schuldigen nicht, so werd ich euch alle samt der Schmiede verschlingen!‹ Ihr aber sagt: ›Ach, Mütterchen Schwein, nimm uns diesen Dummkopf nur fort, er fällt uns schon lange zur Last. Steck nur die Zunge zur Schmiede herein, dann setzen wir ihn dir schon drauf.‹ « Kaum hatte Sturmheld ihnen diesen Befehl erteilt, da war das Riesenschwein schon da und rief laut: »Schmiede, Schmiede, gebt mir den Schuldigen heraus!« Die Schmiede antworteten alle zugleich: »Mütterchen Schwein, nimm uns diesen Dummkopf nur fort, er fällt uns schon lange zur Last. Steck nur die Zunge zur Schmiede herein, dann setzen wir ihn dir schon drauf!« Das Schwein war dumm und gutgläubig, streckte die Zunge einen ganzen Klafter weit heraus; Sturmheld packte es an der Zunge mit heißen Zangen und schrie den Schmieden zu: »Nehmt die eisernen Ruten, haut zu aus Leibeskräften!« Sie schlugen so lange drauflos, bis die Rippen bloßlagen. »Und nun«, sagte Sturmheld, »haltet einmal das Schwein und laßt mich ihm den Rest geben!« Er packte eine eiserne Rute, und wie er zuschlug, waren alle Rippen entzwei. Da begann das Schwein zu flehen: »Sturmheld, laß meiner armen Seele Zeit zu bereuen!« Sturmheld erwiderte: »Warum hast du meine Brüder verschlungen?« »Deine Brüder geb ich dir gleich wieder zurück.« Er packte das Schwein an den Ohren; es erbrach sich, und beide Brüder sprangen mit ihren Rossen hervor. Da hob Sturmheld das Schwein empor und schleuderte es mit mächtigem Schwung auf die feuchte Erde; das Schwein barst in Stücke und ward zu einem unreinen Geist. Sturmheld sprach zu seinen Brüdern: »Seht ihr nun, Dummköpfe, wo ihr hingeraten seid?« Sie fielen auf die Knie: »Wir sind schuld, Sturmheld-Kuhsohn!« »Jetzt laßt uns unseres Weges reiten; auf Hindernisse werden wir nicht mehr stoßen.«

Sie kamen in ein Zarenreich, zum indischen König, und schlugen auf seinen Bannwiesen ihre Zelte auf. Der König erwachte am Morgen, schaute durch sein Fernrohr, erblickte die Zelte und rief seinen ersten Minister zu sich. »Geh hin, Bruder! nimm dir ein Pferd aus dem Stall, reit auf die Bannwiesen und bringe in Erfahrung, was für Flegel angekommen sind und ohne meine Erlaubnis Zelte aufgeschlagen und Feuer angezündet haben auf meinen Bannwiesen.« Der Minister ritt hin und fragte: »Was seid ihr für Leute, Zaren oder Zarensöhne, Könige oder Königssöhne oder großmächtige Helden?« Antwortete Sturmheld-Kuhsohn: »Wir sind großmächtige Helden und gekommen, um die Königstochter zu freien. Melde deinem König, er möge seine Tochter Iwan-Zarewitsch zum Ehgemahl geben; gibt er aber seine Tochter nicht, soll er ein Heer aussenden.« Der König fragte seine Tochter, ob sie wohl Iwan-Zarewitsch folgen wolle. »Nein, Väterchen, ich will ihn nicht zum Mann; schick ein Heer aus.«

Gleich wurden die Hörner geblasen, die Trommeln gerührt, das Heer sammelte sich und marschierte auf die Bannwiesen; so groß war es, daß Iwan-Zarewitsch und Iwan-Magdsohn erschraken. Unterdessen kochte Sturmheld-Kuhsohn eine dünne Grütze zum Frühmahl und rührte sie mit dem Kochlöffel um; er ging dann hinaus, und sowie er mit dem Löffel ausholte und zuschlug, lag die Hälfte des Heeres am Boden; er kehrte zurück, rührte die Grütze wieder um, ging abermals hinaus, schlug zu, und die zweite Hälfte des Heeres lag auf dem Platz; nur einen Einäugigen ließ er übrig und noch einen Blinden. »Meldet dem König«, sagte er, »daß er seine Tochter Marja, das Königskind, dem Iwan-Zarewitsch zur Frau geben möge; tut er es nicht, soll er ein Heer aussenden und selbst hinausreiten.« Der Einäugige und der Blinde kamen zu ihrem König und sagten: »Herr! Sturmheld befahl, dir zu melden, daß du deine Tochter Iwan-Zarewitsch zur Frau geben sollst; er war sehr zornig, hat uns alle mit dem Kochlöffel zu Boden geschlagen.« Der König ging auf seine Tochter zu und sprach: »Mein liebes Kind! nimm Iwan-Zarewitsch zum Mann.« Die Tochter antwortete: »Es bleibt nichts übrig, ich werd ihn nehmen müssen. Befiehl, Väterchen, daß man ihm einen Wagen schickt.« Der König sandte sofort einen Wagen, selbst stand er am Tor und wartete. Iwan-Zarewitsch kam mit seinen beiden Brüdern. Der König empfing sie mit Musik und Paukenschall, höflich und freundlich, und setzte sie an die Eichentische, bedeckt mit gemusterten Tüchern, beladen mit süßen Speisen und mit Honiggetränken. Da flüsterte Sturmheld Iwan-Zarewitsch zu: »Gib acht, Iwan-Zarewitsch, die Königstochter wird zu dir treten und bitten: Erlaube mir, auf ein Stündchen hinauszugehn! Du aber antworte: Geh, auch für zwei!«

Nachdem die Königstochter eine Weile gesessen hatte, kam sie zum Zarensohn und sagte: »Gestatte mir, Iwan-Zarewitsch, in das andere Zimmer zu gehen, mich umzukleiden.« Iwan-Zarewitsch erlaubte es; sie ging aus dem Zimmer hinaus, Sturmheld aber hinter ihr mit leisem Schritt. Die Königstochter warf sich auf die Treppe, verwandelte sich in ein Täubchen und flog hinaus zum Meer. Sturmheld warf sich zur Erde, verwandelte sich in einen Falken und flog hinter ihr drein. Die Königstochter erreichte das Meer, warf sich auf die Erde, verwandelte sich zur schönen Jungfrau und sprach: »Großväterchen, Großväterchen, goldenes Köpfchen, silbernes Bärtchen! Laß mich mit dir reden!« Großväterchen reckte sich aus dem blauen Meer empor: »Was brauchst du, mein Enkelchen?« »Iwan-Zarewitsch freit um mich; ich wollte seine Frau nicht werden, aber nun ist unser ganzes Heer erschlagen. Gib mir, Großväterchen, von deinem Kopf drei Haare, die werd ich dem Zarensohn vorweisen: Errate nun, Iwan-Zarewitsch, aus welcher Wurzel wuchs dieses Gras?« Großväterchen gab ihr drei Haare; sie warf sich auf die Erde, verwandelte sich in ein Täubchen und flog heim. Dann aber warf sich Sturmheld zur Erde, verwandelte sich in eine ebensolche Jungfrau und sprach: »Großväterchen, Großväterchen! komm noch einmal hervor und rede mit mir: ich hab vergessen, dir noch ein Wort zu sagen.« Kaum hatte Großväterchen seinen Kopf aus dem Wasser emporgereckt, als Sturmheld ihn packte und ihm den Kopf abriß. Dann warf er sich zur Erde, verwandelte sich in einen Adler und flog zum Palast, schneller als die Königstochter. Er rief den Zarensohn auf den Flur hinaus. »Hier, Iwan-Zarewitsch, nimm diesen Kopf. Die Königstochter wird vor dich treten, dir drei Haare weisen und sagen: ›Errate nun, Iwan-Zarewitsch, aus welcher Wurzel wuchs dieses Gras?‹ Dann zeige ihr den Kopf.« Die Königstochter trat heran, wies Iwan-Zarewitsch die drei Haare und sagte: »Errate, Zarensohn, aus welcher Wurzel wuchs dieses Gras? Erkennst du sie, folg ich dir als Gattin, wenn nicht – sei nicht zornig auf mich!« Iwan-Zarewitsch aber zog unter dem Rockschoß den Kopf hervor, warf ihn auf den Tisch und sprach: »Da hast du die Wurzel!« Die Königstochter dachte im stillen bei sich: »Tüchtig sind die Burschen!« Sie bat: »Gestatte mir, Iwan-Zarewitsch, mich im anderen Zimmer umzukleiden.« Der Zarensohn erlaubte es; sie ging hinaus auf die Treppe, warf sich zur Erde nieder, verwandelte sich in ein Täubchen und flog wieder fort zum Meer. Sturmheld packte den Kopf, ging auf den Hof, warf den Kopf gegen die Treppe und sagte dazu: »Wo du früher warst, sei nun wieder!« Der Kopf flog dahin, war eher zur Stelle als die Königstochter und wuchs am Körper an. Die Königstochter hielt am Meer, warf sich zur Erde und verwandelte sich in die schöne Jungfrau: »Großväterchen, Großväterchen, komm hervor, sprich mit mir!« Er reckte sich empor und fragte: »Was brauchst du, Enkelchen?« »Was? dein Kopf war nicht dort?« »Weiß nicht, Enkelchen! hab tief geschlafen.« »Nein, Großväterchen, dein Kopf ist dort gewesen.« »So wird man wohl den Kopf abgerissen haben, als du das letztemal hier warst und ein Wörtchen mit mir reden wolltest.« Sie warf sich zur Erde, verwandelte sich in ein Täubchen und flog heim; kleidete sich in ein anderes Gewand, trat ein und setzte sich neben Iwan-Zarewitsch nieder.

Am nächsten Tage fuhren sie zur Trauung, die Ehe zu schließen; als sie zurückgekehrt waren, führte Sturmheld Iwan-Zarewitsch fort, um ihm zu zeigen, wo ihm das Schlafgemach gerüstet worden war, gab ihm drei Ruten, eine eiserne, eine kupferne, eine dritte aber aus Zinn, und sagte: »Willst du am Leben bleiben, so erlaube mir, an deiner Stelle mich zur Königin zu legen.« Der Zarensohn war einverstanden. Der König führte das junge Paar zum Ehebett. Da löste Sturmheld-Kuhsohn den Zarensohn ab, und kaum lag er, so begann er zu schnarchen. Die Königstochter legte den Fuß auf ihn, legte auch den zweiten dazu, dann nahm sie ein Kissen und begann den Helden zu ersticken. Sturmheld aber sprang empor, packte die eiserne Rute und fing an, die Königin zu schlagen; schlug sie so lange, bis die Rute zerbrach. Dann nahm er die kupferne, und auch die ging in Stücke; zuletzt schlug er mit der zinnernen. Die Königin begann zu flehen und verschwor sich mit hohen Eiden, nie mehr solche Dinge zu tun. Am Morgen erhob sich Sturmheld und ging zu Iwan-Zarewitsch: »Nun, Bruder, geh hin und sieh, wie deine Frau von mir gezähmt ist; die drei Ruten, die bereit waren, hab ich alle an ihr zerschlagen. Fortan lebt in Frieden, liebt einander und vergeßt meiner nicht.«

23. Oletschka

Irgendwo in einem Zarenreich, in einem fernen Reich, lebten einst ein Zar und eine Zarin, die hatten eine Tochter mit Namen Oletschka. Die Zarin aber starb, und da nahm der Zar eine zweite Frau, doch die war über alle Maßen böse. Sie liebte die Stieftochter nicht und wollte sie um jeden Preis umbringen. Oletschka war sehr schön, die Zarin aber wollte schöner sein als alle. Und eines Tages, als sie sich schmückte, nahm sie ihr geliebtes Spieglein in die Hand und befragte es: »Spieglein, mein teures, sag mir die Wahrheit, verbirg mir nichts: bin ich in aller Welt die Schönste, die Rosigste und die Weißeste?« Das Spieglein antwortete ihr und sprach: »Schöner als alle in der Welt und rosiger und weißer ist die wunderschöne Olga-Zarewna.« Bauz! warf sie den Spiegel auf den Boden, daß er zerbrach.

Am nächsten Tage setzte sich die Zarin vor ein anderes Spieglein, um sich zu schmücken, und befragte es: »Spieglein, mein teures, sag mir die Wahrheit, verbirg mir nichts: bin ich in aller Welt die Schönste, die Rosigste und die Weißeste?« Aber auch dieses Spieglein gab ihr zur Antwort: »Schöner als alle in der Welt und rosiger und weißer ist die wunderschöne Olga-Zarewna.« Bauz! warf sie den Spiegel auf den Boden, daß er zerbrach.

Am dritten Tage setzte sich die Zarin wiederum vor ein Spieglein hin und befragte es: »Spieglein, mein teures, sag mir die volle Wahrheit, verbirg mir nichts: bin ich in aller Welt die Schönste, die Rosigste und die Weißeste?« Das Spieglein antwortete ihr und sprach: »Schöner als alle in der Welt und rosiger und weißer ist die wunderschöne Olga-Zarewna.« Bauz! warf sie auch dieses Spieglein auf den Boden, daß es zerbrach.

Nun hielt's die Zarin aber nicht länger aus und schickte nach einer Hexe. Die Hexe kam und fragte: »Was willst du von mir, Mütterchen-Zarin?« »Dieses will ich von dir, Großmütterchen: meine Stieftochter ist mir zuwider geworden, wie könnte man sie wohl aus der Welt schaffen?« »Ach, Mütterchen, das ist ein schweres Stück! Großes Unheil wird uns vom Zaren kommen, wenn er davon erfährt. Aber es ist nichts zu machen, dir muß geholfen werden. Schicke sie auf das freie Feld spazierenzufahren, und befiehl, sie in den dunklen Wald zu führen und dort zu töten. Damit du aber gewiß weißt, daß sie getötet ist, laß mit ihrem Blut ein Tüchlein tränken und es dir bringen.« Da schickte die Zarin

Oletschka mit ihrer Wärterin auf das Feld und befahl dem Kutscher und der Wärterin strengstens, in den dunklen Wald zu fahren, die Stieftochter dort zu töten und ein Tüchlein mit ihrem Blut zu tränken. Und so geschah es.

Sie fuhren lange, lange und kamen in den dunklen Wald. Doch dem Kutscher und der Wärterin tat Oletschka leid, weil sie so sanft und gut war. Was konnten sie aber tun? Wie sollten sie den Jammer abwenden? Sie hatten im Sinn, ein Tier an ihrer Stelle zu töten, aber Tierblut gleicht nicht Menschenblut. Da bedachten sie sich lange und beschlossen, zwei Tauben zu töten und das Tüchlein in Taubenblut zu tränken; denn kein anderes Blut ist Menschenblut so ähnlich, wie das der Tauben. Und sie taten so und fingen zwei Tauben; sie töteten sie und benetzten das Tüchlein mit Blut, Oletschka jedoch ließen sie in alle vier Winde ziehen. Dann kehrten sie heim und gaben das Tüchlein der Zarin zurück. Die Zarin aber wurde sehr, sehr froh darüber, daß sie Oletschka getötet hatten. Zu dieser Zeit war der Zar abwesend, und als er zurückkehrte, sagten sie ihm, daß Oletschka gestorben sei. Der Zar grämte sich, doch damit hatte die Sache ihr Ende.

Im Walde aber weinte Oletschka bitterlich, wanderte umher und stieß auf einen Apfelbaum. Ein Äpfelchen riß sie ab und aß es, legte sich unter den Baum und schlief ein. Am Morgen erwachte sie, erhob sich und wanderte, wohin die Augen schauen. Sie ging und ging über Weg und Steg, war es lang, war es kurz, war es weit, war es nah? Rasch wird das Märchen erzählt, langsam die Tat getan. Da sieht sie ein Hüttchen stehn auf Hühnerbeinchen, auf Hundepfötchen, zum Walde mit dem Gesicht, zu ihr mit dem Rücken. Oletschka rief ihm zu: »Hüttchen, Hüttchen, dreh zu mir das Gesicht, zum Walde den Rücken!« Da wendete sich das Hüttchen um, und sie ging hinein. Dort saß die Baba-Jaga, das Knochenbein, bis zur Decke reichte ihre Nase. Oletschka sprach ihr Gebet, verneigte sich nach allen vier Seiten und sagte dann: »Guten Tag, Großmütterchen!« »Willkommen,

Olga-Zarewna! Kommst du zu mir mit Willen oder wider Willen?« »Nicht so sehr mit Willen, Großmütterchen, als wider Willen und aus tiefem Kummer.« »Erzähl mir, Kindchen, deinen Kummer!« Oletschka fing an zu erzählen, wie die arge Stiefmutter sie aus der Welt habe schaffen wollen. »Nun, mein Kindchen, ich hab Mitleid mit dir, aber du kannst bei mir nicht bleiben: jeden Tag kommt der Drache mit den sechs Köpfen von der Felsenhöhle hergeflogen; merkt er, daß es nach Russenknochen riecht, frißt er dich auf. Aber jetzt laß mich einstweilen dein Köpfchen waschen; und setz dich und iß, dann leg dich nieder und schlaf; in der Früh weck ich dich beizeiten auf: der Morgen ist klüger als der Abend.« Die Baba-Jaga weckte sie in der Frühe: »Steh auf, Olga-Zarewna, sonst kommt im Nu der Drache von der Felsenhöhle hergeflogen; es ist Zeit für dich, über Weg und Steg zu wandern. Hier hast du ein Knäuel zum Andenken an mich. Wenn du mich verlassen hast, so geh immer, immer geradeaus; dort wird eben solch ein Hüttchen stehn, meine Schwester wohnt da. Bring ihr meinen Gruß.«

Olga-Zarewna nahm Abschied von der Baba-Jaga und wanderte fort. Sie ging und ging und sah ein Hüttchen stehn auf Hühnerbeinchen, auf Hundepfötchen, zum Wald mit dem Gesicht, zu ihr mit dem Rücken. »Hüttchen, Hüttchen, dreh zu mir das Gesicht, zum Walde den Rücken!« Das Hüttchen wendete sich um, und sie ging hinein. Dort saß die Baba-Jaga, das Knochenbein, bis zur Decke reichte ihre Nase. Oletschka sprach ihr Gebet, verneigte sich nach allen vier Seiten und sagte dann: »Guten Tag, Großmütterchen!« »Willkommen, Olga-Zarewna! Besuchst du mich mit Willen oder wider Willen?« »Nicht so sehr mit Willen, Großmütterchen, als wider Willen.« »Nun, so erzähl mir, Kindchen, deinen Kummer!« Olga-Zarewna erzählte ihr von ihrem Kummer. »Ich hab Mitleid mit dir, Olga-Zarewna, aber du kannst bei mir nicht bleiben: der Drache mit den zwölf Köpfen von der Felsenhöhle kommt hierhergeflogen; merkt er, daß es nach Russenknochen riecht, so frißt er dich. Aber jetzt laß mich einstweilen dein Köpfchen waschen; und setz dich und iß, dann leg dich nieder und schlaf; in der Früh weck ich dich beizeiten auf: der Morgen ist klüger als der Abend.« Kaum ward es hell in der Früh, weckte sie die Baba-Jaga: »Steh auf, Olga-Zarewna! Es ist Zeit für dich zu wandern, sonst, gib acht, kommt der Drache von der Felsenhöhle geflogen. Hier hast du ein Hämmerchen zum Andenken an mich. Verläßt du mich, so geh immer, immer geradeaus; dort wird eben solch ein Hüttchen stehn, da wohnt unsere älteste Schwester; bring ihr meinen Gruß.«

Olga-Zarewna nahm Abschied von der Baba-Jaga und wanderte fort. Sie ging und ging und sah ein Hüttchen stehn auf Hühnerbeinchen, auf Hundepfötchen, zum Wald mit dem Gesicht, zu ihr mit dem Rücken. »Hüttchen, Hüttchen, dreh zu mir das Gesicht, zum Walde den Rücken!« Da wendete sich das Hüttchen um, und sie ging hinein. Dort saß die Baba-Jaga, das Knochenbein, bis zur Decke reichte ihre Nase. Oletschka sprach ihr Gebet, verneigte sich nach allen vier Seiten und sagte dann: »Guten Tag, Großmütterchen!« »Willkommen, Olga-Zarewna! Kommst du mit Willen oder wider Willen zu mir?« »Nicht so sehr mit Willen, Großmütterchen, als wider Willen.« »Nun, so erzähl mir deinen Kummer.« Olga-Zarewna erzählte ihr von ihrem Kummer. »Ich hab Mitleid mit dir, Olga-Zarewna, aber du kannst bei mir nicht bleiben: der Drache mit den achtzehn Köpfen von der Felsenhöhle kommt hierhergeflogen; merkt er, daß es nach Russenknochen riecht, so frißt er dich. Aber jetzt laß mich einstweilen dein Köpfchen waschen; und setz dich und iß, dann leg dich nieder und schlaf; in der Früh weck ich dich beizeiten: der Morgen ist klüger als der Abend.« In der Frühe weckte sie die Baba-Jaga und versorgte sie für den Weg. »Hier hast du ein Hühnchen«, sagte sie, »das Fleisch iß auf, aber die Knöchelchen tu in den Sack. Verläßt du mich, so roll das Knäuel vor dir her, das meine jüngste Schwester dir gab, und geh ihm nach. Du wirst zu einem kristallenen Berg kommen; schlag die Hühnerknöchelchen mit dem Hämmerchen ein, das unsere zweite Schwester dir gab, und steig auf ihnen auf den Berg; dort wird ein kristallener Palast stehn, und dort sollst du wohnen.«

Olga-Zarewna nahm Abschied von der Baba-Jaga, rollte das Knäuel vor sich hin und ging ihm nach. Sie ging und ging und kam zum kristallenen Berg; da nahm sie die Hühnerknöchelchen aus dem Sack, schlug sie in den Berg ein und stieg auf ihnen hinauf. Sie erkletterte den Berg und sah einen kristallenen Palast stehn. Sie ging hinein, trat in das erste Zimmer, niemand war darin. Sie zog ihre Pantöffelchen aus und ließ sie dort. Dann ging sie in das nächste Zimmer; auch dort war niemand, nur ein Tisch stand darin, gedeckt für zwölf Personen; sie legte ihren Pelz ab und ließ ihn dort. Dann ging sie in das dritte Zimmer, und dort war wieder keine Seele, nur zwölf Betten standen darin; sie legte ihr Tuch ab und ließ es dort. Dann ging sie in das vierte Zimmer, und dort stand ein Bett mit seidenem Himmel; in goldenen Käfigen saßen Vögel, schön wie aus dem Paradies, und sangen herrliche Lieder. Oletschka wußte nun, daß im ganzen Palast keine Menschenseele war; sie wanderte in den Zimmern umher, trat an den gedeckten Tisch heran, brach ein Stückchen Brot ab, bestreute es mit Salz und aß es auf. Dann ging sie wieder in das vierte Zimmer, schloß die Tür hinter sich ab und legte sich aufs Bett; sie ergötzte sich am Gesang der Vögel und schlief ein.

Doch nachher im Halbschlummer hörte sie, wie sich auf dem Hof ein Sturm erhob; ein Blitz zuckte auf und der Donner grollte. Zwölf Falken flogen heran, setzten sich auf die Freitreppe und verwandelten sich in schmucke Burschen. Sie gingen in das erste Zimmer und sahen die Pantoffeln stehn. Da sprachen sie zueinander: »He, Brüder, bei uns ist irgendein Fremder!« Sie traten in das zweite Zimmer – da lag ein Pelz, im dritten – ein Tuch. Sie wollten in das vierte Zimmer, aber die Tür war geschlossen. Sie klopften, doch niemand machte ihnen auf. Da sahen sie, daß der Gast weiblichen Geschlechts war und riefen: »Öffne, wer du auch sein magst! Bist du in älteren Jahren – sei unser Schwesterchen, bist du ein junges Blut – sei einem von uns die Braut!« Nun stand Oletschka auf und öffnete die Tür. Als die Brüder sie erblickten, waren sie über die Maßen froh, daß eine Frau in ihr Heim gekommen war. Dann setzten sie sich an den Tisch; plötzlich waren auch Diener da und reichten allerlei Speisen. Sie sahen aber, daß dem jüngsten Bruder von seiner Schnitte Brot ein Stück abgebrochen war; sie errieten, daß Olga-Zarewna es getan habe, und sprachen: »Nun, so sei du, Olga-Zarewna, seine Braut, uns aber eine Schwester.« Und so blieb sie denn bei ihnen wohnen. Die Falkenbrüder flogen jeden Tag fort und kehrten wieder heim. Oletschka aber blieb im Hause als Herrin über alles. Die Brüder gewannen sie so lieb, daß sie sich beim Ansehen nicht satt sehen, beim Plaudern nicht satt plaudern konnten.

Die Stiefmutter Oletschkas aber dachte, als sie die Tochter hatte umbringen lassen, daß niemand mehr auf der Welt schöner sei denn sie. Und als sie sich vor dem Spieglein schmückte, befragte sie es: »Spieglein, mein teures, sag mir die Wahrheit, verbirg mir nichts: bin ich in aller Welt die Schönste, die Rosigste und die Weißeste?« Das Spieglein aber gab ihr zur Antwort: »Schöner als alle in der Welt und rosiger und weißer ist die wunderschöne Olga-Zarewna.« Da warf die Zarin aus Wut und Bosheit das Spieglein zu Boden, daß es zerbrach. Ihr Herz aber ließ ihr keine Ruhe. Wieder sandte sie nach der Hexe, und die Hexe kam. »Großmütterchen, mein Herz gibt mir keine Ruh: sicher ist meine Stieftochter noch am Leben.« Die Hexe wahrsagte aus Bohnen und sprach: »So ist es, Mütterchen Zarin, auch ich sehe, daß sie noch am Leben ist, und jetzt weiß ich, wo sie wohnt. Aber sei ruhig, wir werden sie auch dort finden, sie entgeht uns nicht.«

Am nächsten Tage zog sich die Hexe Lumpen an, tat, als

sei sie eine Bettlerin und wanderte zum kristallenen Berg. Sie kam hin, ging zum kristallenen Palast und bettelte um ein Almosen. Oletschka erblickte sie, ward des fremden Menschen froh und rief die Alte zu sich herein. Sie gab ihr Speise und Trank und erhielt dafür ein Äpfelchen. Oletschka aß von dem Apfel, erstickte daran und starb. Zu diesem Zweck hatte ihr die Hexe ihn natürlich auch gegeben. Die Falken kamen geflogen. Sonst hatte Oletschka sie empfangen, heute aber tat sie es nicht. Als die Falken das sahen, sprachen sie: »Sicherlich ist bei uns, Brüder, etwas Ungutes geschehen.« Sie traten ein und sahen Oletschka tot daliegen. Lange weinten sie über ihr und sagten dann: »So leid uns Oletschka auch tut, Brüder, wir müssen sie doch begraben.« Doch der jüngste Bruder rief: »Nein, Brüder, wozu begraben? Besser, wir legen sie in den Sarg und hängen ihn im Zimmer unter der Decke auf.« »Gut, machen wir's so«, antworteten die Brüder. Sie fertigten einen goldenen Sarg an; doch kaum hoben sie Oletschka auf, um sie hineinzulegen, als ihr ein Stückchen Apfel aus dem Munde fiel, und sie ward wieder lebendig. Da war die Freude groß! Sie fragten Oletschka, was mit ihr geschehen sei, und sie erzählte ihnen alles, was sich ereignet hatte. Die Falkenbrüder befahlen ihr nun strengstens, niemand Fremden bei sich einzulassen.

Und so lebte Oletschka wieder bei ihnen. Die Stiefmutter aber schmückte sich vor dem Spieglein und befragte es: »Spieglein, mein teures, sag mir die Wahrheit, verbirg mir nichts: wer ist in aller Welt die Schönste, die Rosigste und die Weißeste?« Das Spieglein antwortete ihr und sprach: »Am schönsten auf der ganzen Welt, am rosigsten und weißesten ist die wunderschöne Olga-Zarewna.« Da warf die Zarin das Spieglein zu Boden, daß es zerbrach. Und wieder sandte sie nach der Hexe. »Großmütterchen, mir ist das Herz so schwer: ob nicht unsere Oletschka wieder am Leben ist?« Die Hexe wahrsagte aus Bohnen und sprach: »So ist es, Mütterchen Zarin, auch ich sehe, daß sie noch am Leben ist. Gib mir nun ein goldenes Ringlein, ich werd es verzaubern; dann will ich hingehen und sie gewißlich verderben!« Die Zarin gab ihr das Ringlein, und die Hexe zog sich Lumpen an und ging davon. Wiederum kam sie zum kristallenen Palast und bat um ein Almosen. Oletschka erkannte sie nicht, rief sie herein und gab ihr Speise und Trank; die Hexe aber schenkte ihr das Ringlein und sagte dazu: »Steck es nur gleich an.« Doch als Olga-Zarewna es an den Finger steckte, da fiel sie um und war tot. Die Falkenbrüder kamen geflogen, sahen Oletschka tot daliegen, weinten und weinten um sie und wollten sie schon in den Sarg legen, doch der jüngste Bruder sprach: »Laßt mich, Brüder, wenigstens das Ringlein abziehen als ein Andenken für mich.« Kaum aber hatte er ihr das Ringlein vom Finger gezogen, als sie wieder auflebte! Wie groß war da die Freude! Sie fragten sie, wodurch sie den Tod erlitten habe, und befahlen ihr strengstens, niemand Fremden bei sich einzulassen.

Wiederum lebte Oletschka bei ihnen. Die Stiefmutter aber hielt's nicht aus: immer wollte sie die Schönste von allen sein. Sie schmückte sich vor dem Spieglein und befragte es: »Spieglein, mein teures, sag mir die Wahrheit, verbirg mir nichts: wer ist in aller Welt die Schönste, die Rosigste und die Weißeste?« Das Spieglein antwortete ihr und sprach: »Die Schönste auf der ganzen Welt, die Rosigste und Weißeste ist die wunderschöne Olga-Zarewna.« Da warf die Zarin das Spieglein zu Boden, daß es zerbrach. Und wieder schickte sie nach der Hexe. »Großmütterchen, ich kann's nicht glauben, daß unsere Zarewna nicht mehr am Leben sei, mein Herz ist nicht umsonst so vergrämt.« Die Alte wahrsagte aus Bohnen und sprach: »So ist es Mütterchen Zarin, aus den Bohnen sehe ich, daß sie noch am Leben ist. Gib mir aber goldene Ohrringe, die will ich verzaubern und damit gewißlich Oletschka verderben.« Die Zarin gab ihr goldene Ohrringe, und die Hexe wanderte fort. Sie kam zum kristallenen Palast und bat um ein Nachtlager. Die Zarewna erkannte sie wiederum nicht, ließ sie ein und gab ihr zu essen und zu trinken. Die Hexe aber schenkte ihr dafür die goldenen Ohrringe und sagte dazu: »Leg sie dir nur an.« Doch kaum hatte Oletschka sie angelegt, da war sie auch gleich tot. Die Falkenbrüder kamen geflogen und sahen Oletschka tot daliegen. Sie weinten lange um sie, schließlich aber legten sie sie in den goldenen Sarg und hängten ihn im Zimmer an der Decke auf.

Der Zar aber härmte sich ab nach seinem lieben Kinde. Er ritt in fremde Länder, seinen Kummer zu vertreiben; ritt lange, lange und kam in das kristallene Reich. Die Falkenbrüder nahmen ihn wohl auf und freuten sich, daß er zu ihnen gekommen war. Da erzählte ihnen der Zar seinen Gram um die Tochter, sie aber erzählten ihm von dem Tode der Braut des jüngsten Bruders. Der Zar bat, den Sarg herabzunehmen und ihm die Tote zu zeigen. Sie taten's – die Zarewna lag da, als wäre sie lebendig. Kaum hatte der Zar sie erblickt, so erkannte er, daß sie seine Tochter war. Lange weinte er um sie, und dann sprach er: »Man muß sie begraben nach christlichem Brauch, muß sie waschen und in die Erde senken.« Sie wuschen sie und bemerkten die teuren Ohrringe an ihr. Da sagte der Zar: »Warum soll das Gold in die Erde verscharrt werden? Wir wollen es lieber behalten als ein Andenken.« Den einen Ohrring nahmen sie ab, da bewegte sich die Zarewna, sie nahmen den zweiten ab, da ward sie ganz lebendig. Die Freude war groß! Und Oletschka erzählte ihrem Vater, wie die Stiefmutter sie hatte verderben wollen. Sie blieben einige Zeit im kristallenen Palast, und dann lud der Zar sie alle zu Gast in sein Reich. Sie machten sich auf und reisten hin. Und als sie zu Hause waren, befahl der Zar sogleich, den allerwildesten Hengst aus dem Stalle zu führen, die Zarin und die alte Hexe an den Schweif zu binden und ihre Knochen über das freie Feld zu schleifen; die andern aber fingen an, die Hochzeit zu feiern. Und als sie zu Ende war, gab der Zar seinem Schwiegersohn die Hälfte des Reichs, und sie lebten alle glücklich und zufrieden.

24. Der Zarensohn und sein Diener

Es war einmal ein Bauer, der hatte drei Söhne: zwei kluge und einen dummen. Eines Tages säte der Bauer Erbsen, aber irgendein Unbekannter kam und vernichtete immer das Gesäte. Als der Vater sah, daß alles niedergeschlagen, umgeworfen und zerstampft war, sagte er zu seinen Söhnen: »Meine lieben Kinder, wir müssen Wache halten und herausbekommen, wer uns die Erbsen zerstampft.« Sogleich ging der älteste Bruder auf die Wacht. Mitternacht kam heran, der Schlaf überfiel ihn – und wieder waren die Erbsen zertreten, er aber hatte nichts gesehen. Dann kam die Reihe zu wachen an den mittleren Bruder; aber auch der hatte nichts erblickt. »Nun will ich hingehen«, sprach der Dümmling, »ich werd es schon nicht übersehen!« »Du bist der Rechte!« antworteten die Brüder, »was wirst denn du ausrichten?« Der Dümmling aber ging auf die Wacht und nahm ein Fuder Bast und ein Pfund Tabak mit sich. Als ihn der Schlaf überfallen wollte, schnupfte er um so mehr Tabak. Da kam der Recke Nikanor über die Erbsen geritten, ließ sein Roß weiden, legte sich selbst zum Heldenschlaf nieder und schlief ein. Der Dümmling machte sich sofort über ihn her und fing an, den Schläfer mit dem Bast zu fesseln. Er band ihn und ging dann zum Vater. »Nun hab ich den Dieb gefangen!« rief er. Der Vater ging hin und sah sich's an. »Wie hast du, Dummkopf, einen solch starken Recken besiegt?« fragte er.

Man berichtete dem Zaren, daß ein mächtiger Held gefangen sei. Sofort schickte der Zar hin und ließ fragen: »Wer hat ihn gefangen?« Man antwortete ihm, jener Dümmling habe es vollbracht. Da befahl der Zar sofort: »Bringt mir den Dummkopf her!« Sie taten's, und der Zar fragte: »Was meinst du, Dummkopf, wie könnte man den Recken hierherschaffen?« Der Dümmling antwortete: »Das muß man so machen: zwölf Pferde und sechzig Mann und einen langen, eisernen Wagen brauchen wir; dann kann man den Recken Nikanor auf den Wagen legen und hierherfahren.« Und man brachte den Recken auf solche Art zum Zaren. »Was meinst du, Dummkopf?« fragte der Zar, »wo soll man ihn einsperren, und wie ihn fesseln, damit er nicht auf und davon geht?« Der Dümmling antwortete: »Auf zwanzig Ellen Tiefe laß die Erde ausgraben und mit der Erde eiserne Wände zuschütten, und dann wälze Querbalken darüber, so wird es halten!« Sie richteten die eisernen Wände auf, wälzten die Querbalken darüber, setzten den Recken Nikanor hinein und stellten ein Regiment Soldaten als Wache auf. Der Dümmling packte mit einem Haken die Bastschnüre, zerriß sie und band den Recken los. Der Zar beschenkte darauf den Dümmling und ließ ihn heimziehen.

Und es geschah einmal, daß die Zarenkinder im Garten spazierengingen und mit goldenen Pfeilen schossen, und der Pfeil des jüngsten Bruders, Iwan-Zarewitsch, flog durch das Fensterchen zum Recken Nikanor hinein. Da rief Iwan-Zarewitsch: »Ach, Recke Nikanor, gib mir meinen Pfeil!« »Hilf mir«, antwortete Nikanor, »und befiehl, auch nur einen einzigen Querbalken abzuwälzen, so will ich dir deinen Pfeil zurückgeben und dir vielleicht noch drei von meinen schenken!« Iwan-Zarewitsch nahm alle Kraft zusammen und machte einen Querbalken los. Nikanor gab ihm den goldenen Pfeil wieder und sagte: »Hör zu, Iwan-Zarewitsch! du wirst ein Lakai werden, ein Hirte und ein Koch, danach aber wieder Iwan-Zarewitsch sein.« Und alsbald zerbrach der Recke Nikanor sein Gefängnis, stieg heraus und schlug das ganze Regiment zusammen. Der Zar kam hinzu, sah, was geschehen war, entsetzte sich und fragte: »Wer hat den Recken freigelassen?« Dort wälzten sich aber die Geschlagenen und Verwundeten: dem einen Soldaten war der Arm abgerissen, dem andern das Bein zerbrochen; und sie sagten dem Zaren: »So und so geschah es, Iwan-Zarewitsch hat ihn freigelassen.« Der Zar geriet in gewaltigen Zorn und schickte in alle Länder, die Könige und Prinzen zu rufen. Sie versammelten sich und wurden vom Zaren bewirtet, und er hielt lange mit ihnen Rat. »Was soll ich mit Iwan-Zarewitsch, meinem Sohn, beginnen?« sagte er. »Weder köpft man Zarenkinder, noch hängt man sie.« Da rieten sie ihm, dem Zarewitsch einen Diener mitzugeben und ihn ziehen zu lassen, wohin er wolle!

Iwan-Zarewitsch verließ seinen Vater; und als er ein Stück Wegs gegangen war, bekam er Durst. Er kam zu einem Brunnen, schaute hinein und sah, daß das Wasser tief stand und er nicht hinunterreichen könne. Da sprach er zu seinem Diener: »Ach, Wanjka, was soll nun werden?« »Nun, Iwan-Zarewitsch!« antwortete Wanjka, »halt mich an den Beinen, dann kann ich mich satt trinken, und nachher werd ich dich trinken lassen; anders reichst du nicht bis zum Wasser, es steht zu tief.« Wanjka trank sich satt, und dann hielt er den Zarensohn. Iwan-Zarewitsch trank und sagte dann: »Jetzt, Wanjka, zieh mich wieder hinauf!« Der antwortete aber: »Nein, sei du nun Wanjka, und ich will Iwan-Zarewitsch sein!« »Was schwatzt du für sinnloses Zeug, Dummkopf?« »Selbst schwatzt du Unsinn! Willst du nicht, so ertränk ich dich im Brunnen!« »Nein, lieber ertränke mich nicht! Sei du Iwan-Zarewitsch, und ich will Wanjka sein.« So einigten sie sich; und dann kamen sie in eine große Hauptstadt und gingen geradeswegs in die Gemächer des Zaren. Der falsche Zarensohn ging voran, schlug das Kreuz nicht, wie es vorgeschrieben ist, verbeugte sich nicht, wie es Brauch ist, der wahre Zarensohn aber ging hinterher, bekreuzigte sich, wie es vorgeschrieben ist, verbeugte sich, wie es Brauch ist. Der Zar nahm sie mit Freuden auf und sprach: »Wohnet bei mir.« Sogleich fing Wanjka, der Betrüger, an, sich seines Dieners zu rühmen: »Ach, was hab ich für einen Diener! wie gut versteht er das Vieh zu hüten! Treibt er die Pferde aus, so bekommen sie alle goldene Schwänze und goldene Mähnen, und an den Seiten schimmern viele Sterne; treibt er die Kühe aus, so bekommen sie goldene Hörner und goldene

Schwänze, und an den Seiten schimmern viele Sterne!« Da trug ihm der Zar auf, die Pferde zu hüten. Iwan-Zarewitsch trieb die Herde ins freie Feld, aber alle Pferde liefen ihm davon. Er setzte sich nieder und weinte bitterlich: »Ach, Recke Nikanor, was hast du mir angetan! Was soll jetzt aus mir werden?« Auf einmal, hast du nicht gesehen? stand der Recke Nikanor vor ihm und sprach: »Was willst du von mir, Iwan-Zarewitsch?« Nun erzählte ihm der seinen Kummer. »Das macht nichts! Komm, wir wollen fortreiten, die Pferde sammeln und sie zu meiner jüngsten Schwester treiben. Sie wird alles für dich machen, was der Zar dir aufgetragen hat.« Sie trieben die Herde zur jüngsten Schwester, und die führte wirklich alles aus; dann gab sie ihren Gästen zu essen und zu trinken und geleitete sie heim. Iwan-Zarewitsch brachte die Pferde auf den Zarenhof: an jedem Tier war die Mähne golden, der Schwanz golden, und an den Seiten schimmerten die Sterne. Wanjka, der Betrüger, saß am Fenster und sagte: »Ach, der Schuft! So hat er's doch vollbracht! Schlau ist er und klug!«

Darauf befahl jedoch der Zar, die Kühe zu hüten: »Alles soll ebenso werden, tust du es nicht, so laß ich dich am Tor erschießen!« Iwan-Zarewitsch fing bitterlich an zu weinen und trieb die Kühe aus. Den ganzen Tag hütete er sie. »Ach, mein Freund Nikanor! Erscheine vor mir!« Der Recke Nikanor erschien, und sie trieben die Herde zur zweiten Schwester; sie machte allen Kühen goldene Hörner und goldene Schwänze und Sterne an den Seiten. Dann gab sie den Gästen zu essen und zu trinken und geleitete sie heim. Iwan-Zarewitsch trieb die Herde auf den Zarenhof, doch Wanjka, der Betrüger, saß am Fenster und sagte: »Ach, verderben wollt ich ihn, aber nein: auch das hat er vollbracht!« Der Zar aber sagte: »Das ist mir doch ein Hirte! Schau, was für Pferde und Kühe er heimbringt – schön und prächtig sind sie anzusehen!« Wanjka aber sprach zu ihm: »Er bereitet mir auch Speisen wundervoll zu!« Der Zar schickte ihn darauf sofort in die Küche. Da ging Iwan-Zarewitsch unter die Köche und weinte bitterlich: »Ach, Herr, mein Gott! Ich versteh ja nichts davon; das alles sagen sie ja ganz ohne Grund von mir.«

Und der Zar gedachte seine Tochter dem Betrüger zur Frau zu geben. Da schrieb ihm aber der dreiköpfige Drache: »Gibst du mir deine Tochter nicht zur Frau, so zerschlag ich dein ganzes Heer und nehme dich selbst gefangen.« Sprach der Zar zu seinem erwählten Schwiegersohn: »Was soll ich tun?« Wanjka antwortete: »Väterchen, laß uns ein Heer aufstellen! Vielleicht siegen wir!« Sie rüsteten ein Heer aus und fingen an, Krieg zu führen. Iwan-Zarewitsch aber bat die Köche: »Laßt mich, Onkelchen, die Schlacht anschauen, dergleichen hab ich mein Lebtag nicht gesehen.« Die Köche sagten: »Geh hin, schau dir's an!« Er ging sofort aufs freie Feld und sprach: »Freund Nikanor! Erscheine vor mir!« Der Recke Nikanor erschien und fragte: »Was du auch willst, Iwan-Zarewitsch, alles werd ich für dich tun.« »Wie sollen wir die Schlacht gewinnen und die Feinde schlagen? Tu für mich diese Tat!« »Das ist ein Kinderspiel und keine Tat!« Der Recke Nikanor ritt hin und zerstreute die ganze feindliche Macht, alle erschlug er und hieb sie zusammen.

»Jetzt wollen wir die Hochzeit feiern!« sagte der Zar. Da schrieb ihm aber der sechsköpfige Drache: »Gibst du mir deine Tochter nicht zur Frau, so erschlag ich dein ganzes Heer und nehme dich selbst gefangen!« »Ach, was soll aus uns werden?« fragte der Zar. Wanjka antwortete: »Es ist nichts zu machen, wir müssen ein Heer rüsten; vielleicht hilft uns Gott!« Sie stellten eine Armee auf wider das Heer der Drachen. Iwan-Zarewitsch aber bat die Köche: »Onkelchen, laßt mich zuschauen gehn!« »Geh nur, aber komm bald wieder zurück.« Er ging aufs freie Feld und rief: »Ach, Freund Nikanor! Erscheine vor mir!« Der Recke Nikanor erschien und sagte: »Was du auch willst, alles werd ich für dich tun.« »Wie sollen wir dieses Heer besiegen?« Der Recke Nikanor antwortete: »Ich will hinreiten und für dich die Arbeit tun.« Er sprengte auf die Macht des Drachen ein und erschlug sie bis auf den letzten Mann.

»Jetzt wollen wir die Hochzeit feiern«, sagte danach der Zar, »nun wird uns nichts mehr hindern!« Doch kaum sollte die Feier beginnen, als der zwölfköpfige Drache schrieb: »Wenn du mir deine Tochter nicht gibst, so werd ich dein ganzes Heer erschlagen, dich selbst gefangen nehmen und dein ganzes Reich niederbrennen!« Wieder mußte man ein Heer rüsten. Der Zar aber dachte bei sich: »Wenn sich der Sieg dem Drachen zuneigt, will ich ihm sofort meine Tochter gutwillig geben, damit er nur mein Land ungeschoren läßt.« Iwan-Zarewitsch bat die Köche: »Onkelchen, erlaubt mir zuzuschauen!« »Geh nur, aber komm bald wieder heim!« Er ging aufs freie Feld, pfiff und rief mit lauter Stimme: »Freund Nikanor! Erscheine vor mir!« Der Recke Nikanor erschien und sagte: »Nun, Bruder Iwan! Jetzt ist für uns die Zeit zur Tat gekommen! Setz auch du dich aufs Roß und laß uns reiten: ich voraus – auf den zwölfköpfigen Drachen, und du hinterher – auf alle seine Helden!« Dieser Drache hatte nämlich zwölf Helden als Bedeckung. Iwan-Zarewitsch saß auf und ritt hinter dem Recken Nikanor wider den Feind; sie fingen an, sich zu schlagen und das Heer des Drachen zu vernichten. Im Kampf aber wurde Iwan-Zarewitsch an der Hand verwundet. Er wendete sein Roß und hielt gerade auf den Wagen des Zaren zu. Die Zarentochter nahm ein Tuch von ihren Schultern, zerriß es und verband ihm mit der einen Hälfte die Hand. Dann stürzte sich Iwan-Zarewitsch wieder auf den Feind und besiegte das ganze Heer. Doch als die Schlacht zu Ende war, kehrte er wieder auf seinen Platz zurück, legte sich nieder und fiel in tiefen Heldenschlaf.

Im Palast aber bereitete man die Hochzeit vor. Die Köche vermißten den Gehilfen und sprachen: »Wo ist unser junger Koch geblieben?« Sie liefen auf die Suche und fanden ihn schlafend; sie wollten ihn wecken, aber es gelang ihnen nicht;

dann stießen sie ihn, aber es war vergebens. Ein Koch nahm einen Schlägel und sagte: »Ich will ihn damit schlagen, mag er doch umkommen!« Er schlug ihn einmal und noch einmal. Da erwachte Iwan-Zarewitsch und sagte: »Ach, Brüder, ich hab verschlafen!« Und er bat sie: »Onkelchen, plaudert nicht aus, daß ich so lang geschlafen hab!« Die Köche aber antworteten: »Komm schnell, Dummkopf, damit wir nicht deinetwegen Schimpfe kriegen!« Sie führten ihn in die Küche und ließen ihn die Kasserollen säubern. Iwan-Zarewitsch streifte die Ärmel auf und machte sich an die Arbeit. Da erblickte die Zarentochter die Hälfte ihres Tuches und sprach: »Zeig mal her, Wanjka! Woher nahmst du dies Tuch?« Da gestand er und sagte: »Nicht dieser Betrüger ist der Zarensohn, sondern ich!« und er erzählte ihr alles, was sich ereignet hatte. Sogleich nahm ihn die Zarentochter bei der Hand und führte ihn zu ihrem Vater: »Das ist mein erwählter Bräutigam und nicht jener Diener!« Der Zar fragte ihn: »Was ist denn zwischen euch geschehen?« »So und so«, antwortete der Zarensohn. Da vermählte ihm der Zar seine Tochter, den Betrüger aber ließ er hinrichten.

Dort war auch ich zu Gast,
Trank Met und Wein in Hast,
Über den Schnurrbart floß es,
Doch kam nichts in den Mund;
Man reichte Hausenfleisch,
Doch blieb ich ungespeist.

25. Bruder und Schwester

Es waren einmal Bruder und Schwester. Sie war noch klein, als er zu den Soldaten mußte. Doch als sie herangewachsen war, schrieb ihr der Bruder: »Komm zu mir, Schwester, und bleib bei mir als Gast!« Sie war aber arm und hatte nur eine einzige Magd; und sie machte sich mit ihr auf und wanderte zu Fuß. Unterwegs gesellte sich ein Hündlein zu ihnen. Als sie an ein Flüßchen kamen, sprach die Magd zu der Schwester: »Wascht Euch, Herrin, schminkt Euch, Herrin! Schande wär's, sich dem Bruder so zu zeigen.« Das Hündchen aber bellte:

»Wau, wau, Herrin!
Wasch dich nicht, Herrin:
Blut floß in diesen Fluß hinein,
In seinem Wasser kochte man Leberlein!«

Da packte die Magd das Hündchen und hackte ihm eine Pfote ab. Aber auch auf drei Pfoten humpelte das Hündchen ihnen nach. Dann kamen sie an das zweite Flüßchen. Sprach die Magd wiederum: »Wascht Euch, Herrin, schminkt Euch, Herrin! Schande wär's, sich dem Bruder so zu zeigen.« Das Hündchen aber bellte:

»Wau, wau, Herrin!
Wasch dich nicht, Herrin:
Blut floß in diesen Fluß hinein,
In seinem Wasser kochte man Leberlein!«

Da hackte ihm die Magd die zweite Pfote ab. Sie kamen zum dritten Flüßchen; das Hündlein aber bellte wie vorher. Da schlug ihm die Magd die dritte Pfote ab. Sie kamen dann zum vierten Flüßchen, und die Magd hackte die letzte Pfote ab. Sie gingen weiter, und das Hündchen rollte hinter ihnen her. Als sie beim fünften Flüßchen anlangten, sprach die Magd abermals: »Wascht Euch, Herrin, schminkt Euch, Herrin! Schande wär's, sich dem Bruder so zu zeigen.« Das Hündlein aber bellte:

»Wau, wau, Herrin!
Wasch dich nicht, Herrin:
Blut floß in diesen Fluß hinein,
In seinem Wasser kochte man Leberlein!«

Da packte die Magd das Hündchen und schlug ihm den Kopf ab. Sie gingen weiter und kamen zum sechsten Flüßchen. Die Magd sprach wie vorher: »Wascht Euch, Herrin, schminkt Euch, Herrin! Schande wär's, sich dem Bruder so zu zeigen.« Da beugte sich die Schwester nieder, um sich zu waschen; die Magd aber stieß sie ins Wasser hinein. Das Flüßchen jedoch war tief und reißend, und die Herrin begann schon unterzusinken. Sprach die Magd zu ihr: »Hör mich an: ich werf dir einen Strick zu und zieh dich heraus, wenn du dem Bruder sagst, ich sei die Herrin und du meine Magd.« Da willigte die Herrin ein, und die Magd zog sie heraus; sie wechselten die Kleider und gingen von dannen. Sie kamen zum Bruder, und die Magd sprach zu ihm: »Guten Tag, Bruder! Hier, meine Magd hat mich unterwegs beschimpft! Kannst du sie nicht bestrafen?« Da schickte er die Herrin Pferde hüten. Er bemerkte aber, daß die Rosse magerer wurden, und nahm sich den Wärter vor. Aber der Wärter wußte selbst nicht, warum die Pferde so traurig waren, nichts fraßen und nichts tranken; doch er merkte wohl, daß die Rosse hungrig und traurig von der Weide kamen. Er gab auf sie acht und ging der Magd nach; er stellte sich von weitem auf und sah, daß sie sich unter einen Baum setzte und anfing, ihre Haare mit einem goldenen Kamm zu kämmen; dazu weinte sie und sang mit trauriger Stimme:

»Ach, ihr meine Rosse, schwarzbraune Rosse!
Vom seidigen Grase freßt ihr,
Vom Quellenwasser trinkt ihr! ...«

Die Pferde aber standen still, tranken nicht und fraßen nicht und sprachen:

»Wie sollten wir trinken, wie sollten wir fressen:
Wenn unsere Herrin selbst uns hütet!«

Und so geschah es das erste Mal und das zweite und dritte Mal. Der Wärter aber ging hin und erzählte alles dem Herrn. Da ging der Herr selbst hin und sah es auch mit an. Er trat zu der Magd heran und sprach: »Sage mir doch, um Gottes willen, was singst du da?« Da gestand sie ihm alles, und daß sie den Tod gefürchtet und es zugelassen habe, daß die Magd ihn betrüge. Der Herr führte nun seine Schwester in sein Haus, die Magd aber ließ er an den Schweif eines wilden Pferdes binden und auf dem freien Felde zu Tode schleifen.

26. Das Mädchen ohne Hände

Irgendwo in einem Zarenreich, nicht in unserm Reich, lebte einst ein reicher Kaufmann. Er hatte zwei Kinder, einen Sohn und eine Tochter. Als der Vater und die Mutter gestorben waren, sprach der Bruder zu seiner Schwester: »Laß uns diese Stadt verlassen, Schwesterlein; ich will ein Kaufmann sein und Handel treiben, für dich aber eine Wohnung nehmen; und so werden wir unser Auskommen finden.« Sie wanderten nun in ein anderes Gouvernement. Und als sie dort angelangt waren, richtete sich der Bruder ein und mietete einen Laden mit Schnittwaren. Es kam ihm aber in den Sinn zu heiraten, und da nahm er sich ein Weib, das war jedoch eine Zauberin.

Als der Bruder dann in seinen Laden gehn wollte, um Handel zu treiben, befahl er seiner Schwester: »Gib acht im Hause, Schwester.« Die Frau aber grollte darüber, weil er der Schwester die Aufsicht anvertraut hatte. Sie paßte die Zeit ab, da der Mann nach Hause zurückkehren wollte, und zerschlug alle Möbel. Dann ging sie ihm entgegen und sagte: »Sieh nur, was für eine Schwester du hast, sie hat alle Möbel in der Stube zerschlagen!« »Nun, das läßt sich schon ersetzen«, antwortete ihr Mann.

Am nächsten Tage ging er wieder in den Laden, nahm Abschied von seinem Weibe und von der Schwester und befahl ihr: »Gib acht im Hause, so gut du nur kannst.« Da wartete die Frau die Zeit ab, da der Mann heimkehren wollte, ging in den Stall und schlug dem Lieblingspferd ihres Mannes mit einem Säbel den Kopf ab. Dann trat sie auf die Treppe hinaus und erwartete den Gatten. »Sieh nur, wie schändlich deine Schwester ist! Deinem Lieblingspferd hat sie den Kopf abgehauen!« »Ach, mögen die Hunde das Aas fressen«, antwortete der Mann.

Am dritten Tage machte er sich wieder in seinen Laden auf, nahm Abschied und sagte zur Schwester: »Gib, bitte, auf die Frau acht, damit sie sich nicht selbst oder dem Kinde ein Leid antut, denn vielleicht gebiert sie eher, als es zu erwarten ist.« Kaum gebar aber die Frau ein Kind, als sie ihm gleich den Kopf abschlug. Nun saß sie da und weinte über dem toten Kinde. Als jedoch der Mann zurückkehrte, rief sie: »Schau nur, was du für eine Schwester hast! Kaum hatte ich das Kind geboren, da nahm sie es und schlug ihm mit dem Säbel den Kopf ab!« Der Mann erwiderte nichts darauf, fing bitterlich an zu weinen und ging fort.

Die Nacht kam heran. Um Mitternacht stand der Bruder auf und sprach zu seiner Schwester: »Liebes Schwesterlein, mach dich zurecht und komm mit mir zur Messe!« Sie antwortete: »Lieber Bruder, heut ist doch gar kein Feiertag, scheint mir.« »Doch, Schwesterlein, es ist schon Feiertag; komm nur mit.« »Es ist noch zu früh, Bruder, um fortzufahren«, sagte sie. »Nein«, erwiderte er, «ihr Weiber trödelt ja so lange; mach dich rasch fertig!« Die arme Schwester fing an sich anzukleiden, aber konnte nicht zu Ende kommen, denn immer wieder sanken ihr die Arme herab. Der Bruder kam zu ihr und sagte: »Mach flinker, Schwester, zieh dich an!« »Es ist noch früh, Bruder!« »Nein, Schwesterlein, es ist nicht mehr früh, sondern schon hohe Zeit.« Endlich war die Schwester fertig. Sie setzten sich in den Wagen und fuhren zur Messe.

Über kurz oder lang kamen sie in einen Wald. Da fragte die Schwester: »Was ist das für ein Wald?« Der Bruder antwortete: »Es ist der Wald, der um die Kirche steht.« Bald darauf verfing sich ein Wagenrad in einem Strauch. Der Bruder sagte: »Steh auf, Schwesterlein, und mach das Rad frei.« »Ach, liebes Brüderlein, ich kann ja nicht, mein Kleid wird schmutzig werden.« »Ich werde dir ein neues Kleid kaufen, Schwesterlein, ein besseres als dieses hier.« Da stieg sie vom Wagen und wollte das Rad freimachen, der Bruder aber hackte ihr die Hände bis zum Ellenbogen ab, schlug dann auf die Pferde ein und fuhr davon. Die Schwester blieb zurück, brach in Tränen aus und wanderte durch den Wald. So weit sie auch ging, und so lange sie auch herumirrte, sie zerstach sich, und ihre Kleider wurden zerfetzt, sie fand aber keinen Weg, der sie aus dem Walde hinausführte. Endlich, nach langen Jahren stieß sie auf einen Fußpfad und gelangte ins Freie. Sie verließ den Wald und kam in eine Kaufmannsstadt und bettelte bei einem sehr reichen Kaufmann unter den Fenstern um ein Almosen. Dieser Kaufmann aber hatte einen Sohn, einen einzigen, seinen Augapfel, und der verliebte sich in die Bettlerin. Er sprach zu seinen Eltern: »Väterchen und Mütterchen, verheiratet mich!« »Mit wem sollen wir dich denn verheiraten?« »Mit dieser Bettlerin.« »Ach, mein Lieber, haben denn die Kaufleute in unserer Stadt keine schönen Töchter?« »Gebt mir aber diese hier zur Frau; wollt ihr es nicht, so tu ich mir irgendein Leid an.« Der Handel gefiel ihnen aber nicht recht, denn es war ja ihr einziger Sohn, ihr Augapfel. Sie riefen alle Kaufleute und die ganze Geistlichkeit zusammen und fragten sie: »Was meint ihr, sollen wir ihn mit der Bettlerin verheiraten oder nicht?« Da sprachen die Priester: »Es wird wohl so das Schicksal sein, daß Gott ihm bestimmt hat, die Bettlerin zu heiraten.«

Und so lebte er denn mit ihr ein Jahr und ein zweites und machte sich dann auf in das andere Gouvernement, wo ihr Bruder in seinem Laden saß. Er nahm Abschied und bat seine Eltern: »Väterchen und Mütterchen! verlaßt mein Weib nicht; gleichviel, was sie auch gebären wird, schreibt mir sofort!«

Und als der Sohn weggefahren war, da gebar seine Frau nach zwei oder drei Monaten einen Sohn: bis zu den Ellenbogen waren die Arme in Gold, auf den Hüften schimmerten Sterne, auf der Stirne glänzte der helle Mond, auf dem Herzen die goldene Sonne! Wie freuten sich da der Vater und die Mutter! Gleich schrieben sie ihrem lieben Sohn einen Brief und schickten schnell einen Alten mit der Botschaft fort. Die Schwägerin aber, die Zauberin, hatte schon davon erfahren und rief den Alten zu sich: »Komm herein, Väterchen, erhol dich!« »Nein, ich hab keine Zeit, mit eiliger Bestellung schickte man mich.« »Aber komm nur, Väterchen, erhol dich und iß bei mir Mittagbrot.« Sie setzte ihn an den Tisch, seinen Ranzen aber trug sie fort, zog den Brief hervor, las ihn, riß ihn in Fetzen und schrieb einen andern: »Dein Weib hat einen Sohn geboren: zur Hälfte ein Hund, zur Hälfte ein Bär; hat ihn im Walde von den Tieren empfangen.« Kam der Alte zum Kaufmannssohn und überbrachte den Brief; der Sohn las ihn durch und weinte bitterlich. Dann schrieb er zurück und befahl, der Frau bis zu seiner Rückkehr kein Leides anzutun: »Ich komme selbst und werde sehen, was für ein Kind sie mir geboren hat.« Und abermals rief die Zauberin den Alten zu sich: »Komm herein, setz dich nieder und ruh dich aus.« Er trat ein, sie schwatzte ihm irgend etwas vor, las den Brief, zerriß ihn und schrieb: Sobald der Brief in ihre Hände käme, sollten sie sie gleich von Haus und Hof jagen. Der Alte brachte diesen Brief heim; die Eltern lasen ihn und betrübten sich sehr. »Was soll das heißen? Was tut er uns an? Wir haben ihn heiraten lassen, und nun ist ihm sein Weib zuwider geworden!« Nicht so sehr die Frau, als das Kind tat ihnen leid. Sie segneten Mutter und Kind, banden ihr den Säugling vor die Brust und schickten sie fort.

Nun wanderte sie davon und weinte bittere Tränen. War es lang darauf oder kurz? – ringsumher war nichts als freies Feld, kein Wald und kein Dorf. Sie kam in ein Tal und hatte großen Durst. Da erblickte sie zur rechten Hand einen Brunnen. Nun hätte sie gern getrunken, aber wollte sich nicht vorbeugen, um das Kind nicht fallen zu lassen. Plötzlich schien es ihr jedoch, als reiche das Wasser jetzt höher hinauf. Sie bückte sich; da entglitt ihr das Kind und stürzte in das Wasser. Sie ging um den Brunnen herum und weinte; wie sollte sie nun das Kind herausziehen? Da kam aber ein alter Mann zu ihr und fragte: »Warum weinst du, Magd?« »Wie sollt ich nicht weinen! Ich beugte mich vor, um Wasser zu trinken, und da fiel mein Kind hinein.« »Bücke dich nur und zieh es heraus.« »Ich hab ja keine Hände, Väterchen, nur Arme bis zum Ellenbogen.« »Beug dich nur hinunter und nimm dein Kind heraus!« Da trat sie zum Brunnen und streckte die Arme hinunter, der Herrgott aber hatte Erbarmen mit ihr und mit einemmal waren ihre Hände heil wie zuvor! Sie beugte sich nieder und zog das Kind heraus; und dann betete sie zu Gott und verneigte sich nach allen vier Seiten.

Und als sie Gott gedankt hatte, ging sie weiter, kam zu dem Hause, wo ihr Bruder und ihr Mann lebten und bat um ein Nachtlager. Da sagte ihr Mann zum Bruder: »Laß die Bettlerin ein; die Bettelweiber verstehen Märchen und Geschichten zu erzählen, sie können aber auch Wahres berichten.« Die Schwägerin aber meinte: »Wir haben keinen Platz für ein Nachtlager, es ist zu eng!« »Nein, laß sie, bitte, nur ein; ich hab es lieber als mein Leben, wenn die Bettelweiber Märchen und Geschichten erzählen!« Da ließ man sie denn ein, und sie setzte sich mit ihrem Kinde auf den Ofen. Sprach ihr Mann zu ihr: »Nun, meine Liebe, erzähl uns ein Märchen oder gib uns eine Geschichte zum besten.« Sie antwortete ihm: »Märchen und Geschichten versteh ich nicht zu erzählen, aber Wahres kann ich euch wohl berichten. Hört, ihr Herren, eine wahre Begebenheit!« Und sie fing an zu erzählen:

»Irgendwo in einem Zarenreich, nicht in unserm Reich, lebte einst ein reicher Kaufmann. Er hatte zwei Kinder, einen Sohn und eine Tochter. Als der Vater und die Mutter gestorben waren, sprach der Bruder zu seiner Schwester: ›Laß uns fortgehen,

Schwesterlein, aus dieser Stadt.‹ Sie gingen in ein anderes Gouvernement. Dort richtete sich der Bruder ein und mietete einen Laden mit Schnittwaren. Es kam ihm aber in den Sinn zu heiraten; und er nahm sich eine Frau, die war eine Zauberin . . .« Da brummte die Schwägerin dazwischen: »Was schwatzt sie für einen Unsinn zusammen, diese Hure!« Ihr Mann aber sagte: »Erzähle, erzähle nur, Mütterchen, lieber als mein Leben sind mir Geschichten!« Da fuhr die Bettlerin fort: »Und als sich der Bruder aufmachte, um in seinem Laden Handel zu treiben, befahl er der Schwester: ›Gib acht im Hause, Schwester.‹ Die Frau aber war beleidigt, weil er alles der Schwester anvertraute; da zerschlug sie aus Wut alle Möbel . . .« Und als sie erzählte, wie der Bruder sie zur Messe gebracht und ihr die Hände abgeschlagen hatte, und wie sie geboren und die Schwägerin den Alten zu sich gelockt hatte, schrie die Schwägerin abermals: »Was für einen Unsinn erzählt sie!« Aber der Mann der Bettlerin sagte zum Bruder: »Befiehl deinem Weibe zu schweigen! Die Geschichte ist doch wunderschön!« Und sie erzählte bis zum Ende, wie der Mann geschrieben hatte, daß man das Kind behalten solle bis zu seiner Rückkehr. Die Schwägerin aber brummte: »Was für einen Blödsinn redet sie!« Und dann erzählte die Bettlerin, wie sie in dieses Haus gekommen sei; die Schwägerin aber schrie: »Seht die Hure an, was sie euch vorzuschwatzen weiß!« Da rief jedoch der Mann dem Bruder zu: »Befiehl ihr, den Mund zu halten! Was unterbricht sie fortwährend?« Und dann erzählte sie zu Ende, wie man sie in die Stube gelassen und wie sie angefangen habe, die Wahrheit zu berichten. Und sie zeigte auf die drei und sagte: »Das ist mein Mann, das ist mein Bruder, diese aber ist meine Schwägerin!« Da sprang der Mann zu ihr auf den Ofen und sagte: »Nun, mein Lieb, zeig mir dein Kind; haben Vater und Mutter die Wahrheit geschrieben?« Und als sie das Kind aufwickelten, erleuchtete es das ganze Zimmer! »Es ist die reine Wahrheit, daß sie uns kein Märchen erzählt hat: hier ist mein

Weib und dort mein Sohn: bis zu den Ellenbogen in Gold, an den Seiten schimmern Sterne, auf der Stirne glänzt der helle Mond und auf dem Herzen die goldene Sonne!«

Da führte der Bruder die allerbeste Stute aus dem Stall, band sein Weib an den Schwanz und ließ das Pferd hinaus auf das freie Feld. So lange jagte es herum, bis nur noch der Zopf von der Frau übrigblieb, der Leib aber war auf dem Felde in Fetzen geschleift. Dann spannten sie ein Dreigespann vor den Wagen und fuhren heim zu Vater und Mutter; sie lebten glücklich und zufrieden und mehrten ihr Hab und Gut.

Dort war auch ich,
Met und Wein trank ich,
Übern Schnurrbart floß es mir,
In den Mund nicht kam es mir.

27. Foma Berennikow

Es war einmal ein altes Weib, das hatte einen einäugigen Sohn mit Namen Foma Berennikow. Einst fuhr Foma aufs Feld hinaus, um zu pflügen, sein Pferdchen jedoch war jämmerlich; da packte ihn der Kummer, und er setzte sich auf den Feldrain; die Fliegen aber schwirrten nur so über dem Dünger herum. Foma nahm eine Gerte in die Hand und schlug mit aller Kraft in den Haufen hinein; er zählte, wieviel er erschlagen hatte, kam bis fünfhundert, und noch lag eine Masse ungezählt da. Foma entschied, daß ihrer eine Unmenge war! Dann ging er zu seinem Pferde, und auf dem Pferde saßen zwölf Bremsen, die schlug er alle tot. Foma Berennikow kehrte zu seiner Mutter heim und bat um ihren großmächtigen Segen: »Ich hab vom gewöhnlichen Volk Unzählige erschlagen und dann noch zwölf machtvolle Helden. Laß mich, Mütterchen, auf kühne Taten ausziehen; die Erde zu pflügen ist keine Arbeit für einen Helden wie mich, das ist nur Bauerntagewerk!« Das Mütterchen segnete ihn zu kühnen Taten, zur Heldenlaufbahn. Auf die Schulter nahm er seine stumpfe Sichel, um die Hüften band er sich einen Korb aus Lindenbast, und in den Korb legte er ein stumpfes Hackmesser.

So reitet Foma über Weg und Steg, in unbekannte Länder, und kommt an einen Pfahl. Und er schreibt an diesen Pfahl – er hatte jedoch weder Gold noch Silber in der Tasche, fand aber zufällig ein Stückchen Kreide – und so schreibt er also mit Kreide: »Hier ist der Held Foma Berennikow vorbeigeritten, der mit einem Streich zwölf mächtige Krieger fällt und obendrein noch ein unzählbares Heer.« Das schrieb er an und ritt weiter.

Des gleichen Weges kam auch Ilja Muromez geritten. Er reitet an den Pfahl heran, liest die Inschrift und sagt: »Wohl ist die Spur des Helden zu erkennen: weder Gold noch Silber verschwendet er, schreibt nur mit Kreide!« Und er schrieb mit Silber darunter: »Hinter Foma Berennikow her ist der Held Ilja Muromez geritten.« Er holte Foma ein und sprach zu ihm (er hatte gewiß vor der Aufschrift mit Kreide Angst bekommen): »Mächtiger Held, Foma Berennikow, wo soll ich reiten: vor dir oder hinter dir?« »Marsch, hinter mir!« antwortete Foma.

Und auf demselben Wege kam auch Aljoscha Popowitsch, der Junge, angeritten. Er langt beim Pfahl an und sieht von weitem die Inschrift, leuchtend wie Feuer! Er liest die Aufschriften durch, zieht reines Gold aus der Tasche und schreibt: »Hinter Ilja Muromez ist Aljoscha Popowitsch, der Junge, hier vorbeigeritten.« Er holte darauf Ilja Muromez ein und fragte ihn: »Sag an, oh sage mir, Ilja Muromez, soll ich voran reiten oder hinter dir?« »Nicht mich frage, sondern meinen älteren Bruder, Foma Berennikow.« Da ritt Aljoscha Popowitsch, der Junge, zu Foma Berennikow heran und fragte ihn: »Kühner Krieger, Foma Berennikow, wo befiehlst du Aljoscha Popowitsch zu reiten?« »Marsch, hinter mir!«

So ritten sie über Weg und Steg in unbekannte Länder und

kamen zu den grünen Gärten. Ilja Muromez und Aljoscha Popowitsch schlugen ihre weißen Zelte auf, Foma Berennikow aber seine Unterhosen. Die Gärten gehörten dem Zaren selbst, dem preußischen Zaren, und gegen ihn führte der chinesische König mit seinen sechs mächtigen Helden Krieg. Der preußische Zar schickte Foma Berennikow einen Brief, und in diesem Briefe stand geschrieben: »Gegen mich, den preußischen Zaren, kämpft der chinesische König; wollt Ihr mir nicht Eure Hilfe leihen?« Foma verstand nicht viel von dem Brief, schaute hinein, schüttelte den Kopf und sagte bloß: »Gut! gut!«

Der chinesische König aber zog nahe vor die Stadt. Da kamen Ilja Muromez und Aljoscha Popowitsch, der Junge, zu Foma Berennikow und sprachen diese Worte zu ihm: »Ein Heer zieht wider den Zaren und hält schon vor der Stadt; man muß zu Hilfe eilen. Gehst du selbst oder schickst du uns?« »Mach du dich auf, Iljuschka Muromez!« Ilja Muromez erschlug sie alle. Dann führte aber der chinesische König seine sechs Helden heran und ein unermeßlich großes frisches Heer. Ilja Muromez und Aljoscha Popowitsch kamen wieder zu Foma und fragten: »Sag an, oh sage uns, Foma Berennikow, gehst du selbst oder schickst du uns?« »Mach du dich auf, Bruder Aljoscha Popowitsch!« Da ritt Aljoscha Popowitsch, der Junge, hin und erschlug das ganz unermeßlich große Heer und die sechs mächtigen Helden. Da sprach der chinesische König: »Ich habe noch einen Recken, den sparte ich mir zur Aufzucht; jetzt will ich auch den loslassen!« So führte er denn ein unermeßliches Heer heran und mit ihm den mächtigen, auserwählten Helden. Und der König sprach zu seinem Recken: »Nicht durch Kraft besiegt uns der russische Held, sondern durch List; was er tun wird, das mach ihm nach!« Ilja Muromez und Aljoscha Popowitsch, der Junge, kamen zu Foma Berennikow und fragten: »Gehst du selbst oder schickst du uns?« »Ich geh selbst; führt mein Roß vor!« Die Rosse der beiden Helden waren auf dem freien Felde und rupften Gras, Fomas Gaul aber stand da und schlang den Hafer gierig hinunter. Ilja Muromez trat an den Gaul heran, aber der hatte sich vollgefressen, war mutig geworden, schlug aus und biß nach allen Seiten! Da ward Ilja Muromez jedoch ärgerlich, packte Fomas Roß am Schwanz und warf es über den Zaun. Aljoscha Popowitsch aber sprach zu seinem Gefährten: »Wenn uns nur Foma Berennikow nicht sieht, der zahlt es uns noch heim!« Ilja Muromez aber sagte: »Also steckt die ganze Kraft nicht im Gaul, sondern im Helden selber.« Und er führte die Mähre zu Foma Berennikow. Foma saß auf, aber dachte im stillen: »Mögen sie mich nur totschlagen! so werd ich wenigstens ohne Schande bleiben.« Er ritt davon, beugte sich auf den Hals nieder und drückte die Augen zu. Der chinesische Held hatte den Befehl des Königs wohl behalten, beugte sich ebenfalls vornüber und schloß die Augen. Dann stieg Foma vom Gaul, setzte sich auf einen Stein und fing an die Sichel zu wetzen; der Chinesenheld machte es ihm nach, stieg ab von seinem starken Roß und schärfte sein Schwert. Da bemerkte er, daß Foma Berennikow auf einem Auge blind war, und dachte bei sich: »Er hat ein Auge zugekniffen, ich will ihn aber überlisten und beide Augen zudrücken!« Kaum hatte er sie aber zugedrückt, als Foma ihm den Kopf abschlug. Dann machte sich Foma an das Heldenroß und wollte aufsitzen, aber konnte nicht hinauf. Er führte das großmächtige Roß unter eine hundertjährige Eiche, kletterte auf den Baum und sprang rittlings auf das Roß hinunter. Kaum fühlte es aber den Reiter, so stieg es in die Höhe und riß die Eiche mitsamt den Wurzeln aus. Es rannte mit aller Macht und schleppte die riesige Eiche hinter sich her. Foma Berennikow aber schrie: »Helft, helft!« Doch die Chinesen, die Dummköpfe, verstanden die russische Sprache nicht und stoben in ihrem Schreck auseinander. Das Heldenroß zerstampfte sie mit den Hufen und schlug sie mit der hundertjährigen Eiche nieder: schlug alle tot bis auf den letzten Mann! Da schrieb der chinesische König an Foma Berennikow einen Brief: Er werde niemals mehr wider ihn Krieg führen. Das wollte Foma aber auch nur haben! Ilja Muromez jedoch und Aljoscha Popowitsch, der Junge, die staunten über Foma.

Und danach ritt Foma zum preußischen Zaren. »Womit soll ich dich belohnen?« fragte der Zar, »nimm so viel Gold, wie du willst, oder die Hälfte von meinem weißen Zarenreich oder meine wunderschöne Tochter.« »Gib mir die wunderschöne Zarentochter und ruf zur Hochzeit meine jüngeren Brüder Ilja Muromez und Aljoscha Popowitsch, den Jungen.« Und so heiratete Foma Berennikow die wunderschöne Zarentochter. Man sieht, nicht nur die Helden haben Erfolg! Wer das Maul am vollsten nimmt, dem geht's am besten.

28. Der Ungewaschene

Ein Soldat hatte drei Kriege mitgemacht, keinen Pfifferling dabei verdient und wurde darauf aus dem Dienst entlassen. Er wanderte fort und ging lange seines Weges; dann machte er halt und setzte sich an einem See nieder. Und wie er so dasaß, sann er vor sich hin: »Wo soll ich wohl bleiben, und womit soll ich mich durchschlagen? ... Beim Teufel vielleicht mich als Arbeiter verdingen!« Kaum hatte er diese Worte gesprochen, als ein Teufelchen plötzlich vor ihm stand und ihn begrüßte: »Guten Tag, Soldat!« »Was willst du?« »Ja, wolltest du denn nicht selbst zu uns in den Dienst treten? Wie ist's, Soldat, verdinge dich! Wir geben dir hohen Lohn.« »Was soll aber die Arbeit sein?« »Die Arbeit ist leicht: nur fünfzehn Jahre lang sich weder rasieren noch die Haare schneiden lassen, sich weder schneuzen, die Nase putzen, die Nägel beschneiden noch die Kleider wechseln.« »Schon gut«, sagte der Soldat, »die Arbeit nehm ich auf mich, aber unter der Bedingung, daß für mich alles bereit sei, was die Seele sich wünscht!« »Das wirst du alles haben, sei ohne Sorge, an uns soll es nicht liegen!« »Na, dann schlag ein! Bring mich sofort in die Hauptstadt und schaff einen Haufen Geld herbei; du weißt ja selbst, daß ein Soldat davon so gut wie gar nichts hat.« Das Teufelchen stürzte sich in den See, schleppte einen Haufen Geld herbei, brachte den Soldaten im Nu in eine große Stadt – und war verschwunden! »Da bin ich an einen Dummen geraten!« sagte der Soldat, »noch hab ich nicht gedient und nichts gearbeitet, aber schon Geld genommen.« Er mietete sich eine Wohnung, schor sich nicht und rasierte sich nicht, wischte sich nicht die Nase und wechselte auch die Kleidung nicht, lebte so dahin, wurde immer reicher und kam schließlich zu solchem Reichtum, daß er keinen Raum mehr hatte, wo er sein Geld aufbewahren konnte. Was sollte er mit all dem Silber und Gold beginnen? »Ich will anfangen den Armen zu helfen«, dachte er, »mögen sie für meine Seele beten.« Und der Soldat begann das Geld unter die Armen zu verteilen, gab nach rechts und gab nach links, aber das Geld nahm nicht ab bei ihm, sondern ward immer mehr. Der Ruhm des Soldaten drang in das ganze Zarenreich, zu allen Leuten.

So lebte er vierzehn Jahre, im fünfzehnten aber reichte des Zaren Kasse nicht aus. Da ließ er den Soldaten zu sich rufen. Der trat vor ihn unrasiert, ungewaschen, ungekämmt und ungeschneuzt, und die Kleidung war nicht gewechselt. »Gesundheit wünsch ich, Eure Majestät!« »Hör mal, Soldat! Man sagt, du tust allen Menschen Gutes; leih mir doch eine Summe Geldes; es reicht mir nicht zum Sold für das Heer. Gibst du's mir, so mach ich dich sofort zum General.« »Nein, Eure Majestät! General will ich nicht sein; willst du mich aber beschenken, so gib mir eine deiner Töchter zur Frau und nimm dir so viel Geld, wie du brauchst.« Da bedachte sich der Zar: die Töchter taten ihm wohl leid, aber ohne Geld konnte er nicht auskommen. »Nun gut«, sagte er, »laß ein Bild von dir malen, ich werd es den Töchtern zeigen; dann werden wir sehen, welche dich nehmen wird.« Der Soldat machte kehrt und befahl, daß man ein Bild von ihm male, genau so, wie er war; und er schickte es dem Zaren.

Der Zar aber hatte drei Töchter. Er rief sie zu sich, zeigte das Bild des Soldaten der Ältesten und fragte: »Nimmst du diesen wohl als Mann? Er wird mir aus großer Not helfen.« Die Zarentochter sah, daß ein Scheusal hingemalt war: die Haare verfilzt, die Nägel nicht beschnitten und der Rotz nicht abgewischt. »Nein, ich will ihn nicht!« sagte sie, »lieber nehm ich den Teufel zum Mann!« Der Teufel aber war plötzlich da, stand hinter ihr mit Feder und Papier, hörte, was sie gesagt hatte, und schrieb ihre Seele auf. Dann fragte der Vater die mittlere Tochter: »Nimmst du den Soldaten zum Mann?« »Was? lieber bleib ich ewig Jungfer, lieber laß ich mich selbst mit dem Teufel ein, als den zu heiraten!« Der Teufel schrieb auch die zweite Seele auf. Dann fragte der Vater die jüngste Tochter; sie antwortete ihm: »Das soll wohl mein Schicksal sein! Ich will ihn zum Mann nehmen, danach aber geschehe, was Gott mir schickt!«

Der Zar ward froh und ließ dem Soldaten sagen, er möge sich zur Trauung fertigmachen, und schickte zu ihm zwölf große Wagen nach dem Golde. Der Soldat forderte das Teufelchen zu sich und befahl: »Hier sind zwölf große Wagen, sofort sollen sie alle mit Gold beladen sein!« Das Teufelchen lief in den See, und dann fing dort bei ihnen die Arbeit an: der eine trug einen Sack, der andere zwei; mit flinker Hand wurden die Fuhren beladen und zum Zaren in den Palast geschickt. Von dieser Zeit an ward der Zar heiter und rief den Soldaten wohl jeden Tag zu sich, setzte ihn an den gleichen Tisch, trank und aß mit ihm. Und während sie alles zur Hochzeit vorbereiteten, vergingen gerade die fünfzehn Jahre, und die Frist des Dienstes lief für den Soldaten ab. Er rief das Teufelchen zu sich und sprach: »Jetzt ist meine Dienstzeit um; mach mich wieder zu einem schmucken Burschen.« Das Teufelchen zerhackte ihn in kleine Stücke, warf ihn in einen Kessel und ließ ihn kochen; es kochte ihn ab, nahm ihn heraus und legte alles zusammen, wie sich's gehört; Knochen zu Knochen, Gelenk zu Gelenk, Sehne zu Sehne; dann spritzte es das Wasser des Todes und des Lebens darauf, und der Soldat stand da als ein so schmucker Bursch, daß es weder im Märchen zu erzählen, noch mit der Feder zu beschreiben ist. Er heiratete die jüngste Zarentochter, und sie lebten glücklich und zufrieden und mehrten Hab und Gut.

Auf der Hochzeit war ich,
Met und Bier trank ich,
Auch Wein gab es dazu,
Den trank ich aus im Nu!

Als aber das Teufelchen zurück in den See lief, verlangte sein Großvater die Abrechnung: »Wie steht's mit dem Soldaten?« »Er hat seine Zeit richtig und ehrlich abgedient: hat sich keinmal rasiert, noch geschoren, noch den Rotz abgewischt, noch die Kleider gewechselt.« Da geriet der Großvater in Zorn und sprach: »In fünfzehn Jahren konntest du den Soldaten nicht einmal verführen! Unnütz hast du das Geld vergeudet! Was bist du denn eigentlich für ein Teufel?!« Und er befahl, ihn in einen Kessel mit kochendem Pech zu werfen. »Halt, Großvater!« rief das Enkelchen, »für die Seele des Soldaten hab ich mir zwei aufgeschrieben.« »Wieso denn das?« »Das kam so: der Soldat wollte eine Zarentochter heiraten, da sagten aber die älteste und die mittlere zum Vater, daß sie lieber den Teufel zum Manne haben wollten, als den Soldaten! Daher sind sie unser!« Der Großvater sprach das Teufelchen frei und befahl, es loszulassen: »Es versteht ja sein Geschäft!«

29. Der unsterbliche Koschtschej

Es war einmal ein Zar, der hatte einen einzigen Sohn. Und als dieser noch klein war, wiegten ihn die Ammen und Wärterinnen in Schlaf und sangen: »Eia, popeia, Iwan-Zarewitsch! groß wirst du werden, eine Braut für dich finden: hinter dreimal neun Ländern, im dreimal zehnten Reich, da sitzt Wassilissa, Kirbits Tochter, im Turm, sichtbar fließt ihr das Mark von einem Knöchelchen ins andere.«

Als der Zarensohn fünfzehn Jahre alt geworden war, erbat er seines Vaters Erlaubnis, in die Welt hinaus zu reiten und sich die Braut zu suchen. »Wohin willst du denn reiten? Du bist ja noch viel zu klein!« »Nein, Väterchen! Als ich klein war, wiegten mich die Ammen und Wärterinnen in den Schlaf und taten mir kund, wo meine Braut lebt; jetzt will ich fortreiten und sie aufsuchen.« Der Vater segnete ihn und sandte in alle Reiche die Botschaft, daß sein Sohn Iwan auf die Brautsuche geritten sei.

Der Zarensohn kam in eine Stadt, stellte sein Pferd ein und ging durch die Straßen spazieren. Da sah er, wie man auf dem Marktplatz einen Menschen durchpeitschte. »Wofür«, fragte er, »schlagt ihr diesen mit der Knute?« »Dafür, daß er einem angesehenen Kaufmann zehntausend Rubel schuldet und sie nicht zur rechten Zeit zurückgezahlt hat; wer ihn aber loskauft, dem wird der unsterbliche Koschtschej die Frau entführen.« Da bedachte sich der Zarensohn, überlegte sich's und ging davon. Er spazierte in der Stadt umher und kam wieder auf den Marktplatz, dort aber schlug man jenen Mann noch immer. Iwan-Zarewitsch fühlte Mitleid mit ihm und beschloß ihn loszukaufen. »Ich hab ja keine Frau«, dachte er, »mir kann auch keine entführt werden.« Er bezahlte zehntausend Rubel und ging nach Hause. Da lief ihm jener nach, den er freigekauft hatte, und schrie: »Dank dir, Iwan-Zarewitsch! Hättest du mich jedoch nicht losgekauft, würdest du bis in alle Ewigkeit deine Braut nicht gewinnen. Jetzt will ich dir aber helfen; kauf mir schnell ein Pferd und einen Sattel.« Der Zarensohn kaufte ihm Pferd und Sattel und fragte: »Wie ist denn dein Name?« »Stahlheld werd ich genannt.«

Sie saßen auf und ritten über Weg und Steg. Als sie in das dreimal zehnte Reich kamen, sagte Stahlheld: »Jetzt, Iwan-Zarewitsch, befiehl Hühner, Enten und Gänse zu kaufen und zu braten, damit von allem reichlich da sei! Ich aber gehe, dir die Braut zu verschaffen. Doch gib acht: jedesmal, wenn ich zu dir gelaufen komme, schneide von einem der Braten das rechte Flügelchen ab und reich es mir auf einem Teller.« Stahlheld ging geradeswegs zum hohen Turm, in dem Wassilissa, Kirbits Tochter, saß, warf mit leichter Hand Steinchen in die Höh und zerbrach den vergoldeten Dachfirst. Dann lief er zu Iwan-Zarensohn zurück und rief: »Was schläfst du! Gib mir ein Huhn.« Iwan schnitt das rechte Flügelchen ab und reichte es auf einem Teller. Stahlheld nahm ihn, lief zum Turm und rief: »Guten Tag, Wassilissa, Kirbits Tochter! Iwan-Zarensohn befahl Euch zu grüßen und bat mich, dieses Hühnchen Euch zu überbringen.« Sie erschrak, saß da und erwiderte nichts; er aber antwortete statt ihrer selbst: »Guten Tag, Stahlheld! Ist Iwan-Zarewitsch wohlauf?« »Gottlob, er ist gesund.« »Aber was stehst du da, Stahlheld? Nimm das Schlüsselchen, öffne das Schränkchen, trink ein Gläschen Schnaps und geh mit Gott.« Stahlheld kam zu Iwan-Zarensohn gelaufen und rief: »Was sitzt du da! Gib mir eine Ente.« Iwan schnitt das rechte Flügelchen ab und reichte es auf einem Teller. Stahlheld nahm es und brachte es zum Turm. »Guten Tag, Wassilissa, Kirbits Tochter! Iwan-Zarewitsch befahl Euch zu grüßen und schickt Euch diese Ente.« Sie saß und erwiderte nichts, er aber antwortete statt ihrer selbst: »Guten Tag, Stahlheld! Ist der Zarensohn wohlauf?« «Gottlob, er ist gesund!« »Aber was stehst du da, Stahlheld? Nimm das Schlüsselchen, öffne das Schränkchen, trink ein Gläschen Schnaps und geh mit Gott.« Stahlheld kam zu

Iwan-Zarensohn gelaufen und sagte wiederum zu ihm: »Was sitzt du da! Gib mir eine Gans.« Iwan schnitt das rechte Flügelchen ab, legte es auf einen Teller und reichte es ihm. Stahlheld nahm es und trug es zum Turm. »Guten Tag, Wassilissa, Kirbits Tochter! Iwan-Zarewitsch befahl Euch zu grüßen und schickt Euch eine Gans.« Da nahm Wassilissa, Kirbits Tochter, sogleich den Schlüssel, öffnete den Schrank und reichte ein Gläschen Schnaps. Stahlheld aber ergriff nicht das Gläschen, sondern faßte die Jungfrau bei der rechten Hand, zog sie heraus aus dem Turm und setzte sie zu Iwan-Zarewitsch auf das Pferd. Dann sprengten die kühnen Burschen mit der wunderschönen Jungfrau davon, was die Pferde laufen wollten. Am andern Morgen erwachte Zar Kirbit, erhob sich und sah, daß der Dachfirst des Turmes zerbrochen, seine Tochter aber entführt war. Er geriet in großen Zorn und befahl, auf allen Wegen und Stegen die Verfolgung aufzunehmen.

War es lang darauf, war es kurz, daß unsere Helden fortgeritten waren, da nahm Stahlheld seinen Ring vom Finger, versteckte ihn und sagte: »Reit zu, Iwan-Zarewitsch, ich aber will umkehren, meinen Ring zu suchen!« Doch Wassilissa, Kirbits Tochter, suchte ihn zu überreden: »Laß uns nicht allein, Stahlheld! Willst du, so geb ich dir meinen Ring.« Stahlheld antwortete: »Es geht nicht, Wassilissa! Mein Ring ist von unschätzbarem Wert, meine Mutter hat ihn mir gegeben und gesagt: ›Trag ihn, verlier ihn nicht und vergiß deine Mutter nicht!‹« Stahlheld sprengte zurück und stieß unterwegs auf die Verfolger. Er schlug sie alle tot, ließ nur einen einzigen übrig, damit er dem Zaren Kunde brächte, und dann eilte er Iwan-Zarewitsch nach.

War es lang darauf, war es kurz, daß sie geritten waren, da versteckte Stahlheld sein Tuch und sagte: »Ach, Iwan-Zarewitsch! Ich hab mein Tuch verloren; reitet ihr nur über Weg und Steg, ich werd euch bald wieder einholen.« Er kehrte um, ritt einige Werst zurück und traf auf eine zweimal größere Zahl Verfolger, erschlug sie alle und kehrte zu Iwan-Zarewitsch zurück. Der fragte ihn: »Hast du dein Tuch gefunden?« »Ja, ich hab es gefunden.« Die dunkle Nacht überfiel sie, da schlugen sie ihr Zelt auf. Stahlheld legte sich schlafen, ließ aber Iwan-Zarewitsch Wache stehn und sagte zu ihm: »Rührt sich etwas, so weck mich auf.« Der Zarensohn stand und stand und wurde müde; der Schlaf überfiel ihn, er setzte sich beim Zelte nieder und schlief ein. Da trug der unsterbliche Koschtschej, ehe man sich's versah, Wassilissa, Kirbits Tochter, weg. Als die Morgenröte emporstieg, erwachte Iwan-Zarewitsch, sah, daß seine Braut verschwunden war, und fing an bitterlich zu weinen. Auch Stahlheld wachte auf und fragte ihn: »Warum weinst du?« »Wie sollt ich nicht weinen? Jemand hat Wassilissa, Kirbits Tochter, entführt.« »Ich hab dir doch gesagt: steh Wache! Der unsterbliche Koschtschej hat es getan; komm, laß uns ihn suchen.«

Lange, lange waren sie geritten, da sahen sie zwei Hirten eine Herde hüten. »Wessen Herde ist das?« Die Hirten antworteten: »Sie gehört dem unsterblichen Koschtschej.« Stahlheld und Iwan-Zarewitsch fragten die Hirten aus, wie weit es sei bis zum Hause Koschtschejs, wie man da hinkäme, wann sie mit den Herden heimkehrten, und wo sie sie einsperrten. Dann stiegen sie von den Rossen, drehten den Hirten die Hälse um, legten ihre Kleider an und trieben die Herden nach Hause; sie trieben sie bis zum Tor und blieben dort stehn.

Iwan-Zarewitsch hatte einen goldenen Fingerring, den ihm Wassilissa, Kirbits Tochter, geschenkt hatte. Wassilissa aber hielt sich eine Ziege, und jeden Morgen und jeden Abend badete sie sich in deren Milch. Eine Magd kam mit einer Schüssel gelaufen, melkte die Ziege und trug die Milch fort; Stahlheld aber nahm den Ring von Iwan-Zarewitsch und warf ihn in die Schüssel. »He, ihr guten Gesellen!« sagte das Mädchen, »ihr treibt bösen Unfug!« Sie kam zu Wassilissa, Kirbits Tochter, und beklagte sich: »Heute haben die Hirten uns verhöhnt: sie warfen einen Ring in die Milch!« Jene antwortete ihr: »Laß die Milch stehn, ich selbst werde sie durchseihen.« Sie tat es, erblickte ihren Ring und befahl, die Hirten herbeizuholen. Die Hirten kamen. »Guten Tag, Wassilissa, Kirbits Tochter!« sagte Stahlheld. »Guten Tag, Stahlheld! Guten Tag, Zarensohn! Wie hat Gott euch hierhergeführt?« »Wir sind Euch holen gekommen, Wassilissa, Kirbits Tochter; Ihr könnt uns nirgends verborgen bleiben, und wenn's auf dem Boden des Meeres wäre, selbst dort würden wir Euch finden!« Sie setzte die beiden an den Tisch, gab ihnen allerlei Speisen zu essen und Weine zu trinken. Dann sagte Stahlheld: »Wenn der unsterbliche Koschtschej von der Jagd zurückkehrt, dann frag ihn aus, Wassilissa, Kirbits Tochter, wo sein Tod ist. Jetzt aber wäre es gut, daß wir uns versteckten.«

Kaum hatten sich die Gäste verborgen, als der unsterbliche Koschtschej von der Jagd angeflogen kam. »Pfui, pfui«, sagte er, »früher war hier von Russengeruch nichts zu spüren und nichts zu merken, jetzt aber seh ich Russenfleisch mit eigenen Augen und schmeck es auf den eigenen Lippen.« Wassilissa, Kirbits Tochter, erwiderte: »Du bist ja selbst zu den Russen geflogen, hast den Geruch wohl dort eingesogen, darum witterst du ihn auch hier!« Koschtschej aß zu Mittag und legte sich dann hin, um auszuruhen. Wassilissa, Kirbits Tochter, kam zu ihm, warf sich ihm an den Hals, herzte und küßte ihn und sagte: »Mein liebster Freund, mit Sehnsucht hab ich dich erwartet! Ich fürchtete schon, dich nicht mehr lebend wiederzusehen; dachte, die reißenden Tiere hätten dich gefressen!« Koschtschej lachte auf: »Dummes Weib! Lange Haare, kurzer Verstand! Können mich denn die wilden Tiere fressen?« »Ja, wo ist denn aber dein Tod?« »Mein Tod, der ist im Besen, wälzt sich dort unter der Schwelle.«

Kaum war Koschtschej wieder fortgeflogen, als Wassilissa, Kirbits Tochter, zu Iwan-Zarewitsch gelaufen kam. Stahlheld fragte sie: »Sag an, wo ist denn der Tod Koschtschejs?« »Im Besen dort unter der Schwelle.« »Nein, das ist gelogen! Du mußt ihn schlauer ausfragen.« Wassilissa, Kirbits Tochter, dachte sich gleich etwas aus: sie hob den Besen auf, vergoldete ihn und schmückte ihn mit farbigen Bändern und legte ihn auf den Tisch. Als der unsterbliche Koschtschej wieder angeflogen kam, sah er den vergoldeten Besen auf dem Tisch und fragte: »Warum hast du das getan?« »Es geht nicht an«, antwortete Wassilissa, »daß dein Tod sich unter der Schwelle wälzt; er soll besser hier auf dem Tische liegen.« »Ha, ha, ha, dummes Weib! Lange Haare, kurzer Verstand! Ist denn mein Tod dort drin?« »Aber wo ist er denn?« »Mein Tod ist im Ziegenbock verborgen.«

Kaum war Koschtschej fort zur Jagd, als Wassilissa, Kirbits Tochter, den Ziegenbock mit Bändern und Glöckchen schmückte und ihm die Hörner vergoldete. Als Koschtschej das erblickte, lachte er wieder auf: »Ach, dummes Weib! Lange Haare, kurzer Verstand! Mein Tod ist weit von hier: im Meer, im fernen Ozean, liegt eine Insel, auf der Insel aber steht eine Eiche, und unter der Eiche ist ein Kasten vergraben; im Kasten ist ein Hase, im Hasen eine Ente, in der Ente ein Ei, im Ei aber, da steckt mein Tod!« Er sagte es und flog davon. Wassilissa, Kirbits Tochter, erzählte Stahlheld und Iwan-Zarewitsch alles wieder; sie steckten Vorräte zu sich und gingen, den Tod Koschtschejs zu suchen.

War es lang, war es bald darauf, da hatten sie ihren ganzen Vorrat aufgezehrt und fingen an zu hungern. Eine Hündin mit Jungen kam ihnen entgegen. »Ich will sie töten«, sagte Stahlheld, »denn wir haben nichts mehr zu essen.« »Töte mich nicht, und mach meine Kinder nicht zu Waisen«, bat die Hündin; »ich selbst werde dir noch nützlich sein.« »Dann sei Gott mit dir!« Sie gingen weiter; da saß auf einer Eiche ein Adler mit seinen Jungen. Stahlheld sagte: »Ich werde den Adler töten.« Der Adler erwiderte: »Töte mich nicht, mach meine Kinder nicht zu Waisen; ich selbst werde dir noch nützen!« »Mag es so sein, leb weiter und bleib gesund!« Sie kamen zum Meer, zum breiten Ozean; am Ufer aber kroch ein Krebs. Stahlheld sagte: »Ich werd ihn töten.« Der Krebs antwortete: »Töte mich nicht, guter Held! Du hast an mir wenig Gewinn; ißt du mich auch, satt wirst du doch nicht. Kommt aber die Zeit, so werd ich dir nützlich sein!« »Nun, dann kriech mit Gott!« sagte Stahlheld, schaute hinaus auf das Meer, erblickte einen Fischer im Boot und rief ihm zu: »Leg am Ufer an!« Der Fischer kam mit dem Boot heran; Iwan-Zarensohn und Stahlheld setzten sich hinein und fuhren zu der Insel; sie langten dort an und gingen zur Eiche. Stahlheld packte die Eiche mit riesenstarken Armen und riß sie samt der Wurzel aus; dann zog er den Kasten hervor, öffnete ihn; ein Hase sprang heraus und lief davon, was das Zeug hielt. »Ach, wenn doch jetzt die Hündin da wäre!« sagte Iwan-Zarewitsch, »die würde den Hasen schon fangen.« Und sieh! da schleppte die Hündin schon den Hasen herbei. Stahlheld zerriß ihn, und aus dem Hasen flog eine Ente hervor und schwang sich hoch empor gen Himmel. »Ach, wenn doch jetzt der Adler da wäre!« rief Iwan-Zarewitsch aus, »der würde die Ente schon fangen.« Der Adler aber trug die Ente schon herbei. Stahlheld zerriß die Ente, ein Ei kollerte hinaus und fiel ins Meer. »Ach, wenn der Krebs doch das Ei herausholte!« sagte der Zarensohn. Der Krebs aber kroch schon heran und schleppte das Ei. Sie nahmen es mit, gingen zurück zum unsterblichen Koschtschej und warfen ihm das Ei an die Stirn – er streckte alle viere von sich und war tot. Iwan-Zarewitsch aber machte sich mit Wassilissa, Kirbits Tochter, auf den Weg.

Sie ritten und ritten; die dunkle Nacht überfiel sie; da schlugen sie ihr Zelt auf, und Wassilissa, Kirbits Tochter, legte sich schlafen. Stahlheld sagte: »Leg auch du dich hin, Zarensohn, ich werde Wache stehn.« Mitten in finsterer Nacht kamen zwölf Tauben geflogen, schlugen Flügel wider Flügel und verwandelten sich in zwölf Jungfrauen. Sie sprachen:

»Stahlheld und Iwan-Zarewitsch! Ihr habt unsern Bruder Koschtschej getötet, ihr habt unsere Brudersfrau Wassilissa entführt, dafür wird euch nichts Gutes widerfahren: wenn Iwan-Zarewitsch heimkommt und befiehlt, sein Lieblingshündchen ihm vorzuführen, so wird es dem Wärter entspringen und den Zarensohn in kleine Stücke zerreißen; wer das aber hört und sagt es ihm, der wird bis an die Knie zu Stein!«

Am Morgen früh weckte Stahlheld den Zarensohn und Wassilissa, Kirbits Tochter; sie machten sich auf und ritten über Weg und Steg. Die zweite Nacht ereilte sie; auf freiem Feld schlugen sie das Zelt auf. Wieder sagte Stahlheld: »Leg dich schlafen, Iwan-Zarewitsch, ich aber werde wachen.« Mitten in finsterer Nacht kamen die zwölf Tauben geflogen, schlugen Flügel wider Flügel und verwandelten sich in zwölf Jungfrauen. Sie sprachen: »Stahlheld und Iwan-Zarewitsch! Ihr habt unsern Bruder Koschtschej getötet, ihr habt unsere Brudersfrau Wassilissa entführt, dafür wird euch nichts Gutes widerfahren: wenn Iwan-Zarewitsch heimkommt und befiehlt, sein Lieblingsroß ihm vorzuführen, auf dem er seit seiner Kindheit gewohnt ist zu reiten, wird das Roß sich vom Stallknecht losreißen und den Zarensohn erschlagen, wer das aber hört und sagt es ihm, der wird bis an den Gürtel zu Stein!«

Der Morgen kam, und sie ritten weiter. Die dritte Nacht ereilte sie; das Zelt schlugen sie auf und nächtigten auf freiem Felde. Stahlheld sagte: »Leg dich schlafen, Iwan-Zarewitsch, ich aber werde wachen.« Wieder kamen mitten in finsterer Nacht die zwölf Tauben geflogen, schlugen Flügel wider Flügel und verwandelten sich in zwölf Jungfrauen. »Stahlheld und Iwan-Zarewitsch! Ihr habt unsern Bruder Koschtschej getötet, ihr habt unsere Brudersfrau Wassilissa entführt, dafür wird euch nichts Gutes widerfahren: wenn Iwan-Zarewitsch heimkommt und befiehlt, seine Lieblingskuh ihm vorzuführen, deren Milch er seit seiner Kindheit trinkt, wird die Kuh sich vom Viehknecht losreißen und den Zarensohn auf die Hörner nehmen; wer uns aber sieht und hört und sagt es ihm, der wird vom Kopf bis zu den Füßen zu Stein!« So sprachen sie, verwandelten sich in Tauben und flogen davon.

Am Morgen früh erwachten Iwan-Zarewitsch und Wassilissa, Kirbits Tochter, und machten sich auf den Weg. Sie langten zu Hause an, und der Zarensohn hielt Hochzeit mit Wassilissa, Kirbits Tochter. Einen Tag darauf oder zwei sagte er zu ihr: »Willst du, so werde ich dir mein Lieblingshündchen zeigen? Als ich klein war, hab ich immer mit ihm gespielt.« Stahlheld nahm seinen Säbel, schliff ihn haarscharf und stellte sich an die Freitreppe. Da führte man das Hündchen herbei; es riß sich vom Wärter los und lief geradeswegs auf die Freitreppe zu, Stahlheld aber holte mit dem Säbel aus und hieb es mitten durch. Iwan-Zarewitsch ward zornig auf ihn, schwieg aber wegen der vielen Dienste, die er ihm geleistet hatte, und sagte nichts dawider. Am nächsten Tage befahl er, sein Lieblingsroß vorzuführen; das Roß zerriß das Halfter, lief dem Stallknecht davon und rannte geradeswegs auf den Zarensohn zu; Stahlheld aber schlug ihm den Kopf ab. Iwan-Zarewitsch geriet in noch größeren Zorn und wollte Befehl geben, ihn aufzuhängen, aber Wassilissa, Kirbits Tochter, bat ihn: »Wenn er nicht gewesen wäre, hättest du mich nie erlangt!« Am dritten Tage befahl Iwan-Zarewitsch, seine Lieblingskuh vorzuführen; sie riß sich vom Dienstknecht los und rannte geradeswegs auf den Zarensohn zu. Stahlheld schlug auch ihr den Kopf ab. Da geriet jedoch Iwan-Zarewitsch in solche Wut, daß er auf keinen mehr hörte. Er befahl, den Henker zu rufen und Stahlheld sofort aufzuhängen. »Ach, Iwan-Zarewitsch! Willst du mich durch den Henker richten lassen, so will ich lieber freiwillig sterben. Erlaube mir nur, drei Dinge zu sagen.« Und Stahlheld erzählte von der ersten Nacht, wie auf dem freien Felde die zwölf Tauben angeflogen kamen und was sie gesagt hatten – und sogleich ward er zu Stein bis an die Knie. Er erzählte von der nächsten Nacht – und ward zu Stein bis an den Gürtel. Da bat ihn Iwan-Zarewitsch, er möge nicht bis zu Ende erzählen, aber Stahlheld antwortete: »Jetzt ist alles gleich: bin ich schon bis zur Hälfte zu Stein geworden, so lohnt es nicht mehr zu leben!« Und er erzählte von der dritten Nacht und ward ganz zu Stein. Iwan-Zarewitsch ließ ihn in ein besonderes Gemach bringen und ging jeden Tag mit Wassilissa, Kirbits Tochter, dorthin und weinte bitterlich.

Danach vergingen viele Jahre. Und einmal, als Iwan-Zarewitsch wieder über den versteinerten Stahlheld Tränen vergoß, hörte er eine Stimme aus dem Steine sprechen: »Warum weinst du? Mir ist das Herz schwer genug!« »Wie sollt ich nicht weinen? Ich war ja dein Verderben.« »Willst du, so kannst du mich wohl retten. Du hast zwei Kinder, einen Sohn und eine Tochter, nimm und schlachte sie, zapf ihr Blut ab und bestreiche mit dem Blut den Stein.« Iwan-Zarewitsch erzählte Wassilissa, Kirbits Tochter, was er gehört hatte. Sie wurden beide traurig und grämten sich, aber beschlossen zuletzt, ihre Kinder zu töten. Sie schlachteten sie und zapften das Blut ab; und kaum hatten sie den Stein bestrichen, als Stahlheld wieder lebendig wurde. Er fragte den Zarensohn und seine Frau: »Ist es euch leid um eure Kinder?« »Ja, Stahlheld, sehr leid.« Da schnitt sich Stahlheld in den Finger und machte mit seinem Blut ein Kreuz auf die Kinder des Zarensohns, und sie wurden in demselben Augenblick wieder lebendig. Vater und Mutter aber waren sehr froh und ließen in ihrer Freude ein reiches Mahl richten für alle Welt.

Bei dem Schmaus, auf mein Wort,
Met und Wein trank ich dort!
Über den Schnurrbart floß es, kam nicht in den Mund hinein,
Doch fühlte ich mich satt und trunken vom Wein.

30. Vom bösen Weibe

Antipka hatte ein unsagbar böses Weib zur Frau und einen Haufen Kinder im Hause. Sagte Antipka nur ein Wort, griff das Weib zum Hebebaum und zielte schon auf Antipkas Rippen. Wollte er die Frau zur Vernunft bringen und nahm er die Peitsche in die Hand, fing das Weibsbild an zu brüllen und zu heulen und geriet in solche Wut, daß sie das Kind am Bein aus der Wiege zerrte und mit ihm um sich hieb! Die Augen traten ihr aus dem Kopf, Schaum stand vor dem Munde, ein Teufel war's und kein Weib! Antipka hatte ein Hundeleben, und je älter die Frau wurde, desto schlimmer ward es! Er fing an zu überlegen, wie er das Weib wohl loswerden könne, und dachte sich was aus.

Eines Tages kam er ganz vergnügt aus dem Walde zurück und sagte freundlich zu seiner Frau: »Hör zu, liebes Weib! Ein Herrenleben wollen wir miteinander anfangen, wie einen Pfau putz ich dich heraus, denn ich hab einen riesengroßen Schatz gefunden!« »Wo denn, du Lump? Zeig ihn mir. Ist er dir nicht bloß im Traum erschienen, du Vogelscheuche?« »Nein, mein Kätzchen! nein, mein Liebchen! Hab ich ihn auch mit den Augen nicht gesehen, so hab ich doch mit den Ohren gehört, wie es von Gold und Silber geklimpert hat!« »Wo war's denn?« »Dort im Walde, am steilen Absturz, wo die dreigablige Eiche steht.« »Na, dann laß uns hingehn!« sagte das Weib schon etwas freundlicher. »Aber hüte dich: hast du mir was vorgelogen, fahr ich dir in die Haare! Wie hast du's denn gehört? erzähle mal.« »Ja, siehst du, ich wollte so zum Spaß einen Stein in jene Grube dort werfen, und wie ich ihn warf, da klirrten die Silberrubel und Goldfüchse auch, wie mir's schien. Ich werfe noch einmal, und noch stärker hör ich's! Ich werfe zum drittenmal, auf mein Wort, es klimpert!«

Sie kamen zur Grube: dunkel war sie und tief! »Na, Frau, hier hast du einen Kieselstein, wirf selbst, wenn du mir nicht glaubst!« Das Weib nahm den Stein, beugte sich vor und warf, Antip aber gab ihr eins ordentlich in den Nacken; einen Purzelbaum schlug sie, flog in die Grube hinunter und muckste nicht mehr! Kaum war Antip jedoch heimgekehrt, da liefen ihm die Kinder, lauter kleine Mädchen, entgegen und winselten: »Vater, gib Grütze! Vater, gib Brot! Vater, gib Milch!« Und dabei sollte er noch selber die Kuh melken, selber zum Flüßchen laufen, Windeln waschen, Pferde besorgen, nachts nicht schlafen, sondern den Säugling wiegen! »O weh, o weh!« rief Antip und kratzte sich am Kopf, »mit dem Weib war's *ein* Elend, ohne Weib sind's ihrer zehn, und zur Arbeit bleibt keine Zeit!«

Mit Antip ging's bergab in der Wirtschaft, und da dachte er sich etwas Neues aus: »Ich will hingehn und das Weib herausziehn!« Er fing an, Fetzen und Fasern und Schnüre von Bastschuhen zu sammeln, band eines ans andre, stückte und flocht es zusammen und band an das Ende ein Fangeisen an von Ellenlänge. Dann ging er zur Grube, ließ den Strick mit dem Eisen hinab und schüttelte es ein wenig. Denkt euch, was da Seltsames geschah: an den Strick hängte sich etwas an, doch war es nicht von des Weibes Schwere. Antipka zog den Strick in die Höhe, zog und zog, schau! – da saß am Ende ein Teufelchen, sechs Zoll maß es und war ganz behaart! Antip rief aus: »Fort mit dir! ich kenne dich schon, bist klein von Wuchs, doch schlau wie der Fuchs! Laß los, Verfluchter, und scher dich dorthin, wo du bisher warst; hinauf ans Tageslicht kommst du mir nicht! Hör auf mich, sonst mach ich gleich ein Kreuz über dir!« Fing das Teufelchen an zu flehen: »Lieber Antipka! ich bin ein guter Teufel, und Reichtum geb ich dir; in fremden Häusern werd ich mich niederlassen, aber du sollst mich mit einem Wort daraus vertreiben können und Geld dafür nehmen. Doch merk dir's, nur zweimal! Ich such dir schon die Allerreichsten aus. Als das böse Weib in die Grube fiel, da war kein Leben mehr für uns! Zieh mich hinauf, lieber Antip! ich halt dir mein Versprechen, deine Wirtschaft bring ich in die Höhe: Tagelöhner sollst du haben, Männer und Weiber, eine Amme nimmst du dir für die Kinder, wirst mit den Herren zu Tische sitzen.« Antip ließ sich verführen und zog den Teufel hinauf; plötzlich fühlte er's leichter werden am Strick, der Teufel aber war wie weggeblasen.

Noch war keine Woche vergangen, als Antipka hörte, daß im großen steinernen Hause eines reichen Unternehmers ein Lärmen und Geklopf zu hören sei und nächtlicherweile ein Gelauf und Gelächter; die Leute hielten es schon nicht mehr aus! Da ging Antip zum Unternehmer, verneigte sich und sprach: »Bei Euch ist es nicht geheuer, Herr, ein gar böses Teufelchen hat sich eingenistet; du wirst ihn nicht anders austreiben, als wenn du mir befiehlst, es zu tun.« »Schaff ihn fort, schaff ihn fort, lieber Antip!« sagte der Unternehmer, »so tief werd ich mich vor dir verneigen!« »Gut!« antwortete Antip, »aber aus einem Bückling näht man keinen Pelz; ich bin ein armer Bauer mit einer zahlreichen Familie; sieben Töchter hab ich, und die älteste ist erst acht Jahre geworden, die Frau aber ist fortgelaufen, da muß ich selber hinter allem her sein! Gib mir für jede Tochter tausend Rubel, dann geh ich durch dein Haus, pfeife dabei und sage nur ein Wort – und kein Teufel bleibt länger darin.« Der Unternehmer handelte nicht lange, zog den Beutel heraus, zählte siebentausend ab und führte Antipka durch seine Zimmer. Und sowie Antip in ein Zimmer trat, pfiff er und schrie: »Hinaus!« Hinterm Ofen aber piepste es zur Antwort: »Ich geh fort!« Im ganzen Hause ging Antip herum und überall ward es still und ruhig; da wünschte er dem Hausherrn Glück zu dem Erfolg, und der Hausherr setzte ihm natürlich ausländischen Wein vor und allerlei Schnäpse und stellte den Imbiß auf den Tisch: hartgesottene Eier und einen Hecht in Sauce, allerlei Würste und noch vieles andre. Antip langte zu und aß sich für eine ganze Woche voll, sogar den Gurt warf er ab! Dann nahm er vom Hausherrn Abschied und schleppte sich heimwärts. Nun fanden sich bei ihm die Tagelöhner ein, Männer und Weiber; prächtige Pferde kaufte er sich und noch vielerlei Gut. Weit ins Land drang Antipkas Ruhm, daß er ein Meister sei im Zaubern, obwohl kein altes Weib, so doch ein großer Teufelsbeschwörer!

Ein, zwei Monate später schickte ein Pächter aus der Stadt einen Boten zu Antipka. »Hilf uns, lieber Antip, ein Unglück ist bei uns geschehen!« sagte der Bote. »Was denn? Brennt vielleicht das Haus?« »Nein, wenn's auch nicht brennt, so steht es doch noch schlimmer: der Teufel treibt drin sein Unwesen! Im Hause ist ein Lärmen und Gebrüll, und Spinnweben und Dreck findst du überall! Der Pächter sieht nicht aufs Geld; mach dich nur heran, Bruder, und befrei uns vom Teufel.« »Gut!« sagte Antip, spannte seinen Traber vor die Renndroschke und fuhr zum Pächter. Der nahm ihn bei der Hand, führte ihn achtungsvoll ins Haus und ließ ihn vorangehn, kurz – alle Ehr erwies er ihm, auf den Diwan setzt er ihn. »Hilf mir, mein Lieber!« rief der Pächter. Antipka aber strich sich seinen Bart; mit zehntausend war er schließlich einverstanden. Das Geld steckte er in die Tasche und ging dann pfeifend durch die Zimmer. Den Teufel vertrieb er, und überall ward es still und ruhig! »Dank dir für deinen Dienst!« sagte der Pächter, »ein Faß Wein laß ich dir ins Haus bringen.« Als aber Antip an den Kaufbuden vorbeifuhr, da schaute er die Topfkuchen und Kringel schon nicht mehr an, sondern verlangte: »Her mit dem feinsten Zuckerwerk!«

Und wie er nach Hause kommt, da steht auf der Schwelle schon der Aufseher und ruft: »He, Antip, komm schnell auf den Herrenhof!« »Warum?« »Der Teufel hat sich dort eingenistet, plagt alle Leute! Die Herrin weint bitterlich, die Kinder heulen und brüllen!« »Lieber Iwanytsch, erbarm dich! zum drittenmal kann ich den Teufel nicht forttreiben!« »Komm mit und sprich mit dem Herrn! ›Treibt er mir bis zur Nacht den Teufel nicht aus‹, hat der Herr gesagt, ›so laß ich ihn im Stall vom Kopf bis zu den Füßen auspeitschen, verschick ihn auf Ansiedlung, nehm seine Töchter in Frondienst und schinde sie zu Tode!‹ « »Dann bleibt mir nichts übrig«, antwortete Antip, »gleich lauf ich hin; laß mich nur das Pferd ausspannen.« Antip aber war keiner von den Dummen: die Leute zu betrügen hatte er schon gelernt, nun wollte er auch den bösen Geist übers Ohr hauen. Er schirrte den Gaul ab, warf seine neuen Kleider fort, suchte sich alte zusammen und riß auch die noch in Fetzen; er zerwühlte sein Haar und zog Lumpen an, und statt der Stiefel abgetragene Bastschuhe, zerkratzte sein Gesicht blutig und lief ins Dorf zum Herrenhof. »Was willst du? hast du unsere Abrede vergessen?« sagte das Teufelchen. »Ich weiß!« erwiderte Antip, »forttreiben will ich dich auch nicht, such ja doch selbst beim Herrn Rettung. Aber mein Weib ist aus der Grube entkommen, rennt mir auf den Hacken nach und will mich umbringen!« »Was?« schrie das Teufelchen, »aus der Grube ist sie entflohen! rennt dir nach! Nein, lieber geh ich dann zu den Brüdern in die Grube zurück! Jetzt, ohne das Weibsbild, wird's ja hoch hergehn in der Hölle!« So lief denn das Teufelchen fort zu der Grube, und in den Gemächern des Herrn ward es still. Da erwies der Gutsherr Antipka die Gnade und befreite ihn von aller Fron. Antipka kehrte heim, und da stand schon das Weinfaß auf dem Hof; der Pächter hatte ihn nicht betrogen! Antipka rief die Nachbarn zusammen und bewirtete sie; am andern Tage mußte er sich wieder ernüchtern, trank wieder, aber nicht mit Maß, und besoff sich aufs neue. Von der Zeit ab saß er Tag und Nacht am Faß, und immer erschien ihm seine Frau! Wenn er einschlief, legte sie ihm das Knie auf die Brust und drückte ihm die Gurgel zu; wachte er auf, stand sie in der Ecke und drohte ihm mit der Faust. Schrecklich war's und qualvoll! Da griff er natürlich zum Glase. Antipka starb am Suff; man trug ihn auf den Kirchhof, die Töchter aber kamen in Frondienst, und sein Hab und Gut wurde in alle Winde zerstreut.

31. Das Mädchen als Soldat

Es war einmal ein Mann, der hatte drei Töchter. In ihrem Dorf wurde eine Versammlung abgehalten, und man warf das Los. Es traf den Vater, und er mußte daher unter die Soldaten gehn. Er kam nach Hause und sagte: »Liebe Töchter, das Los hat mich dazu bestimmt, Soldat zu werden!« Da sprach die älteste Tochter: »Väterchen, erlaube mir, für dich unter die Soldaten zu gehn!« »Was denkst du dir, Töchterchen? Kannst du denn als Soldat dienen?« »Ach, Väterchen, es wird schon gehn!« Und sie nahm das Gewehr, den Tornister und den Mantel mit und wanderte fort. Und wie sie so ihres Weges ging, kam ihr ein Hase entgegen. Da erschrak sie und kehrte heim.

Nun sprach die zweite Tochter: »Väterchen, laß mich für dich in den Dienst ziehen!« Sie zog die Stiefel und die Kleider an, schnallte den Tornister um und ging fort. Da kam ihr aber ein Wolf entgegen. Sie erschrak und kehrte um.

Dann sagte jedoch die dritte Tochter: »Väterchen, laß mich für dich dienen gehn!« »Die beiden Ältesten haben es versucht und Furcht gehabt, da wirst du dich ganz und gar in Schrecken jagen lassen!« »Macht nichts, Väterchen; vielleicht erschreck ich mich auch nicht!« Sie nahm die Flinte, den Ranzen und den Mantel mit und wanderte fort. Da kam ihr ein Bär entgegen. Sie lud das Gewehr, gab Feuer und schoß ihm einen Finger ab, wickelte ihn in ein Tuch und steckte ihn in die Tasche. Dann zog sie für den Vater in den Dienst.

So viele Jahre sie auch diente, immer lebte sie mit den Kameraden in Eintracht und niemand kam darauf, daß sie ein Weib war. Eines Tages aber marschierten sie in ein Dorf und bezogen ihre Quartiere. Da sprach die Hausfrau zu einem der Kameraden: »Hör mal, Soldat! das ist doch wohl ein Frauenzimmer, das da mit dir zusammen dient?« »Nein«, antwortete der Soldat, »es ist ein Mann.« »Wir wollen sie auf die Probe stellen«, sagte die Wirtin, »nimm mal ein wenig Heu und steck es ihr ins Bett; unter einem Frauenzimmer wird es schwarz, aber unter euch bleibt es grün.« So tat der Soldat, und dann legten sie sich schlafen. Früh am Morgen stand die Tochter auf und kehrte ihr Heu um. Der Soldat aber sagte zur Hausfrau: »Nichts ist dabei herausgekommen, das Heu ist bei ihr genau so wie bei mir!« »Na, dann wart nur, wir wollen die Badstube heizen. Geht beide zusammen ins Bad!« Und sie schickte die beiden in das Bad. Als sie hineingegangen waren, zog sich der Soldat aus, aber die Tochter sagte zu ihm: »Ach, wir haben ja die Seife vergessen! Lauf und hole sie!« Der Soldat ging ins Quartier und kam mit der Seife zurück, da war sein Kamerad aber schon fertig mit Baden. »He, Bruder! Ich hab lange auf dich gewartet und derweil schon gebadet!« Der Soldat kam zurück und sagte: »Ach, Wirtin, während ich nach der Seife lief, hat er sich schon fertig gebadet!«

Danach bekamen die Soldaten ihren Abschied, und die Tochter wanderte in die Heimat zurück. Sie kam nach Hause; der Vater begrüßte sie und war sehr froh: »He, Mütterchen! wie ist dir der Dienst bekommen?« »Gut, Väterchen!« »Wie bist du denn beim Regiment angelangt?« fragte er. »Ich ging so meines Weges, und da kam mir ein Bär entgegen, dem hab ich einen Finger abgeschossen. Hier ist er!« Da sprach der Vater: »Das ist mein Finger!« Also hatte er sich in einen Bären verwandelt und sie erschreckt.

Die Tochter saß nun daheim, plauderte mit dem Vater und erzählte ihm vom Dienst; ihr Kamerad aber, der mit ihr zusammen im Dienst gewesen war, hatte sich in eine Katze verwandelt, stand unter dem Fenster und miaute. Da sagte der Vater: »Meine Liebe, mach auf das Fenster und laß die Katze herein!« Die Tochter öffnete das Fenster; die Katze aber packte die Tochter, nahm sie auf den Rücken und trug sie davon. Und als die Katze das Mädchen über die Oka trug, zog es einen Ring vom Finger, warf ihn in den Fluß und sprach: »Wird mein Ring einst mit grünem Gras bewachsen, dann will ich die Schwiegereltern kennen, dich aber meinen Gatten nennen.«

Und er heiratete sie, und sie kamen zu seinem Vater. Die Schwiegereltern waren freundlich zu ihr, doch sie kümmerte sich nicht um sie. Da begann die Schwiegermutter sie an die Arbeit zu treiben und befahl ihr: »Marsch, in den Wald, und scher die grauen Schafe!« Ihre grauen Schafe waren aber Wölfe. Die Tochter machte sich auf in den Wald, doch ihr Mann sprach zu ihr: »Mein liebes Herz! sie schickt dich nicht Schafe scheren, sondern Wölfe!« Sie ging nun in den Wald, setzte sich auf eine Eiche und rief:

»Ach, ihr Wölfchen,
Ach, ihr Grauen!
Versammelt euch, kommt alle zu mir,
Tut eure Wolle ins Körbchen hier!«

Die Wölfe liefen zusammen und taten ihre Wolle in den Korb aus Birkenrinde, und sie brachte die Wolle heim; doch die Schwieger dachte im stillen: »Ach, dieser Nichtsnutz, nicht einmal die Wölfe fressen sie auf!« Und dann befahl sie: »Marsch, du Galgenstrick, du Nichtsnutz! Hier hast du einen Melkeimer; melk meine schwarzbraunen Kühe!« Ihr Mann aber sagte wieder: »Mein liebes Herz! sie schickt dich nicht Kühe melken, sondern Bären.« Sie ging nun in den Wald, setzte sich auf eine Eiche und rief:

»Ach, ihr Bärchen,
Ach, ihr Guten!
Versammelt euch, kommt alle zu mir,
In einen Eimer melkt euch hier!«

Sie kamen herbei und molken den ganzen Eimer voll. Die Tochter ging heim und stellte den Melkeimer auf die Bank. Die Schwieger aber sagte wiederum: »Ach, dieser Galgenstrick, dieser Nichtsnutz! Nicht einmal die Bären fressen sie auf!« Und dann befahl sie: »Geh zu meiner Schwester und bitte sie um einen Weberkamm!« Der Mann aber sagte zu ihr: »Mein liebes Herz, sie schickt dich nicht zu ihrer Schwester, sondern zur Baba-Jaga! Hier hast du ein Stück Butter, einen Kamm, eine Bürste und Steinchen! Gib die Butter dem Kater, er wird dir dafür den Weberkamm geben.«

So wanderte sie nun dahin. Da stand ein Hüttchen mitten auf dem Felde auf Hühnerfüßchen, auf Spindelbeinchen. Sie kam heran und klopfte ans Fenster. Die Baba-Jaga fragte: »Wer ist da?« »Tantchen, gib Mütterchen einen Weberkamm!« »Komm herein, liebe Nichte, setz dich her; ich will gehn und den Weberkamm holen!« Sie lief aber fort, um ihre Zähne zu schleifen. Da warf die Tochter dem Kater die Butter hin, und der Kater sprach: »Spuck auf die Schwelle; dein Speichel wird für dich antworten!« Sie spuckte auf die Schwelle, steckte den Weberkamm der Baba-Jaga zu sich und lief fort. Doch die Baba-Jaga schliff und schliff ihre Zähne. »Nichte, bist du da?« Der Speichel antwortete: »Ich bin hier, Tantchen, ich bin hier!« Endlich hatte die Baba-Jaga ihre Zähne scharf geschliffen, ging in die Hütte, aber die Nichte war nicht mehr dort. »Wo ist denn die Nichte?« fragte sie den Kater. Und der Kater antwortete: »Ich weiß nicht.« Da setzte sich die Baba-Jaga auf ihren eisernen Mörser, trieb ihn mit einem eisernen Stößel an und machte sich auf die Verfolgung. Schon hatte sie sie fast erreicht. Da warf jene die Bürste hinter sich, und auf einmal entstand dichtes Schilfrohr! Die Baba-Jaga fing an, mit den Zähnen das Rohr zu durchbeißen, und mähte es ganz ab. Wieder eilte sie nach. Da warf jene den Kamm hin, und es entstand mit einemmal ein Birkenwäldchen! Die Baba-Jaga fällte aber das ganze Wäldchen mit den Zähnen, setzte sich wieder auf den eisernen Mörser und trieb ihn mit dem eisernen Stößel an. Und wieder jagte sie nach. Da warf jene die Steinchen aus. Plötzlich entstand ein Fluß. Die Baba-Jaga warf sich hinein und trank; sie trank und trank, bis sie zerplatzte, die Baba-Jaga.

Nun brachte die Tochter den Weberkamm nach Hause und legte ihn auf die Bank. Da sprach die Schwieger: »Ach, so ein Galgenstrick, ach, so ein Nichtsnutz! weder fressen sie die Wölfe, noch fressen sie die Bären, noch frißt sie die Baba-Jaga! Marsch, du unnützes Weibsbild, geh mit deinem Mann Fische fangen!« Kaum waren sie in den Fluß gestiegen und machten sich ans Fischefangen, als sie ihren Ring herausfischte. »Ach«, sagte sie, »ich hab meinen Ring gefangen: er ist ganz mit grünem Gras bewachsen!« Da gingen sie nach Hause und lebten fortan glücklich und in Frieden.

32. Die Entenjungfrau

Eine Maus und ein Sperling lebten einmal genau dreißig Jahre in großer Freundschaft: was eines von ihnen auch fand, alles wurde geteilt. Eines Tages fand aber der Sperling ein Mohnkorn. »Was soll man da teilen?« dachte er, »pickt man ein einziges Mal hin, bleibt schon nichts mehr übrig!« Da schluckte er denn allein das Körnchen hinunter. Doch die Maus erfuhr davon und wollte mit dem Sperling nicht länger zusammen leben. »Laß uns auf Tod und Leben kämpfen«, sprach sie. »Versammle du alle Vögel, ich rufe alle vierfüßigen Tiere zusammen!« Und so geschah es: die Vögel und die vierfüßigen Tiere versammelten sich und schlugen sich lange, lange herum. In diesem Kampfe wurde ein Adler verwundet; er flog auf eine Eiche und setzte sich auf einen Ast. Zu dieser Zeit jagte jedoch ein Bauer im Walde und hatte gar kein Glück. »Wenigstens einen Adler will ich schießen«, dachte der Bauer. Er hatte aber noch nicht Zeit gehabt, nach der Flinte zu greifen, als der Adler mit menschlicher Stimme sprach: »Töte mich nicht, guter Gesell! Ich hab dir ja nichts Böses getan.« Da ging der Bauer weiter und wanderte lange umher, aber bekam nicht einen einzigen Vogel zu Gesicht. Er ging zum zweitenmal zu der Eiche und wollte den Adler schießen. Und schon hatte er angelegt, als der Adler ihn wieder bat, ihm sein Leben zu lassen. Der Bauer ging weiter, wanderte lange umher und fand nichts. Wiederum kam er zum Adler, zielte und schoß ab, doch die Flinte versagte. Der Adler aber sprach: »Töte mich nicht, guter Gesell! Einmal werd ich dir von Nutzen sein. Nimm mich lieber zu dir, pflege mich und mache mich gesund!« Der Bauer hörte auf ihn, trug den Adler in seine Hütte und fütterte ihn mit Fleisch: schlachtete ihm mal ein Schaf, mal ein Kalb.

Der Bauer lebte aber nicht allein im Hause, sondern hatte eine große Familie, und die fing an zu murren, weil er alles für den Adler hingab. Der Bauer duldete es lange Zeit, endlich aber sagte er zum Adler: »Flieg fort, wohin du willst; ich kann dich nicht länger bei mir behalten.« »Laß mich erst meine Kräfte erproben«, antwortete der Adler. Und er schwang sich hoch hinauf, ließ sich wieder auf die Erde nieder und sprach zum Bauern: »Behalt mich noch drei Tage bei dir!« Der Bauer war's zufrieden. Drei Tage vergingen. Sprach darauf der Adler zum Bauern: »Die Zeit ist gekommen, miteinander abzurechnen; setz dich auf mich.« Der Bauer saß auf; der Adler schwang sich in die Höhe und wandte sich zum blauen Meer. Er flog ein Stück über das Ufer hinaus und sprach zum Bauern: »Schau dich um und sag mir, was ist hinter uns und was ist vor uns, was ist über uns und was ist unter uns?« Der Bauer antwortete: »Hinter uns ist Land, vor uns das Meer, über uns der Himmel, unter uns das Wasser.« Da schüttelte sich der Adler, und der Bauer stürzte ab; doch der Adler ließ ihn nicht ins Wasser fallen, sondern fing ihm im Fluge wieder auf. Er flog dann bis zur Mitte des blauen Meeres und fragte abermals: »Was ist hinter uns und was ist vor uns, was ist über uns und was ist unter uns?« »Hinter uns ist das Meer und vor uns ist das Meer, über uns der Himmel, unter uns das Wasser.« Der Adler schüttelte sich, und der Bauer stürzte ab und fiel ins Meer; der Adler ließ ihn aber nicht versinken, sondern packte ihn und setzte ihn sich wieder auf. Sie näherten sich darauf dem andern Ufer, und abermals fragte der Adler: »Was ist hinter uns und was ist vor uns, was ist über uns und was ist unter uns?« Antwortete der Bauer: »Hinter uns ist das Meer, vor uns das Land, über uns der Himmel, unter uns das Wasser.« Der Adler schüttelte sich, und der Bauer fiel ins Wasser, sank ganz unter und ertrank schon um ein Haar, doch der Adler zog ihn heraus, setzte ihn sich auf und sagte: »War's dir angenehm, zu versinken? So war auch mir zumute, als ich auf dem Baume saß und du mit der Flinte auf mich zieltest. Jetzt haben wir im Bösen miteinander abgerechnet, laß uns nun im Guten abrechnen.«

Sie flogen auf festes Land; war es nah davon, war es weit? – da sahen sie auf einmal eine kupferne Säule mitten auf dem Felde stehn. »Lies die Aufschrift auf der Säule«, befahl der Adler; und der Bauer las: »Fünfundzwanzig Werst hinter dieser Säule liegt die Kupferstadt.« »Geh in die Kupferstadt, dort wohnt meine Schwester. Bitt sie um das kupferne Kästchen mit dem kupfernen Schlüsselchen; doch was sie dir auch wird geben wollen, nimm nichts von alledem – weder Gold, noch Silber, noch Edelsteine.« Der Bauer kam in die Stadt und ging geradeswegs zu der Zarin. »Guten Tag! dein Bruder schickt dir einen Gruß.« »Woher kennst du meinen Bruder?« »Ich hab ihn ja gefüttert, als er krank war, drei lange Jahre.« »Dank dir dafür, Bäuerlein! Hier hast du Gold und Silber und Edelsteine; nimm, soviel dein Herz begehrt!« Der Bauer nahm aber nichts davon und bat nur um das kupferne Kästchen mit dem kupfernen Schlüsselchen. Sie verweigerte es ihm jedoch und sprach: »Nein, mein Täubchen, das ist mir gar zu teuer!« »Ist es dir zu teuer, so brauch ich gar nichts weiter.« Er verneigte sich, ging zur Stadt hinaus und erzählte alles dem Adler. »Das macht nichts«, sagte der Adler, »setz dich nur auf mich.« Der Bauer saß auf, und sie flogen dahin.

Da stand mitten auf dem Felde eine Säule, ganz von Silber

war sie. Der Adler ließ den Bauern die Aufschrift lesen, und er las: »Fünfzig Werst hinter dieser Säule liegt die Silberstadt.« »Geh in die Silberstadt, dort wohnt meine zweite Schwester. Bitt sie um das silberne Kästchen mit dem silbernen Schlüsselchen.« Der Bauer kam in die Stadt und ging geradeswegs zu der Zarin, des Adlers Schwester. Er erzählte ihr, wie der Bruder bei ihm gelebt und wie er ihn gepflegt und gefüttert habe, und bat um das silberne Kästchen mit dem silbernen Schlüsselchen. »Es ist wahr«, sprach die Zarin, »du hast meinen Bruder gerettet; nimm daher, soviel du willst, an Gold, Silber und Edelsteinen, doch das Kästchen geb ich nicht her.« Der Bauer ging zur Stadt hinaus und erzählte alles dem Adler. »Das macht nichts«, sagte er, »setz dich nur auf mich.« Der Bauer saß auf, und sie flogen dahin.

Da stand mitten auf dem Felde eine Säule, ganz von Gold war sie. Der Adler ließ den Bauern die Aufschrift lesen, und der las: »Hundert Werst hinter dieser Säule liegt die Goldstadt.« »Geh hin; in dieser Stadt wohnt meine Lieblingsschwester«, sagte der Adler, »bitt sie um das goldne Kästchen mit dem goldnen Schlüsselchen.« Der Bauer ging geradeswegs zu der Zarin, des Adlers Schwester, und erzählte ihr, wie der Adler bei ihm gelebt habe, und wie er den Kranken gepflegt und womit er ihn gefüttert und getränkt habe, und bat um das goldne Kästchen mit dem goldnen Schlüsselchen. Die Zarin sagte nichts dagegen und gab ihm gleich das Kästchen. »Ist mir das Kästchen auch lieb, ist mir der Bruder noch lieber!« Der Bauer nahm das Geschenk und ging zur Stadt hinaus zum Adler. »Geh jetzt nach Hause«, sagte der Adler, »aber hüte dich und öffne das Kästchen nicht eher, als bis du zu Hause sein wirst.« So sprach er und flog davon.

Der Bauer blieb lange fest, obwohl ihn die Neugier plagte; er brachte es jedoch nicht fertig, die Zeit abzuwarten und öffnete das goldne Kästchen, noch ehe er zu Hause war. Kaum hatte er es aber aufgemacht, so entstand vor ihm die goldne Stadt. Der Bauer verschlang sie mit den Augen und konnte sich nicht sattsehen; ein Wunder schien es ihm, daß aus dem Kästchen die ganze große Stadt herausgesprungen war! Unterdessen schickte aber der Zar, in dessen Land die goldne Stadt entstanden war, zum Bauern und ließ ihm sagen, er solle ihm entweder die Stadt überlassen oder das, was er zu Hause habe, wovon er jedoch nichts wisse. Die Stadt wollte der Bauer nicht hergeben und dachte bei sich: »Das wegzugeben, wovon ich nichts weiß, wird mir nicht leid sein!« Und er entschied sich für das zweite. Kaum hatte er aber seine Antwort gesagt, war die Stadt verschwunden; der Bauer stand allein auf weitem Feld, und neben ihm lag das goldne Kästchen mit dem goldnen Schlüsselchen. Der Bauer nahm das Kästchen auf und wanderte heimwärts. Als er aber in sein Haus trat, kam ihm sein Weib mit einem Säugling entgegen, den sie geboren hatte, während der Bauer fortgewesen war. Jetzt erst ward er gewahr und erkannte, was der Zar des heidnischen Landes von ihm gefordert hatte. Doch nun war nichts mehr zu machen. Er ließ die goldne Stadt entstehn und zog seinen Sohn auf bis zu der Zeit, da er ihn fortgeben sollte. Und als der Sohn achtzehn Jahre alt geworden war, ließ der Zar des heidnischen Landes sagen, daß es Zeit sei abzurechnen. Weinend gab der Bauer seinem Sohn den Segen und schickte ihn zum Zaren.

Der kühne Bursch ging über Weg und Steg, kam an den Donaufluß und ließ sich dort am Ufer nieder, um sich auszuruhen. Da sah er zwölf Jungfrauen, eine schöner als die andere! Sie kleideten sich aus, verwandelten sich in graue Enten und flogen fort, um sich zu baden. Der Jüngling schlich sich hinzu und nahm einem der Mädchen das Gewand weg. Als sich die Enten genug im Bade getummelt hatten, flogen sie ans Ufer. Alle zogen sich wieder an, nur der einen fehlte ihr Kleid. Die andern flogen fort, diese aber weinte und bat den kühnen Burschen: »Gib mir mein Gewand wieder; einmal werd ich dir noch von Nutzen sein.« Der Jüngling überlegte sich's lange und gab ihr das Kleid zurück.

Darauf kam er zum heidnischen Zaren. »Hör, guter Gesell!« sprach der Zar des heidnischen Landes, »such meine jüngste Tochter unter allen zwölfen heraus; findest du sie richtig heraus, so laß ich dich frei in alle vier Winde laufen, wenn aber nicht, so gib dir selbst die Schuld!« Doch als der kühne Bursch den Palast verließ, kam ihm die jüngste Zarentochter entgegen und sprach: »Du gabst mir mein Gewand zurück, guter Gesell, drum will ich dir von Nutzen sein. Morgen wird dir mein Vater uns Schwestern alle zeigen und dir befehlen, mich herauszufinden. Wir sind aber alle eine der andern gleich; drum gib acht: auf meinem linken Ohr wird eine Mücke sitzen.« Am Morgen rief der heidnische Zar den Jüngling zu sich, zeigte ihm seine zwölf Töchter und sprach: »Rate, welche meine jüngste Tochter ist!« Der kühne Bursch schaute sie sich an: auf die wies er hin, der eine Mücke auf dem linken Ohre saß. Da brüllte der Zar und schrie: »Hör, mein Bursch! Betrug ist dabei, aber mit mir ist nicht zu spaßen. Errichte mir bis morgen einen weißsteinernen Palast; meiner, schau, ist alt geworden, da will ich in den neuen ziehen. Vollbringst du's, geb ich dir die jüngste Tochter zur Frau, wenn nicht, freß ich dich lebendig auf!« Da ward der Jüngling traurig und vierließ den heidnischen Zaren, die Zarentochter aber kam ihm entgegen und sprach: »Gräm dich nicht, bet zu Gott und leg dich schlafen; bis morgen wird alles fertig sein.« Der kühne Bursch legte sich zur Ruhe und schlief ein.

Am Morgen schaute er zum Fenster hinaus: der neue Palast stand fertig da, und die Meister gingen herum und schlugen hier und da noch einen Nagel ein. Der Zar des heidnischen Landes gab dem kühnen Jüngling seine jüngste Tochter zur Frau; sein Zarenwort wollte er nicht brechen. Aber auch seine bösen Pläne wollte er nicht aufgeben, sondern gedachte den Jüngling mitsamt der Tochter lebendig aufzufressen. Die junge Frau ging nachzuschauen, was der Vater und die Mutter machten; sie kam zur Tür und hörte, wie sie Rat hielten und beschlossen, die Tochter und den Schwiegersohn aufzufressen.

Die Zarentochter lief zu ihrem Mann, verwandelte ihn in einen Tauber und sich selbst in eine Taube und flog mit ihm seiner Heimat zu. Das erfuhr der heidnische Zar und ließ ihnen nachsetzen. Die Verfolger jagten hinterher, aber holten niemand ein; sie sahen nur einen Tauber und eine Taube und kehrten um. »Wir haben sie nicht eingeholt«, sagten sie zu ihrem Zaren, »nur einen Tauber und eine Taube sahen wir.« Der Zar erriet, daß sie das gewesen waren, ward zornig auf die Verfolger, ließ sie hängen und schickte neue aus. Die jagten nach und eilten dahin und kamen an einen Fluß; an diesem Fluß aber stand ein Baum. Da sahen die Verfolger, daß dort niemand zu finden war, kehrten zum Zaren zurück und erzählten ihm vom Fluß und vom Baum. »Das waren sie ja!« schrie der Zar des heidnischen Landes, ließ auch diese Verfolger hängen und jagte selbst hinterher. Er ritt und ritt und kam zu einem Gotteshaus. Er trat ein, aber dort ging nur ein alter Mann herum und zündete die Lichter vor den Heiligenbildern an. Da fragte ihn der Zar, ob er die Flüchtlinge nicht gesehen habe? Der Alte antwortete, daß sie schon längst in der goldenen Stadt angelangt seien, die hundert Werst weiter liege. Da schlug der Zar aus Wut gegen die Erde, doch zu machen war nichts mehr, er mußte umkehren. Kaum war er aber fort, so verwandelte sich die Kirche in die Zarentochter und der alte Mann in den kühnen Jüngling. Sie küßten sich und gingen zu Vater und Mutter in die goldene Stadt, die hundert Werst von dort lag. Sie kamen hin und wohnten in der Stadt und lebten glücklich und zufrieden und mehrten ihr Hab und Gut.

33. Die Schnepfe

Es waren einmal ein Mann und eine Frau, die hatten drei Söhne. Zwei davon waren klug, aber der dritte war ein Dummkopf. Die Klugen machten sich auf, das Feld zu bestellen, und säten Erbsen. Und als die Erbsen anfingen reif zu werden, schickten die Brüder den Dummkopf aus, den Acker zu bewachen. Der Dümmling baute sich ein Hüttchen aus Stroh, saß darin und hielt Wache. Da kam eine Schnepfe geflogen und pickte die Erbsen auf. Der Dummkopf aber schlich sich herbei, fing die Schnepfe und wollte ihr den Hals umdrehen. Da sagte die Schnepfe: »Iwanuschka, dreh mir den Hals nicht um, ich werde dir noch von Nutzen sein.« »Wie willst du denn das anfangen?« fragte Iwan. »Komm zu mir: ich geb dir ein Tischtuch.« »Was soll ich mit ihm? Ich hab selbst eins.« »Wenn auch! doch nicht solch eins wie ich. Sprich nur zu meinem Tuch:

Tüchlein, Tüchlein,
Breit dich aus!
Roll dich auf!
Bring mir gutem Gesell
Trank und Speisen schnell!

Dann wird es dir gleich zu essen geben.« »Gut«, sagte Iwan und ließ die Schnepfe frei, und sie flog davon.

Hernach wollte er zu ihr gehn, machte sich auf und sah Hirten am Wege, die weideten Pferde. »Hirten, Hirten, Pferdehirten! Wo wohnt denn hier die Schnepfe?« »Geh weiter; dort, wo man Kühe hütet, wird man's dir sagen.« So ging er denn weiter und erblickte Hirten, die weideten Kühe. Da fragte er abermals: »Hirten, Hirten, Rinderhirten! Wo wohnt denn hier die Schnepfe?« »Geh weiter; dort, wo man Schweine hütet, wird man's dir sagen.« Er ging weiter und erblickte Hirten mit einer Schweineherde; er trat hinzu und fragte: »Hirten, Hirten, Schweinehirten! Wo wohnt denn hier die Schnepfe?« »Geh weiter; dort, wo man Lämmer hütet, wird man's dir sagen.« Und er ging weiter, kam zu den Lämmern und fragte: »Hirten, Hirten, Lämmerhirten! Wo wohnt denn hier die Schnepfe?« »Geh weiter; dort, wo man Gänse hütet, wird man's dir sagen.« Er kam zu der Gänseherde und fragte: »Hirten, Hirten, Gänsehirten! Wo wohnt denn hier die Schnepfe?« »Geh weiter; dort, wo man Enten hütet, wird man's dir sagen!« Er ging hin und fragte: »Hirten, Hirten, Entenhirten! Wo wohnt denn hier die Schnepfe?« »Geh dorthin«, antworteten sie ihm, »wo die weißen Häuser stehn mit roten Pfeilern, dort wohnt die Schnepfe!«

Da ging er hin und kam zu der Schnepfe, grüßte sie und sprach: »Schnepfe, du hast mir ein Tischtuch versprochen, gib es her!« Die Schnepfe gab ihm das Tischtuch, und Iwanuschka befahl:

»Tüchlein, Tüchlein,
Breit dich aus!
Roll dich auf!
Bring mir gutem Gesell
Trank und Speisen schnell!«

Kaum hatte er das gesagt, so stand Speise und Trank vor ihm. Dann ging er nach Hause, doch unterwegs begegnete ihm die Baba-Jaga. »Iwanuschka, Väterchen! komm herein zu mir; ich will dich baden, geb dir zu essen und zu trinken und leg dich schlafen.« Da ging er hinein zu ihr, und sie brachte ihn ins Bad und legte ihn dann zur Ruh. Als er sich aber niederlegte, sagte er: »Gib acht, Baba-Jaga, und sage nicht: ›Tüchlein, Tüchlein, breit dich aus! roll dich auf! bring mir gutem Gesell Trank und Speisen schnell!‹« Doch als er eingeschlafen war, ging die Baba-Jaga hin und befahl:

»Tuchlein, Tüchlein,
Breit dich aus!
Roll dich auf!

Bring mir gutem Gesell
Trank und Speisen schnell!«

Und das Tüchlein breitete sich aus. Da erkannte die Baba-Jaga, wie das Tüchlein beschaffen war und nahm es gleich an sich, dem Iwanuschka aber legte sie ein anderes hin. Und als er am nächsten Morgen aufstand, steckte er das Tuch ein und ging nach Hause. Daheim aber sprach er zu seinem Vater: »Ich will ein Gastmahl geben, Väterchen; ruft die Schwägerinnen und die Brüder und alle Verwandten herbei!« Der Vater tat es. Iwanuschka legte das Tuch auf den Tisch und befahl:

»Tüchlein, Tüchlein,
Breit dich aus!
Roll dich auf!
Bring mir gutem Gesell
Trank und Speisen schnell!«

Doch das Tüchlein breitete sich nicht aus. Die Brüder und die andern aber dachten, daß er sie verhöhnen wolle. Und sie packten ihn und jagten ihn zum Hof hinaus.

Wieder ging er zu der Schnepfe und sprach zu ihr: »Schnepfe, du hast mich betrogen!« »Nein«, sagte die Schnepfe, »aber hier hast du ein Pferd.« »Was soll ich mit ihm? ich hab mein eigenes Pferd!« »Nimm es nur und sprich zu ihm: ›Pferdchen, Pferdchen! wiehere hell!‹ Dann wird es wiehern und aus dem Maule Gold hervorschütten!« Iwanuschka tat so, und aus des Rosses Maul fiel eine Menge Gold heraus; die ganze Mütze war voll! Dann machte er sich auf und ritt heim. Wieder begegnete ihm unterwegs die Baba-Jaga, und abermals trat er bei ihr ein. Sie heizte ihm gleich die Badstube, wusch ihn und legte ihn schlafen. Er sprach aber zu ihr: »Gib acht und sage nicht: ›Pferdchen, Pferdchen! wiehere hell!‹« Doch als er eingeschlafen war, lief sie hinaus zum Roß und sagte: »Pferdchen, Pferdchen! wiehere hell!« Da wieherte es, und das Gold fiel in Mengen heraus. Sie nahm das Pferd für sich, dem Iwanuschka aber stellte sie ihr eigenes hin; und als er erwachte, gab sie ihm dieses Pferd. Iwanuschka kehrte heim; doch der Vater fragte ihn: »Warum bist du hierhergekommen?« »Ein Pferd hab ich mitgebracht.« »Wir haben ja selbst eins!« »Wenn auch, doch nicht solch eines, wie dieses hier. Befiehl der Schwägerin, Teppiche auszubreiten!« Und sie breiteten einen Teppich aus; Iwanuschka aber führte das Pferd herbei und ließ es sich auf den Teppich stellen; dann sprach er: »Pferdchen, Pferdchen, wiehere hell!« Da war aber kein Gold zu sehen! Wiederum jagten sie ihn von Haus und Hof.

Und er kam abermals zu der Schnepfe und sprach zu ihr: »Schnepfe, Schnepfe, du hast mich betrogen!« »Nein«, sagte die Schnepfe, »aber hier hast du eine Zange; sprich zu ihr: ›Zange, Zange, aus dem Kasten!‹ « Er sagte es, und die Zange sprang heraus und fing an ihn zu zwicken. Da rief er: »Schnepfe, Schnepfe, nimm sie fort! Schnepfe, Schnepfe, nimm sie fort!« Die Schnepfe befahl: »Zange, auf deinen Platz!« Dann ging Iwanuschka heim. Wieder kam ihm die Baba-Jaga entgegen, heizte die Badstube für ihn und legte ihn schlafen. Er sprach zu ihr: »Gib acht, Baba-Jaga, und sage nicht ›Zange, aus dem Kasten!‹ « Dann schlief er ein, die Alte aber rief: »Zange, aus dem Kasten!« Die Zange sprang heraus und fing an sie zu zwicken. Da schrie die Baba-Jaga: »Ach, lieber Iwanuschka, nimm sie fort; dein Tischtuch und dein Roß sollst du wiederhaben!« »Also du hast sie mir gestohlen!« sagte Iwanuschka. Er schickte die Zange auf ihren Platz, bekam Tuch und Roß von der Alten und ging nach Hause.

Und als er daheim war, sprach er: »Na, Väterchen, jetzt versammle alle Verwandten; jetzt will ich ein Fest geben!« »Du wirst uns nur wieder betrügen!« meinte jedoch der Vater. »Nein, diesmal betrüg ich euch nicht!« erwiderte Iwanuschka. Die Verwandten wurden zusammengerufen; Iwanuschka setzte sich an den Tisch und befahl:

»Tüchlein, Tüchlein,
Breit dich aus!
Roll dich auf!
Bring mir gutem Gesell
Trank und Speisen schnell!«

Da gab es von allem reichlich. Und dann befahl er: »Breitet Teppiche aus!« Man breitete sie aus; er aber führte das Pferd darauf und sprach: »Pferdchen, Pferdchen, wiehere hell!« Da wieherte das Pferd, und das Gold fiel in Mengen aus dem Maule heraus: alle Teppiche waren damit bedeckt! Da war der Vater mit Iwanuschka zufrieden, doch die Brüder wurden neidisch auf ihn. »Wir wollen ihm alles stehlen!« sagten sie zueinander und stahlen ihm darauf das Tischtuch und das Roß. Iwanuschka aber sprach zu den Brüdern: »He, Brüder, warum habt ihr mir Roß und Tischtuch gestohlen?« Da wurden sie böse auf ihn und wollten ihn prügeln, aber er befahl: »Zange, aus der Tasche!« Die Zange sprang hervor und fing an die Brüder zu zwicken. Sie schrien: »Ach, Väterchen Iwanuschka! Nimm sie fort; Roß und Tischtuch sollst du wiederhaben!«

Jetzt steht dort bei ihnen ein Faß, und auf dem Faß liegt eine Kelle, aus ist mein Märchen, guter Geselle!

34. Wanjuschka und Annuschka

Es waren einmal ein alter Mann und eine alte Frau. Als die Alte starb, stemmte sie die Füße gegen die Wand, und als man sie begraben wollte, stand sie aus dem Sarge auf und kroch auf den Glockenturm, um zu läuten. Aber man kümmerte sich nicht viel darum und verscharrte sie zu derselbigen Stunde in die Erde.

Dem Alten blieben zwei kleine Kinder: Wanjuschka, der Sohn, und Annuschka, die Tochter. Hernach aber heiratete er nochmals und hatte von der zweiten Frau drei

Söhne und drei Töchter. Die Stiefmutter liebte ihre Stiefkinder gar nicht. Die eigenen Mädchen durften im Frühling weben, was sie im Winter gesponnen hatten, aber der Stieftochter erlaubte sie nicht, im Frühling zu weben, sondern schickte sie auf das Feld, die Herde zu hüten. Wanjuschka und Annuschka hüteten die Herde auf dem Felde, weinten und jammerten und gedachten ihrer Mutter. Die Stiefmutter aber pflegte Annuschka eine Hure zu nennen: »Geh, du Hure, kannst auf dem Felde weben!« Annuschka nahm fünf Gespinste mit auf das Feld, hängte sie an einen Ast und fing bitterlich an zu weinen. In ihrer Herde aber war ein Stier, den lockte sie heran:

»Stierchen, Stierchen,
Komm und web das Tuch zu End,
Leg es in den Korb behend!«

Das Stierchen kommt gelaufen, webt und spinnt, legt es in den Korb geschwind. Und als es Abend wurde, trieb Annuschka die Herde nach Hause und brachte auch das gewebte bunte Tuch mit heim. Die Stiefmutter fragte sie: »Wo hast du so viel schönes Tuch zusammengewebt?« »Im dunklen Walde, unter der Birke.« Die Stiefmutter aber hatte einen Verdacht auf sie und schalt ihre eigenen Töchter: »Ach, ihr Dirnen, ach, ihr Huren, seht ihr, wie eure Stiefschwester ohne Webstuhl webt, ihr aber versteht nicht einmal auf ihm zu weben!« Und sie schlug und prügelte sie.

Die Stiefmutter begleitete am nächsten Tage Annuschka mit der Herde und gab ihr ein großes Knäuel Gespinst und einen Strang Zwirnsfaden mit. »Da hast du; das Gespinst soll gewebt sein, mit den Fäden genäht sein!« Die Stieftochter nahm alles mit sich, weinte aber vor sich hin. Sie trieb die Herde ins Feld, ließ sie in den Wald und auf die weite Steppe; dann hängte sie das Gespinst an einen Ast, wickelte das Garn auf und setzte sich unter einen Strauch; sie heulte mit jämmerlicher Stimme, und aus den Augen strömten ihr die Tränen. Dann rief sie:

»Stierchen, Stierchen,
Komm und web das Tuch zu End,
Leg es in den Korb behend!«

Der Stier rennt aus der Herde, es dröhnt und zittert unter ihm die Erde; er webt das Tuch, näht es und legt es in einen Haufen unter den Busch. Die Stiefmutter aber sah von weitem zu: »Ach, das ist ihre Weberei! Der hilft ihr also ...!« Sie ging heim, und Annuschka trieb ihre Herde nach Hause und schleppte alles Gewebte und Genähte mit. »Hier Mütterchen!« sagte sie, »ich hab alles getan, was Ihr mir befohlen habt.« Die Stiefmutter nahm es natürlich und sperrte es in ihren Kasten, aber zu dem Alten sprach sie: »Schlachte den schwarzen Stier, Alter, damit er mir aus den Augen kommt.« Der Mann erwiderte: »Der Stier gehört doch nicht uns, Alte: ich hab ihn Annuschka und Wanjuschka geschenkt.« »Ich kann aber nicht leben, wenn du ihn nicht auf der Stelle schlachtest.« Der Alte nahm ein Messer und schlachtete den schwarzen Stier, zog die Haut ab und legte das Fleisch in ein Faß. Annuschka, das Töchterchen, stand dabei und sagte zu ihrem Vater: »Liebes Väterchen, gib mir vom Stierchen wenigstens die Gedärme!« »Nimm sie dir!« sagte der Alte. Annuschka nahm die Eingeweide, ging hinaus auf die Straße und vergrub sie an der Ecke unter ihrem Stübchen; aber bald darauf wuchs aus diesen Gedärmen ein riesengroßer Apfelbaum empor, der viele Äpfel trug. Da der Alte in gutem Wohlstand lebte und sein Hof an der großen Straße lag, kamen oft allerlei Leute bei ihm zusammen; aber keinem, der einen Apfel haben wollte, gelang es, einen abzureißen. Wer dem Baum nur nahe kam, den schlug er mit den Ästen. Nur Annuschka, die Schöne, konnte zu ihm herantreten, und wenn sie's tat, so neigte sich der Baum zur Erde und ließ Annuschka den Apfel pflücken.

Einige Zeit darauf reiste ein junger Gutsherr vorbei, machte auf jenem Hofe halt, um sich auszuruhen und die Pferde zu füttern. Er wollte gern einen Apfel essen, aber Annuschka war zu der Zeit gerade nicht im Hause. Da schickte er den Alten und sagte: »Geh, Großväterchen, bring mir einen Apfel.«

Der Alte ging hin, um den Apfel zu holen, aber es gelang ihm nicht. Er schickte nun die älteste von den Töchtern der zweiten Frau, aber vergeblich; er schickte die zweite, sie wurde von den Zweigen ganz zerschlagen; er schickte die dritte, aber auch die erreichte nichts. Da kam Annuschka herbei, und der Vater sagte zu ihr: »Annuschka, der Herr will einen Apfel essen, geh und pflück ihn.« Annuschka trat zum Baum, er neigte sich, hielt still und rührte sich nicht. Sie pflückte ein paar Äpfel und ging ins Haus. Der Gutsherr aber sah ihr von weitem zu und staunte über diese Dinge. Und da er unverheiratet war, sagte er zu den Alten: »Onkelchen und Tantchen! Ist das eure leibliche Tochter oder nicht?« »Mir ist sie Stieftochter«, antwortete die Alte, »aber dem Vater ist sie die leibliche Tochter.« »Gebt sie mir zur Frau!« Die Stiefmutter mochte sie ja gar nicht, darum gab sie die Tochter sofort her. Nun, und bei den Herren braucht nicht erst Bier gebraut und Schnaps gebrannt zu werden: gleich ging es zur Hochzeit, und sie wurden auf der Stelle getraut. Und als die Popen sie getraut hatten, begann der Hochzeitsschmaus. Sie tranken und vergnügten sich eine ganze Woche ohne Aufhören in Annuschkas Vaterhaus, und als es dann Zeit war, machte sich der Gutsherr bereit heimzufahren. Die Alte dachte bei sich: »Jetzt will ich sie geleiten, und dann geh ich selbst in den Garten Äpfel pflücken.« Der Gutsherr ließ zwei Pferde vor den Wagen spannen, man setzte sich hinein und fuhr davon, aber auch Brüderchen Wanjuschka wurde mitgenommen. Kaum waren sie aus dem Hofe hinausgefahren, als der Apfelbaum ihnen auf den Fersen folgte und jene das Nachsehen hatten. Der Gutsherr kehrte heim, legte einen riesengroßen Garten an und pflegte mit Annuschka dort spazierenzugehn.

In seiner Nachbarschaft aber lebte die Baba-Jaga. Sie hatte zwei sehr schöne Töchter, und eine von ihnen hatte der Gutsherr früher zur Frau nehmen wollen. Diese Mädchen nun liebten die neue Herrin nicht, kamen jeden Tag zu ihr, um herauszubekommen, wie sie Wanjuschka verderben und Annuschka aus der Welt schaffen könnten; die Baba-Jaga aber wollte ihre Tochter dem Herrn zur Frau geben. Einmal heizten sie das Bad, und die Baba-Jaga tat Ziegenfett in einen Topf und stellte ihn in die Badstube. Der Gutsherr und die Herrin kamen und badeten, die Frau vergaß jedoch ihren Ring im Bade. Und als sie heimgekommen war, sagte sie: »Brüderchen Wanjuschka, lauf einmal in die Badstube hinüber, dort hab ich mein Ringlein vergessen. Aber nasch nicht vom Ziegenfett!« Wanjuschka ging hin und überlegte bei sich: »Warum hat meine Schwester mir verboten, vom Ziegenfett zu naschen? Ach, ich will's doch tun!« Er schleckte davon und ward ein Ziegenbock. Den Ring steckte er sich aufs Horn, lief nach Hause, sprang und meckerte wie eine Ziege: »Meck, meck, Schwesterchen Annuschka, hier hast du das Ringlein!« Annuschka lief hinaus und weinte bitterlich: »Ach, Dummkopf! Ich hab dir doch verboten, vom Ziegenfett zu naschen, warum hast du mir nicht gehorcht?!« Und sie fütterte das Böckchen.

Die beiden schönen Töchter der Baba-Jaga kamen zu Annuschka, der Herrin, und sagten: »Komm, Annuschka, wir wollen im Flüßchen baden!« Sie gingen hin, und kaum hatten sie ihre Hemden abgeworfen, als die Baba-Jaga Annuschka packte, ins Wasser tauchte und ihr einen Stein um den Hals band. Da saß sie nun lebendig am Boden und konnte nicht vom Stein loskommen. Der Gutsherr aber wartete und wartete, doch Annuschka kam nicht, saß noch immer im Wasser. So verging Tag um Tag, Woche um Woche. Sie saß lebendig im Wasser, der schwere Stein zog sie zu Boden, und grimmige

Schlangen sogen an ihrem Herzen. Da bedachte sich der Herr, bedachte sich lange und beschloß zu heiraten; und er nahm die Tochter der Baba-Jaga zur Frau. Die junge Herrin sagte zu ihm: »Herr, schlachte den Ziegenbock! Ich will Ziegenbraten essen.« »Wozu soll ich ihn schlachten, dummes Weib? Mag er doch leben.« »Nein, schlacht ihn!« Da entschloß sich der Herr, ihn zu schlachten. Und als er sich auf ein Stühlchen setzte, um das Messer zu schleifen, kam das Böckchen heran und sprach: »Ach, Herr, mein Herr! Erlaube mir zum Flüßchen zu gehn, frisches Wasser zu trinken, mein Gedärm zu spülen!« Der Herr ließ es gehn. Das Böckchen kam an das Ufer, ließ sich nieder und jammerte:

»Annuschka, mein Schwesterchen,
Komm hervor, schau heraus!
Mich Böckchen wollen sie schlachten!
Sie wetzen scharfe Messer,
Sie hitzen Satanskessel!«

Annuschka antwortete:

»Ach, Wanjuschka, mein Brüderchen!
Wie gerne schaute ich hinaus!
Der schwere Stein zieht mich zum Grund,
Die grimme Schlange saugt mein Herz!«

Dann tauchte sie bis zum Halse empor und schaute hinaus. Das Böckchen lief heim, dem Herrn aber tat es leid, und an diesem Tage schlachtete er es nicht.

Am nächsten Morgen jedoch wiederholte die Frau: »Schlachte das Ziegenböckchen!« Und der Herr begann sein Messer zu schleifen. Das Böckchen kam zu ihm heran und sagte: »Ach, Herr, mein Herr! Erlaube mir, zum Flüßchen zu gehn, frisches Wasser zu trinken, mein Gedärm zu spülen!« Der Herr ließ es gehn. Das Böckchen kam zum Flüßchen gelaufen, der Gutsherr aber nahm einen Strick mit sich, ging nach und dachte bei sich: »Wohin mag das Böckchen wohl gelaufen sein?« Das Böckchen fiel am Ufer nieder und jammerte:

»Annuschka, mein Schwesterchen,
Komm hervor, schau heraus!
Mich Böckchen wollen sie schlachten!
Sie wetzen scharfe Messer,
Sie hitzen Satanskessel!«

Annuschka antwortete:

»Ach, Wanjuschka, mein Brüderchen!
Wie gerne schaute ich hinaus!
Der schwere Stein zieht mich zum Grund,
Die grimme Schlange saugt mein Herz!«

Dann tauchte sie bis zum Gürtel hervor und schaute hinaus. Der Herr aber warf den Strick über sie und zog sie samt dem Stein heraus. Er hob Annuschka auf und führte sie in sein hohes Gemach; aber seine zweite Frau und die Schwiegermutter stellte er auf das Tor, erschoß sie mit einem Zaubergewehr und warf ihr Fleisch den Hunden vor, mit Annuschka aber lebt er noch heute.

35. Marko der Reiche

Es war einmal ein Mann, der hieß Marko der Reiche, und er besaß viele Güter. Söhne hatte er nicht, nur eine Tochter, aber Geld hatte er so viel, daß er's nicht zu zählen vermochte. Er konnte es im Umkreise von fündundzwanzig Werst um seinen Hof einen Zoll hoch aufschütten. Und allerhand Fabriken besaß er auch.

Einst hatte er sich zum Schlafen niedergelegt und hörte im Traum eine Stimme, die zu ihm sprach: »Mach dich bereit, reicher Marko, denn zu dieser und dieser Stunde werden der Herrgott selber und der heilige Nikolaus zu dir zu Gast kommen.« Er stand am Morgen auf, bedachte seinen Traum und erzählte ihn Frau und Tochter. Auf fündundzwanzig Werst legte er mit allerlei Tuch den Weg aus, auf dem der liebe Gott zu ihm kommen mußte. Da näherten sich zwei alte Bettler dem Hofe. Ihre Bastschuhe waren voll Schmutz, die Kleider waren abgerissen, und sie schleppten sich über das rote Tuch zum Tor, wo Marko der Reiche auf einem Stuhle saß und den Herrgott erwartete. Die Bettler traten heran und grüßten Marko den Reichen: »Friede sei mit dir, reicher Marko! Erlaub uns zu übernachten.« Marko aber ward böse auf sie, und er schimpfte sie fürchterlich aus. »Ach«, sagte er, »euch hat der Teufel hergeführt mit euren dreckigen Füßen und diesen Bastschuhen. Ich erwarte den Herrgott, ihr aber ladet hier euren Schmutz ab. Marsch, durch die Hinterpforte, schlaft dort in der Gesindestube!« Sie gingen hin und legten sich nieder.

Die Mitternacht kam heran; die Bettler lagen auf dem Ofen, und mit ihnen schlief dort auch eine Viehmagd. Plötzlich kommt etwas ans Fenster und spricht mit menschlicher Stimme. Ein Gebet wird gesprochen, und jene geben ihr Amen dazu. »Hat sich der Herrgott hier zur Ruhe gelegt?« fragt es; »ja«, antworteten sie, »was willst du?« »Herr, in diesem und diesem Dorf hat ein Weib einen Knaben geboren. Mit welchem Glück, Herr, willst du ihn begnaden?« »Mit Markos des Reichen Vermögen«, antwortete Gott, »der Knabe wird heranwachsen und den ganzen Reichtum besitzen.« Die Bettler gingen mitten in der Nacht fort. Am Morgen stand die Viehmagd auf und berichtete Marko: »Warte nicht länger auf den Herrgott, Marko; er hat diese Nacht in der Gesindestube geschlafen.« »Wie ist das möglich?« »Zwei alte Leute sind doch gekommen, einer war der Herrgott, der andere der heilige Nikolaus.« »Wo sind sie?« »Sie gingen fort, weiß nicht wohin.« »Woher weißt du aber, daß es Gott gewesen ist?« »Um Mitternacht«, erwiderte sie, »kam etwas unter das Fenster, sprach mit menschlicher Stimme ein Gebet, und jene gaben ihr Amen dazu. ›Nächtigt hier der Herr?‹ fragte es. ›Ja, was willst du?‹ ›Herr, in diesem und diesem Dorf hat ein Weib einen Knaben geboren. Mit welchem Glück, o Herr, willst du ihn begnaden?‹ ›Mit Markos des Reichen Vermögen‹, sagte er. ›Der Knabe wird heranwachsen und den ganzen Reichtum besitzen.‹ «

Marko der Reiche ließ zwei Pferde anspannen und fuhr geradeswegs in jenes Dorf. Er kam an und machte das Weib ausfindig. Sie lebten dort in großer Armut, und Kinder hatten sie viele. Marko sagte zu ihnen: »Verkauft mir diesen Knaben!« Sie wollten aber nicht. Da begann er auf sie einzureden: »Warum wollt ihr ihn nicht verkaufen? Ihr wißt, wie groß mein Reichtum ist, und Söhne hab ich nicht. Ich werd ihn speisen und tränken wie ein eigenes Kind, euch aber bleiben noch genug. Was ihr nur wollt, geb ich für ihn.« Da waren die Eltern einverstanden und verkauften den Knaben und übergaben ihn Marko. Es war aber zur Winterszeit, und Marko legte das Kind in seinen Wagen und fuhr davon. Er kam in den Wald und sagte: »Kutscher, trag den Knaben in den Wald und wirf ihn in den Schnee. So wird ihm Markos des Reichen Hab und Gut wohl zuteil!« Der Kutscher trug den Knaben fort und warf ihn in den Schnee. Aber es begann sogleich ein warmer Wind zu wehen, ringsum taute der Schnee um den Knaben, und er lag da und machte sich nichts daraus, denn ihm war warm. Marko jedoch fuhr heim.

Desselbigen Weges reisten zwei befreundete Kaufleute; sie brachten Marko dem Reichen entliehenes Geld zurück und wollten neue Ware einkaufen. Da hörten sie im Walde einen Säugling weinen. Sie hielten an und horchten. Dann liefen sie hin und meinten: »Sicherlich hat ein Mädchen ihr Kind ausgesetzt!« Sie kommen hin und sehen: ringsum ist Gras gewachsen und Blumen blühen, und dabei liegt der Schnee knietief. Sie verwunderten sich darob und sprachen: »Das ist ein heiliges Kind«, und nahmen es zu sich in den Wagen. Sie fuhren ihres Weges und plauderten miteinander. Der eine der beiden Freunde war sehr angesehen und reich, der andere aber arm. Der Reiche hatte auch keine Kinder, der Arme aber wohl. Da bat der Reiche den Armen: »Laß mir den Knaben!« Jener aber wollte nicht und weigerte sich. »Nun, dann mag er uns beiden gehören.« Und weiter sagten sie zueinander: »Man muß ihn wärmer anziehen und zu Marko dem Reichen nicht hineintragen; denn bringen wir ihn ins Haus, so wird er ihn uns fortnehmen, weil er auch keine Söhne hat.« Sie langten bei Marko an und blieben über Nacht. Marko empfing sie und ließ den Samowar aufstellen; dann tranken sie Tee. Dazwischen aber ging bald der eine, bald der andere hinaus, denn sie befürchteten, daß der Knabe im Wagen bei der Winterszeit erfrieren könnte. Marko der Reiche fing an sie auszufragen: »Warum geht ihr so oft hinaus auf den Hof, Freunde? Habt ihr vielleicht auf dem Wagen teuere Ware? Ihr kennt mich aber doch, seid nicht zum erstenmal hier: bei uns sind immer Wächter auf dem Hof. Und wenn ihr auf dem Wagen auch einiges Geld habt, niemand wird es nehmen. Sagt mir doch, was ihr da habt.« Sie wollten zwar nicht mit der Sprache heraus, er setzte ihnen aber zu. Da bedachten sie sich und bedachten sich lange und sagten endlich: »An dem und dem Ort haben wir einen Knaben gefunden; es lag knietiefer Schnee, aber um ihn herum wuchs Gras und blühten Blumen. Wir nahmen ihn mit, er liegt auf dem Wagen.« Marko der Reiche erriet, wer das sei und fragte: »Wo habt ihr ihn gefunden?« »Dort und dort«, sagten sie. Marko dachte bei sich: »Er ist es gewiß!« und dann sprach er: »Ihr Herren Kaufleute, überlaßt ihn mir! Ich habe keine Söhne und brauche den Knaben.« Sie wollten ihn aber nicht hergeben. Da sagte er zu ihnen: »Wenn ihr ihn mir nicht überlaßt, nehm ich euer Geld fort und lad euch keine Waren auf; gebt ihr ihn aber her, so schenk ich euch die ganze Schuld und belad euren Wagen reich mit Ware.« Da überließen sie ihm den Knaben.

Marko nahm ihn zu sich und zog ihn auf. Er fütterte ihn wohl, aber hatte nur Böses wider ihn im Sinn. Er zog ihn auf, bis er groß war, und dachte stets daran, wie er ihn verderben könnte. Der Knabe war in allen Dingen geschickt und voll Eifer; für alles hatte er ein Auge, als wenn er ein Aufseher wäre. Marko der Reiche rief einmal seinen angenommenen Sohn zu sich und sagte zu ihm: »Mein Pflegesohn, du wirst einmal der Herr sein über meinen Besitz. Geh also hin, ich schicke dich hinter dreimal neun Länder in das (dreimal) zehnte Reich. Dort wohnt der heidnische Drache. Geh hin und frag ihn, wieviel Geld ich habe: selbst kann ich's nicht mehr zusammenzählen.« (Wer es aber auch sein mag, der dorthin geht, zurück kommt er nicht: der Drache frißt einen jeden.)

Der Knabe machte sich auf und ging zu Fuß hin. War es lange, war es bald, war es weit, war es nah, da kam er an das Meer; auf dem Meer aber war ein Fährmann, der setzte die Leute über, ohne Lohn zu nehmen. Der Knabe kam zu ihm und bat: »Lieber Fährmann, setz mich über auf die andere Seite!« »Wohin willst du denn?« »Dort und dorthin, zum heidnischen Drachen.« »Ach, lieber Bruder, solch einen Fährgast such ich schon lange! Erinnere den Drachen an mich, wenn du bei ihm bist. Ich fahre schon dreißig Jahre ohne Lohn über das Meer, hab schon kein Fleisch mehr an den Händen, nichts als Knochen sind sie, und über die Knochen fließt mir das Blut in Strömen. Frag einmal, wer mich ablösen wird.« »Schon gut, ich werd ihn fragen.« Er fuhr über und ging davon seines Weges. An der breiten Straße stand eine Säule; da waren Goldmünzen aufgeschichtet und reichten von der Erde bis zum Himmel. Er kam heran und besah sich's; das Gold aber sprach mit menschlicher Stimme: »Wohin führt dich Gott, guter Gesell?« »Zu dem und dem Ort, zum heidnischen Drachen. Marko der Reiche will wissen, wieviel Gold er hat.« »Erinnere den Drachen an mich; frag, wem ich gehören soll.« »Schon gut.«

Er ging weiter und weiter und kam zu einem Hause, zum heidnischen Drachen. Der Drache war aber gerade nicht daheim, sondern in die weite Welt hinausgeflogen, um Menschen lebendig zu verschlingen; er lebte allein mit seiner Mutter. Als der Knabe in das Zimmer trat, sprach er ein Gebet und grüßte dann die Alte. Als die ihn erblickte, rief sie: »Was ist denn das? Früher war bei uns von Russengeruch nichts zu spüren und nichts zu sehen, jetzt aber schmeckt man das Russenfleisch schon auf den Lippen, und es drängt sich einem vor die Augen! Wie steht's denn, guter Gesell, fliehst du ein Abenteuer oder suchst du ein Abenteuer?« »Ich fliehe kein Abenteuer, Großmütterchen, sondern suche ein Abenteuer!« »Wohin gehst du denn?« »Zum heidnischen Drachen.« »Was willst du von ihm?« »Marko der Reiche hat mich zu ihm gesandt, ihn zu fragen, wieviel Geld Marko besitze.« Die Mutter des Drachen antwortete: »Ach, mein Freund, er wird dich fressen! Dazu hat Marko der Reiche dich auch hergesandt. Wenn ich ihn nicht frage aus Mitleid mit dir, so frißt er dich sicher!« Der Knabe fiel auf die Knie und bat zu Füßen der Alten: »Liebes Großmütterchen, laß mich nicht eines bittern Todes sterben! Ich bin wider meinen Willen hierher gesandt!« »Nun, mein Freund, ich will dich nicht ins Unglück stoßen: ich selber werd ihn fragen.« »Dann frag ihn, bitte, auch nach diesem: ich fuhr über das Meer, und der Fährmann setzt schon dreißig Jahre über; wer wird ihn ablösen?« »Ich werd ihn danach fragen.« »Und dann, Großmütterchen, frag noch nach diesem: ich ging über Weg und Steg, da stand eine Säule von Gold und reichte von der Erde bis zum Himmel. Wem wird sie gehören?« »Schon recht«, sagte die Alte, »nur weiß ich nicht, guter Gesell, wo ich dich verstecken soll, damit er dich nicht findet.« Schließlich legte sie ihn unter das Federbett.

Der Drache kam und schnüffelte überall herum. Er war hungrig hergeflogen, hatte niemand verschlungen; und er fragte: »Mütterchen, irgend jemand ist bei dir: es riecht nach Russenfleisch.« »Du bist über die weite Welt geflogen, hast dich mit Russengeruch dort vollgesogen! Willst du Tee trinken, mein Söhnchen?« »Gut, Mütterchen«, sagte er. Sie gab ihm aber Tropfen, die trunken machten, und die taten ihre Schuldigkeit. Er wurde ganz berauscht und fragte: »Mütterchen, hast du nicht noch mehr?« Sie gab ihm noch ein Gläschen, und da packte es ihn ordentlich. Dann fing die Mutter an ihn auszuforschen: »Hör, Söhnchen, was ich dich fragen will.« »Was denn, Mütterchen?« »Dort über jenes Meer setzt ein Fährmann schon dreißig Jahre über, wer wird ihn ablösen?« »Warum mußt du das wissen, Mütterchen?« »Ach, nur so, ich möcht es gern erfahren.« »Marko der Reiche wird ihn ablösen.« »Dann sag mir noch, Söhnchen: wieviel Geld hat Marko der Reiche?« »Warum mußt du das wissen, Mütterchen?« »Ich möcht es gern erfahren.« »Selbst ich vermag es nicht zusammenzuzählen. Er kann mit dem Gelde von seinem Hause auf fünfundzwanzig Werst weit in alle vier Himmelsrichtungen die Erde bedecken.« »Dann sag mir aber noch, Söhnchen: auf dem und dem Wege steht eine Säule von Goldmünzen und reicht von der Erde bis zum Himmel. Wem wird dieser Schatz zu eigen werden?« Der Drache lächelte und sagte: »Nun, Mütterchen, dieses Geld wird schon jemand erhalten ... Marko der Reiche hat ein Pflegekind, dem wird der Schatz zuteil werden.« So sprach er und flog wieder davon, Gott weiß wohin. Die Alte deckte das Federbett auf und ließ den Knaben aufstehn. »Hast du gehört, was der Drache gesagt hat?« »Ja, Großmütterchen, ich hab es gehört.« »Nun, so geh nach Hause.«

Und er ging heimwärts und kam zu der Säule. Die fragte ihn: »Knabe, hast du meinetwegen gefragt?« »Ja.« »Wem werd ich gehören?« »Dem Pflegesohn Marko des Reichen.« Da machte die Säule trrr! und fiel in einen Haufen zusammen. »Jetzt bin ich dein Eigentum geworden«, sagte sie. Er nahm den Schatz aber nicht mit, wühlte nur mit den Armen in ihm herum und ließ ihn liegen bis zu gelegener Zeit. Dann ging er weiter und kam zum Meer. Der Fährmann war da und fragte: »Hast du vom Drachen erfahren, guter Gesell, wer mich ablösen würde?« »Ja.« »Wer ist es denn?« »Marko der Reiche.« Und er kam zu Marko dem Reichen. Marko verlor fast die Besinnung, als er gesund daherkam. Er fragte: »Bist du dorthin gegangen?« »Ja, Väterchen.« »Hast du den heidnischen Drachen gefunden? Hast du gefragt, wieviel Geld ich besitze?« »Ja, ich fragte ihn.« »Ist es viel?« »Ja, in alle vier Richtungen könnt Ihr fünfundzwanzig Werst das Geld einen Zoll hoch aufschütten.« »Nun, das ist schon wahr.«

Die nächste Nacht schliefen sie noch daheim, dann machten sie sich aber auf in ein anderes Land, Ware zu erhandeln. Sie kauften, was sie brauchten. Marko verlud die Ware auf die Wolga und schickte den Pflegesohn mit heim. Er schrieb einen Brief, versiegelte ihn und sagte: »Hier hast du einen Brief an Frau und Tochter; grüß sie von mir, hörst du!« Der Knabe wickelte den Brief in ein Tuch, verwahrte ihn auf der Brust und fuhr die Wolga hinab. Sie legten am Ufer an und begannen ihr Mittag zu bereiten. Der Knabe stieg mit seinen Leuten aus und ging am Ufer die Wolga entlang spazieren. Ein Greis hütete dort seine Herde und rief ihm zu: »Komm her zu mir, guter Gesell!« Er kam heran. »Jetzt nimm heraus, was du dort auf der Brust trägst!« »Väterchen hat in die Heimat einen Brief geschrieben.« »Gib ihn mir nur zu lesen!« »Ja, wie wäre das möglich? Wer wird ihn wieder zusiegeln?« »Ich werd ihn schon versiegeln.« Der Knabe zog den Brief hervor und gab ihn dem Alten. Der nahm ihn, zerriß ihn in kleine Stücke und schrieb einen neuen, wickelte ihn in das Tuch und gab ihn dem Knaben. »Geh mit Gott!« sagte er dazu.

Der Pflegesohn fuhr in seine Heimat, lud die Waren aus dem Lastschiff aus und stapelte sie an dem Ort auf, wo sie hingehörten. Dann zog er den Brief hervor und sagte: »Hier, Mütterchen, der Vater hat Euch einen Brief geschickt.« Sie öffnete den Brief und fing an zu lesen. Da stand mit Markos des Reichen Hand geschrieben, daß man, ohne ihn abzuwarten, den Pflegesohn mit der Tochter trauen solle. Die Mutter rief die Tochter und sagte: »Der Vater hat einen Brief geschickt.« Die Tochter hatte Lesen und Schreiben gelernt, da las sie denn und sagte: »Wenn Väterchen das befohlen hat, so muß es geschehen.« Gleich ging es zur Hochzeit; da brauchte nicht Bier gebraut, noch Schnaps gebrannt zu werden, alles war schon bereit. Man führte das Paar in die Kirche, traute es und brachte es ins Brautbett.

Und gerade zu der Zeit langte Marko der Reiche an. »Frau, wo ist der Pflegesohn?« »Wir haben die beiden eben zum Schlafen in die Vorratskammer gebracht!« »Was soll das heißen?« »Ich hab ihn mit unserer Tochter verheiratet.« Da konnte Marko seinen Grimm nicht zurückhalten, er spuckte der Frau ins Gesicht und schrie: »Was hast du dummes Weibsbild angerichtet?!« Sie zog den Brief hervor und gab ihn Marko. Er schaute hin: es war seine Hand. Aber in dem ersten Brief, den der alte Hirte zerrissen hatte, war geschrieben gewesen, man solle den Pflegesohn nächtlicherweile in die Talgfabrik schicken und alle Kessel mit kochendem Fett vollaufen lassen und sie aufdecken, und daß man den Knaben nachts zur Aufsicht über die Arbeiter ausschicken solle. Er war aber noch nie in der Talgfabrik gewesen, und wenn er dorthingehn würde, müßte er ertrinken, dachte Marko, weil jener ja nicht wußte, wo der Durchgang war. Das alles aber hatte der heilige Nikolaus als Hirte so gefügt.

Darauf holte man das junge Paar vom Lager und fing an zu schmausen. Und der Pflegesohn sagte zum Schwiegervater: »Väterchen, du nennst viel Geld dein eigen, mir aber hat Gott noch mehr gegeben!« Marko der Reiche war habgierig. »Wo ist es denn?« fragte er. Sie spannten drei Paar Pferde an und fuhren davon und kamen an das Meer, wo der Fährmann sie übersetzte. Sie schütteten den Schatz ein und fuhren zurück zur Fähre. Sie setzten über, und der Schwiegersohn lud das Geld aus, Marko aber blieb und mußte den Fährmann ablösen, und nun setzte er dort Leute über. Hier starb er, sein ganzer Reichtum aber wurde seinem Schwiegersohn zuteil, der schaltete darüber und lebte lange in Frieden, mehrte Glück und Freude und wehrte dem Leide.

36. Das Säckchenfülldich

Es diente ein Soldat in St. Petersburg zwölf Jahre. Dann wurde er zum Unteroffizier befördert und auf Urlaub entlassen. Der Zar aber hatte eine Tochter, die immerzu fortlief, und man wußte nicht wohin. Soviel der Zar sich auch Mühe gab, es zu erfahren, es nutzte nichts. Zauberer rief er zu sich, aber es kam nichts dabei heraus.

Als der Unteroffizier entlassen war, ging er in seine Heimat und blieb dort, solange er durfte, dann wurde es Zeit zurückzukehren. Und wie er so dahinwanderte, kam er an einen Sumpf, um den mußte er herum. »Vielleicht geht's auch mitten durch!« dachte er bei sich. Er ging also über den Sumpf und sah, wie drei Waldmänner sich prügelten. Er sagte zu ihnen: »Gott helf euch bei der Prügelei! Um was geht es denn?« »Ach, Soldat, entscheide du, wir warten schon lange auf dich! Drei Dinge haben wir gefunden: Siebenmeilenstiefel, eine Tarnkappe und ein Säckchenfülldich. Wir wissen aber nicht, wie wir teilen sollen.« Der Soldat antwortete: »Nun gut, ich will aus meiner Kronsflinte einen Schuß abgeben, wer dann die Kugel im Sumpf am schnellsten findet, der soll zwei Dinge kriegen.« Er legte an und schoß. Die Waldmänner stürzten der Kugel nach, der Soldat aber zog die Stiefel an, setzte die Tarnkappe auf und sagte: »Säckchen, komm mit mir!« Und er ging fort, während die Waldmänner die Kugel suchten, und wanderte nach Petersburg.

Er marschierte einher und dachte bei sich: »Jetzt will ich der Zarentochter nachspüren.« Er ging zum Hauptmann, aber der jagte ihn fort: »Was fällt dir ein!« sagte er, »willst du in den sicheren Tod?« Er ging zum Bataillonsführer, aber auch der jagte ihn fort. Dann kam er zum Oberst, und der erstattete dem Zaren Bericht. Der Zar ließ den Soldaten rufen: »Kannst du's?« »Zu Befehl, Eure Majestät!« »Na, dann geb ich dir drei Tage Frist! Sauf derweil!« Der Soldat ging auf den Marktplatz, lumpte herum und kehrte nüchtern zum Zaren zurück. »Hast du genug gelumpt?« »Zu Befehl, Eure Majestät!« »Bist du auch nicht besoffen?« »Im Dienst, Eure Majestät?« »Schon gut.« Und er gab ihm ein Zimmer neben seiner Tochter. Durch die kristallene Tür war alles zu sehen, auch ihr Bett. Der Soldat bekam Tee und Schnaps, und Bedienung gab man ihm auch. Als aber die Zarentochter abends an seinem Zimmer vorbeiging, befahl sie: »Gebt dem Soldaten zwölf Flaschen vom besten Schnaps!« Sie brachten ihm den Schnaps, aber er trank nicht soviel, wieviel er ins Säckchen goß. Dann warf er sich hin, stellte sich betrunken und kroch auf allen vieren. Man brachte ihn zu Bett. Mit einem Auge aber schaute er durch die Tür.

Dann kam die Zarentochter zu ihm, rührte ihn an, aber er schnaufte wie ein Betrunkener. Da ging sie in ihr Zimmer und schellte. Ein Diener erschien. »Bring mir zwölf Paar Schuhe!« Die zwölf Paar Schuhe wurden gebracht: ein Paar zog sie an, die übrigen band sie in ein Tuch, nahm sie unter den Arm, öffnete darauf eine Falltür unter dem Bett und verschwand. Der Soldat zog die Siebenmeilenstiefel an, setzte die Tarnkappe auf und machte sich hinterher. Die Zarentochter lief ein Paar Schuhe entzwei, warf sie fort, zog neue an, lief weiter. Der Soldat eilte ihr nach und befahl: »Säckchen, sammle auf!« Und sie kamen in den Kupfergarten. Der Soldat dachte: »Ein Äpfelchen muß man doch pflücken.« Er ging zu dem herrlichen Baum, und graps! hatte er einen Apfel. Plötzlich begannen Saiten zu tönen, Trommeln zu schlagen, alles war in Aufruhr! Die Zarentochter dachte: »Geh ich weiter, so merken sie, wo ich war. Und wie ist dieser Alarm entstanden?« Da kehrte sie um, doch das ganze Dutzend hatte sie abgetragen. Der Soldat warf sich noch vor ihr auf sein Bett und schlief ein.

Am nächsten Tage gedachte die Zarentochter den Soldaten abermals zu bewirten und schickte ihm fünfundzwanzig Flaschen mit fremdländischem Schnaps. Er goß neun Flaschen in den Sack und stellte sich trunken. In der Nacht schaute er wieder durch die kristallene Tür. Die Zarentochter trat zu ihm heran, sah, daß er schlief, und schellte dann dem Diener. Er kam und brachte auf ihren Befehl fünfundzwanzig Paar Schuhe. Sie zog ein Paar an, band die übrigen in ein Tuch und lief davon. Der Soldat hinter ihr her. So kamen sie beide in den Silbergarten. Da wollte der Soldat doch wenigstens einen Apfel pflücken und graps! – zwei in die Tasche. Die Saiten ertönten, und die Zarentochter erschrak. »Man wird mich am Ende noch fangen und sehen, wohin ich gehe. Lieber kehr ich um!« Sie war aber vierundzwanzigtausend Werst gelaufen. Nun kehrte sie um, zog das letzte Paar an und ging heim, der Soldat legte sich aber noch vor ihr in sein Bett. In der dritten Nacht ließ sie sich fünfundvierzig Paar Schuhe bringen, und sie und der Soldat liefen in den Goldgarten. Wieder steckte sich der Soldat einen Apfel in die Tasche. Die Saiten ertönten, die Zarentochter erschrak und lief nach Hause, aber der Soldat kehrte noch vor ihr heim und legte sich schlafen.

Am nächsten Tag schickte ihm die Zarentochter nochmals Wein, aber er tat, als schliefe er fest. Als die Nacht herankam, ließ sich die Zarentochter fünfundsiebzig Paar Schuhe bringen, lief fort, und der Soldat hinter ihr her. Sie liefen durch den Kupfergarten, liefen durch den Silbergarten, liefen durch den Goldgarten und kamen an das Feuermeer, und auf dem Meere stand ein Feuerwagen. Die Zarentochter setzte sich hinein, und der Soldat sprang hinter sie und rief: »Lauf zu, Weißfuß, noch ist's auf dem Hof nicht hell!« Die Zarentochter wunderte sich: wer kann das sein? Sie langten am anderen Ufer an; ein Mann kam hinzu und führte die Zarentochter an der Hand. »Laß uns zu mir in mein Haus gehn, Liebste!« Das Haus mit goldnem Dach stand aber nicht weit davon. Der Soldat folgte ihnen auch dorthin. Das erste Gemach war ein reich geschmückter Saal, den zeigte der Mann der Zarentochter, und sie staunte. Dann führte er sie in das zweite Gemach, das Zimmer für die Kleider. Als sie aber von dort hinausgingen, befahl der Soldat: »Säckchen füll dich!« Und das Säckchen füllte sich mit allen Kleidern. Dann kamen sie in die Kammer für Geschirr. »Hier steht mein goldnes Geschirr, Liebste!« sagte der Mann. Als sie aber in die Vorratskammer gingen, befahl der Soldat wieder: »Säckchen füll dich!« Das Säckchen aber ließ nur die kahlen Wände übrig und nahm ein Ding nach dem andern fort, selbst aus dem Schlafzimmer, das zuletzt drankam.

»Wer war das«, fragte die Zarentochter, »der da sagte, als ich mich in den Wagen setzte: ›Lauf zu, Weißfuß, noch ist's auf dem Hof nicht hell‹?« »Das schien dir nur so, Liebste! Für uns ist es aber Zeit zu heiraten! Komm morgen, dann wollen wir uns trauen lassen.« Die Zarentochter antwortete: »Daß ich mich morgen nur nicht verspäte, denn ein Trunkenbold von Soldat hält bei mir Wache.« Sie ging zum Wagen und der Soldat hinter ihr her. Und als sie abfuhren, sagte er: »Lauf zu, Weißfuß, auf dem Hofe wird's schon hell!« Jener Mann aber ging in das Haus und sah, daß nichts als nur die kahlen Wände übriggeblieben war. Er verwandelte sich in einen sechsköpfigen Drachen und machte sich auf zur Verfolgung, aber das Feuer versengte ihn. Da ging er auf den Balkon seines Hauses, warf sich zu Boden und zersprang.

Die Zarentochter aber hatte alle Schuhe abgetragen, zog das letzte Paar an und eilte nach Hause. Der Soldat jedoch warf sich noch vor ihr auf sein Bett und schlief ein. Am Morgen wurde er nicht geweckt, aber um zwölf Uhr schickte man zu ihm einen General und holte ihn zum Zaren. Und als der Soldat zum Zaren kam, fragte ihn der: »Hast du meiner Tochter nachgespürt?« »Ja; erlaubt mir aber, im Palast fünf Zimmer ausräumen zu lassen!« Und als das getan war, sagte er: »Befehlt die Senatoren zu versammeln.« Das geschah, und dann erzählte er: »Das erstemal kam ich bis zum Kupfergarten.« »Hast du aber auch ein Äpfelchen mitgebracht?« fragte der Zar. »Hier, Eure Majestät!« Er zog einen kupfernen Apfel heraus und überreichte ihn. »In der zweiten Nacht war ich im Silbergarten.« »Hast du aber auch ein Äpfelchen mitgebracht?« »Hier, Eure Majestät!« Und er überreichte einen silbernen Apfel. »In der dritten Nacht war ich im Goldgarten.« »Hast du aber von dort kein Äpfelchen mitgebracht?« »Hier, Eure Majestät!« Und er überreichte einen goldenen Apfel. »In der vierten Nacht fuhr ich auf einem Feuerwagen über das Feuermeer. He, Säckchen, leer dich!« Da fielen aus dem Säckchen Teppiche, Geschirr und Kleider heraus und alles, was dort über dem Meer dem Drachen gehört hatte. »Na, Soldat«, sagte der Zar, »du hast wahr gesprochen: hast ihr nachgespürt. Was willst du denn jetzt mit meiner Tochter machen?« »Ja, was denn? Befehlt Ihr, Majestät, sie aufzuhängen, so häng ich sie, befehlt Ihr, sie zu erschießen, erschieß ich sie, befehlt Ihr, sie zu heiraten, heirat ich sie.« »Na, dann heirate sie, Soldat!« sagte der Zar. Und das tat jener auch.

37. Iwanko Bärensohn

In einem Dorfe lebte einst ein reicher Bauer mit seiner Frau. Eines Tages ging sie in den Wald Pfifferlinge suchen, verirrte sich und geriet in ein Bärenlager. Der Bär behielt sie bei sich, und über lang oder kurz genas sie von ihm eines Sohnes: bis zum Gürtel ein Mensch, vom Gürtel ab ein Bär; und die Mutter nannte ihren Sohn Iwanko Bärensohn.

Die Jahre vergingen. Iwanko Bärensohn wuchs heran und bekam Lust, mit seiner Mutter ins Dorf zu den Menschen zurückzukehren. Sie warteten, bis der Bär auf die Honigsuche gegangen war, machten sich zur Flucht bereit und rannten davon. Sie liefen und liefen und fanden endlich heim. Der

Bauer erkannte sein Weib und ward froh, denn er hatte nicht gedacht, daß sie jemals wieder nach Hause zurückkehren würde. Dann schaute er aber auf ihren Sohn und fragte: »Was ist denn das für ein Ungetüm?« Die Frau erzählte ihm alles, wie es gewesen war; wie sie mit dem Bären im Lager gelebt und mit ihm einen Sohn gezeugt hatte: bis zum Gürtel ein Mensch, vom Gürtel ab ein Bär. »Na, so geh auf den hinteren Hof, Iwanko Bärensohn!« sagte der Bauer, »und schlachte ein Schaf; man muß euch ein Mittagessen herrichten.« »Welches soll ich denn schlachten?« »Nun, meinetwegen dasjenige, das dich zuerst ansehen wird.« Iwanko Bärchen nahm ein Messer und ging auf den hinteren Hof, und sowie er auf die Schafe einschrie, glotzten sie ihn alle an. Bärchen schlachtete sie allesamt, zog ihnen das Fell ab und ging fragen, wo er das Fleisch und die Felle verwahren solle. Da brüllte der Bauer auf ihn ein: »Was? ich hab dir doch befohlen, ein einziges Schaf zu schlachten, und du hast sie alle umgebracht?!« »Nein, Väterchen! Du hast mir befohlen, dasjenige zu schlachten, das mich zuerst ansehen würde; ich ging auf den hinteren Hof, und da glotzten sie mich alle an; es stand ihnen doch frei, mich anzusehen oder nicht.« »Ach, was bist du für ein Schlaukopf! Jetzt geh und trag das Fleisch und die Felle auf den Speicher; in der Nacht aber mußt du die Tür zum Speicher bewachen, damit die Diebe nichts stehlen und die Hunde nichts fressen.« »Gut, ich werd sie bewachen.«

Wie mit Absicht kam in dieser Nacht ein Gewitter auf, und es regnete gewaltig. Iwanko Bärensohn brach die Tür des Speichers auf, trug sie in die Badstube und blieb dort über Nacht. Dunkel war's und den Dieben grad recht; der Speicher stand offen, kein Wächter dabei; nimm, soviel du willst! Am Morgen erwachte der Bauer und ging nachschauen, ob alles in Ordnung sei: da war aber alles wie fortgeblasen; teils hatten die Hunde es gefressen, teils hatten die Diebe es gestohlen. Er suchte seinen Wächter, fand ihn in der Badstube und schimpfte ihn ärger aus als das erstemal. »Ach, Väterchen, worin bin ich denn schuldig?« fragte Iwan Bärensohn, »du hast mir doch selbst befohlen, die Tür zu hüten, das hab ich auch getan. Hier ist sie, weder haben die Diebe sie gestohlen, noch die Hunde gefressen!« »Was soll ich mit dem Esel anfangen?« dachte der Bauer, »lebt er noch ein, zwei Monate bei mir, wird er mich ganz zugrunde richten! Wie könnt ich ihn wohl loswerden?«

Er fing an nachzusinnen; und am andern Morgen schickte er Iwanko Bärchen zum See, aus Sand Stricke zu winden; in dem See aber lebten eine Menge Teufel: »die mögen ihn in die Tiefe ziehen!« Iwanko Bärchen begab sich an den See, setzte sich am Ufer nieder und begann aus Sand Stricke zu winden. Plötzlich sprang aus dem Wasser ein Teufelchen hervor und rief: »Was machst du da, Bärensohn?« »Nun, was denn! Ich mache Stricke; will den See aufwühlen, daß sich die Teufel krümmen, weil ihr in unseren Gewässern lebt, aber keine Abgaben zahlt.« »Wart ein wenig, Bärensohn! Ich will zum Großväterchen laufen und es ihm sagen!« und mit diesen Worten plumpste es ins Wasser.

Fünf Minuten danach sprang es wieder hervor: »Großväterchen hat gesagt: besiegst du mich im Wettlauf, wollen wir Abgaben zahlen, unterliegst du aber, befahl er, dich selbst in die Tiefe zu ziehen.« »Schau mal den Flinken an! Wie willst du mich denn überholen?« meinte Iwanko Bärensohn. »Ich hab ja ein Enkelchen, gestern ist es erst geboren, und selbst das wird dich überholen! Willst du dich nicht mit ihm messen?« »Wer ist denn das, dein Enkelchen?« »Dort unter dem Baumstamm liegt es«, antwortete Bärensohn und schrie und trieb den Hasen auf: »Ei, Häschen, verdirb mir nicht das Spiel!« Der Hase rannte blindlings davon ins freie Feld und war im Nu aus den Augen. Das Teufelchen wollte hinter ihm her, aber was half's? eine halbe Werst blieb es zurück. »Wenn du willst, kannst du jetzt mit mir um die Wette laufen«, sagte Bärensohn, »aber, Bruder, nur unter der Bedingung: bleibst du zurück, prügle ich dich zu Tode!« »Was fällt dir ein!« rief das Teufelchen und plumpste ins Wasser.

Bald darauf sprang es wieder hervor und brachte Großväterchens eiserne Krücke mit. »Großväterchen hat gesagt: wirfst du diese Krücke höher als ich, so werden wir Abgaben zahlen.« »Nun, so wirf du zuerst!« Das Teufelchen warf die Krücke so hoch, daß sie kaum noch zu sehen war; mit furchtbarem Getöse sauste die Krücke herunter und bohrte sich bis zur Hälfte in die Erde. »Jetzt wirf du!« Bärensohn legte die Hand auf die Krücke, aber bewegen konnte er sie nicht. »Wart ein wenig«, sagte er, »gleich kommt eine Wolke vorbei, auf die werf ich sie hinauf!« »Halt, nein! Was soll Großväterchen ohne Krücke machen?« rief das Teufelchen, packte des Satans Krücke und sprang rasch ins Wasser.

Ein wenig später kam es wieder hervor und rief: »Großväterchen hat gesagt: kannst du jenes Pferd auch nur ein einziges Mal mehr als ich rund um den See tragen, wird er Abgaben zahlen, kannst du's nicht, so mußt du selbst ins Wasser.« »Das ist mir ein Kunststück! Fang an!« Das Teufelchen lud sich das Pferd auf den Rücken und schleppte es rund um den See; zehnmal trug er es herum und wurde müde, der Verdammte, der Schweiß lief ihm nur so von der Schnauze! »Nun bin ich an der Reihe!« sagte Iwanko Bärensohn, saß rittlings auf und trabte um den See herum; so lange ritt er, bis das Pferd zusammenbrach! »Was, Bruder, gefällt dir's?« fragte er das Teufelchen. »Nun ja«, antwortete der unsaubere Geist, »du hast länger als ich getragen, und noch wie? zwischen den Beinen! So könnt ich's nicht ein einziges Mal herumtragen! Wieviel Abgaben sollen wir dir denn zahlen?« »Ach, nur so viel: schütt meine Mütze voll Gold und dien mir ein Jahr als Arbeiter, dann will ich zufrieden sein.« Das Teufelchen rannte nach Gold, Iwanko Bärensohn aber schnitt den Boden aus dem Hut heraus und stellte ihn über eine tiefe Grube. Das Teufelchen trug und trug das Gold herbei, schüttete und schüttete es in den Hut, arbeitete den ganzen Tag, aber erst am Abend war der Hut gefüllt. Iwanko Bärensohn nahm sich einen Wagen, belud ihn mit den Goldstücken und ließ ihn vom Teufelchen heimfahren. »Nun freu dich, Väterchen! Hier hast du einen Arbeiter, und hier hast du auch Gold!«

38. Der verzauberte Lindenbaum

Eines Abends saß Wanjuschka bei seinem Großvater und fragte ihn: »Warum gleichen die Bärentatzen unseren Händen und Füßen?« Antwortete ihm der Großvater: Hör zu, Wanjuschka! Was ich selbst von alten Leuten gehört hab, das will ich dir erzählen. Die alten Leute sagten: die Bären waren einmal ebensolche Menschen wie wir rechtgläubigen Christen. In einem Dorf aber lebte einst ein Tagelöhner. Sein Häuschen war elend schlecht, ein Pferd hatte er nicht, eine Kuh erst recht nicht, und kein Brennholz fand sich mehr bei ihm. Der Winter kam heran, in der ungeheizten Stube ward es kalt. Der Tagelöhner nahm ein Beil und ging in den Wald. Dort fiel sein Blick gerade auf den verzauberten Lindenbaum. Er klopfte mit dem Beil an den Stamm und wollte schon anfangen einzuhauen. Da sprach aber die Linde mit menschlicher Stimme: »Alles, was du nur willst, geb ich dir. Fehlt dir Reichtum, fehlt dir ein Weib, alles sollst du haben!« Der Bauer antwortete: »Gut wär's, Mütterchen, wenn du mich reicher als alle Hofbauern machen würdest, denn ich hab keine Kuh und kein Pferd, und das Häuschen ist schlecht!« Die Linde antwortete: »Geh nur nach Hause! Alles wird dir zuteil!« Der Bauer geht heim und sieht: sein Haus ist neu geworden, die Zäune sind aus Balken, die Rosse so mutig, als ob sie fliegen wollten, und die Scheuern sind voller Korn. Nur eines noch fehlte dem Tagelöhner: sein Weib war nicht hübsch. Was tun? »Ich geh zum Mütterchen Linde!« Er nahm sein Beil mit und ging in den Wald.

Er kam zur Linde und schlug mit dem Beil an den Stamm. »Was willst du?« »Mütterchen Linde! Die andern haben Weiber, wie sie sein sollen, aber meine taugt gar nichts. Sei doch so gut und gib mir ein hübsches Weib.« Die Linde antwortete: »Geh nur nach Hause!« Der Tagelöhner geht heim; sein Weib erwartet ihn und schaut so schön aus, wie Milch und Blut; und die Kammern sind gefüllt mit Vorräten aller Art! Nun fing der Tagelöhner an mit seinem jungen Weibe zu hausen, dachte aber doch im stillen: »Gut lebt sich's als reicher Mann, aber der Obrigkeit sind wir doch untertan! Ob ich nicht selbst zur Obrigkeit gehören kann?« Er beriet sich mit seiner Frau und ging wieder zur verzauberten Linde.

Er kam in den Wald und schlug mit dem Beil gegen den Stamm. Die Linde fragte: »Was willst du, Bauer?« »Nur dies, Mütterchen Linde: uns geht's zwar gut als reichen Leuten, aber wir stehen doch unter der Obrigkeit; kann ich denn nicht selbst Dorfschulze sein?« »Gut, geh nur nach Hause, alles soll dir zuteil werden!« Kaum war der Tagelöhner heimgekehrt, kam schon die Verfügung: »Der Tagelöhner soll Dorfschulze sein.« Er lebte sich ein als Schulze und dachte bei sich: »Bequem hat man's schon als Dorfschulze, aber dem Gutsherrn ist man doch untertan. Ob ich denn nicht selbst Gutsherr werden kann?« Er bedachte sich's, hielt Rat mit seiner Frau und ging wieder zum Lindenbaum.

Er kam hin und schlug mit dem Beil an den Stamm. Die Linde fragte: »Was willst du?« »Dank dir für alles, Mütterchen Linde! Aber muß ich denn vor dem Gutsherrn immer die Mütze ziehen? Kann ich denn nicht selbst ein Herr sein?« »Was soll ich nur mit dir anfangen? Geh nur nach Hause, sollst alles haben!« Kaum war er heimgekehrt, da kam der Gouverneur angefahren und brachte vom König die Ernennung: »Er soll Edelmann sein.« Fein war's als Edelmann; er gab Gelage und Bankette. So lebte sich's gut, aber noch war er ohne Rang! Könnte man nicht Beamter werden? Sie bedachten sich und berieten sich.

Der Bauer kam zur Linde und schlug mit dem Beil gegen den Stamm. »Was willst du, Bäuerlein?« »Für alles dank ich dir, Mütterchen. Aber kann ich denn nicht Beamter sein?« »Na, so geh nur nach Haus!« Kaum war er heimgekehrt, so war der Befehl vom König da: ein hohes Amt erhielt er. Gut lebte sich's nun als Beamter, aber dem Gouverneur war er doch noch untergeben. Könnte man nicht Gouverneur werden? Er beriet sich mit seiner Frau und ging in den Wald zum verzauberten Lindenbaum.

Er kam hin und schlug mit dem Beil an den Stamm. Da sprach die Linde: »Was brauchst du, Bäuerlein?« »Dank dir, Mütterchen Linde, für alles. Aber kann ich denn nicht selbst Gouverneur sein und ein reiches Erbgut haben?« »Schwer geht's zu machen. Aber was soll ich mit dir anfangen? Geh nur nach Hause.« Kaum war der Tagelöhner heimgekehrt, so kam ein Befehl: »Der Tagelöhner soll Gouverneur sein und ein reiches Erbgut haben.« Er lebte sich ein als Gouverneur, als ob er nie ein Bauer gewesen wäre. Gut ging es ihm, aber dem König war er doch untertan. Er überlegte sich's und ging in den Wald zum verzauberten Lindenbaum.

Er kam hin und schlug mit dem Beil gegen den Stamm. Die Linde fragte: »Was willst du?« »Alles ist gut; dank dir dafür! Aber kann ich denn nicht selbst der König sein?« Die Linde begann ihm zuzureden: »Um was bittest du, Unsinniger? Bedenk, was du warst und was du bist. Aus dem Tagelöhner bist du ein vornehmer Mann geworden; den König aber wählt Gott selber!« Die Linde redete ihm auf alle Weise zu, daß er nicht um Größeres bitten solle, sonst würde er alles verlieren. Der Tagelöhner ließ aber nicht nach, blieb hartnäckig dabei, sie solle ihn zum König machen. Die Linde aber sprach zu ihm: »Das kann ich nicht tun, und es wird nicht sein; du wirst aber auch das Letzte verlieren!« Doch der Tagelöhner gab nicht nach. Da sprach die Linde: »Werde du ein Bär und dein Weib eine Bärin!« Und er ward ein Bär und sein Weib eine Bärin. Und so sind die Bären entstanden.

Da fragte der Enkel: »Großvater, ist denn das wirklich wahr?« »Natürlich ist das ein Märchen; aber was unmöglich ist, das sollst du nicht wünschen; sei mit wenigem zufrieden. Wünschest du dir allzuviel, verlierst du auch das Letzte.«

39. Baldak Borisjewitsch

In der ruhmreichen Stadt Kijew, beim Zaren Wladimir, versammelten sich die Fürsten und die Bojaren und die riesenstarken Recken zum Ehrenmahl. Wladimir, der Zar, hub an zu reden und sprach: »Wohlan, meine Kinder, schart euch, versammelt euch um einen Tisch!« Sie setzten sich an einen Tisch, aßen, bis sie halb gesättigt waren, tranken, bis sie halb betrunken waren, und dann sprach Wladimir, der Zar: »Wer erweist mir wohl einen großen Dienst: reitet durch dreimal neun Länder in das dreimal zehnte Reich, zum Türkensultan, sein goldmähniges Roß, den edlen Renner, zu entführen, den märchenerzählenden Kater zu töten, dem Türkensultan selbst in die Augen zu spucken?« Da meldete sich der kühne Held Ilja-Muromez, Sohn des Iwan.

Der Zar Wladimir hatte aber eine Lieblingstochter; sie sprach zu ihm diese Worte: »Wohlan, mein Väterchen, Wolodimir-Zar! Mag sich Ilja-Muromez, Sohn des Iwan, seiner Taten auch rühmen, wird er den Dienst, den du forderst, doch nicht vollbringen! Entlaß, mein Väterchen, die zechenden Helden; geh hin und such in deiner Stadt in den zarischen Schenken den jungen Baldak, den Sohn des Boris, den Siebenjährigen.« Und der Zar gehorchte seiner Tochter, ging hin und suchte den jungen Baldak, den Sohn des Boris, und fand ihn in der Schenke, er schlief unter der Bank. Mit der Stiefelspitze stieß ihn an Wolodimir, der Zar; davon erwachte Baldak aus dem Schlaf und sprang in die Höhe, als wenn nichts geschehen wäre. »Sag an, Wolomir-Zar, wozu bedarfst du meiner?« Da gab ihm zur Antwort Wolodimir, der Zar: »Zum Ehrenmahle lad ich dich ein.« »Nicht würdig bin ich, zum Mahle zu gehen: in den Schenken besauf ich mich, unter den Füßen da wälz ich mich.« Doch Wladimir, der Zar, sprach diese Worte zu ihm: »Ruf ich dich zum Mahle, so mußt du gehn; zu großen Dingen wirst du gebraucht.« Da schickte ihn der junge Baldak, der Sohn des Boris, aus der Schenke fort in die Zarengemächer zurück und sagte, er komme gleich hinterher.

Baldak blieb allein in der Schenke, ernüchterte sich mit Branntwein, soviel er dessen bedurfte, und ging unangemeldet zum Zaren Wladimir. Er schlug das Kreuz, wie die Schrift es verlangt, und verneigte sich, wie es Brauch ist; nach allen Seiten verneigte er sich, vor dem Zaren jedoch insbesondere. »Ich grüße dich, Wolodimir-Zar! Weshalb hast du mich gerufen?« Da antwortete ihm Wolodimir-Zar: »Wohlan, du junger Baldak, Sohn des Boris! Leiste mir einen großen Dienst: geh hin durch dreimal neun Länder in das dreimal zehnte Reich zum türkischen Sultan; sein goldmähniges Roß, das führ ihm fort, töte den märchenerzählenden Kater und spucke dem Türkensultan selbst in die Augen. Nimm mit dir so viele Krieger, wie du brauchst, nimm mit dir soviel Gold, wie du willst!« Da antwortete Baldak, der Jüngling, und sprach: »Wohlan, Zar Wolodimir, gib mir nur neunundzwanzig kühne Burschen zum Geleit, ich selber werde der dreißigste sein.«

Rasch wird das Märchen erzählt, langsam die Tat getan. Baldak, der Jüngling, der Sohn des Boris, machte sich auf über Weg und Steg zum türkischen Sultan; er wußte es abzupassen und langte um Mitternacht an. Er ging in den Hof des Sultans, führte das goldmähnige Roß aus dem Stall, den edlen Renner, fing den märchenerzählenden Kater, zerriß ihn in zwei Hälften und spuckte dem Sultan selbst in die Augen.

Der Türkensultan besaß einen Garten, den liebte er sehr; drei Werst war er lang, allerlei Bäume waren dort gepflanzt, allerlei Blumen waren dort gezogen. Der junge Baldak, Sohn des Boris, befahl den Gefährten, den neunundzwanzig kühnen Burschen, den ganzen Garten zu zerstören; er selber holte Feuer und brannte alles bis aufs letzte nieder und schlug dreißig weiße Zelte auf aus feinem Leinen. Am Morgen früh erwachte der türkische Sultan vom Schlaf; sein erster Blick galt dem Garten, den er liebte. Und als er hinschaute, da sah er, daß alle Bäume gefällt waren und verbrannt, und daß im Garten dreißig weißleinene Zelte standen. »Wer mag da wohl hergeritten sein?« dachte der Sultan, »ein Zar oder ein Zarensohn, ein König oder ein Königssohn oder ein riesenstarker Recke?« Und der Sultan rief mit lauter Stimme nach seinem Lieblingspascha, ließ ihn zu sich kommen und sprach zu ihm diese Worte: »Es steht nicht wohl in meinem Reich! Erwartet hab ich den russischen Bösewicht, den jungen Baldak, den Sohn des Boris; jetzt aber ist zu mir geritten ein Zar vielleicht oder ein Zarensohn, ein König oder ein Königssohn oder ein riesenstarker Recke, ich weiß es nicht, und wie ich's erfahren soll, vermag ich nicht zu erraten.« Da kam des türkischen Sultans älteste Tochter hinzu und sprach zu ihrem Vater: »Worüber beratet ihr und wißt euch nicht zu helfen? Ach, du mein Väterchen, türkischer Sultan, gib mir deinen Segen und befiehl im ganzen Reich neunundzwanzig Jungfrauen zusammenzusuchen, die schönsten von allen! Ich werde die dreißigste sein und in den leinenen Zelten eine Nacht verbringen und euch den Schuldigen herausfinden.« Der Vater war damit einverstanden, und die Tochter ging zu den Zelten mit ihren neunundzwanzig Jungfrauen: schönere als sie gab es im ganzen Reich nicht mehr!

Der junge Baldak, Sohn des Boris, trat zu ihnen hinaus, faßte die Sultanstochter bei den weißen Händen und rief mit seiner starken Stimme: »Heda, ihr kühnen Burschen und Kameraden! Nehmt die schönen Mädchen bei den Händen, führt sie in eure Zelte und tut mit ihnen, was ihr wohl versteht!« Und sie schliefen beieinander eine Nacht; am Morgen kehrte die älteste Tochter zum türkischen Sultan zurück und sprach zu ihm: Wohlan, mein liebes Väterchen, befiel nun allen dreißig kühnen Burschen, aus den weißleinenen Zelten zu dir ins Haus zu kommen; ich selber werde dir den Schuldigen zeigen.« Sogleich schickte der Sultan seinen Lieblingspascha zu den Zelten, er solle herrufen und vor ihn fordern den jungen Baldak, den Sohn des Boris, mit allen seinen Gefährten. Da traten die dreißig kühnen Burschen aus den Zelten: alle von gleichem Aussehen wie leibliche Brüder, von gleichem Haar, von gleicher Stimme! Und sie sprachen zum Gesandten: »Kehre zurück, wir kommen bald nach dir!«

Aber Baldak, der Jüngling, der Sohn des Boris, fragte seine Gefährten: »Ist nicht irgendein Zeichen an mir? Schaut überall nach!« Und sie fanden an ihm: die Beine bis zu den Knien in Gold, die Arme bis zu den Ellenbogen in Silber. »Schlau ist sie, aber wie sollt ich das nicht erraten!« sagte Baldak und machte allen seinen Gefährten dasselbe Zeichen: die Beine bis zu den Knien in Gold, die Arme bis zu den Ellenbogen in Silber; und dann befahl er ihnen, Handschuhe anzuziehen und sprach: »Keiner soll sie ohne meinen Befehl abziehen, wenn wir in das Haus zum türkischen Sultan kommen.« Sie gingen zum Sultan und traten in das Haus. Die älteste Tochter kam ihnen entgegen und erkannte den Schuldigen, den jungen Baldak, den Sohn des Boris. Baldak aber sprach zu ihr: »Woran erkennst du mich, was sind deine Beweise?« Antwortete ihm des Sultans älteste Tochter: »Zieh vom Fuß den Stiefel und von der Hand den Handschuh, dort hab ich meine Zeichen angebracht: die Beine bis zu den Knien in Gold, die Arme bis zu den Ellenbogen in Silber.« »Gibt es denn bei uns solcher Burschen nicht noch mehr?« und der junge Baldak befahl seinen Gefährten: »Zieht alle einen Stiefel von den Füßen und einen Handschuh von der Hand!« Da sah man: das Zeichen, das er hatte, fand sich auch bei allen andern, und in den Gemächern leuchtete es hell auf! Der türkische Sultan jedoch war voller Güte, und seiner Tochter glaubte er nicht: »Du lügst! Ich brauche nur *einen*

Schuldigen, nach dir sind es aber alle dreißig!« Und der Türkensultan befahl: »Schert euch alle fort!«

Er betrübte sich aber noch mehr und grämte sich noch mehr, fing an nachzudenken und mit dem Lieblingspascha zu beraten, wie man den Schuldigen herausfinden könnte. Da kam des Sultans zweite Tochter zur Beratung und sprach: »Gib mir, Väterchen, neunundzwanzig Jungfrauen, ich selbst werde die dreißigste sein; mit ihnen geh ich zu den weißleinenen Zelten, verbring in den Zelten eine Nacht und find euch den Schuldigen heraus.« Gesagt – getan. Am nächsten Morgen rief der türkische Sultan den jungen Baldak, den Sohn des Boris, zu sich in den Palast, rief ihn samt den Gefährten durch seinen Lieblingspascha. Und Baldak antwortete wie vordem: »Kehre zurück, wir kommen bald!« Kaum war der Pascha fortgegangen, da rief Baldak mit starker Stimme: »Kommt heraus aus den Zelten, alle meine Gefährten, ihr neunundzwanzig kühnen Burschen! Schaut nach, ist nicht ein Zeichen an mir?« Sofort eilten sie aus den Zelten und fanden auf seinem Haupte goldene Haare. Da sprach der junge Baldak, Sohn des Boris: »Schlau ist sie, aber wie sollt ich das nicht erraten!« Er machte allen Gefährten die gleichen goldnen Haare, befahl ihnen, die Mützen über die verwegenen Köpfe zu ziehen und sprach: »Keiner soll sie ohne meinen Befehl abziehen, wenn wir in des türkischen Sultans Gemächern weilen werden.« Als darauf Baldak, der Jüngling, mit seinen Gefährten in die Gemächer eintrat, sprach der Sultan zu seiner zweiten Tochter: »Errate, liebe Tochter, wer der Schuldige ist.« Sie wußte es aber ganz gewiß, denn sie hatte eine Nacht mit ihm geschlafen; sie ging ohne Zögern auf Baldak, den Jüngling, zu und sagte: »Hier ist der Schuldige!« Antwortete darauf Baldak, der Sohn des Boris: »Woran erkennst du mich, was sind deine Beweise?« »Nimm die Mütze vom Kopf, ich hab dir ein Zeichen gemacht: es sind goldene Haare.« »Aber gibt es denn bei uns solcher Burschen nicht noch mehr?« und der junge Baldak befahl seinen Gefährten, die Mützen abzuziehen: bei allen fand sich das Zeichen, und in den Gemächern leuchtete es hell auf! Der türkische Sultan ward zornig auf seine zweite Tochter und rief: »Unrecht hast du! Ich brauche nur *einen* Schuldigen, nach dir sind es aber alle!« und er befahl: »Schert euch aus den Gemächern hinaus!«

Noch mehr jedoch denn zuvor betrübte und grämte sich der türkische Sultan. Da kam seine dritte, jüngste Tochter zu ihm, schalt auf die älteren Schwestern und bat den Vater gar sehr: »Mein liebes Väterchen, befiehl neunundzwanzig Jungfrauen für mich auszusuchen, wie's keine schöneren im ganzen Reiche gibt; ich selbst werde die dreißigste sein und dir den Schuldigen herausfinden.« Der Sultan erfüllte die Bitte der jüngsten Tochter. Sie machten sich auf zu den Zelten, die Nacht dort zu verbringen. Der junge Baldak, Sohn des Boris, sprang hervor aus seinem Zelt, faßte die Sultanstochter bei den weißen Händen und führte sie zu sich hinein; seinen kühnen Burschen aber rief er mit starker Stimme zu: »Nehmt die schönen Mädchen bei den Händen und führt sie in eure Zelte!« Die Mädchen schliefen dort die Nacht, und am Morgen gingen sie nach Hause. Dann schickte der Sultan seinen Lieblingspascha nach den kühnen Burschen. Der Gesandte ging hin zu den weißleinenen Zelten und rief den jungen Baldak und seine Gefährten in die Gemächer zum Sultan. »Kehre zurück, wir kommen bald nach dir!« Und Baldak, der Jüngling, sprach zu seinen Gefährten: »Nun, Kinder, schaut nach, ist nicht vielleicht ein Zeichen an mir?« Überall sahen sie nach, überall schauten sie hin, aber konnten nichts finden. »Ach, Brüder, jetzt bin ich gewißlich verloren!« Und Baldak, der Junge, bat sie, den letzten Dienst ihm zu leisten; er gab einem jeden einen scharfen Säbel und befahl, ihn unter den Kleidern zu tragen: »Aber sowie ich ein Zeichen gebe, haut nach allen Seiten!«

Als sie zum Türkensultan kamen, trat die jüngste Tochter hervor und zeigte auf den jungen Baldak: »Hier ist der

Schuldige! Er hat einen goldnen Stern unter der Ferse.« Und auf dieses Wort hin fand man an ihm unter der Ferse den goldenen Stern. Der türkische Sultan schickte die neunundzwanzig kühnen Burschen aus seinen Gemächern hinaus, hieß allein den Schuldigen bleiben, den jungen Baldak, den Sohn des Boris, und schrie ihn an mit lauter, gewaltiger Stimme: »Wenn ich dich nun packe und auf eine Hand setze und mit der anderen dich zusammendrücke, bleibt nicht mehr von dir übrig als ein nasser Fleck!« Antwortete ihm darauf Baldak, der Jüngling: »Wohlan, türkischer Sultan! Dich fürchteten die Zaren und Zarensöhne, die Könige und die Königssöhne und die riesenstarken Recken, ich aber, ein siebenjähriger Knabe, fürchtete dich nicht: hab dein goldmähniges Roß entführt, den edlen Renner, hab den märchenerzählenden Kater getötet, hab dir, Sultan, in die Augen gespuckt, und endlich noch den Garten, den du liebtest, verwüstet und verbrannt!« Da ergrimmte der Sultan noch mehr als zuvor, befahl seinen Dienern, auf dem Marktplatz zwei eichene Säulen zu errichten, mit einem Querbalken aus Ahorn und an den Balken drei Schlingen zu binden: die erste von Seide, die zweite von Hanf, die dritte von Bast, und ließ in der ganzen Stadt verkünden, daß sich alt und jung auf dem Platze versammeln solle, um zuzuschauen, wie man den russischen Bösewicht hängen werde. Doch der Türkensultan selber setzte sich in einen leichten Wagen und nahm den Lieblingspascha und die jüngste Tochter mit, die den Schuldigen entdeckt hatte; Baldak, den Jüngling, aber banden sie und schlugen ihn in Ketten und legten ihn dem Sultan zu Füßen; dann fuhren sie zu den eichenen Säulen.

Auf dem Wege begann der junge Baldak zu reden und sprach: »Rätsel will ich aufgeben, du aber, türkischer Sultan, errate sie: »Sicher läuft das Pferd, was schleppt es den Schwanz hintennach?« »Du bist wohl von Sinnen?« sagte der Sultan, »das Pferd kommt schon zur Welt mit dem Schwanz.« Sie fuhren ein wenig weiter, und wieder sprach Baldak: »Das

Roß die vorderen Räder zieht, warum wohl der Teufel die hinteren zieht?« »Welch ein Dummkopf! Im Angesicht des Todes ist er toll geworden, schwatzt dummes Zeug zusammen! Vier Räder machte der Meister, nun rollen auch viere dahin.« Sie kamen auf den Marktplatz und stiegen aus dem Wagen; sie lösten Baldak die Fesseln, nahmen ihm die Ketten ab und führten ihn zum Galgen. Der junge Baldak, der Sohn des Boris, bekreuzigte sich, nach allen vier Seiten verbeugte er sich und rief mit starker Stimme: »Hör mich an, türkischer Sultan! Laß mich noch nicht hängen, laß ein Wort mich reden!« »Sprich, was willst du?« »Ich hab ein Geschenk meines Vaters, eine Gabe meiner Mutter – ein Horn zum Blasen. Erlaube mir darauf zu blasen in dieser meiner letzten Stunde: mich zu getrösten, euch zu erfreuen!« »Blase nur in deiner letzten Stunde!« Der junge Baldak ließ es fröhlich erklingen, und allen verkehrte sich der Verstand; sie schauten auf ihn und hörten ihm zu und vergaßen, weshalb sie gekommen, und dem Sultan gehorchte die Zunge nicht mehr.

Da hörten die neunundzwanzig kühnen Burschen das Horn erschallen, drängten sich aus den hintersten Reihen nach vorn und hieben ein auf das Volk mit scharfen Säbeln. Baldak, der Jüngling, blies so lange, bis die kühnen Burschen, seine Gefährten, alles Volk zu Boden geschlagen hatten und bis zum Galgen durchgedrungen waren. Da hörte Baldak, der Sohn des Boris, mit Blasen auf und sprach zum türkischen Sultan das letzte Wort: »*Du* bist wohl von Sinnen! Wende dich um und schau zurück: meine Gänse, sie rupfen nun deinen Weizen!« Der Türkensultan kehrte sich um: sein Volk getötet, die Erde gerötet! Nur drei beim Galgen waren sie noch: der Sultan, die Tochter und der Lieblingspascha. Der junge Baldak befahl seinen kühnen Burschen, den Sultan mit der seidenen Schlinge zu hängen, den Pascha mit der aus Hanf und die Tochter mit der aus Bast. Und damit hatten sie ihr Werk vollbracht und machten sich auf nach Kijew, in die ruhmreiche Stadt zum Zaren Wladimir.

40. Der Soldat und sein Ranzen

Ein Soldat hatte seinen Dienst beendet, ging nun seines Weges und dachte bei sich: »Nun hab ich dem Zaren fünfundzwanzig Jahre gedient, aber nicht einmal fünfundzwanzig Rüben als Lohn dafür erhalten, und auf dem Ärmel hab ich nicht eine einzige Tresse!« Da erblickte er einen alten Mann, der ihm entgegenkam. Als der Alte herangekommen war, fragte er: »Worüber grübelst du, Soldat?« »Ich muß daran denken, daß ich dem Zaren fünfundzwanzig Jahre gedient und nicht einmal fünfundzwanzig Rüben als Lohn erhalten und nicht eine einzige Tresse auf dem Ärmel hab!« »Was brauchst du denn also?« »Wenn ich doch wenigstens lernen könnte, alle im Kartenspiel zu übertreffen, und außerdem sollte mich niemand beleidigen dürfen.« »Gut, ich geb dir Karten und einen Ranzen: niemand wird dir im Spiel etwas abgewinnen und niemand wird dich beleidigen.«

Der Soldat erhielt vom Alten die Karten und den Ranzen und ging weiter. Er kam in ein Dorf und bat um ein Nachtlager. Da sagten die Leute zu ihm: »Bei uns ist es freilich eng, aber dort in jenem neuen Hause kannst du nicht übernachten.« »Warum denn nicht?« »Ja, es geht eben nicht.« »Wollt ihr mich in das Haus lassen?« »Geh nur hinein.« Der Soldat kaufte sich eine Kerze und eine Flasche Schnaps, ging in das Haus hinein und machte sich's bequem. Er saß da und mischte seine Karten, trank ein Gläschen und legte die Karten aus. Um Mitternacht öffnete sich plötzlich die Tür, und ein Teufelchen nach dem andern kroch in das Zimmer. Eine Unmenge von ihnen fand sich da zusammen, und darauf begannen sie zu tanzen. Der Soldat schaute zu und verwunderte sich sehr. Ein Teufelchen jedoch sprang zum Soldaten heran und schlug ihm mit dem Schwanz auf die Backe. Der Soldat stand auf und fragte: »Was fällt dir ein? Soll das Scherz oder Ernst sein?« »Schöne Scherze!« meinte das Teufelchen. Da schrie jedoch der Soldat: »Marsch, in den Ranzen!« Und alle Teufelchen krochen in den Ranzen, nicht einer blieb übrig.

Am Morgen sah der Soldat die Wirtsleute vom Hause einen Sarg herantragen. Sie kamen ins Zimmer, und der Hauswirt sagte dabei: »Im Namen des Vaters und des Sohnes und des Heiligen Geistes.« »Amen!« gab ihm der Soldat zurück. »Ja, lebst du denn noch?« fragten sie ihn. »Wie ihr seht!« Der Soldat gefiel den Wirtsleuten so gut, daß sie ihn bei sich wohnen ließen und ihn mit ihrer Tochter verheirateten. Und der Soldat lebte fortan als ein reicher Mann und mit seiner Frau in Eintracht. Nach einem Jahre ward ihm eine Tochter geboren. Das Kind mußte getauft werden, aber sie hatten keine Taufmutter gefunden, denn niemand wollte zum Soldaten kommen. Da ging er hinaus auf die Landstraße und dachte bei sich: »Das Weib, das mir zuerst begegnet, soll die Taufmutter sein.« Kaum hatte er das gedacht, als er ein altes Weib auf sich zukommen sah, das war so dürr, so dürr, nichts als Haut und Knochen! Der Soldat sprach zu ihr: »Großmütterchen, mir ist eine Tochter geboren, aber niemand will zur Taufe kommen.« »Nun, dann will ich Taufmutter sein, geht nur in die Kirche, ich komme gleich nach.« Der Soldat brachte das Kind in die Kirche; die Gevatterin kam, nahm von der Schulter die Sense und legte sie bei der Schwelle nieder. Als aber das Kind getauft war, nahm sie die Sense wieder auf und ging fort. Der Soldat rief ihr nach: »Gevatterin! Geh hinein und wünsch deiner Tauftochter Glück!« »Gut, geht nur voran und macht alles bereit, ich komme gleich nach.«

Der Soldat ging nach Hause und rüstete alles zu, und bald kam auch die Gevatterin. Wiederum nahm sie ihre Sense von der Schulter und legte sie bei der Schwelle nieder, dann setzte sie sich an den Tisch. Als man mit dem Essen fertig war, stand die Gevatterin auf und sagte: »Gevatter, führ mich hinaus!« Der Soldat zog sich an und ging mit ihr. Sie traten auf den Flur hinaus, und dann sprach sie: »Gevatter, willst du zaubern lernen?« »Wie sollt ich das nicht wollen?« »Weißt du aber auch wer ich bin? Der Tod bin ich. Wenn man dich zu einem Kranken ruft und du siehst, daß ich ihm zu Häupten stehe, so unterfange dich nicht, ihn zu heilen, steh ich aber ihm zu Füßen, so nimm's auf dich; besprenge nur den Kranken ein einziges Mal mit kaltem Wasser, und er wird gesund werden. Leb wohl!«

In diesem Jahr gab es in dem Dorf so viele, die an allerlei Krankheiten litten, daß unser Soldat, der als ein Zauberer galt, kaum Zeit fand, aus einem Haus in das andere zu gehn und alle Kranken zu heilen. Da geschah es, daß der Zar krank wurde; der Ruf aber davon, daß der Soldat gut heilen könne, war schon durch das ganze Reich gedrungen. Daher rief man ihn nun zum Zaren. Der Soldat trat beim Zaren ein, schaute hin und sah die Gevatterin zu Häupten stehn. »Die Sache steht schlimm!« sagte der Soldat. Allein er ließ eine Bank bringen und den Zaren darauflegen. Als das geschehen war, ließ der Soldat die Bank mitsamt dem Zaren drehen, die Gevatterin aber lief im Kreise herum und mühte sich, zu Häupten des Zaren zu bleiben, und rannte so lange, bis sie müde wurde und stehen blieb. Da kehrte der Soldat den Zaren mit den Füßen zu ihr, besprengte ihn mit Wasser, und der Zar ward gesund.

Der Tod ging fort, der Soldat aber hinter ihm her, packte ihn und sagte: »Du entkommst mir nicht!« »Ach, Gevatter, Gevatter, ich hab dir doch gesagt: wenn ich zu Häupten stehe, so unterfang dich nicht, zu heilen, du hast aber nach deinem eigenen Kopf gehandelt. Na, ich will dir das noch heimzahlen!« »Sagst du das im Scherz oder im Ernst, Gevatterin?« »Wie sollten das Scherze sein!« »Dann marsch in den Ranzen!« rief er, und der Tod kroch in den Ranzen hinein. Der Soldat ging heim und warf den Ranzen auf den Dachboden.

Nach einem Jahr kam Mikola der Barmherzige zum Soldaten und sprach zu ihm: »Soldat, laß den Tod frei! So viele alte Leute gibt es auf der Erde, die bitten um ihren Tod, und er ist nicht da.« »Mag er noch zwei Jahre liegen bleiben, dann laß ich ihn frei«, antwortete der Soldat. Darauf vergingen zwei Jahre. Der Soldat ließ den Tod frei und fragte: »Wie hat's dir, Gevatterin, im Ranzen gefallen?« »Na, Gevatter, du selbst wirst noch einst um den Tod bitten, aber ich werde nicht zu dir kommen.« »Mach dir meinetwegen keine Sorgen, Gevatterin, ich gelang auch allein in die andere Welt!«

Nun lebte der Soldat glücklich und zufrieden; er bog die Karte und trank seinen Schnaps; Frau und Tochter waren ihm schon gestorben, er selbst aber lebte immer noch. Einmal, als er gerade in einem Hause Karten spielte, hörte er, daß bald der Antichrist kommen werde und die Menschen peinigen wolle. Der Soldat erschrak und wanderte in die andere Welt. Er ging und ging und ging und gelangte endlich zu einer Treppe, die reichte hinauf bis zum Himmel; dort setzte er sich nieder und ruhte sich aus. Und als er frische Kräfte gesammelt hatte, kletterte er die Treppe empor. Er stieg und stieg und stieg und kam richtig im Paradiese an. Doch vor den Türen des Paradieses standen die Apostel Petrus und Paulus. Der Soldat sprach zu ihnen: »Ihr heiligen Apostel Petrus und Paulus, laßt mich ein ins Paradies!« »Wer bist du denn?« fragten sie ihn. »Ich bin der Soldat.« »Nein, dich lassen wir nicht ins Paradies, du hast selbst darauf verzichtet. Geh dorthin, das ist für dich das Paradies!« Und sie wiesen ihm die Hölle. Der Soldat ging zur Hölle; vor der Hölle aber standen zwei Teufelchen. Da sprach der Soldat zu ihnen: »Die heiligen Apostel Petrus und Paulus haben mich nicht in das Paradies hineingelassen; wollt ihr mich wohl in die Hölle aufnehmen?« »Geh nur«, sagten die Teufelchen und ließen ihn durch in die Hölle.

Als der Soldat in die Hölle kam, gab man ihm dort ein besonderes Zimmer. Er schnitt sich spitzige Stöckchen zurecht, schlug sie in die Wand, hängte seine Ausrüstung auf und legte sich zur Ruh. Und als er sich erholt hatte, suchte er sich dicke Stöcke und machte aus ihnen Flinten; dann fing er sich etliche von den Teufeln, stellte aus ihnen eine Kompanie zusammen und begann, sie die Kriegskunst zu lehren. Sobald sich aber einer von den Teufeln faul anstellte, prügelte er ihn mit dem Stock und gab ihm eins ins Genick, so daß bald alle Teufel in der Hölle krumm und lahm geschlagen waren.

Es kam dem Satan zu Ohren, daß der Soldat, der eigentlich ins Paradies gehörte, bei ihm in der Hölle lebte, und da wollte er dessen Seele in seine Gewalt bringen. Er ging zum Soldaten und sagte zu ihm: »Laß uns Karten spielen!« »Gut!« erwiderte der Soldat. »Aber nur unter dieser Bedingung«, verlangte Satan: »wenn ich gewinne, so bist du mein, gewinnst du, so geb ich dir eine sündige Seele.« Der Soldat war einverstanden, und sie setzten sich zum Spiel hin. Sie spielten und spielten, und stets gewann der Soldat. »Nein«, sagte endlich der Satan, »länger spiel ich nicht mit dir, du gewinnst mir sonst noch alle Seelen ab.«

Nun hatten auch die Teufel erfahren, daß das derselbe Soldat sei, bei dem sie im Ranzen gesessen hatten, und sie beschlossen, ihn aus der Hölle zu verjagen. Sie hinterbrachten dem Satan, daß jener die Teufel quäle und keinen mit seinem Soldatendrill in Ruhe lasse, und da gab Satan den Befehl, ihn sogleich aus der Hölle fortzujagen. Die Teufel umringten das Zimmer des Soldaten und verkündeten ihm den Befehl Satans. Da war nichts zu machen. Der Soldat nahm seine Ausrüstung und zwei gewonnene Seelen mit, das waren aber die Seelen seiner Frau und seiner Tochter, und ging hinaus. Als er jedoch sein Zimmer verließ, sah er alle Teufel in Reihen ausgerichtet stehn, die Musik fing an zu spielen, und die Teufel schossen ihre Flinten ab. »Ach, ihr Satansgezücht! Froh sind sie, daß ich gehe.« Und er schimpfte sie alle mächtig aus.

Nun kam er wieder zum Paradiese und sprach: »Ihr heiligen Apostel Petrus und Paulus, laßt mich ins Paradies!« »Du hast ja selbst darauf verzichtet«, sagten sie zu ihm, »geh in die Hölle.« »Ich war ja schon dort!« »Dann geh noch einmal hin.« »Laßt aber wenigstens diese zwei sündigen Seelen durch.« »Na, mögen die hinein«, sagten die Apostel und öffneten die Tür. Da ließ der Soldat die Seele seiner Frau voran, selbst aber stellte er sich hinter sie, und zuletzt kam die Seele seiner Tochter. So gelangten sie alle drei in das Paradies. Und sie leben dort bis heute glücklich und zufrieden und kennen weder Not noch Kummer.

41. Die Jungfrau Zar

Es war einmal ein Zar, der hatte drei Söhne, der erste hieß Fjodor-Zarewitsch, der zweite Dmitrij-Zarewitsch und der dritte Iwan-Zarewitsch. Einmal gab der Zar ein Ehrenmahl und sprach zu seinen versammelten Generalen und Grafen: »Was meint ihr, ihr Herren? Drei Söhne hab ich: welcher von ihnen vermag wohl meine Blumen zu brechen und meine Spuren zu suchen?« Da trat der älteste Sohn Fjodor-Zarewitsch vor ihn und bat: »Väterchen, gib mir deinen Segen und die Erlaubnis, deine Blumen zu brechen und deine Spuren zu suchen!« Der Zar ward froh und ließ ihn ziehen; er befahl, ihm das beste Roß aus dem Stall zu geben. Und sie sattelten und zäumten es, und der kühne Bursch ritt auf das freie Feld hinaus. Er kam zu einer Säule, und auf der Säule stand geschrieben: »Wer den rechten Weg reitet, wird satt, aber sein Roß bleibt hungrig; wer den linken Weg reitet, dessen Roß wird satt, aber selbst bleibt er hungrig; wer den mittleren Weg reitet, wird den Tod erleiden.« Da bedachte sich Fjodor-Zarewitsch und ritt den rechten Weg. Und er kam zu einem Kupferberg, stieg ab von seinem Roß und kletterte auf den Berg. Oben ging er herum, konnte aber nichts anderes finden als eine kupferne Schlange, die sehr schön war. Er steckte sie in die Tasche und kehrte um in sein Reich. Und er kam zu seinem Vater, trat ein in die geheimen Gemächer und zeigte ihm die kupferne Schlange. Da ward der Zar böse und schrie: »Was für ein Scheusal bringst du mir da? Es wird noch unser Reich zerstören!«

Und nach dieser Begebenheit wurde er für lange Zeit sehr grob. Späterhin jedoch ward er eines Tages wieder heiter, als er im Garten spazierenging, und befahl, abermals ein Fest zu rüsten. Und alle betranken sich bei dem Gelage. Mitten in der Fröhlichkeit erhob sich der Zar und sprach: »Ihr Herren Generale und Grafen! Obwohl meine Kinder ganz erwachsen sind, hat noch keines vermocht, meine Blumen zu brechen und meine Spuren zu suchen!« Da trat Dmitrij-Zarewitsch vor, neigte sich vor seinem Vater und bat ihn um seinen Segen: »Gib mir, Väterchen, deinen Segen, deine Blumen zu brechen und deine Spuren zu suchen!« Der Zar ward froh und befahl, ihm das beste Roß zu geben. Er saß auf und ritt auf das freie Feld hinaus. Und wie er so dahinritt, kam er zu einer Säule, und auf der Säule stand geschrieben: »Wer den rechten Weg reitet, wird satt, aber sein Roß bleibt hungrig; wer den linken Weg reitet, dessen Roß wird satt, aber selbst bleibt er hungrig; wer den mittleren Weg reitet, wird den Tod erleiden.« Da bedachte sich der kühne Bursch und fing an zu weinen. »Wohin soll ich wohl reiten? Ich will den linken Weg nehmen: das Roß wird satt werden und mir aus der Bedrängnis helfen!« Und er ritt dahin, war es nah, war es weit? – da stand ein mächtiges Gebäude vor ihm. Er ritt um das Haus herum und durchs Tor auf den Hof: dort waren gedrechselte Säulen und vergoldete Ringe. Er stellte sein Roß ein und schüttete ihm Hirse vor; dann ging er die Treppe hinauf in die oberen Gemächer. Ein Weibchen kam ihm entgegen, lief hinzu und nahm ihn höflich auf. Die Tische waren reich bedeckt mit allerlei guten Speisen. Die Wirtin nötigte ihn, speiste und tränkte den kühnen Burschen, und als sie fertig waren, brachte sie ihn zur Ruh ins Bett. Doch kaum hatte er sich niedergelegt, als sie das Bett umkehrte, und er flog hinunter in den Keller!

Der Zar wartete lange Zeit auf seinen Sohn und war lange Zeit traurig. Dann ließ er ein Fest veranstalten, ward wieder fröhlich und sprach zu seinen Grafen und Generalen: »Was meint ihr, ihr Herren Grafen und Generale? Drei Söhne hab ich erzogen, und wenn sie auch noch so eifrig und emsig sind im Dienst für das Zarenreich, so gelang es doch keinem bisher, meine Blumen zu brechen, meine Spuren zu suchen!« Da tritt Iwan-Zarewitsch hervor und bittet den Vater um seinen Segen. »Ach, Iwan-Zarewitsch, zarischer Sohn! Tüchtiger als du waren deine Brüder, aber was haben sie ausgerichtet? Lieg du besser hinterm Ofen und kümmere dich nicht um fremde Dinge!« Da fuhr Iwan-Zarewitsch auf: »Väterchen, großmächtiger Herr! Gibst du mir Segen und Erlaubnis, so reit ich, gibst du mir Segen und Erlaubnis nicht, so reit ich auch!« Und der Zar befahl, ihm das beste Roß zu geben: er möge reiten, wohin er wolle.

Die Knechte gingen hin, suchten das beste Roß aus und gaben es ihm. Er aber suchte sich das Pferdchen aus, das nur zum Wasserschleppen da war, das schlechteste von allen. Und der kühne Bursch saß auf mit dem Gesicht zum Schwanz gekehrt. Die Herren aber lachten alle darüber, daß der Zarensohn so unziemlich davonritt. Iwan-Zarewitsch kam auf das freie Feld: er zerrte den Gaul am Zagel, hängte die Haut an einen Nagel. »Hier habt ihr, Krähen und Elstern! Gott hat euch ein Mittagessen beschert!« Er brüllte wie ein Tier im Wald und pfiff wie ein Drache: ein Roß kommt gerannt, die feuchte Mutter Erde zittert; aus dem Maule loht die Flamme, aus den Nüstern sprühen Funken, aus den Ohren wallen Qualm und Dampf in Säulen, aus dem Hintern fallen Feueräpfel! Iwan-Zarewitsch nahm sein treues Roß beim Zügel, streichelte es, und nun hätte ein Knabe von drei Jahren auf ihm sitzen können, selbst der hätt es zu reiten vermocht! Dann ging Iwan-Zarewitsch in den großen, tiefen Keller, den sein Großväterchen ihm geschenkt hatte, und aß und trank sich satt. Er wählte den schönsten betreßten Zaum und einen tscherkessischen Sattel; er legte ihn auf sein wackeres Roß und zog die Gurte an, nahm sein scharfes Schwert, saß auf und ritt ins freie Feld.

Und als er so dahinritt, kam er zu einer Säule, und auf der Säule stand geschrieben: »Wer den rechten Weg reitet, wird satt, aber sein Roß bleibt hungrig; wer den linken Weg reitet, dessen Roß wird satt, aber selbst bleibt er hungrig; wer den mittleren Weg reitet, wird den Tod erleiden!« Da fing der junge Held Iwan-Zarewitsch an zu weinen und dachte bei sich: »Nicht Ehre noch Ruhm trägt es dem wackeren Burschen ein, reitet er dorthin, wo er den Tod erleiden muß!« Und er sprengte in mächtigen Sätzen über das freie Feld und trieb sein gutes Roß an: die Flüsse und Seen blieben unter den Hufen, die Mähne flatterte in weitem Bogen, der Schwanz fegte über die Erde hin! Und er kam auf grüne Wiesen und erblickte ein Häuschen auf Spindelfüßen: mit dem Rücken abgekehrt, mit der Stirne zugekehrt. Der kühne Bursch sprang vom treuen Roß hinunter und rief: »Will ja nicht ewig bleiben, eine Nacht nur verweilen; ich geh hinein und komm schon noch heraus!« Und der junge Held ging hinein in das Haus, schlug das Kreuz, wie's geschrieben steht, verbeugte sich, wie es Brauch ist. Dort saß aber ein altes Mütterchen, mit der Nase rührt es im Ofen, mit den Augen hütet es die Gänse auf dem Felde, mit den Händen spinnt es Seidenfäden. »Pfui, pfui, pfui! Bisher hat der schwarze Rabe noch keinen Russenknochen hierhergetragen, jetzt aber kommt mir ein Russe selbst vor die Augen! Wie ist's, Kindchen? Reitest du mit Willen oder wider Willen?« Da sprang der kühne Jüngling auf die Alte los und rief: »Ich hau dich um die Ohren noch, dann wird dein Arsch zum Ofenloch! Den Grind zerschlag ich mit der Hand, dann fliegt aus deinem Arsch der Sand! Du solltest, Alte, einen Helden nicht erst lange ausfragen, sondern ihm Essen und Trank geben!«

Die Alte deckte den Tisch, speiste und tränkte den Zarensohn und bereitete ihm das Lager; dann fragte sie ihn: »Reitest du mit Willen oder wider Willen?« Und er antwortete: »Mit Willen, aber dreimal mehr wider Willen. Wir waren drei Brüder: der erste ritt aus und brachte nur eine kupferne Schlange vom Kupferberg heim, und der Zar warf diesen Bruder ins Gefängnis; der zweite ist fortgeritten, und man weiß nichts von ihm; dann mußte ich den Dienst auf mich nehmen, die Blumen zu brechen und die Spuren zu suchen. Sag an, Großmütterchen, ist unser Väterchen weit geritten zu seiner Zeit?« »Leg dich nieder zum Schlaf, Kindchen: der Morgen ist weise, der Tag bringt Gewinn!« Am Morgen weckte die Alte den kühnen Jüngling, gab ihm Speise und Trank und ihr eigenes gutes Roß, führte ihn hinaus auf den Weg und sprach zu ihm: »Meine ältere Schwester wohnt dort weiterhin, und sie weiß von deiner Sache.«

Wieder ritt der kühne Bursch über das freie Feld; von Berg zu Berg, von Hügel zu Hügel sprang er in Sätzen und trieb sein Roß: die Flüsse und Seen blieben unter den Hufen, die Mähne flatterte in weitem Bogen, der Schwanz fegte über die Erde hin! Und er kam auf grüne Wiesen, und der Tag neigte sich zum Abend. Da sah er ein Häuschen im Felde stehn, auf eines Auerochsen Bein und auf Spindelfüßen. »Hüttchen! Steh still! Will ja nicht ewig bleiben, eine Nacht nur verweilen; ich geh zu dir hinein und komm schon noch heraus!« Das Häuschen stand still: mit dem Rücken abgekehrt, mit der Stirne zugekehrt. Der junge Held sprang ab von seinem treuen Roß und ging hinein in das Haus: dort saß das Weib und war noch älter als ihre Schwester! Es spann Seidenfäden, rührte mit der Nase im Ofen und hütete mit den Augen die Gänse auf dem Felde. Es sagte: »Bisher hat der schwarze Rabe noch keinen Russenknochen hierhergetragen, nur der russische Zar ist einmal durchgeritten, jetzt aber kommt mir ein Russe selbst vor die Augen! Wie ist's, Kindchen, reitest du mit Willen oder wider Willen?« Iwan-Zarewitsch aber, der Zarensohn, war sehr müde und hungrig; er ward zornig, sprang auf die Alte los und rief: »Ich hau dich um die Ohren noch, dann wird dein Arsch zum Ofenloch! Den Grind zerschlag ich mit der Hand, dann fliegt aus deinem Arsch der Sand! Du solltest einen Helden nicht erst lange ausfragen, sondern ihm Essen und Trank geben, ihn zum Schlaf in die Federn legen!«

Die Alte speiste und tränkte ihn, legte ihn zur Ruh und fing an zu fragen: »Kindchen, reitest du mit Willen oder wider Willen?« »Ach, Großmütterchen«, antwortete er, »zweimal mehr wider Willen! Unser Väterchen befahl mir, alle seine Blumen zu brechen, seine Spuren zu suchen. Sag an, Großmütterchen, ist unser Väterchen noch weit von hier geritten oder nicht?« »Der Morgen ist weise, der Tag bringt Gewinn; der Morgen ist klüger als der Abend, Kindchen; am Morgen will ich's dir sagen!« Die Alte weckte ihn am Morgen früh, gab ihm Speise und Trank und ihr eigenes wakkeres Roß; das andere aber behielt sie bei sich und sie geleitete ihn auf das freie Feld.

Der kühne Bursch sprengte davon und trieb sein Roß: von Berg zu Berg, von Hügel zu Hügel; die Flüsse und Seen blieben unter den Hufen, die Mähne flatterte in weitem Bogen, der Schwanz fegte über die Erde hin. Und er kam auf grüne Wiesen, und der Tag nahm ab, die Sonne neigte sich gen Abend. Da sah er auf den grünen Wiesen ein Häuschen stehn. »Hüttchen, steh still auf des Auerochsen Bein, auf Spindelfüßen! Will ja nicht ewig bleiben, eine Nacht nur verweilen; ich geh zu dir hinein und komm schon noch heraus!« Und er ritt auf seinem treuen Roß an die Treppe heran, sprang ab und ging hinein in das Haus: dort saß ein altes, riesengroßes Weib, spann Seidensträhne, rührte mit der Nase im Ofen und hütete mit den Augen die Gänse auf dem Feld. Es fragte: »Wie ist's, Kindchen, reitest du mit Willen oder wider Willen?« Da sprang Iwan-Zarewitsch auf die Alte los und rief: »Ich hau dich um die Ohren noch, dann wird dein Arsch zum Ofenloch! Den Grind zerschlag ich mit der Hand, dann fliegt aus deinem Arsch der Sand!«

Da hatte es die Alte eilig: sie speiste und tränkte ihn und legte ihn zur Ruh, und dann fing sie an zu fragen. »Ach, Großmütterchen, alle meine Heldentaten will ich dir sagen. Wir waren drei Brüder: der erste war Fjodor-Zarewitsch, und der Zar ließ ihn fort, seine Blumen zu brechen, seine Spuren zu suchen; aber er kam nur bis zum Kupferberg und brachte nur eine kupferne Schlange heim. Darob ward unser Väterchen zornig und warf ihn ins Gefängnis. Der zweite Bruder war Mitrij-Zarewitsch; der Zar sandte ihn aus, aber er ist verschwunden, ist nicht zurückgekehrt. Und abermals ließ Väterchen den Ruf ergehn, da mußte ich vortreten, mich vor Väterchen verneigen und fortreiten, seine Blumen zu brechen, seine Spuren zu suchen. Da sagte er zu mir: ›Wie willst *du*, Iwan, hinausreiten? Deine Brüder waren tüchtiger als du! Auf dem Ofen magst du sitzen, aber nicht den Helden spielen! Die andern waren älter als du und sind doch nicht heimgekehrt!‹ Da mußt ich, Großmütterchen, vortreten und mein Väterchen um seinen Segen bitten: ›Gibst du mir Segen und Erlaubnis, so reit ich! Gibst du mir Segen und Erlaubnis nicht, so reit ich auch!‹ Da ward jedoch der Zar froh darüber und ließ mich ziehen. Und ich ritt hinaus aufs freie Feld, die Blumen zu brechen, die Spuren zu suchen. Sag an, Großmütterchen, ist unser Väterchen noch weit von hier geritten oder nicht?« »Der Morgen, Kindchen, ist weise, der Tag bringt Gewinn; der Morgen ist klüger als der Abend; am Morgen will ich's dir sagen!«

Die Alte weckte ihn am Morgen früh, gab ihm ihr eigenes treues Roß, führte ihn auf den Weg und belehrte ihn: »Du wirst, mein Kindchen, gerade um die Mittagszeit in das Reich unter der Sonne kommen. Dort herrscht eine Jungfrau als Zar und heißt Marja die Schöne mit dem langen Zopf. Auf neun Säulen steht ihr Bett. Sie schläft auf dem Lager zur Mittagszeit. Aber beeil dich und spring geradeswegs über die Mauer der Stadt. Im Garten steht ein junger Apfelbaum, und dort ist auch das Wasser des Lebens und des Todes. Um seinetwillen ist dein Vater hingeritten. Fülle zwei Gläser mit dem Wasser des Lebens und des Todes, doch versuche zuvor seine Kraft: zerreiß einen jungen Raben. Zur rechten Hand ist das Wasser des Lebens, zur linken das des Todes.«

Iwan-Zarewitsch kam in das Reich unter der Sonne, trat in den Garten ein, fing einen jungen Raben und zerriß ihn. Er besprengte ihn mit Todeswasser, da wuchs der Körper zusammen; und mit Lebenswasser besprengte er ihn, da flog der Rabe davon! Nun wollte der junge Held in die Gemächer eintreten und sehen, wie zur Mittagszeit die Jungfrau-Zar schläft, Marja die Schöne mit dem langen Zopf. Er wanderte durch die Gemächer und die Zimmer, und alle Jungfrauen schliefen auf ihrem Lager. Und er gelangte in das Gemach der Jungfrau Marja der Schönen mit dem langen Zopf. Die Jungfrau aber war über die Maßen schön. Zog sie den Atem ein, schlossen sich die Türen, stieß sie den Atem aus, öffneten sie sich. »Was soll mir meine Ehre!« dachte der junge Held in seinem Herzen, »ich will bei der Jungfrau mein Roß tränken!« Bei der Schönen aber sah man durch das Hemd den Körper, durch den Körper aber das Mark. Und er entflammte sich und wollte tun nach seiner Lust. Die Jungfrau aber merkte nichts von dem, was er im Sinn hatte. Und er legte sich zu ihr und tat nach seinem Willen. Danach ging er still und leise aus den Gemächern hinaus. Er kam auf den weiten Hof, da stand sein Roß, und es war sehr ermattet. Er führte es zum Quell und begoß es von oben bis unten mit frischem Wasser; dann sammelte er verjüngende Äpfel auf, legte sie in sein Felleisen, schöpfte vom Wasser des Lebens und des Todes in die Gläser und ritt dann fort aus dem Reich, so schnell er nur konnte.

Und als er auf dem wackeren Rosse saß und davoneilte, schlug er es auf die starken Schenkel und setzte geradewegs über die Mauer der Stadt, aber das Roß stieß mit dem linken Fuß an eine kupferne Saite. Rings um die Stadt herum ertönten alle Saiten und Glocken, und die Jungfrau-Zar erwachte und weckte ihr ganzes Gesinde. Sie gab ihnen allen Flügel und flog dem Helden nach. »Ein Dieb ist in unserm Reich gewesen und hat in meinem Brunnen sein Pferd getränkt. Unsere verjüngenden Äpfel und Wasser des Lebens und des Todes hat er geraubt!« Iwan-Zarewitsch aber ritt zu der Alten, und die führte ihm sein treues Roß vor. Der Zarensohn sprang von seinem Roß hinunter, aufs andere hinauf und eilte davon. Die Alte aber bat ihre Nichte, die Jungfrau-Zar, zu Tee und Kaffee zu Gast. »Ach, Mütterchen, ich hab nicht Zeit noch Ruhe! Hast du nicht einen Dummkopf hier vorbeireiten sehen?« »Ach, mein Kindchen, er wird dir nicht entgehn: er reitet nur auf einem Stecken. Komm für ein Weilchen als lieber Gast zu mir herein.« Und während sie dort bewirtet wurde, trieb er sein Roß an und kam zu der zweiten Alten. Die Jungfrau-Zar machte sich aber zur Verfolgung auf mit ihrer ganzen Schar und kam auch zu ihr angeflogen. »Hör, Mütterchen, hast du nicht einen Dummkopf gesehn, der hier vorbeiging oder vorbeiritt?« »Kindchen«, antwortete die Alte, »irgendein Dümmling ist vorbeigeritten, schlug seine Mähre, daß sie stolperte; weit kommt er nicht!« Und sie bat die Jungfrau-Zar sehr dringlich zu Tee und Kaffee zu Gast. Und die Jungfrau trat ein. Während sie aber dort bewirtet wurde, langte Iwan-Zarewitsch bei dem dritten Mütterchen an. Sie gab ihm sein treues Roß und hieß ihn augenblicklich weiterreiten. Die Jungfrau-Zar verließ die zweite Alte und wollte den kühnen Jüngling fangen. Sie kam zum dritten Mütterchen geflogen und fragte: »Hör, Großmütterchen! Hast du nicht einen Dummkopf hier vorbeigehn oder vorbeireiten sehn?« »Tritt ein als Gast! Irgendein Dümmling schleppte sich davon, sein Roß ist nur Haut und Knochen!« Und sie bat sehr dringlich: »Die Hitze ist groß! Ruh dich aus!« Sie ruhte sich aus und ließ sich bewirten und machte sich dann auf, Iwan-Zarewitsch zu verfolgen. Ihm war es aber schon gelungen, das heilige russische Land zu erreichen; sie vermochte es doch nicht mehr, ihn zu fangen!

Iwan-Zarewitsch kam zu der Säule auf freiem Felde, auf der die Aufschrift war. Er dachte bei sich: »Ist es nicht ruhmvoll für einen wackeren Burschen? Auf unbekannten Weg hatte ich mich aufgemacht, Väterchens Verlangen hab ich erfüllt, nun will ich meinen Bruder suchen, Dmitrij-Zarewitsch!« Und er schickte sich an, seinen Bruder zu suchen und beschloß, den Weg zu reiten, »wo das Roß satt wird, der Reiter aber hungrig bleibt«. Er kam auf grüne Wiesen, erblickte ein riesengroßes Haus und hielt darauf zu. Er ritt durch das Tor, stellte sein Roß ein und schüttete ihm weißkörnige frische Hirse vor. Das Zarenroß des Bruders erkannte jedoch den neuen Gast und wieherte hell auf mit aller Kraft. Der Held schritt zu den gedrechselten Säulen und ging die vergoldete Treppe hinauf. Da kam ihm eine wunderschöne Frau entgegen, begrüßte ihn, lud ihn in ihr Gemach und führte ihn zur Tafel. Sie gab ihm Speise und Trank und bewirtete ihn mit allerlei Leckerbissen. Und als sie ihn gespeist hatte, legte sie den kühnen Burschen zur Ruh. Sie wollte Iwan-Zarewitsch auf die Seite zur Wand betten, aber er verlangte, sie solle dort liegen. Lange Zeit stritten sie sich darüber. Dann packte Iwan-Zarewitsch sie um den Leib und warf sie an die Wand! Er kehrte das Drehbett um, und das Weib flog in den tiefen Keller! Da schrien sie, die dort von früher her saßen: »Einen Neuen hat Gott uns gegeben!« Iwan-Zarewitsch aber rief: »Reißt sie in Stücke, die euer Verderben war!« Die kühnen Burschen packten sie: der eine die Hand, der andere den Fuß, der dritte den Kopf! ... Iwan-Zarewitsch aber ließ ein Seil zu ihnen hinab und gab den kühnen Jünglingen die Freiheit wieder. Als er seinen Bruder Mitrij erblickte, faßte er ihn bei den weißen Händen, drückte ihn an die goldene Brust, küßte ihn auf die süßen Lippen und nannte ihn seinen lieben Bruder Dmitrij-Zarewitsch. Er gab ihm Speise und Trank und ritt mit ihm heim in die Stadt.

Doch als sie auf das freie Feld kamen, befiel Iwan-Zarewitsch ein tiefer, unwiderstehlicher Schlaf. Neun Tage und neun Nächte war er geritten, ohne zu schlafen, ohne zu essen und ohne zu trinken. Sie schlugen ihre weißen Zelte auf und pflegten der Ruhe. Iwan-Zarewitsch schlief ohne Aufhören. Am dritten Tage nahm Mitrij-Zarewitsch die verjüngenden Äpfel und das Wasser des Lebens mitsamt dem Felleisen fort und ritt davon in sein Reich. Iwan-Zarewitsch erwachte: nichts war mehr zu sehen! Er saß auf und ritt nah an sein Reich heran. Und er nahm seinen tscherkessischen Sattel ab und die betreßten Zügel und sprach zu seinem Roß: »Graubrauner! Lauf ins Feld zur Erholung, einstweilen brauch ich dich nicht!« Iwan-Zarewitsch ging zu Fuß in die Stadt und trieb sich in den Kneipen umher gleich den Tagedieben. Mit großen Ehren aber nahm der Zar Dmitrij-Zarewitsch auf und veranstaltete Feste und Tänze.

Rasch erzählt man, langsam erlebt man: drei Jahre waren seitdem vergangen. Da kam die Jungfrau-Zar mitten in der Nacht zu der ersten Stunde angefahren, fing aus Kanonen und Flinten an zu schießen und forderte den Schuldigen zu sich. Der Zar wußte nicht, was tun: welchen Schuldigen sollte er herausgeben? Und er versammelte seine Ratgeber und sprach: »Ihr Herren Bojaren und Ratgeber! Laßt uns bedenken, ob wir nicht einen Schuldigen zu schicken haben.« »Barmherziger Zar! Gefällt es dir, so können wir dir raten und sagen: hat nicht Fjodor-Zarewitsch auf fernen Wegen Unfug angerichtet? Hat er nicht vielleicht in einem fremden Reiche etwas Böses getan?« Und sie schickten Fjodor-Zarewitsch auf das Schiff. Marja die Schöne mit dem langen Zopf erblickte ihn, ließ den Landungssteg hinüberwerfen und mit rotem Tuch bedecken. Da liefen zwei wunderschöne kleine Knaben herbei und riefen: »Mütterchen, Mütterchen, unser Väterchen kommt!« »Nein, Kinderchen«, sagte sie, »nicht euer Väterchen, sondern euer ältester Onkel kommt gegangen. Packt ihn und streckt ihn auf das Verdeck aus; schneidet ihm in den Schenkel drei Striemen, aus dem Rücken drei Riemen. Er soll sich nicht in fremde Dinge mischen!«

Und wieder begann sie Tag und Nacht aus Kanonen und Flinten zu schießen und forderte den Schuldigen zu sich. Der Zar versammelte seine Ratgeber und fragte sie: »Ist in unserem Reich der Schuldige zu finden?« Da dachten die ratgebenden Bojaren nach und sprachen: »Ist es Euch genehm, Euer Gnaden, so schickt Mitrij-Zarewitsch: ob nicht er das Vergehen begangen hat?« Und der Zar schickte seinen Sohn auf das Schiff. Der Landungssteg wurde hinübergeworfen und mit Tuch bedeckt. Die zwei kleinen Knaben liefen herbei und sagten zu ihrer Mutter: »Mütterchen, Mütterchen, unser Väterchen kommt!« »Nein, nicht euer Väterchen, sondern euer zweiter Onkel kommt gegangen. Packt ihn bei den weißen Händen und legt ihn auf das Verdeck; schneidet ihm in den Schenkel drei Striemen, aus dem Rücken drei Riemen! Er soll sich nicht in fremde Dinge mischen! Dann schickt ihn fort vom Schiff!« Und sie sandten ihn zurück und fingen aus Kanonen und Flinten an zu schießen und den Schuldigen zu fordern.

Und wiederum versammelte der Zar seine Ratgeber. »Was meint ihr, ihr Herren? Wer hat sich bei uns vergangen? Gebt mir einen Rat!« Einer von ihnen wagte es, mutig gab er dem Zaren zur Antwort: »Eure Kaiserliche Hoheit! Euer Gnaden sind schuld!« Und weiter sprach er: »Wanjka, der Ofenhocker ist ein Zarensohn; und ist es auch nicht schicklich, es Euch zu erzählen, er lügt allerhand Zeug zusammen und treibt sich in Schenken und Kneipen herum.« »Sucht ihn sofort und bringt ihn her! Ob nicht er das Vergehen begangen hat?!« Sie suchten den Wanjka in allen Schenken, in der ganzen Stadt; sie fanden Wanjka, den zarischen Sohn, und riefen ihn vor das Antlitz des Zaren. Er kam zu seinem Vater in schlechter Uniform. Der Zar ward gar zornig auf ihn und rief ihm zu: »Du willst dich wohl um die Sache drücken, Iwan-Zarewitsch? Hast nicht du das Vergehen begangen? Für deine Schuld steh nun selbst ein; uns aber soll man ungeschoren lassen!« Wanjka gab dem Zaren kühn zur

Antwort: »Wegen solch einer Kleinigkeit! Und keiner außer mir mag beim Zaren dafür einstehn!« Und abermals sagte er: »Nicht einer wollte dafür einstehn!«

Wanjka machte sich sogleich auf und ging zum Schiff, aber nicht auf dem saubersten Wege, sondern durch Unrat und Pfützen. Dort aber fragte man nicht danach; ließ den Landungssteg hinab und bedeckte ihn mit Tuch. Und zwei Knaben kamen gelaufen und riefen: »Mütterchen, Mütterchen, kommt da nicht unser Väterchen?« Da sprach die Jungfrau-Zar: »Kinderchen! Nehmt ihn bei den weißen Händen und drückt ihn an die goldene Brust, denn euer wahrer, leiblicher Vater kommt gegangen!« Und Marja die Schöne mit dem langen Zopf ergriff seine Hände, die weißen, und nannte ihn ihren erwählten Mann. »Bei dem Samen, den du gesät hast, will ich die heilige Ehe mit dir schließen!« Und sie fingen an zu feiern. Mit großen Ehren lud der Zar ihn auf das Fest. Iwan-Zarewitsch aber erzählte alle seine Taten und was ihm begegnet war. Und er bat den Vater um seinen Segen, der in Ewigkeit unerschütterlich ist, zur Ehe nach dem Gesetz mit der Jungfrau-Zar. »Weil mein Verstand und meine Kräfte reichten, hab ich das Wasser des Lebens und des Todes und die verjüngenden Äpfel erlangt, damit du, unser Väterchen, noch jünger werden sollst; und Gott gebe dir viele Jahre Gesundheit! Und so bitte ich dich um die Gnade, mich in das Reich unter der Sonne mit der Jungfrau-Zar ziehen zu lassen, denn auf den Thron in unserem Reich will ich nicht!« Und er fuhr in das Zarenreich unter der Sonne und lebt dort glücklich und in Freuden und wünscht sich und seinen Kindern langdauernden Frieden.

Wieviel ich gehört hab, soviel ich erzählt hab.

42. Der hölzerne Adler

In einem kleinen Lande lag einmal ein Zarenreich von der Größe eines Siebes; und in diesem Reiche herrschte ein Zar, der hatte einen Sohn; das Volk aber war nur Säuferpack. Eines Tages fanden sich drei Männer in der Schenke zusammen, saßen da und tranken und redeten miteinander. Der eine sagte: »Wenn ich nur das Instrument hätte, so würd ich, mag ich auch bloß ein Säufer sein, einen hölzernen Adler machen.« Der zweite sprach: »Ich würd aber dazu eine Schraube anfertigen, damit er fliegen könnte; drehte man sie nach links, flög er nach unten, nach rechts, flög er nach oben.« Der dritte aber sagte: »Ich bin ein sehr geschickter Vergolder, ich könnt ihn dann mit Gold überziehen.« Während sie aber so sprachen, war der Zarensohn in die Schenke gekommen, sah sich die drei an, fragte sie nach den Namen und kaufte ihnen eine Flasche Schnaps. Sie tranken sie aus, bedankten sich und gingen ihrer Wege.

Ein paar Tage vergingen, und dann wurden die drei Leute zum Zaren gerufen. Sie kamen hin; man fragte sie nach ihren Vornamen wie auch nach ihren Familiennamen. »Ihr wolltet einen hölzernen Adler bauen?« fragte der Zar. »Jawohl.« »Was verlangt ihr dafür?« »Tausend Rubel brauchen wir dazu.« Sie bekamen fünfhundert Rubel Anzahlung, vertranken das Geld, aber dachten nicht daran, den Adler zu bauen. Wieder vergingen ein paar Tage; sie kamen wieder zum Zaren und baten um Geld. »Gib uns, bitte, Geld, es hat nicht zum Vergolden gereicht.« Da gab ihnen der Zar die andern fünfhundert. Sie vertranken vierhundert, kauften für hundert Rubel das Instrument und machten sich daran, den Adler herzustellen. Sie bauten ihn, wie sich's gehört und meldeten dem Zaren, daß der Adler fertig sei. Der Zarensohn belud den Adler mit Vorräten, schwang sich in die Höh und flog davon, Gott weiß wohin. Fort war er, und länger als einen Monat schon sah man nichts von ihm. Da trauerte der

Zar und dachte: »Sie haben eine Falle gestellt, um meinen Sohn zu fangen.« Er ließ die drei Kerle ergreifen und sperrte sie ein.

Der Zarensohn aber flog und flog und kam in ein anderes Reich. Er ging zu einer alten Frau und blieb bei ihr wohnen. Dort lebte er und erfuhr, daß in der Stadt ein Turm stünde. Die Alte aber erzählte ihm: »In dem Turm ist die Königstochter unschuldig eingesperrt und von ihrem Vater dorthin verbannt worden. Denn einstmals ist dem russischen Zaren ein Sohn und unserem König eine Tochter geboren worden, und da gaben sie einander das Wort, daß die Kinder Braut und Bräutigam werden sollten. Darum hat der König seine Tochter in den Turm gesetzt, damit sie dort bliebe, bis ihr Verlobter kommen würde.«

Der Zarensohn band den Adler in ein Bündel, man konnte ihn auseinandernehmen und wieder zusammenlegen, und ging zum Turm. Dann setzte er sich auf den Adler, schwang sich in die Höh und ließ sich auf dem Dache nieder. Vom Dach aber führte ein Gang hinunter, denn von oben drohte ja keine Gefahr. Es war schon dunkel geworden, und die Ammen und Dienerinnen schliefen. Der Zarensohn ging nun in den Turm, doch überall waren kristallene Türen, und keine von ihnen vermochte er zu öffnen. Irgendwie gelang es ihm aber, bis zum Schlafgemach durchzudringen; er öffnete die Türe: da schlief die Königstochter und hatte sich entblößt. Er schaute sie lange, lange an und berührte sie mit der Hand. Sie erwachte, sah, daß ein Mann vor ihr stand und sprach: »Geht fort von hier und laßt mich meine Kleider anlegen.« Er ging hinaus, und sie zog sich an und fragte ihn dann aus, wer er sei und was er wolle. Er erzählte ihr, wie er eingedrungen sei. Und sie saßen beieinander, schwatzten und unterhielten sich, und schließlich ging der Zarensohn wieder fort.

Am nächsten Tage kamen sie abermals zusammen, und er genoß ihrer. Sie ward davon schwanger und schrieb ihren Eltern in einem Brief, daß im Traum ihr Verlobter zu ihr gekommen sei, und daß ihr Hemd die Spuren davon trage; das war aber alles in Wirklichkeit geschehen. Der Vater schmunzelte dazu und sagte: »Wie ist denn das möglich? Sie hat in ihrem Leben keinen Mann gesehen und will das im Traum erblickt haben! Ob nicht jemand in Wirklichkeit zu ihr kommt?« Und nächtlicherweile bestrich er das Dach mit Mennig. »Geht jemand zu ihr, so wird ein Stoffhärchen kleben bleiben oder auf dem Dach eine Spur zu sehen sein.« Doch der Zarensohn ahnte davon nichts, flog in der Nacht hin, ließ sich auf dem Dache nieder und ging hinein; er strich aber von der Farbe ab und beschmierte sich Mantel, Kleider und Galoschen. Er schlief die Nacht über bei der Königstochter, kehrte zur Alten zurück, als sei nichts geschehen, zog sich aus und legte sich schlafen. Am Morgen schaute der König auf dem Dache nach, er fand ein Stoffhärchen und Spuren an der Farbe; gleich ließ er in der ganzen Stadt Nachforschung halten. Polizei und Soldaten suchten überall, doch konnten sie keinen finden. Da ging ein Polizist bei jener Alten vorbei, wo der Zarensohn lebte, und rief: »Gevatterin, gebt mir, bitte, ein Zündholz zum Anrauchen!« Sie antwortete jedoch: »Ich kann nicht hinausgehn, kommt selbst hinein und raucht an.« Der Polizist ging hinein und erblickte den Mantel, der ganz mit Mennig beschmiert war. Da weckte er den Zarensohn und führte ihn vor den König zum Verhör. Der König fragte ihn: »Wie konntest du dort hineingelangen? Wer hat dich eingelassen?« »Ich war nicht bei euch«, antwortete der Zarensohn. Sprach der König darauf zu ihm: »Bekennst du nicht deine Tat und sagst mir nicht, daß du es warst, so mache ich dir den Prozeß.« Der Zarensohn antwortete: »Richte mich, aber ich bin nicht zu ihr gegangen.« Und auch die Königstochter gestand nichts ein. Da verurteilte ihn der Zar zum Tode; und gegen abend wurde das Urteil verlesen, und man brachte den Zarensohn auf den Richtplatz. Als man ihn auf das Schafott führte, sagte er: »Erlaubt mir, Königliche Hoheit, noch ein

Wort zu sagen!« Der König erlaubte es. Und er sprach: »Laßt mich noch eine halbe Stunde leben, Königliche Hoheit!« Auch das wurde ihm gestattet. Da zog der Zarensohn seinen Adler hervor und breitete ihn aus, drehte nach rechts und schwang sich in die Höhe, dorthin, wo sich seine Braut befand. Er flog auf den Turm, nahm die Königstochter mit und machte sich auf und davon in sein eigenes Reich.

Jene drei Kerle aber saßen im Gefängnis; und es kamen die letzten Tage, die sie noch zu leben hatten. Als aber ihr letztes Stündlein herannahte, baten sie den Zaren um ein Fernglas und schauten aus, ob sie den Adler nicht erblicken könnten. Da sah einer von ihnen einen Vogel fliegen, und der schlug nicht mit den Flügeln. Sie warteten ein wenig: und richtig, der Adler kam geflogen! Der Zarensohn war zurückgekehrt, und der Zar gab den Dreien die Erlaubnis, in alle Schenken zu gehn und zu saufen, wieviel sie nur wollten. Der Zarensohn aber heiratete die Königstochter, die er mitgebracht hatte.

43. Der Schwarzkünstler-Zar

Es war einmal ein Zar, ein freier Herr, der lebte in einer Gegend, die war so flach wie ein Tischtuch. Er hatte Frau und Tochter und viel Hausgesind, und er war ein Schwarzkünstler. Einst rüstete er ein Gastmahl für die ganze Welt, für alle Bojaren, für alle Bauern und für alle Bürger aus der Stadt. Sie kamen zusammen und begannen den Schmaus, da sprach der Zar und rief aus: »Wer vor mir, dem Zaren, zu entfliehen und sich zu verstecken vermag, dem geb ich die Hälfte des Reichs und meine Tochter zur Frau; nach meinem Tode aber soll er auf dem Zarenthron sitzen.« Alle, die da beim Mahle saßen, verstummten und erblaßten. Doch ein wakkerer, kühner Bursch, der wagte es und sprach zum Zaren: »Zar, freier Herr! Ich kann vor dir entfliehen und mich verstecken.« »Nun, so geh, kühner Bursch, und verbirg dich, morgen werd ich dich suchen; gelingt es dir aber nicht, dich zu verstecken, muß dein Kopf herunter von den Schultern!«

Der kühne Jüngling verließ die Gemächer des Zaren, ging durch die Stadt hin, er ging und ging und kam zu der Badstube eines Popen. Da dachte er in seinem Sinn: »Wohin soll ich vor dem Zaren entfliehen und mich verstecken? Ich will in die Badstube des Popen gehn und mich unter der Schwitzbank in der Ecke verbergen, wie soll der Zar mich dort finden!«

Am Morgen früh stand der Schwarzkünstler-Zar auf, heizte den Ofen, setzte sich auf den geflochtenen Stuhl, nahm sein Zauberbuch vor, begann zu lesen und zu forschen, wohin der Jüngling gegangen sei: »Der kühne Bursch hat meine weißsteinernen Gemächer verlassen, ist die Straße entlang gegangen, kam bis zur Badstube des Popen und hat sich in seinem Sinn gedacht: ›Wohin soll ich vor dem Zaren entfliehen und mich verstecken? Ich will in die Badstube des Popen gehn und mich unter der Schwitzbank in der Ecke verbergen, wie soll der Zar mich dort finden.‹ Eilt hin, ihr Diener, sucht in der Badstube des Popen und führt den Burschen her.« Die Diener liefen eilig hin, kamen in die Badstube, hoben die Bank auf: da lag der kühne Jüngling in der Ecke. »Guten Tag, wackerer Bursch!« »Guten Tag, ihr Zarendiener!« »Komm, Väterchen Zar hat dich zu sich gerufen.« Die Diener führten den kühnen Jüngling fort und brachten ihn vor das Angesicht des Zaren. Der aber sprach: »Hast du nicht vermocht, vor mir zu entfliehen und dich zu verstecken?« »Nein, Eure Majestät.« »Hast du's nicht gekonnt, muß dein Kopf von den Schultern herunter.« Er nahm seinen scharfen Säbel und hieb ihm den verwegenen Kopf ab.

Der Zar hatte Gefallen am bösen Spiel. Am nächsten Tage gab er wieder ein Gastmahl und einen Ball, versammelte die Bojaren und die Bauern und alle Bürger aus der Stadt, ließ die Tische aufstellen, und man fing an zu zechen. Und wiederum rief er bei der Tafel aus: »Wer vor mir, dem Zaren, zu entfliehen und sich zu verstecken vermag, dem geb ich die Hälfte des Reichs und meine Tochter zur Frau; nach meinem Tode aber soll er auf dem Zarenthron sitzen.« Alle, die da beim Mahle saßen, verstummten und erblaßten. Doch ein wackerer, kühner Bursch, der wagte es und sprach zum Zaren: »Zar, freier Herr! Ich kann vor dir entfliehen und mich verstecken.« »Nun, so geh, kühner Bursch und verbirg dich, morgen werd ich dich suchen; gelingt es dir aber nicht, dich zu verstecken, muß dein Kopf herunter von den Schultern!«

Der kühne Jüngling verließ die weißsteinernen Gemächer, ging durch die Stadt hin, ging weiter und weiter, war es nah oder weit, niedrig oder hoch, da stand eine riesengroße Scheuer. Der Bursch dachte bei sich: »Ich will mich ins Stroh verkriechen und in die Spreu, wie soll der Zar mich dort finden!« Er verkroch sich und lag still.

Der Schwarzkünstler-Zar hatte die Nacht über geschlafen, stand am Morgen früh auf, wusch sich mit Quellwasser, trocknete sich mit dem Handtuch, heizte seinen Ofen, nahm sein Zauberbuch vor, setzte sich auf den geflochtenen Stuhl und begann zu lesen und zu forschen, wohin der Jüngling gegangen sei: »Der kühne Bursch hat meine weißsteinernen Gemächer verlassen, ist die Straße entlang gegangen bis zur riesengroßen Scheuer und hat sich in seinem Sinn gedacht: ›Ich will mich ins Stroh verkriechen und in die Spreu, wie soll der Zar mich dort finden!‹ Eilt hin, ihr Diener, sucht in der riesengroßen Scheuer und führt den Burschen her.« Die Diener liefen eilig hin, kamen zu der riesengroßen Scheuer: da lag der kühne Jüngling im Stroh und in der Spreu. »Guten Tag, wackerer Bursch!« »Guten Tag, ihr Zarendiener!« »Komm, Väterchen Zar hat dich zu sich gerufen.« Die Diener führten den kühnen Jüngling fort und brachten ihn vor das Angesicht des Zaren. Der aber sprach: »Hast du nicht vermocht, vor mir zu entfliehen und dich zu verstecken?« »Nein, Eure Majestät.« »Hast du's nicht gekonnt, muß dein Kopf von den Schultern herunter.« Er nahm seinen scharfen Säbel und hieb ihm den verwegenen Kopf ab.

Der Zar fand Gefallen am bösen Spiel: am dritten Tage ließ er abermals ein Gastmahl rüsten, und wiederum fand sich ein kühner Bursch. »Ich kann vor dir entfliehen und mich verstecken, aber erst beim dritten Mal.« Der Zar war einverstanden, und der Jüngling verließ die weißsteinernen Gemächer, ging die Straße entlang, ging weiter und weiter, verwandelte sich in ein Hermelin mit schwarzem Schwanz und lief auf der Erde. Und es kroch unter jede Wurzel und jeden Haufen Holz, lief auf der Erde umher, lief weiter und weiter und kam zu den Fenstern des Zarenpalastes, verwandelte sich in einen goldenen kleinen Bohrer und tanzte unter den Fenstern umher, tanzte und tanzte und verwandelte sich in einen Falken und flog vor das Fenster vom Gemach der Zarentochter. Diese erblickte den Falken, öffnete ihr Fenster und lockte ihn zu sich: »Welch schöner, kleiner Falke, welch herrlicher, kleiner Falke ist das doch!« Er ließ sich auf das Fensterbrett nieder, hüpfte auf den Boden und verwandelte sich in den kühnen Jüngling. Die Zarentochter nahm ihn wohl auf und setzte ihn an die Eichentische; sie tranken, bankettierten und tafelten, und taten, was nötig war. Dann verwandelte sich der wackere Bursch in einen goldenen Ring, den nahm die Zarentochter und steckte ihn an den Finger.

Der Schwarzkünstler-Zar hatte die Nacht über geschlafen, stand am Morgen früh auf, wusch sich mit Quellwasser, trocknete sich mit dem Handtuch, heizte seinen Ofen, nahm sein Zauberbuch vor, setzte sich auf den geflochtenen Stuhl, begann zu lesen und zu forschen, wohin der Jüngling gegangen sei. Und er befahl seinen Dienern: »Geht hin, führt meine Tochter herbei oder bringt mir ihren Ring.« Die Diener kamen und sagten: »Der Zar hat dich vor sein Angesicht gerufen.« »Warum denn, weshalb?« »Kommst du nicht selber, so gib uns den Ring.« Die Zarentochter nahm den Ring ab und gab ihn den Dienern. Sie brachten ihn hin und gaben ihn dem Zaren. Der Zar nahm ihn entgegen und warf ihn über die linke Schulter, da ward er zum schönen kühnen Jüngling. »Guten Tag, wackerer Bursch.« »Guten Tag, Zar, freier Herr.« »Nun, da ich dich gefunden hab, muß dein Kopf herunter von den Schultern.« »Nein, Zar, freier Herr, noch zweimal kann ich mich verstecken, so war es zwischen uns abgemacht.« »Nun, dann geh.«

Der kühne Jüngling verließ die Gemächer des Zaren, ging hinaus auf das freie Feld und verwandelte sich in einen grauen Wolf. Er lief und lief und rannte und rannte über die ganze Erde und verwandelte sich in einen Bären. Er stapfte und stapfte durch die dunklen Wälder und verwandelte sich dann in ein Hermelin mit schwarzem Schwanz. Und wieder lief er und kroch unter die Wurzeln und Haufen von Holz, kam zu den Gemächern des Zaren, verwandelte sich in einen kleinen Bohrer und tanzte und tanzte vor den Fenstern des Zaren, verwandelte sich in einen Falken und flog vor das Fenster vom Gemach, in dem die Zarentochter wohnte. Sie erblickte den Falken und öffnete ihr Fenster. »Welch ein herrlicher, kleiner Falke!« Er ließ sich auf das Fensterbrett nieder, hüpfte auf den Boden und ward zum schönen kühnen Jüngling. Die Zarentochter nahm ihn wohl auf und setzte ihn an die Eichentische; sie tranken, tafelten und bankettierten, taten, was nötig war und dachten mit Fleiß nach, wohin man vor dem Zaren entfliehen und sich verstecken könnte. Und sie beschlossen: der Jüngling solle sich in einen lichten Falken verwandeln und weit, weit aufs freie Feld hinausfliegen. Der kühne Bursch ward zum edlen Falken, die Zarentochter öffnete das Fenster, setzte ihn hinauf und rief ihm zu: »Flieg hin, lieber Falke, weit, weit auf das freie Feld, verwandle dich dort, lieber Falke, in siebenundsiebzig Gräser, und diese alle in *ein* Gras!«

Der Schwarzkünstler-Zar hatte die Nacht über geschlafen, stand am Morgen früh auf, wusch sich mit Quellwasser, trocknete sich mit dem Handtuch, heizte seinen Ofen, nahm sein Zauberbuch vor, setzte sich auf den geflochtenen Stuhl, begann zu lesen und zu forschen, wohin der Jüngling gegangen sei. Und er befahl seinen Dienern: »Geht hin auf das freie Feld und reißt von jedem Gras einen Armvoll aus und bringt alles zu mir her.« Die Diener gingen und fanden die Gräser, rissen sie aus und brachten sie dem Zaren. Der Zar saß auf dem Stuhl und suchte das eine Gras; er fand es und warf es über die linke Schulter, da ward es zum schönen Jüngling. »Guten Tag, wackerer Bursch!« »Guten Tag, Zar, freier Herr!« »Nun, ich hab dich abermals gefunden, jetzt muß dein Kopf von den Schultern herunter.« »Nein, noch einmal kann ich mich verstecken, zum letztenmal.« »Schon gut, dann geh, morgen werd ich dich suchen.«

Der kühne Jüngling verließ die Gemächer des Zaren, ging die Straße hinab, kam auf das freie Feld, verwandelte sich in einen grauen Wolf und lief davon; er lief und lief und lief und kam zum blauen Meer, verwandelte sich in einen Hecht und sprang ins Wasser; er schwamm hinüber über das blaue Meer, stieg ans Ufer, verwandelte sich in einen lichten Falken, schwang sich hoch in die Luft und flog über Berg und Kluft; er flog und flog über das flache Feld, erblickte auf grüner Eiche das Nest des Vogels Magowej und fiel dort ein. Der Vogel Magowej war zu der Zeit nicht da, hernach aber kam er geflogen und sah den kühnen Jüngling in seinem Neste liegen. Da rief der Vogel Magowej: »Ach, welch ein Flegel! Fliegt in ein fremdes Nest, läßt sich nieder und liegt darin.« Er packte ihn mit den Krallen und trug ihn fort aus seinem Nest, trug ihn über das blaue Meer und legte ihn dem Schwarzkünstler-Zaren unter das Fenster. Der Jüngling verwandelte sich in eine Fliege, flog in die Gemächer des Zaren, verwandelte sich dann in einen Feuerstein und legte sich auf den Stahl.

Der Schwarzkünstler-Zar hatte die Nacht über geschlafen, stand am Morgen früh auf, wusch sich mit Quellwasser, trocknete sich mit dem Handtuch, heizte seinen Ofen, nahm sein Zauberbuch vor, setzte sich auf den geflochtenen Stuhl, begann zu lesen und zu forschen, wohin der Jüngling gegangen sei. Der Zar las in seinem Zauberbuch getreu bis zu der Stelle, da der Vogel Magowej den kühnen Jüngling aus dem Nest getragen hatte. Und er befahl seinen Dienern: »Geht hin über das freie Feld, fahrt auf Schiffen über das blaue Meer und sucht die grüne Eiche; fällt die Eiche, sucht das Nest, führt den Burschen hierher.« Die Diener gingen und fällten die Eiche und fanden das Nest und wühlten und wühlten, aber kein Jüngling war darin. Sie kamen zum Zaren: »Wir fanden die grüne Eiche, das Nest war da, der Bursch aber nicht.« Der Zar schaut in sein Buch und findet: dort, ganz gewiß, ist der Jüngling. Der Zar machte sich bereit, ging selbst auf die Suche. Er spähte und spähte, wühlte und wühlte, aber konnte nichts finden. Er ließ die grüne Eiche klein hacken, auf ein Feuer legen und verbrennen. Nicht ein einziger Span blieb übrig, und der Zar dachte nun bei sich: »Wenn ich den Burschen auch nicht gefunden hab, lebendig soll er nicht länger auf der Erde weilen.«

Sie kehrten in das Zarenreich zurück, und der Zar lebte so dahin einen Tag und den zweiten und den dritten. Und eines Morgens stand die Magd auf und machte Feuer. Sie nahm aus dem Feuerzeug den Stahl und den Stein, legte den Schwamm bereit, schlug den Stahl gegen den Stein, der Stein flog ihr aus der Hand über die linke Schulter weg, da ward er zum schönen Jüngling. »Guten Tag, Zar, freier Herr!« »Guten Tag, kühner Bursch, nun muß dein Kopf von den Schultern herunter!« »Nein, Zar, freier Herr, du hast mich drei Tage lang gesucht und es dann aufgegeben; ich bin jetzt von selber gekommen. Mir gebührt nun die Hälfte des Reichs und die Zarentochter als Frau.« Da konnte der Zar nichts dagegen machen. Mit fröhlichem Schmaus und rascher Hochzeit gab man die Tochter dem kühnen Burschen zur Frau; er heiratete die Zarentochter, wurde des Zaren Schwiegersohn und bekam die Hälfte des Reichs, und nach dem Tode des Zaren sollte er den Thron haben.

44. Die Pantöffelchen von Lausleder

Es waren einmal ein Zar und eine Zarin, die hatten eine einzige Tochter. Und als man eines Tages der Zarewna den Kopf absuchte, fand man dabei eine Laus. Die wurde nun auf ein Schaf gesetzt, aber die Laus wurde so groß wie das Schaf; dann legte man sie auf einen Hammel, aber die Laus wurde so groß wie der Hammel. Der Zar befahl, sie zu töten und das Fell zu gerben. Aus dem Fell aber wurden für Nastassja, die Zarentochter, Lauslederpantöffelchen gemacht; und in alle Reiche erging die Botschaft: »Wer errät, aus welchem Leder die Pantöffelchen gemacht sind, dem geb ich meine Tochter zur Frau.« Von allen Seiten kamen die jungen Burschen angefahren. Einer riet auf Bocksleder, der andere auf Seehundsleder, aber keiner konnt es erraten.

Da hörte der Teufel von diesem Handel, ging hin und erklärte, daß Nastassja, die Zarentochter, Pantöffelchen aus Lausleder habe. Der Zar mußte sein Wort halten und die Tochter dem Teufel geben; man bestimmte darauf den Tag der Hochzeit. Der Zar dachte tief bekümmert nach, wie er seine Tochter wohl vor dem Teufel verbergen könnte. Er beschloß, sie auf einen Ziegenbock zu setzen und fortzuführen. Man stellte die Tische auf und setzte einen Feuerhaken in den Kleidern der Braut an einen Tisch.

Der Teufel fuhr zur Hochzeit, der Bock aber kam ihm entgegen; da fragte des Teufels Hochzeitsgefolge:

»Ziegenböckchen, Ziegenböckchen,
Heu und Futter trägst du,
Mit dem Bärtchen wackelst du,
Ist Nastassja Zarentochter wohl zu Haus?«

Der Bock antwortete:

»Zu Haus, zu Haus, zu Haus,
In drei Öfen backt sie,
An drei Tüchern näht sie,
Euch Gäste längst erwartet sie.«

Der zweite Wagen kam heran, und wieder fragte man, und ebenso beim dritten, und auch der Teufel selbst fragte schließlich:

»Ziegenböckchen, Ziegenböckchen,
Heu und Futter trägst du,
Mit dem Bärtchen wackelst du,
Ist Nastassja Zarentochter wohl zu Haus?«

Der Ziegenbock antwortete immer dasselbe:

»Zu Haus, zu Haus, zu Haus,
In drei Öfen backt sie,
An drei Tüchern näht sie,
Euch Gäste längst erwartet sie.«

Als alle vorbeigefahren waren, rannte das Böckchen davon, so rasch es nur vermochte.

Der Teufel fuhr auf den Hof des Zaren. »Warum, Nastassja, Zarentochter, kommst du mir nicht entgegen und grüßt mich nicht?« Und er geht in die Stube. Dort sieht er Nastassja hinter dem Tisch; er kommt näher, aber Antwort erhält er noch immer nicht. Da schlägt der Teufel sie aufs Ohr, und der Feuerhaken fällt mit Geklapper zu Boden. Der Teufel aber sagte: »Ach, man hat mich mit allem nur betrogen!« Und er fing an die Braut zu suchen, aber konnte sie nirgends finden. Da erriet der Teufel, daß sie auf dem Ziegenbock verborgen gewesen sei, und machte sich auf, den Bock zu verfolgen.

Die Zarentochter aber rief: »Ziegenböckchen, Ziegenböckchen, fall nieder zur feuchten Mutter-Erde, ist nicht der Teufel schon hinter uns her?« »Er kommt, er kommt, er kommt und ist schon nah!« Da warf die Zarentochter einen Kamm hinter sich und sprach dazu: »Es werde ein undurchdringlicher Wald, für keinen Vogel zu durchfliegen, für kein Tier zu durchlaufen, für den Teufel nicht zu durchfahren; vor mir aber sei ein ebener, breiter Weg!« Der Teufel kam heran und stieß auf das Hindernis. Äxte brachte man ihm und Sägen; sie hieben und schlugen und bahnten einen Weg, und wieder verfolgte er Nastassja, die Zarentochter. Er kam ihr näher; da sagte sie: »Ziegenböckchen, Ziegenböckchen, fall nieder zur feuchten Mutter-Erde, ist nicht der Teufel schon hinter uns her?« »Er kommt, er kommt, er kommt und ist schon nah!« Da warf die Zarentochter einen Feuerstein hinter sich und sprach dazu: »Es werde ein unübersteigbarer Berg bis zum Himmel, für keinen Vogel zu überfliegen, für kein Tier zu erklettern, für den Teufel nicht zu übersteigen!« Und es ward ein Berg. Der Teufel kam heran, fing an zu hauen und zu schlagen, hieb sich einen schmalen Weg hindurch und eilte der Zarentochter nach. Und wieder sagte Nastassja, die Zarentochter: »Ziegenböckchen, Ziegenböckchen, fall nieder zur feuchten Mutter-Erde, ist nicht der Teufel schon hinter uns her?« Der Ziegenbock antwortete: »Er kommt, er kommt, er kommt und ist schon nah!« Da warf die Zarentochter ein Feuerzeug hinter sich und sprach dazu: »Es werde ein brennender Fluß, damit der Teufel nicht mehr hindurch kann!« Und selbst blieb sie beim Flusse stehn. Der Teufel kam heran, für ihn gab's kein Hinüberkommen; da sagte er: »Reich mir ein Handtuch, Nastassja, Zarentochter, und zieh mich über den Fluß, zur Frau werd ich dich nicht nehmen.«

Sie reichte ihm ein Stück Leinwand, zog ihn bis zur Mitte des Flusses und ließ dann los; der Teufel fiel in den Fluß und ertrank. Nastassja, die Zarentochter, aber kam in ein anderes Reich und heiratete dort.

45. Iwan Pechvogel

Es lebte einst ein armer Bauer, der hieß Iwan Pechvogel. Für sein Geld fehlte ihm der Beutel, um den zu kaufen, fehlte ihm das Geld; was er verdiente, das verlor er, und was er nicht verdiente, das stahl man ihm – verdiente er nicht, war ja nichts zu erhalten. Da wanderte er fort, um wider sein Pech einen Rat zu erbitten. Der Zar aber antwortete ihm: »Wenn du selbst nichts verdienen kannst, wie soll ich dir da einen Rat geben?« Der Zar hatte jedoch eine Tochter, und die sprach: »Väterchen! Warum könnt Ihr diesem Bauern keinen Rat geben? Was bin ich? nur ein Frauenzimmer, und doch könnte ich's.« Da fragte sie der Zar: »Was würdest du ihm denn raten?« Die Tochter erwiderte: »Mag er heiraten, vielleicht bekommt er eine Frau, die Glück hat; kriegt er aber eine Frau, die kein Glück hat, werden die Kinder Glück haben, und er wird doch im Wohlstand leben können.« Da ward der Vater zornig und gab die Tochter dem Bauern zur Frau und ließ überall den Befehl verkünden, daß niemand die beiden über Nacht in sein Haus einlassen dürfe.

Iwan Pechvogel ging mit der Zarentochter durch die Stadt und sagte: »Gräm dich nicht, Zarentochter, ist das Häuschen auch klein, ist der Winkel doch mein.« Sie kamen hin; da stand ein Hüttchen ohne Fenster, an einer Stelle fehlte gar ein Stück der Wand, und einen Ofen gab es erst recht nicht. Die Zarentochter verhängte und verstopfte mit ihren Kopftüchern und Brusttüchern die ärgsten Ritzen, und indem sie immerfort nachlegten, wärmten sie sich am Feuer. In dieser Nacht stickte die Zarentochter ein breites Tuch und sandte Iwan aus, es zu verkaufen: »Handle mit dem ersten Händler, laß es nicht dem zweiten Händler, verkauf es nur dem dritten Händler.«

Iwan lief fort mit dem Tuch. Der eine Händler bot hundert Rubel, der zweite zweihundert, der dritte dreihundert. Für dreihundert Rubel verkaufte Iwan das Tuch. Dann handelte er ein, was er für seine Hütte brauchte, und eilte zurück. Als er an einen Kreuzweg kam, sprang Jaryschko hervor, runzelte die Stirn und sah ihn starr an. »Bauer, gib das Geld her! Gibst du's im guten, sag ich dir einen Spruch; gibst du's nicht im guten, nehm ich's im bösen und sag dir gar nichts.« Der Bauer wand sich, sträubte sich, aber gab das Geld endlich her. Jaryschko sagte ihm darauf den Spruch: »Ohne Gottes Willen geht kein Haar von deinem Haupte verloren.«

Iwan lief zu seiner Frau und erzählte ihr sein Erlebnis. Sie meinte dazu: »Es ist schon wahr, daß du kein Glück hast, und ich hab auch keins: zwei Pechvögel haben sich gefunden.«

Die zweite Nacht kam heran, und die Zarentochter stickte abermals ein Tuch. Sie schickte Iwan aus und sagte: »Handle mit dem ersten Händler, laß es nicht dem zweiten Händler, verkauf es nur dem dritten Händler.« Iwan lief fort mit dem Tuch; der eine bot ihm hundert Rubel, der zweite zweihundert, der dritte dreihundert; er ließ es für dreihundert Rubel. Auf dem Kreuzwege lauerte ihm wieder Jaryschko auf, runzelte die Stirn und sah ihn starr an. »Bauer, gib das Geld her! Gibst du's im guten, sag ich dir einen Spruch; gibst du's nicht im guten, nehm ich's im bösen und sag dir gar nichts.« Der Bauer wand sich, sträubte sich, aber gab das Geld endlich her. Jaryschko sagte ihm darauf den Spruch: »Wirst du erhöht, so erniedrige dich nicht.« Er lief heim und erzählte seiner Frau, was ihm widerfahren war. Sie antwortete darauf: »Du bist wahrlich ein Pechvogel, und ich bin unglücklich.«

In der dritten Nacht stickte sie das dritte Tuch, legte noch fünfzig Rubel dazu und sagte: »Mußt du auch wieder über den Kreuzweg, so kauf doch wenigstens fürs Haus reichlicher ein.« Iwan lief mit dem Tuche fort. Der eine Händler bot ihm hundert Rubel, der zweite zweihundert, der dritte dreihundert; für dreihundert ließ ihm Iwan das Tuch. Auf dem Kreuzwege lauerte ihm Jaryschko auf, runzelte die Stirn und sah ihn starr an. »Bauer, gib das Geld her! Gibst du's im guten, sag ich dir einen Spruch; gibst du's nicht im guten, nehm ich's im bösen und sag dir gar nichts.« Der Bauer wand sich, sträubte sich, aber gab das Geld schließlich her. »Na, zieh auch noch die fünfzig Rubel heraus!« sagte Jaryschko. Der Bauer wand sich, sträubte sich und gab auch die noch her. Jaryschko sagte ihm darauf den Spruch: »Hol aus, aber schlag nicht zu.« Iwan lief heim; der Weg führte aber an einem steilen Berg entlang; da stolperte Iwan, fiel hin und ließ den Brotlaib fallen, den er in den Händen trug. Das Brot kollerte den Berg hinunter; ein Hund lief unten vorbei, packte das Brot und schleppte es davon. Iwan dachte bei sich: »Wie soll ich mit leeren Händen der Zarentochter unter die Augen kommen?« Er eilte zum Hafen, und gerade waren Schiffe zum Auslaufen bereit; da ließ er sich als Matrose anheuern und fuhr übers Meer.

Und als sie einige Zeit gefahren waren, hielten sie an. Die Schiffsherrn riefen einen Freiwilligen aus der Zahl der Matrosen auf und sprachen: »Wer ins Meer hinuntersteigt, der soll die Hälfte des Schiffs mit allem Gut erhalten; ist aber keiner von euch dazu bereit, so werft das Los, wer gehn soll.« Iwan jedoch überlegte bei sich: »Mir hat Jaryschko doch gesagt: ›Ohne Gottes Willen geht kein Haar von deinem Haupt verloren.‹ Werd ich dann im Meer ertrinken, wenn Gott es nicht so bestimmt hat?« Da machte Iwan mit dem Schiffsherrn einen Vertrag, steckte eine Kopie davon zu sich, sprang ins Wasser und sank unter.

Ein Mann packte ihn und schleppte ihn durchs Wasser. Er schleppte ihn lange Zeit und brachte ihn in eine Stadt. Dort war aber kein Wasser mehr. Die Tore wurden geöffnet, und sie gingen in die Stadt hinein. Da sprach der Mann: »Unser Zar und die Zarin streiten miteinander; der eine sagt: ›Schweißstahl und Damaszenerstahl sind teurer als Gold und Silber‹, aber der andre sagt: ›Gold und Silber sind teurer als Schweißstahl und Damaszenerstahl.‹ Und man muß so verfahren: dem einen recht geben und den andern nicht kränken.«

Er führte Iwan in die Gemächer und führte ihn in die Zimmer; hell leuchtete es auf, wo der Zar und die Zarin saßen. Man setzte Iwan an einen Tisch zu dem Zaren und zu der Zarin. Er gedachte aber des Wortes, das ihm Jaryschko gesagt hatte: ›Wirst du erhöht, so erniedrige dich nicht.‹ Wozu sollte er sein Licht unter den Scheffel stellen? Er setzte sich an den Tisch. Der Zar und die Zarin fragten ihn: »Du bist uns, russischer Gesell, gerade recht gekommen, um einen Streit zu schlichten. Wie steht es bei euch: sind Schweißstahl und Damaszenerstahl teurer als Gold und Silber, oder sind Gold und Silber teurer als Schweißstahl und Damaszenerstahl?« »Bei uns in Rußland ist es so: wenn's keinen Krieg gibt, gilt der Stahl nichts und Gold und Silber sind teurer. Kaum fängt aber ein Krieg an, so ist der Stahl teurer als Gold und Silber; dann kauft man Speere und Waffen und gibt dafür Gold und Silber hin.« Dem Zaren und der Zarin, beiden war es recht. Sie schenkten ihm jeder ein kleines Fläschchen. Iwan aber dachte bei sich: »Solche Fläschchen kosten bei uns nur fünf Kopeken.« Dann übergab man ihn wieder dem, der ihn hergeführt hatte, und der führte ihn zur Stadt hinaus durch das Tor, schleppte ihn durchs Wasser bis zum Schiff und ließ ihn hinauf.

Als Iwan das Schiff betrat, ward er zum Herrn über die eine Hälfte des Schiffes. Und wieder fuhren sie über das Meer und kamen zu einem fremden Zaren. Die Schiffsleute gingen an Land, um sich beim Zaren zu melden und die Pässe visieren zu lassen, und brachten Geschenke mit, soviel wie jeder konnte: der eine für hundert Rubel, der andere vielleicht gar für tausend. Iwan aber brachte dem Zaren das Fläschchen und schenkte es ihm. Der Zar nahm die Kaufleute wohl auf, bewirtete sie und setzte sie alle in ein Gemach, Iwan aber in ein anderes, das vornehmer war. Die Gäste speisten und wurden fröhlich, aber das eine wurmte sie: »Wir haben Geschenke gebracht, der eine für hundert, der andere für tausend Rubel, Iwan aber nur für zehn Kopeken; doch ihn hat der Zar höher gesetzt als alle andern.« Die Speisenträger hinterbrachten das dem Zaren. Da nahm der Zar das Fläschchen und trug es dorthin, wo die Kaufleute saßen. »Ihr schätzt Iwans Geschenk für nichts; seht aber, was das für ein Geschenk ist!« Er schüttelte das Fläschchen, der Korken sprang heraus, und zwei Kugeln rollten hervor und schütteten soviel Silber aus, daß man's nicht zusammenscharren konnte. Der Zar schenkte Iwan für das Fläschchen drei vollbeladene Schiffe mit Besatzung. Iwan fuhr von dort heim mit drei Schiffen und einem halben.

Er kam an und ging im Hafen vor Anker; als es aber gegen Abend dunkel wurde, wanderte er fort, sein Hüttchen zu suchen. Doch an der alten Stelle stand ein steinernes Haus. Iwan pochte an die Tür; eine Frau trat heraus und fragte: »Was wollt Ihr?« »Ich bin ein Fremder und möchte übernachten.« »Tretet nur ein, das Haus ist ein Gasthof; davon haben wir unsern Verdienst und unser Brot.« Iwan ging hinein ins Haus. Die Frau stellte ihm Essen hin und brachte ihm alles, worum er auch bat; er aß sich satt, und dann bereitete sie ihm in dem Zimmer das Nachtlager und ging selber in ein anderes. Iwan sagte darauf: »Ich möchte eine Kerze haben, ohne Licht kann ich nicht schlafen.« Die Wirtin antwortete: »Brauchst du's, so zünde dir auch zwei Kerzen an; je größer der Verbrauch, um so größer der Gewinn.« Sie steckte Licht an und verschwand im andern Zimmer. Iwan lag eine Stunde auf seinem Lager und ging dann in das Zimmer der Wirtin. Dort sah er sie schlafen, zu beiden Seiten aber lagen zwei junge Männer, und sie ruhte in der Mitte. »Ach, sie schläft mit zwei Buhlen«, dachte Iwan. Er zog seinen Säbel und wollte ihnen allen die Köpfe abhauen. Da fiel ihm aber ein: »Mir hat Jaryschko doch den Spruch gesagt: ›Hol aus, aber schlag nicht zu.‹« Er weckte die Wirtin und fragte sie: »Wer sind diese beiden?« »Das sind meine

Söhne; ich war einmal verheiratet, aber mein Mann ist übers Meer entflohen; die beiden ließ er noch im Mutterleib zurück. Seid aber Ihr nicht am Ende mein Mann?« Da antwortete Iwan: »Ich bin Euer Mann.« Und sie weckten die Söhne, um den Vater zu begrüßen. Sie umarmten den Vater und fielen vor ihm auf die Knie nieder. Und dann wohnten sie fortan beisammen.

Es war aber zum Zaren die Nachricht gedrungen, daß sein Schwiegersohn mit drei Schiffen und einem halben angelangt sei. Der Zar sandte Boten aus und ließ ihn zu sich zu Gast bitten. Iwan ging mit seiner Frau und den Kindern hin und nahm als Geschenk das zweite Gläschen mit. Der Zar nahm Iwan auf, wie es sich gehört. Iwan blieb einige Zeit zu Gast, dann trat er vor den Zaren und gab ihm das Gläschen als Geschenk. Doch dem Zaren gefiel es nicht: »So reich ist er zurückgekehrt und bringt mir ein Geschenk für fünf Kopeken!«

Iwan ging nach Hause, der Zar aber warf ihm das Gläschen an den Rücken. Der Korken sprang heraus, zwei Kugeln rollten hervor und schütteten soviel Gold und Silber aus, daß man's nicht zusammenscharren konnte. Da schrie der Zar: »Kehr um, Iwan! Du sollst über das Reich herrschen, du bist reicher geworden als ich!« Iwan kehrte um, und der Zar vertraute ihm das ganze Reich an.

46. Siebenjahr

Es waren einmal zwei Brüder, ein reicher und ein armer. Der Arme wurde Witwer, und seine Frau ließ ihm ein Töchterchen zurück, das stand im siebenten Jahre, darum nannte man es Siebenjahr. Der Reiche schenkte Siebenjahr ein armseliges Kälbchen, und sie tränkte, fütterte und pflegte es, und aus dem Kälbchen ward eine prächtige Kuh, die brachte ein Kalb mit goldenen Hufen zur Welt. Da kamen die Töchter des reichen Onkels zu Besuch und sahen das Kalb; dann gingen sie fort und sagten es dem Vater. Der Reiche wollte sich das Kalb aneignen, aber der Arme gab es nicht her. Sie stritten und stritten miteinander, gingen zum Wojewoden und baten, ihren Handel zu schlichten. Der Reiche sagte: »Ich hab meiner Nichte nur das Kälbchen geschenkt, nicht seine Nachzucht!« Der Arme jedoch sagte: »Das Kälbchen ist mein, also ist auch die Nachzucht mein!« Wie sollte man da entscheiden? Der Wojewode sprach zu ihnen: »Löst mir drei Rätsel! Wer sie errät, dem soll das Kälbchen gehören. Zuerst ratet: was ist das Allerschnellste?«

Die Bauern gingen heim. Da dachte der Arme bei sich: »Was soll ich wohl sagen?« und er sprach zu seiner Tochter Siebenjahr: »Töchterchen, Töchterchen! Der Wojewode befiehlt zu erraten, was das Schnellste ist auf der Welt. Was soll ich ihm nun antworten?« »Sei nicht traurig, Väterchen! Bete zum Heiland und leg dich schlafen!« Und er legte sich zur Ruh. Am Morgen weckte ihn Siebenjahr: »Steh auf, steh auf, Väterchen! Es ist Zeit, zum Wojewoden zu gehn. Mach dich auf und sag ihm: das Schnellste auf der Welt ist der Gedanke!« Der Bauer erhob sich und ging zum Wojewoden; auch der Bruder kam hin. Der Wojewode trat zu ihnen hinaus und fragte: »Nun, so sagt mir: was ist das Allerschnellste?« Der Reiche sprang vor und rief: »Ich hab ein so schnelles Roß, daß niemand es einholt: es ist das Allerschnellste, was es gibt!« Der Wojewode lachte nur und sprach zum Armen: »Und was meinst du?« Der Arme sagte: »Der Gedanke ist das Schnellste auf der Welt!« Der Wojewode staunte darüber und fragte: »Wer hat dich das gelehrt?« »Meine Tochter Siebenjahr.« »Na, dann gut! Ratet jetzt: was ist das Fetteste auf aller Welt?«

Die Bauern gingen heim. Der Arme kam und sagte zu Siebenjahr: »Der Wojewode hat uns aufgegeben, zu erraten: was ist das Fetteste auf der Welt? Was soll man da antworten?« »Nun, Väterchen, gräm dich nicht: der Morgen ist klüger als der Abend. Bete zum Heiland und leg dich schlafen.« Der Alte legte sich zur Ruh. Am Morgen weckte ihn Siebenjahr: »Steh auf, Väterchen! Es ist Zeit, zum Wojewoden zu gehn! Fragt er dich, was das Fetteste sei, so antworte: die Erde ist am fettesten, denn sie bringt Früchte aller Art hervor!« Der Bauer erhob sich und ging zum Wojewoden; auch der Reiche kam hin. Der Wojewode trat zu ihnen hinaus und fragte: »Nun, habt ihr's erraten? Was ist das Fetteste von allem?« Der Reiche sprang vor und rief: »Ich hab einen verschnittenen Eber, der ist so fett, daß es nichts Fetteres mehr gibt! Er ist von allem das Fetteste!« Der Wojewode lachte und fragte den Armen: »Na, was meinst denn du?« »Die Erde ist das Fetteste, denn sie bringt Früchte aller Art hervor!« Der Wojewode erstaunte und fragte: »Wer hat dich das gelehrt?« »Meine Tochter Siebenjahr!« »Nun gut! Jetzt ratet aber: was ist das Holdeste auf der Welt?«

Die Bauern gingen heim. Der Arme kam und erzählte Siebenjahr: »Das und das hat der Wojewode uns zu raten aufgegeben. Was soll ich da antworten?« »Nun, Väterchen, sei nicht traurig: der Morgen ist klüger als der Abend. Bete zum Heiland und leg dich schlafen.« Am Morgen weckte sie ihn und sprach: »Steh auf, Väterchen! Es ist Zeit, zum Wojewoden zu gehn. Fragt er dich, so antworte: dem Menschen ist das Holdeste der Schlaf, denn im Schlaf vergißt man jedes Leid!« Der Vater erhob sich und ging zum Wojewoden; auch der Reiche kam hin. Der Wojewode kam zu ihnen hinaus und fragte: »Nun, so sagt mir: was ist das Holdeste auf der Welt?« Da rief der Reiche schnell: »Das Weib ist das Holdeste auf aller Welt!« Der Wojewode lachte und fragte den Armen: »Und was meinst du?« »Der Schlaf ist dem Menschen das Holdeste auf der Welt, denn im Schlaf vergißt man jedes Leid!« Der Wojewode erstaunte und fragte: »Wer hat dich das gelehrt?« »Meine Tochter Siebenjahr.«

Da ging der Wojewode in seine Gemächer, kam mit einem Sieb voll Eier wieder heraus und sprach: »Geh hin und bring deiner Tochter dieses Sieb mit den Eiern, sie soll bis morgen aus ihnen Kücken ausbrüten!« Der Arme ging heim, weinte und erzählte Siebenjahr, was der Wojewode ihm aufgetragen hatte. »Na, Väterchen, gräm dich nicht! Bete zum Heiland und leg dich schlafen: der Morgen ist klüger als der Abend!« Am nächsten Tage weckte sie den Vater: »Väterchen, Väterchen, steh auf! Es ist Zeit, zum Wojewoden zu gehn. Hier, nimm ihm ein wenig Hirsekorn mit und sag ihm, die Kücken würden gleich fertig sein, aber mit frischem Sommerkorn müßten sie gefüttert werden; darum soll er es säen, und nach einer halben Stunde muß das Korn reif sein, und dann soll er es mir gleich senden.« Der Alte erhob sich und ging zum Wojewoden. Der kam heraus und fragte: »Nun, hast du die Kücken mitgebracht?« »Ja, meine Tochter sagt, daß sie nach einer halben Stunde da sein werden. Aber man muß sie mit Sommerhirsekorn füttern, sagt sie; darum hat sie etwas Korn mitgeschickt, damit Ihr es sät; und alles soll nach einer halben Stunde fertig sein.« »Aber ist es denn möglich, daß das Korn in einer halben Stunde heranwächst und reif wird?« »Und ist es etwa möglich, Kücken in einer Nacht auszubrüten?« Der Wojewode konnte nichts machen: Siebenjahr hatte ihn überlistet.

Da gab er dem Armen ein Garn und sprach: »Deine Tochter soll bis morgen Leinwand spinnen und mir ein Hemd nähen!« Der Vater ward traurig, ging fort und erzählte alles Siebenjahr. »Na, Väterchen, gräm dich nicht. Bete zum Heiland und leg dich schlafen! Der Morgen ist klüger als der Abend!« Der Vater legte sich hin und schlief ein. Am Morgen weckte ihn Siebenjahr: »Steh auf, Väterchen! Es ist Zeit, zum Wojewoden zu gehn. Mach dich auf, bring ihm Leinsamen und sag, daß das Hemd fertig sei, aber womit soll ich den Kragen durchsteppen? Mag er den Samen aussäen, damit er heranwächst und reif wird, und nach einer halben Stunde soll er mir den Faden schicken!« Der Vater ging hin und sagte es dem Wojewoden. Der aber sprach: »Wie ist es denn möglich, daß der Flachs in einer halben Stunde heranwächst, und daß man aus ihm Fäden spinnt?« »Kann man denn aber in einer Nacht Leinwand spinnen und ein Hemd nähen?« Wieder hatte Siebenjahr den Wojewoden überlistet!

Da sprach er zum Alten: »Geh hin und sag deiner Tochter, sie solle zu mir kommen, nicht zu Fuß und nicht zu Pferde, nicht im Schlitten und nicht im Wagen, nicht nackt und nicht bekleidet, und nicht mit Geschenk und nicht ohne Geschenk!« Der Vater kam heim und erzählte alles der Tochter. Am nächsten Tage legte Siebenjahr ihre Kleider ab, wickelte sich in ein Fischernetz, nahm eine Taube mit sich und lief zum Wojewoden auf Schneeschuhen. Sie kam zu ihm und gab ihm die Taube, aber die riß sich gleich los und flog davon. Und so hatte Siebenjahr den Wojewoden wieder überlistet; doch sie gefiel ihm sehr, und er sprach zu ihr: »Morgen komm ich selbst zu euch.« Da fuhr der Alte in die Stadt, um Vorräte einzukaufen und den Gast bewirten zu können.

Gleich am andern Morgen kam der Wojewode an Siebenjahrs Hause vorgefahren. Da war aber weder ein Hof, noch selbst ein Pflock, nur der Schlitten und der Wagen standen vor dem Hause. Der Wojewode sah sich um, wo er sein Pferd anbinden könne. Er trat zum Fenster heran und fragte Siebenjahr: »Wo kann ich wohl mein Pferd anbinden?« »Bind es zwischen Sommer und Winter an!« Der Wojewode dachte und dachte darüber nach und kam nur mit Mühe darauf, daß zwischen Winter und Sommer heißen solle zwischen Schlitten und Wagen. Dann ging er ins Zimmer und fragte: »Wo ist dein Vater, und wann kehrt er zurück?« »Mein Vater ist in der Stadt; fährt er einen Umweg, wird er zum Abend hier sein, fährt er aber geradezu, wird er auch nach drei Tagen nicht zurück sein.« »Wie geht das wunderlich zu? Was soll das bedeuten?« »Das bedeutet: geradezu geht es durch den Sumpf, doch auf dem Umweg auf der Straße.«

Danach freite der Wojewode um Siebenjahr, doch unter der Bedingung, daß sie sich nicht in die Angelegenheiten seines Amtes mischen dürfe; hielte sie aber ihr Versprechen nicht, dann würde er sie mit dem, was ihr das Liebste sei, zurück zu ihrem Vater schicken. Sie wurden getraut und lebten glücklich und zufrieden. War es lange nach dem oder nicht, da bat ein Bauer einen andern um ein Pferd, damit er vom Felde Rüben einfahren könne. Jener gab ihm das Pferd; der Bauer fuhr fort und kam erst spät am Abend zurück. Darum brachte er das Pferd nicht gleich dem Besitzer, sondern band es an seinem Wagen an. Am Morgen stand er auf und sah unter dem Wagen ein Füllen liegen. »Das Füllen ist mein: es liegt unter dem Wagen; gewiß hat es die Rübe oder der Wagen geworfen.« Der andere aber, dem das Pferd gehörte, sagte: »Das Füllen ist mein!« Sie stritten und stritten sich und gingen zum Wojewoden, ihr Recht zu verlangen. Der Wojewode entschied: »Das Füllen ist unter dem Wagen gefunden worden, so gehört es auch dem, dem der Wagen gehört!« Das hörte Siebenjahr mit an, konnte nicht an sich halten und sagte ihrem Manne, daß er ungerecht richte. Der Wojewode geriet in Zorn und verlangte die Scheidung. Nach dem Mittagessen sollte Siebenjahr wieder zu ihrem Vater zurückfahren. Doch während des Essens machte sie ihren Mann ganz betrunken. Er trank sich voll und schlief ein. Da befahl sie, den Schlafenden in den Wagen zu legen, und fuhr mit ihm zu ihrem Vater. Dort wachte der Wojewode auf und fragte: »Wer hat mich hierher gebracht?« »Ich habe dich hergefahren«, sagte Siebenjahr, »wir machten ja aus, daß ich mitnehmen dürfe, was mir das Liebste sei. Da nahm ich nun dich mit!« Er staunte über ihre Klugheit, versöhnte sich mit ihr und kehrte nach Hause zurück: und sie lebten fortan glücklich und in Frieden.

47. Die Teufelsflöte

Es waren einmal ein Mann und eine Frau, die hatten drei Söhne, zwei kluge und Wanjka, den Dummkopf. Auf dem Mistbeet bei der Hütte hatten sie Rüben gesät, aber irgend jemand kam des Nachts und stahl die Rüben. Die Brüder machten unter sich aus, Wache zu halten, und in der ersten Nacht ging der älteste Bruder hin. Er setzte sich nieder, aber konnte nicht wachbleiben, sondern nickte ein und schlief. Als er aufwachte, waren viele Rüben gestohlen. In der nächsten Nacht ging der zweite Bruder wachen und verschlief ebenso. Wanjka aber saß auf dem Ofen und schneuzte sich in die Faust. »Laßt ihr mich eine Nacht wachen?« fragte er. »Das ist nichts für dich Dummkopf!« »Nein, ich will hin.« »Na, dann gut.« Und sie ließen ihn hinaus. Wanjka ging hin, fing an zu tanzen und tanzte bis Mitternacht; dann legte er sich nieder, und kaum lief der Teufel herbei und begann die Rüben auszureißen, da packte ihn Wanjka und hielt ihn fest. Sie balgten sich miteinander herum, und schließlich fragte Wanjka: »Wer bist du?« »Ich bin der Teufel, und du?« »Ich bin auch ein Teufel.« »Dann komm zu mir«, sagte der andere. Sie sammelten die Rüben auf und wanderten über Buchten und offenes Wasser. »Was gibst du mir für die Rüben?« fragte Wanjka. Da gab ihm der Teufel eine Flöte, die spielte allerlei Stücke. Wanjka steckte sie ein, kehrte nach Hause zurück, kroch auf den Ofen und saß dort wie vordem. »Wo hast du die Rüben hingetan, Dummkopf?« schrie ihn der Vater an, »alle hast du sie stehlen lassen!« »Ich hab sie dem Teufel gegen eine Flöte eingetauscht«, antwortete er. »Na, dann gut.«

Sie hatten aber auf dem Hof eine Sau mit drei Ferkeln; da bat Wanjka, er wolle sie hüten gehn. »Wie wirst du sie denn hüten, Dummkopf? Die Schweine gehn dir alle noch verloren!« »Nein, ich verliere sie gewiß nicht.« Er trieb sie ins Feld und hütete sie, zog seine Flöte heraus und begann zu spielen. Da fingen die Sau und die drei Ferkel an zu tanzen und zu springen. Das sah aber der Zar von seinem Fenster aus und wunderte sich. »Was ist das? Eine Sau und ihre Ferkel tanzen!« Die Zarentochter sah es auch und rief: »Man muß sie hierherschaffen!« Sie schickten Diener aus, sie herzuführen, oder wenigstens ein Ferkel zu kaufen. Die Diener gingen hin; Wanjka spielte auf, und die Diener und die Schweine mußten tanzen. »Was wollt ihr?« sagte Wanjka. »Wir sind geschickt, ein Ferkel zu kaufen.« »Na, wer's braucht, der kann selber herkommen und kaufen.« Die Diener kehrten zurück und meldeten es dem Zaren. Da befahl die Zarentochter, eine Kutsche anzuspannen, und fuhr selber hin. Sie kam an, und Wanjka fing wieder an zu spielen. Da tanzten die Pferde, der Kutscher, der Wagen und sogar die Zarentochter, und sie tanzten so lange, bis sie kaum noch Atem schöpfen konnten. Dann hörte Wanjka auf, und die Zarentochter bat ihn, ihr ein Ferkel zu verkaufen. »Nein, es ist nicht zu verkaufen, ich geb es nur unter einer Bedingung her.« »Und was ist denn diese Bedingung?« »Bis zum Knie sich entblößen und dreimal um die Schweine herumtanzen.« Die Zarentochter hob ihr Kleid und tanzte. »Na, so nehmt das Ferkel mit!« Sie brachten es nach Hause und setzten es nieder, aber tanzen tat es nicht; den ganzen Fußboden besudelte es, tanzte aber keinen Schritt. »Man muß gewiß noch ein anderes Ferkel kaufen, zu zweien werden sie's lustiger haben.« Wanjka trieb jedoch unterdessen die Sau mit zwei Ferkeln nach Hause. Der Vater fragte ihn: »Wo hast du das eine Ferkel gelassen?« »Hab's verloren.« »Du bist und bleibst ein Dummkopf«, schrie der Vater.

Am nächsten Tage machte sich Wanjka wieder bereit, die Schweine zu hüten, der Vater jedoch erlaubte es ihm nicht. Er trieb sie aber doch ins Feld, spielte auf der Flöte, und sie fingen an zu tanzen. Der Zar und seine Tochter aber schauten ihm zu. Sie schickten Diener aus, ein zweites Ferkel zu kaufen, er gab es jedoch nicht her. Da fuhr die Zarentochter selber hin. Wanjka fing an zu spielen, so daß alle um ihn herum zu tanzen begannen. »Was wollt ihr?« fragte er dann. »Verkauf uns ein zweites Ferkel!« »Nur, wenn du dich bis zum Gürtel entblößt und dreimal um mich herumgehst, dann kannst du es haben!« Der Zarentochter blieb nichts übrig, sie entblößte sich und ging um ihn herum. »Na, so nehmt das Ferkel mit!« Sie brachten es heim und ließen beide Ferkel zueinander; da stießen sie sich mit den Rüsseln. »Gleich, gleich werden sie tanzen!« meinten alle. Aber sie stießen sich bloß und liefen umher und besudelten den Fußboden noch einmal so schlimm, so daß es wirklich eine Schande war. »Man muß gewiß auch noch die Sau mit dem letzten Ferkel kaufen, denn nur darum tanzen die beiden nicht, weil sie allein sind.« Wanjka ging unterdessen nach Hause und trieb das Schwein mit dem einen Ferkel vor sich hin. »Wo hast du, Dummkopf, das andere Ferkel gelassen?« »Hab's verloren«, sagte er. Sie schimpften ihn aus, aber was hilft das bei einem Dummkopf.

Am dritten Tage wollte Wanjka wieder die Schweine hüten. Da fuhr der Vater auf ihn los: »Zwei Ferkel schon hast du verloren, soll's mit dem dritten auch so gehn?« Er konnte aber nichts ausrichten, und der Dumme trieb die Schweine wieder ins Feld, setzte sich hin und fing an zu spielen. Die Sau tanzte und das Ferkel hinter ihr her. Die Zarentochter sah es und schickte Diener aus, das letzte Ferkel mitsamt der Sau zu kaufen. Doch die Diener kehrten mit leeren Händen zurück. »Mag sie selber herfahren, wenn sie kaufen will«, hatte der Dumme gesagt. Da kam die Zarentochter angefahren. Wanjka spielte, und die Rosse und der Kutscher und die Zarentochter tanzten. »Verkauf mir die Sau mit dem Ferkel«, sagte sie. »Gut, zieh dich aus und heb dreimal die Hände so über den Kopf!« Da war nichts zu machen, die Zarentochter zog sich aus und hob die Arme; sie hatte aber unter der linken Achsel ein silbernes Haar und unter der rechten – ein goldnes. »Na, jetzt nehmt die Schweine mit!«

Sie brachten sie nach Haus, und da stießen sie sich wieder mit den Rüsseln, aber das war alles. Wanjka kam ohne alle Tiere heim, und der Vater fragte ihn: »Wo hast du die Schweine gelassen, du Lump?« »Verloren sind sie.« Da schimpften sie ihn gewaltig aus, aber was machte das ihm aus? Er kroch auf den Ofen, schneuzte sich in die Faust und schwieg still.

Und es kam die Zeit heran, da die Zarentochter heiraten sollte. Da ließ der Zar bekanntmachen: »Ich geb sie demjenigen, der die Male meiner Tochter errät.« Aus dem ganzen Reich rief man mächtig viel Leute zusammen, und sie fingen nun an zu raten. Aber weißt du nichts, so errätst du auch nichts! Da fragte der Zar den Wanjka. Der sagte: »So und so, Eure hohe Majestät: unter dem rechten Arm ein goldnes Haar, unter dem linken ein silbernes.« »Na, dann dank ich dir, wackerer Bursch, du hast es erraten«, sagte der Zar. Doch die Senatoren und Minister hatten davon Wind bekommen, daß einer es erraten hatte; sie kamen zu ihm in der silbernen Kutsche vorgefahren, in der der Zar nur einmal im Jahr auszufahren pflegte. »Verlang, was du willst«, so sprachen sie zu Wanjka, »nur tritt zurück!« »Gut, dann gebt mir aber diesen Wagen, die Pferde und die Kutscher, die Kleider und alles übrige.« Da gaben sie's ihm.

Und wieder ließ der Zar bekanntmachen, wer die Male seiner Tochter errate, dem wolle er sie zur Frau geben. Niemand konnte sie erraten, nur Wanjka allein, und der Zar dankte ihm. Da kamen wieder dieselben Senatoren angefahren und baten den Dummkopf, von der Heirat abzustehn. »Gebt mir die Kutsche, die Pferde und alles, was ihr an euch tragt!« sagte er. Und sie gaben es ihm. Wanjka aber nahm sich eine große Wohnung in der Stadt und lebte dort.

Und zum drittenmal ließ der Zar die Botschaft verkünden; Wanjka allein erriet die Male. Da fing man an, die Hochzeit zu rüsten und feierte sie dann mit großem Prunk. Und Wanjka lebte nun mit der Zarentochter. Eines Tages aber befahl der Zar: »Man soll die goldne Kutsche anspannen, wo ist sie?« »Ja, die ist dort und dort bei dem Schwiegersohn.« Der Zar schickte seine Minister und Senatoren zu ihm nach der Kutsche. Sie kamen zu Wanjka und sprachen: »Wir brauchen die Kutsche.« »Gut, ich geb sie euch, aber geht vorher mit mir spazieren!« Er führte sie in den Wald, in ein Hagedorndickicht, zog die Flöte heraus und fing an zu spielen. Da mußten die Senatoren im Dickicht tanzen, zerrissen und zerkratzten sich, daß das Blut herunterlief und nur noch die Lumpen herabhingen. Sie kamen zum Zaren und beklagten sich, daß der zarische Schwiegersohn sie bis aufs Blut gepeinigt habe. »Aha, so einer ist der! Man muß ihn hinrichten!« sagte der Zar. Da führte man Wanjka aufs Schafott. Und als er hinging, strömte eine Menge Volks zusammen, und der Zar selbst war auch dort. Soldaten wurden aufgestellt; die Senatoren und viele Beamte versammelten sich. »Erlaubt ihr mir noch, vor dem Tode von meiner Frau Abschied zu nehmen?« fragte Wanjka. »Das darfst du«, sagte der Zar. Sie schickten nach seiner Frau, die wußte aber schon Bescheid. Sie nahm Abschied von ihm und gab ihm dabei die Flöte. »Erlaubt ihr mir noch zum letztenmal, auf der Flöte zu spielen?« Da erschraken die Senatoren. »Wir können ihr nicht widerstehn«, sagten sie. Er fing aber an zu spielen, und das ganze Volk tanzte, die Soldaten tanzten, die Senatoren und auch der Zar selber. Sie vergnügten sich dabei so sehr, daß der Zar Wanjka vergab, und er lebte fortan glücklich und zufrieden.

48. Nikolaus der Wundertäter

Es waren einmal zwei Brüder, der eine war reich und der andere arm. Der Arme hatte eine große Familie, und zu essen gab es nichts mehr. Da ging er zum Bruder und bat ihn um Mehl; doch der schlug es ihm ab. Der Arme nahm ein Bild von Nikolaus dem Wundertäter und brachte es dem Reichen als Pfand. Der Bruder traute ihm nicht und fragte: »Wer wird für dich bürgen?« Da antwortete das Heiligenbild: »Ich bürge für ihn.« Der Reiche verwunderte sich darob, aber nahm das Bild an und gab dafür einen Sack Mehl.

Ein Jahr verging, ein zweites und ein drittes, aber der Arme zahlte dem Bruder die Schuld nicht zurück. »Welch ein Betrüger ist doch der Heilige!« dachte der Bruder, »und dabei hat er noch gesagt, er verbürge sich.« Er nahm das Heiligenbild, brach sich Ruten ab und trug das Bild hinaus auf das Feld, um es dort zu prügeln. Unterwegs begegnete ihm ein Kaufmannssohn und fragte, wohin er das Bild trage. Der Reiche erklärte es ihm. Da bat jener, er möge ihm den wundertätigen Nikolaus verkaufen, gab zwei Sack Mehl für ihn und trug ihn heim. Seine Mutter lobte ihn für die gute Tat, und sie hängten das Bild auf.

Zu dieser Zeit mußte der Kaufmann mit seinen Schiffen in ein anderes Zarenreich fahren; drei seiner Onkel hatten sich schon mit ihren Waren auf die Reise gemacht und nicht auf ihn gewartet. Da wollte er einen Aufseher in seinen Dienst nehmen und fand auch einen. Die Mutter schenkte dem Aufseher ein Ei und sagte, er solle es zusammen mit ihrem Sohn verspeisen. Jener schnitt das Ei in die Hälfte, aber die größere nahm er für sich, die kleinere gab er dem Hausherrn. Da befahl die Mutter, diesen Mann laufen zu lassen, und sagte: »Er sorgt mehr für sich, als für seinen Herrn.« Der Kaufmann suchte nun so lange einen Aufseher, bis er einen solchen fand, der die größere Hälfte vom Ei seinem Herrn gab und die kleinere für sich selber nahm.

Sie machten sich dann auf und fuhren ab. Auf dem Meere kamen sie an einer Insel vorbei, und auf der Insel erblickten sie einen alten Mann, der bat sie, ihn auf ihr Schiff hinüberzuholen, und das taten sie auch. Dann fuhren sie in das fremde Zarenreich und handelten so glücklich, daß sie das Geld nicht mehr zu zählen vermochten. Der Zar in dem Lande hatte eine Tochter, die war einmal in ihrer Kindheit von ihm verflucht worden; sie starb darauf und lag schon lange in der Kirche im Sarge. Jede Nacht gingen die Leute einer nach dem andern zu ihr, den Psalter zu lesen, und alle fraß sie auf. So kam auch die Reihe an einen der Onkel des Kaufmannssohnes. Was sollte er tun? Sterben wollte er nicht, aber fortbleiben durfte er nicht. Da bat er den Neffen, für ihn zu wachen. Der ging aber vorher zum Alten und holte sich von ihm Rat, und der Alte sagte ihm, er solle dafür von dem Onkel zwei Schiffe mit Waren verlangen, gab ihm auch ein Buch und ein Stück Kohle und befahl ihm, sich in der Kirche nicht umzuschauen. Der Neffe tat, wie er ihm geraten hatte, las in der Nacht den Psalter am Lesepult in der Kirche und zeichnete um sich herum mit der Kohle einen Kreis. Um Mitternacht aber, da stieg die Zarentochter aus dem Grabe und fing an, mit den Zähnen zu knirschen. »Ha! Jetzt bist du mir verfallen!« Doch sie konnte auf keine Art in den aufgezeichneten Kreis hineingelangen. Sie wand sich und mühte sich, bis ihre Zeit herum war und sie dort am Kreise niederfiel. Der Neffe aber las immerzu; am Morgen hob er die Zarentochter auf, legte sie zurück in den Sarg und ging selber nach Hause. Sie alle, das Volk und der Zar, staunten, daß er am Leben geblieben war. Der Onkel jedoch mußte ihm zwei Schiffe geben; die Waren gingen rasch ab, und Geld hatte er nun scheffelweis.

In der nächsten Nacht kam die Reihe an den zweiten Onkel, in der übernächsten an den dritten; der Neffe nahm von ihnen je zwei Schiffe und wachte unbeschadet. Endlich, in der vierten Nacht, mußte er für sich selber Wache halten. Da gab ihm der Alte drei eiserne, drei kupferne und drei stählerne Ruten und sprach zu ihm: »Zwing sie, ein Vaterunser zu beten, und sobald sie ins Stocken gerät, prügle sie mit den Ruten.« Der Kaufmannssohn ging zur Nacht in die Kirche, zeichnete den Kreis um sich herum und las. Die Zarentochter sprang um Mitternacht aus dem Grabe und fing an zu wüten, noch ärger als in den ersten drei Nächten. Sie hatte mit einemmal Ofenkrücken in den Händen und zerrte ihn damit fast aus dem Kreise heraus; rund herum aber tobten zahllose Teufel und machten fürchterlichen Lärm. Endlich blieb die Zarentochter ganz ermattet stehn, aber fiel nicht um. Da zwang sie der Kaufmannssohn, das Vaterunser zu beten. Und wie sie nun anfing und dann steckenblieb, schlug er mit den eisernen Ruten auf sie ein. Danach mußte sie aber weiterlesen, kam bis zur Hälfte und stockte abermals; da prügelte er sie aufs neue mit den kupfernen Ruten. Und wieder zwang er sie weiterzulesen, und sie war noch nicht zu Ende gelangt, als sie nochmals ins Stocken geriet: da schlug er sie mit den stählernen Ruten. Dann las sie jedoch richtig bis zum Schluß. Der Morgen war schon angebrochen, und hinter den Türen fragten die Leute einander: »Lebt er wohl noch?« Und als sie zwei Stimmen hörten, wunderten sie sich: »Was soll das bedeuten?« Sie öffneten die Tür und sahen den Kaufmannssohn und die Zarentochter beieinander. Gleich meldeten sie's dem Zaren. Der freute sich darüber sehr und gab dem Kaufmannssohn seine Tochter zur Frau.

Die Waren hatten sie inzwischen verkauft, und es war Zeit heimzukehren. Der Alte aber sagte dem Kaufmannssohn, daß er seiner Frau des Nachts nicht eher beiwohnen solle, bis er es ihm erlauben würde. Sie fuhren nun auf ihren Schiffen und kamen zu jener Insel. Da sprach der Alte: »Jetzt wollen wir unsern Verdienst teilen.« Sie legten ihre Millionen auf zwei Hälften, und dann sollte auch die Frau geteilt werden. Der Jüngling betrübte sich gar sehr, aber es war nichts zu machen, so hatten sie es vorher verabredet, und er willigte schließlich ein. Der Alte nahm einen Säbel und hieb die Zarentochter in zwei Hälften: da krochen aus ihrem Leibe allerhand Ungeziefer und Schlangen; das waren aber alles Teufel. Der Alte reinigte den Leib und besprengte ihn mit Wasser, da wuchs er zusammen, und die Zarentochter ward wieder lebendig. »Hier hast du deine wahre Frau«, sprach der Alte, »leb du mit ihr und nimm alles Geld, ich bedarf dessen nicht.«

Nur drei Kopeken nahm er mit sich, und dann verschwand er plötzlich, keine Spur war mehr von ihm zu sehn. Dem Kaufmannssohn war es leid um den Alten, er hatte ihn liebgewonnen wie einen Vater, aber da ließ sich nichts tun, und er reiste heim. Zu Hause erzählte er der Mutter von ihm, berichtete, was ihm begegnet war, und bedauerte den Alten. Die Mutter aber sprach zu ihm: »Warum dachtest du nicht an den wundertätigen Nikolaus? Hättest du ihm doch vorher eine Kerze geweiht.« Da besann er sich darauf und ging zu dem Heiligenbild, dort brannte aber schon eine Kerze für drei Kopeken. Sie fragten herum, wer sie wohl gestiftet habe, denn der Heilige hätte eine für einen Rubel haben sollen, doch niemand bekannte sich dazu. Da erriet er, daß der Alte der heilige Nikolaus, der Wundertäter, gewesen war und für jene drei Kopeken sich selbst eine Kerze aufgestellt hatte. Sie ließen die Kerze brennen, und mit all dem Gut, das sie erworben hatten, lebten sie glücklich und zufrieden.

49. Peter der Erste als Dieb

Alles hatte Peter der Erste erlernt, nur stehlen konnte er nicht, und fuhr daher, um es zu lernen, in ein anderes Reich und verdingte sich als Gehilfe bei einem tüchtigen Diebe. Er ging mit ihm hinaus auf die große Straße. Da sahen sie einen Wagen vor sich herfahren, auf dem saß ein Kaufmann, und hinten war ein Ochse angebunden. »Gut wär es, den zu berauben«, meinte Peter. »Man muß ihn totschlagen, wie willst du ihn sonst berauben?« antwortete der Dieb. Peter war jedoch mit dem Totschlagen nicht einverstanden. Er zog einen Stiefel ab, besudelte ihn und warf ihn auf die Straße: seine Stiefel aber waren ganz neu. Der Kaufmann kam herangefahren, bemerkte den Stiefel wohl, aber fuhr weiter. Peter lief voraus, zog den zweiten ab und warf ihn ebenfalls auf die Straße. Der Kaufmann erblickte den Stiefel und sah, daß er ganz neu war. »Ich will ihn doch aufheben«, dachte er, »er ist ja neu.« Er stieg vom Wagen ab und lief zurück, den andern Stiefel zu holen; unterdessen tötete Peter den Ochsen, zog ihm das Fell ab und befahl dem Diebe, das Fleisch in den Wald zu schleppen und eine Suppe zu kochen. »Bloß wirst du nichts davon zu essen bekommen«, sagte er, »sondern höchstens von der Suppe kosten.« Jener glaubte ihm nicht und schleppte das Fleisch in den Wald. Peter setzte sich den Ochsenkopf auf, stieg in den Sumpf am Wege und saß dort. Der Kaufmann kam und sah, daß der Ochse versunken war. Was war zu machen, herausziehen mußte man ihn, obwohl er nur noch mit dem Kopfe wackelte. Der Kaufmann zog sich aus, kroch dem Ochsen nach und fing an zu ziehen. Da warf ihm Peter das Fell über den Kopf und stieß ihn in den Sumpf, dann lief er zum Wagen, sprang auf und schrie: »Ich war nicht allein!« Der Räuber hörte das, erschrak und lief fort, obwohl er noch nicht einmal ordentlich von der Suppe gekostet hatte. Peter kam herangefahren, aß das Fleisch auf, setzte sich auf den Wagen und fuhr rasch nach Hause; er versteckte alles, kletterte auf die Schlafbank und schlief ein. Bald darauf kam der Räuber und klagte der Frau, daß es schief gegangen sei, und was für ein geschickter Gehilfe sei das gewesen! »Ja, aber dort liegt er doch auf der Schlafbank!« rief die Frau. Der Räuber wunderte sich und hörte nun, wie die Sache verlaufen war.

Einige Zeit darauf wollten sie einem Kaufmann die Warenkammer ausräumen. Peter kletterte hinein und stahl zwölf Schuppenpelze und einen von Zobel. Sie fingen an zu teilen; aber wie sollte es mit dem dreizehnten Pelz werden? Peter verlangte, daß er ihm gehören müsse, denn er sei hineingekrochen; der Räuber war jedoch nicht einverstanden. »Gut«, sagte Peter, »bleib du hier beim Kaufmann unter dem Fenster stehn, ich aber will gehn und fragen, wer den Pelz erhalten soll.« Er stellte sich trunken, ging zum Kaufmann hinein und erzählte, wie zwei Diebe bei einem Kaufmann zwölf Schuppenpelze und einen aus Zobel gestohlen hätten und sie nicht zu teilen verstünden; und wer solle den Zobelpelz erhalten? Man antwortete ihm: der, der hineingekrochen sei. Der Räuber hörte das und mußte den Pelz abtreten.

Darauf beschlossen sie, die Reichsschatzkammer zu berauben. Wie sollten sie aber die Wächter anführen? Peter stellte sich wieder betrunken, nahm mehrere Halblitergefäße voll Schnaps mit, ging an dem Wächter vorbei, ließ wie im Versehen die Gefäße fallen und ging weiter. Der Wächter aber hatte das bemerkt, hob die Gefäße auf, trank sie leer und schlief ein. Von der andern Seite aber brachen Peter und sein Lehrer durch die Wand der Schatzkammer, rafften aus den Kästen einen großen Haufen Gold und Silber zusammen und verschlossen wieder die Wand. Am nächsten Tage war eine Revision der Schatzkammer, und man bemerkte, daß das Geld gestohlen und die Wand schlecht wieder zusammengefügt war. Man befragte den Wächter, und er gestand, daß er Schnaps getrunken habe.

Da ließ der Zar alle bekannten Diebe zusammenrufen, um zu beraten, wie der Schatzdieb zu fangen wäre. Der allerberühmteste Dieb Barma meinte, daß ein geschickter Dieb es getan habe, er selbst hätte es nicht so gewandt vollbringen können. »Man muß«, sagte er, »an der Wand ein Faß mit Teer aufstellen.« Na, das wurde denn auch getan. Der Räuber wollte noch einmal in die Schatzkammer einsteigen. Peter riet ihm ab, doch jener fuhr trotzdem hin. Er stieg diesmal selber ein – und fiel in das Faß. Peter bemerkte die Falle. Was sollte er tun? Durch den andern würde man wohl auch ihn ausfindig machen. Peter steckte die Hand ins Faß, tastete umher und schnitt dem Räuber den Kopf ab. Dann kroch er vorsichtig über das Faß hinüber, stahl wiederum Geld aus der Schatzkammer und fuhr mit dem Kopf nach Hause. Der Frau des Räubers erzählte er, wie ihr Mann sich gefangen habe, und warnte sie, daß sie nicht weinen solle, wenn der Leichnam durch die Stadt gefahren werde;

für diesen Fall aber riet er ihr, beim Hinausgehn in eine Hand einen Teller mit roter Grütze, in die andere einen Topf mit Milch zu nehmen, dies alles zu zerschlagen, zu weinen und zu jammern: »Mir ist's nicht leid um den Teller Grütze, mir ist's leid um den Topf mit Milch! Mir ist's nicht leid um den Topf mit Milch, mir ist's leid um den Teller Grütze!« Am nächsten Tage führte man den Leichnam durch die Stadt. Die Frau ging hinaus mit der Grütze; irgendwer stieß sie, und Grütze und Milch flogen ihr aus der Hand. Da weinte das Weib und fing ihre Klage an.

Den Leichnam hängte man an einen Baum und ließ hundert Mann Soldaten Wache stehn. Peter wollte die Leiche stehlen. Er verkleidete sich als alter Mann, kaufte lange tatarische Röcke, Schnaps und Rasiermesser, packte alles auf einen Wagen, an dem er die Achsen halb durchsägte. Er kam zu den Wächtern gefahren, und da brachen die Achsen. Er jammerte darüber, bat die Soldaten, beim Wagen zu bleiben, während er nach neuen Achsen laufen wolle. Kaum war Peter fort, so machten sich die Soldaten über den Wagen her, fanden den Schnaps, tranken sich um Sinn und Verstand und schliefen ein. Peter kam zurück, rasierte ihnen die Köpfe, kleidete sie in die tatarischen Röcke und fuhr mit dem Leichnam davon. Am Morgen meldete man dem Zaren, daß die Tataren die Stadt belagerten. Der Zar sandte ein Heer aus, und erst dann erfuhr man, daß nichts als Betrug dahinter war.

Der Dieb Barma riet dem Zaren, für alle Säufer ein Gelage zu rüsten. Man rollte vierzig Fässer Schnaps an und warf hier und da in die Winkel Goldstücke, in der Hoffnung, der Dieb werde das Gold aufheben, während die Säufer trinken würden. Peter erschien auf dem Gelage, hatte seine Sohlen mit Pech beschmiert und ging umher; die Goldstücke klebten an den Füßen, und auf diese Weise sammelte er sie auf. Die Diener sahen, daß niemand sich bückte, und doch war das Gold fort. Sie durchsuchten die Taschen der schlafenden Säufer und fanden bei Peter das Gold. Zum Zeichen dafür schnitten sie ihm die Sohlen seiner Stiefel ab. Er hatte sich aber nur trunken gestellt, hörte und sah alles und schnitt darauf allen die Sohlen ab. Als man sie später hinausließ und untersuchte, hatte keiner mehr eine Sohle am Stiefel.

Das nächste Mal wurde wieder ein Gelage veranstaltet, und Barma riet dem Zaren, seine Tochter zu opfern und sie in ein besonderes Gemach zu setzen, damit die Säufer sich an ihrer Schönheit erfreuen könnten. Der Dieb, meinte er, werde zu ihr schleichen, und dann solle sie ihm ihren Stempel aufdrücken. Und wirklich, die Säufer betranken sich, Peter aber schlich sich in das Zimmer zu der Zarentochter, und sie drückte ihm ihren Stempel auf. Allein er nahm ihr die Jungfernschaft und drohte sie zu töten, wenn sie ihm nicht den Stempel gäbe. Sie gab ihn her, und er ging hin und stempelte alle Säufer ab. Auch diesmal entkam er.

Beim drittenmal rüstete man wieder ein Gelage, und in dem Zimmer der Zarentochter stellte man eine Falle. Und wirklich schlich Peter sich wieder hin und fiel durch den Boden. Er schrie aber: »Hierher, Kinder, viel Schnaps ist da!« Die Säufer stürzten zu ihm hin und brachen ebenfalls durch.

Endlich beschloß man, die Zarentochter in ein Kloster zu stecken. Da ging Peter einmal nachts zu ihr. Unterwegs griff er einen Menschen auf, warf ihn sich auf die Schulter und ging zum Kloster. Ein Mönch fragte: »Wer da?« »Der Teufel, er trägt einen Popen.« Der Mönch erschrak und lief fort. Peter aber schlief bei der Zarentochter. In der nächsten Nacht war's das gleiche. In der dritten ging Barma selber wachen. Peter kam wieder nachts mit einem Mann auf der Schulter. »Wer da?« fragte Barma. »Der Teufel, er trägt einen Popen.« »Nun, so geh weiter.« Peter ging hinein, aber Barma schloß alle Türen ab, und am Morgen fing man Peter bei der Zarentochter, warf ihn ins Gefängnis und bestimmte den Tag der Hinrichtung. Peter überredete im Gefängnis einen Knaben, in seine Wohnung zu laufen und ihm sein Bündel zu bringen, gab ihm ein Goldstück dafür. Der Knabe brachte das Bündel, darin aber war Peters Zarengewand. Als er sich angekleidet hatte, erkannte man in ihm den russischen Zaren, der andere Zar jedoch erschrak, weil er abhängig von ihm war. Er wollte ihm seine Tochter zur Frau geben. »Ihr habt ihr die Jungfernschaft genommen«, sagte er. Peter berief sich darauf, daß der Gestempelten viele gewesen waren, er sei nicht der erste bei ihr gewesen. Und da fuhr er denn fort in sein Reich.

50. Der Bauer und die goldne Sonne

Es war einmal ein Bauer, der besaß kein Haus. Er diente um Tagelohn und bedang sich einen halben Hektar Weizen und ein Pferd aus. Doch als der Herbst kam, erfror ihm der Weizen, und die Wölfe fraßen ihm das Pferd auf. Der Bauer verließ seinen Wirt und ging fort, um sich einem andern zu verdingen. Da begegnete ihm auf dem Wege ein Herr, und der fragte ihn: »Wohin gehst du, Bauer?« Der Bauer antwortete ihm: »Ich gehe mich verdingen.« »Komm zu mir, Feuer unter einen Kessel legen.« »Was hast du im Kessel?« »Fettgrieben.« Das waren aber keine Fettgrieben, sondern die Sünder in der Hölle. Und er mietete ihn und sagte: »Nun mußt du recht hurtig das Holz unter den Kessel legen, damit es ein starkes Feuer gibt.« Der Bauer verdingte sich und warf immer flink die Scheite nach, und sie brannten hell. Da rief ihm vom Himmel ein Engel zu: »Bauer, leg das Holz langsamer nach!« Der Bauer fing an, das Feuer bedachtsamer zu schüren. Der Herr aber bemerkte es und wollte mit ihm abrechnen. Der Engel im Himmel rief dem Bauern zu: »Nimm nichts außer Fettgrieben!« Der Herr wollte in Gold und Silber mit ihm abrechnen, aber der Bauer nahm nichts an und sagte: »Gib mir von den Fettgrieben.« Da gab er ihm davon.

Der Bauer ging an einem Flüßchen entlang, war bald müde geworden, legte sich zur Ruh und schlief fest ein, aber unterdessen zerflossen ihm die Fettgrieben. Der Bauer wachte auf, da waren die Fettgrieben fort. Er ging am Flüßchen weiter. Dort schwamm eine Ente und rief dem Bauern zu: »Großväterchen, nimm mich heraus!« Er tat es, und sie verwandelte sich in eine Jungfrau. »Jetzt werd ich dein Weib sein«, sagte sie. Er nahm sie mit sich und ging in seine Heimat. Zu Hause aber waren alle Leute auf seine Frau versessen und dachten nach, wie sie sie ihm wohl fortnehmen könnten. »Geh hin und suche zu erfahren, wo die Sonne aufgeht und wo sie untergeht, dann werden wir dir die Frau nicht nehmen«, sprachen sie zu ihm. Sein Weib aber wickelte ein Garn Bindfaden zu einem Knäuel und sagte: »Wohin das Knäuel rollt, dorthin geh auch du; tritt jedoch zuvor dreimal über mich hinüber: dann verwandle ich mich in ein Steinchen.« Er trat dreimal über sie hinüber, und sie ward zu einem Steinchen; er legte es vorn in den Winkel der Stube. Die Frau aber war die Schwester der Sonne.

Das Knäuel rollte davon, und der Bauer ging hinterher. Die Nachbarn aber versammelten sich, und weil er fort war, wollten sie ihm die Frau doch wegnehmen, konnten sie aber nicht finden. Da jagten sie ihm nach und fragten: »Wo hast du sie versteckt?« »Zu Hause hab ich sie gelassen.« Er kam zu einem Hüttchen und ging hinein. Drinnen saß ein altes Weib. »Woher kommst du, mein Schwiegersöhnchen?« »Großmütterchen, sie wollten mir die Frau nehmen und sagten: geh hin und suche zu erfahren, wo die Sonne aufgeht und wo sie untergeht, dann nehmen wir dir die Frau nicht fort.« »Kindchen, kriech unter den Badequast, sonst kommt die Sonne angerollt und verbrennt dich.« Er kroch unter den Badequast, und die Alte bedeckte ihn. Die Sonne kam herein. »Was riecht es bei dir, Mütterchen, so nach Menschenfleisch?« »Kindchen, bei mir riecht nichts nach Menschen, nichts ist von ihnen hier.« Die Sonne ging baden, kam nachher aus der Badstube heraus und setzte sich hin, Tee zu trinken. »Und doch riecht's bei dir, Mütterchen, nach Menschenfleisch!« sagte sie.

»Nun ja, Kindchen! Das Schwiegersöhnchen ist bei mir zu Gast.« »Wo ist er? Er soll hervorkommen!« Der Bauer trat hervor. »Weswegen bist du hierher gekommen?« »Sie wollten mir die Frau fortnehmen und sandten mich aus zu erfahren, wo die Sonne aufgeht und wo sie untergeht.« »Ich werde dich morgen in meinen Wagen setzen, der wird dich fahren, und dann wirst du sehen, wo die Sonne aufgeht und wo sie untergeht.«

Am Morgen stand die Sonne auf und setzte den Bauern in ihren Wagen, und er fuhr davon. Da kam ihm der heilige Georg entgegen und fiel auf die Knie. »Guten Tag, gerechte rote Sonne!« Der Bauer stieg aus dem Wagen und schlug den heiligen Georg, bis er grün und blau wurde. Dann fuhr er weiter bis zum mittäglichen Palast der Sonne. Dort war alles von Gold und Silber; und er zerbrach und zerschlug alles bis aufs letzte. Dann kehrte er heim. Und als er angelangt war, fragte die Sonne: »Weißt du jetzt, wo die Sonne aufgeht und wo sie untergeht?« »Ja, ich weiß es.« »Nun, dann will ich jetzt fahren, bleib du aber noch einen Tag als Gast.« Die Sonne ging auf die Reise, und der Bauer blieb noch einen Tag in ihrem Hause.

Der heilige Georg kam der Sonne entgegen, fiel auf die Knie und sagte: »Guten Tag, gerechte rote Sonne! Was für einen gemeinen Kerl hast du gestern in deinen Wagen gesetzt? Er hat mich von oben bis unten verprügelt und zum Krüppel geschlagen.« »Wart ein wenig, ich fahre heim und verbrenn ihn!« Sie kam in ihren mittäglichen Palast: dort war alles zerbrochen und zerschlagen. »Na, wart mal!« rief sie, »ich will dich zu Asche verbrennen!« Dann kam sie heim und fragte: »Wo ist der Bauer, Mütterchen? Er soll herauskriechen!« Er tat es, und sie fragte ihn: »Wofür hast du den heiligen Georg verprügelt?« »Weißt du noch, ich hatte mir vom Wirt ein Pferd ausbedungen? Warum hat *er* es aber den Wölfen zum Fraß gegeben?« »Warum hast du aber in meinem mittäglichen Palast alles zerschlagen?« »Weißt du noch, ich hatte mir vom Wirt ein Weizenfeld ausbedungen? Warum hast du es nicht erwärmt, sondern erfrieren lassen?« Da sagte die Sonne: »Es ist wahr.« »Erzähl mir aber, warum du neun Tage und neun Nächte nicht auf- und nicht untergegangen bist?« »Deswegen bin ich neun Tage und Nächte nicht auf- und nicht untergegangen, weil Afimja Mariamna umherschwamm. Ihr Schifflein und ihr kleines Ruder sind von Gold: da hab ich mich in sie vergafft. Ich setzte mich auf ihr Ohr und wollte sie küssen; doch als sie mich mit dem Ruder schlug, flog ich ins Wasser; drei Tage und drei Nächte sank ich bis auf den Grund, drei Tage und drei Nächte lag ich am Ufer.«

Der Bauer und sein Weib lebten danach glücklich und in Freuden und erwarben sich ein Häuschen.

51. Marjuschka

Es war einmal ein Bauer, der hatte fürchterlich viel Kinder; und da gebar ihm sein Weib noch ein Mädchen dazu. Er hatte bereits nichts mehr, worin er das Kind einwickeln und wohin er es legen konnte, darum bedeckte er es mit Birkenrinde, trug es in den Wald und legte es an einem Baumstumpf nieder. Die allerheiligste Mutter und Gottesgebärerin hob das Mädchen auf, brachte es zu sich in die Kirche und pflegte und nährte es dort. Es wuchs nicht nach Jahren, sondern nach Stunden und wuchs stattlich heran. Die Mutter Gottes gab ihm den Namen Marjuschka. Und sie sprach zu dem Mädchen: »Höre, Marjuschka, geh in die Kirche, aber schau nicht zum Altar hinein.« Sie selbst aber ging in den Altarraum. Das Kind lief in der Kirche umher – und guckte zum Altar hinein: da trug die allerheiligste Mutter und Gottesgebärerin Christus auf ihren Armen. Dann lief das Mädchen in der Kirche umher und schaute wieder zum Altar hinein: da wickelte die allerheiligste Mutter und Gottesgebärerin Christus ein. Und wiederum lief das Kind in der Kirche umher und guckte abermals zum Altar hinein: da setzte die allerheiligste Mutter und Gottesgebärerin Christus auf den Thron. Danach kam sie jedoch hervor und fragte: »Bist du in der Kirche umhergegangen, Marjuschka?« »Ja«, antwortete das Mädchen. »Hast du nicht zum Altar hineingeschaut?« »Nein, Mütterchen, ich hab nicht hineingeschaut.« »O Marjuschka, gesteh es nur, sonst wird dir's schlecht ergehn.« »Und wenn's mir auch schlecht ergehn soll, Mütterchen, ich hab nicht hineingeschaut.« Die allerheiligste Mutter und Gottesgebärerin führte Marjuschka zurück in den wilden Wald und ließ sie dort allein.

Das Mädchen ging lange, lange im Walde umher und kam endlich in einen Garten und von dort in eine Stadt. In dieser Stadt aber fand sich niemand, der für den Zaren ein Kleid nähen konnte. Was man auch zusammennähte, bald war es zu kurz, bald zu lang, bald zu eng, bald zu weit. Marjuschka rühmte sich: »Ich würd eurem Zaren ein Kleid schon nähen können.« Gleich hinterbrachte man's dem Zaren, und er rief das Mädchen zu sich und gab ihr den Stoff zum Kleide. Sie schnitt ihn zu und nähte das Kleid für den Zaren. Er legte es an, und es war nicht zu eng und nicht zu weit, nicht zu lang und nicht zu kurz, wie angegossen saß es!

Der Zar freite um Marjuschka und nahm sie zur Frau. Sie wurde schwanger und gebar ein Söhnchen. Und der Zar schickte sie mit ihren Ammen, ihren Wärterinnen und Dienerinnen ins Bad. Sie kam hin, aber die Ammen und Wärterinnen schliefen dort alle ein. Da öffnete sich die Decke, und die allerheiligste Mutter und Gottesgebärerin erschien. »Bist du in der Kirche umhergegangen?« »Ja, ich bin umhergegangen.« »Hast du nicht zum Altar hineingeschaut?« »Nein, Mütterchen, ich hab nicht hineingeschaut.« »Gesteh, sonst reiß ich dem Kindlein Hand oder Fuß ab!« »Und reißt du auch Hand oder Fuß ab, ich hab nicht hineingeschaut.« Die Mutter Gottes riß dem Kinde die Hand ab und stopfte sie Marjuschka in den Mund, dann nahm sie das Söhnchen mit sich fort. Die Ammen und Wärterinnen erwachten und berichteten dem Zaren, daß sein Weib das Kind aufgegessen habe. »Die erste Schuld sei ihr verziehen«, sagte der Zar.

Hernach lebten sie miteinander, war es kurz oder lang, da ward die Zarin abermals schwanger und gebar ein Söhnchen. Der Zar schickte sie mit ihren Ammen, ihren Wärterinnen und Dienerinnen ins Bad. Sie kam hin, aber die Ammen und Wärterinnen schliefen dort alle ein. Da öffnete sich die Decke, und die allerheiligste Mutter und Gottesgebärerin erschien. »Bist du in der Kirche umhergegangen, Marjuschka?« »Ja, ich bin umhergegangen.« »Hast du nicht zum Altar hineingeschaut?« »Nein, Mütterchen, ich hab nicht hineingeschaut.« »Gesteh, sonst reiß ich dem Kindlein den Fuß ab!« »Und reißt du ihn auch ab, ich hab nicht hineingeschaut.« Die Mutter Gottes riß dem Kinde den Fuß ab und stopfte ihn Marjuschka in den Mund, dann nahm sie das Söhnchen mit sich fort. Die Ammen und Wärterinnen erwachten und berichteten dem Zaren: »Dein Weib hat das Kind aufgegessen. Ein Beinchen stak ihr im Munde.« »Die zweite Schuld sei ihr vergeben«, sagte der Zar.

Wieder verging ein Jahr. Die Zarin gebar ein Söhnchen. Der Zar schickte sie mit ihren Ammen, ihren Wärterinnen und Dienerinnen abermals ins Bad. Dort schliefen die Ammen und Wärterinnen alle ein. Die Decke öffnete sich, und die allerheiligste Mutter und Gottesgebärerin erschien. »Bist du in der Kirche umhergegangen, Marjuschka?« »Ja, ich bin umhergegangen.« »Hast du nicht zum Altar hineingeschaut?« »Nein, Mütterchen, ich hab nicht hineingeschaut.« »Gesteh, sonst reiß ich dem Kindlein den Kopf ab!« »Und reißt du auch den Kopf ab, ich hab nicht hineingeschaut.« Die Mutter Gottes riß dem Kinde den Kopf ab und stopfte ihn Marjuschka in den Mund. Die Ammen und Wärterinnen erwachten und berichteten dem Zaren: »Dein Weib hat das Kind aufgegessen. Der Kopf stak noch im Munde.« »Nehmt sie, bindet ihr einen Stein um und werft sie mitten in den Fluß«, sagte der

Zar. Sie banden ihr einen Stein um, brachten sie fort und warfen sie mitten in den Fluß. Sie dachten, daß sie ertrunken sei, aber die allerheiligste Mutter und Gottesgebärerin hatte sie herausgezogen.

Darauf sah man sie, wie sie am Ufer entlangging, und hinterbrachte es dem Zaren. Er sagte: »Packt sie, entzündet ein Feuer und werft sie hinein.« Sie taten, wie ihnen befohlen war, und warfen die Zarin in die Flammen, aber die allerheiligste Mutter und Gottesgebärerin ließ es nicht zu und zog sie heraus. Und wiederum ging sie umher. Man sagte es dem Zaren, und er befahl: »Packt sie, stoßt ihr die Augen aus und führt sie in die Wildnis.« Sie gehorchten, stießen ihr die Augen aus und führten sie in die Wildnis. Zu ihr kam aber die allerheiligste Mutter und Gottesgebärerin und sprach: »Bist du in der Kirche umhergegangen, Marjuschka?« »Ja, ich bin umhergegangen.« »Hast du nicht zum Altar hineingeschaut?« »Ja, ich hab hineingeschaut, Mütterchen, und bin schuldig.« »Na also, Marjuschka, längst hättest du es sagen sollen, dann hättest du keine Qualen erlitten.« Sie gab ihr das Gesicht wieder, und Marjuschka konnte wieder sehen. Die heilige Mutter und Gottesgebärerin brachte die drei Söhne herbei; inzwischen waren sie gesund und groß geworden. Die Mutter Gottes hatte nur so getan, als ob sie die Hand oder den Fuß abgerissen hätte.

So lebte nun Marjuschka teils im Walde, teils auf der Steppe; aber auch ein Haus war für sie da, und dort wohnte sie. Einmal betete sie mit ihren Kindern, da sagte das älteste: »Wie wär es, Mutter, wenn hier bei uns ein Fluß vorbeiginge und Schiffe auf ihm schwämmen?« Der zweite Knabe sagte: »Wie wär es, wenn es hier Felder gäbe und die Scheuern voller Korn lägen?« Der jüngste Sohn aber sagte: »Wie wär es, Mütterchen, wenn hier an der Freitreppe eine Eiche stände und auf ihr ein Kater säße, der beim Vorwärtsgehn Märchen erzählte, beim Rückwärtsgehn schnurrige Geschichtchen?« Sie schliefen bis zum Morgen, und was die Kinder am Abend sich gewünscht hatten, alles war erfüllt: der Fluß ist da, die Scheuern sind voller Korn und auch das übrige fehlt nicht.

Es kamen Schiffe angefahren, und die Mutter fragte: »Wer und woher seid ihr, Leute?« »Wir sind aus dem und dem Reich.« Und sie nannten das Zarenreich, wo Marjuschka Zarin gewesen war. Die Schiffer blieben zu Gast. Nachher machten sie sich wieder auf den Rückweg und sagten: »Mütterchen, laß doch den ältesten Burschen mit uns fahren; mag er reisen und das Zarenreich kennen lernen.« Sie ließ ihn mitfahren und gab ihm ein Tüchlein auf den Weg, darein wickelte sie ein Geschenk für den Zaren. Und die Schiffsleute langten bei dem Zaren an und brachten ihm Gaben dar. Aber der Zar freute sich nicht so sehr über die Geschenke, als über den Knaben, und fragte, von wo sie den hätten. Sie erzählten, daß an jenem Ort ein Haus stehe und darin lebe eine Alte mit ihren drei Söhnen. Der Zar aber konnte sich am Knaben nicht sattsehen. Doch die Schiffsleute fuhren wieder weiter, und der Zar ließ den Knaben zu seiner Mutter heimkehren.

Darauf bat der zweite Sohn: »Mütterchen, der Bruder war beim Zaren, laß nun auch mich hin und den Zaren schauen.« Die Schiffsleute fuhren fort, und die Mutter ließ auch den zweiten Knaben reisen und gab ihm ein Geschenk für den Zaren mit. Der freute sich nicht so sehr über das Geschenk, als über den Knaben, und behielt ihn eine Zeitlang als Gast. Dann kehrte der zweite Sohn heim zur Mutter.

Nun wollte der dritte mit und sprach: »Die Brüder waren fort, nur ich bin noch nicht hingefahren.« Die Mutter ließ auch den dritten Sohn mit, wickelte ein Geschenk in ein Tuch und hieß den Zaren zu sich zu Gast laden. Der freute sich nicht so sehr über das Geschenk, als über den Knaben, und sein Herz wollte fast stillestehn, als er ihn sah. Der dritte Sohn blieb beim Zaren als Gast, dann machte er sich auf, um heimzukehren, und sagte: »Zar, mächtiger Herr, die Mutter befahl, dich zu ihr einzuladen.« »Heute hab ich keine Zeit«, sagte der Zar, »aber vielleicht morgen!«

Der jüngste Sohn kehrte heim, und die Mutter fragte: »Wie ist's, hast du den Zaren gebeten, zu kommen?« »Ja, Mutter, zu morgen hat er's versprochen.«

Am nächsten Tage befahl die Mutter, den ganzen Hof und den ganzen Weg von der Anlegstelle der Schiffe bis zum Tor mit rotem Tuch zu bedecken. Und so geschah es. Sie schauten hinaus: da kam der Zar auf dem Schiff gefahren. »Wie sollen wir ihn begrüßen, Mütterchen?« fragten die Kinder. »Wie ihr ihn grüßen sollt? Fallt auf die Knie, wenn er kommt, denn euch ist er nicht Zar, sondern Vater!« Der Zar kam eilends gelaufen. Sie beugten alle die Knie vor ihm, und auch die Mutter tat es. Er aber erkannte sie sofort. »Knie nicht nieder«, sprach der Zar, »ich bin schuldig vor dir!« »Nein, ich habe die Schuld, denn ich tat nicht Buße vor der allerheiligsten Mutter und Gottesgebärerin.« Und sie erzählte ihm, was mit ihr geschehen war. Der Zar freute sich über alle Maßen und brachte sie alle und ihr ganzes Hab und Gut auf das Schiff. Kaum waren sie aber aus ihrem Hause hinausgegangen, da war es verschwunden: die allerheiligste Mutter und Gottesgebärerin hatte es fortgenommen.

52. Der Vampir

Irgendwo in einem Zarenreich, in einem fernen Reich, lebte ein alter Mann mit seiner Frau, und sie hatten eine Tochter, die hieß Marussja. In ihrem Dorf war es Brauch, den Tag des heiligen Andreas, des Erstberufenen, zu feiern. Die Mädchen pflegten sich in einem Bauernhause zu versammeln, buken Krapfen und feierten eine ganze Woche, manchmal sogar noch länger. Und als nun dieser Tag wieder einmal herangekommen war, versammelten sich die Mädchen und buken und kochten die üblichen Gerichte. Abends kamen die Burschen mit ihren Hirtenflöten, brachten Wein mit, und dann begann der Tanz, und ein Gelage war's, als ob der Teufel los sei! Die

Mädchen konnten alle gut tanzen, aber am besten von ihnen tanzte Marussja.

Bald nach Beginn trat ein so schmucker Bursch in die Stube, daß alles staunte! Wie Milch und Blut sah er aus! Reich und sauber war er angezogen. »Guten Tag, ihr schönen Mädchen!« sagte er. »Willkommen, guter Gesell!« »Glück auf zum Fest!« »Wir bitten dich schön, mit uns zu feiern!« Sofort zog er einen Beutel mit Gold hervor, schickte nach Wein, ließ Nüsse holen und Pfefferkuchen, und im Nu war alles da. Er bewirtete die Mädchen und die Burschen, gab jedem sein Teil. Dann ging er zum Tanz, fein war er anzusehen! Ihm gefiel von allen am besten Marussja, darum machte er sich an sie heran. Als nachher für alle die Zeit kam heimzugehen, sagte der schmucke Bursch: »Marussja, komm und begleit mich!« Sie folgte ihm, und er sprach zu ihr: »Marussja, mein Herz! Willst du, so nehm ich dich zur Frau.« »Magst du mich haben, würd ich mit Freuden deine Frau. Von wo bist du denn?« »Aus dem und dem Ort bin ich und lebe bei einem Kaufmann als sein Gehilfe.« Sie nahmen Abschied voneinander, und jedes ging seiner Wege. Marussja kehrte heim, und ihre Mutter fragte sie: »Hast du dich gut unterhalten, Töchterchen?« »Gut, Mütterchen! Aber eine frohe Botschaft muß ich dir noch sagen: da war ein fremder, braver Bursch, hübsch von Angesicht, und viel Geld hat er auch. Er versprach, mich zur Frau zu nehmen.« »Hör, Marussja: wenn du morgen wieder zu den Mädchen gehst, nimm ein Knäuel Garn mit; und wenn du den Burschen begleitest, so knüpf ihm die Schlinge um einen Knopf und laß behutsam das Knäuel sich abrollen, dann kannst du später dem Faden nachgehn und erfahren, wo dein Liebster wohnt.«

Am nächsten Tage ging Marussja zur Spinnstube und nahm ein Knäuel Garn mit sich. Und wieder kam der schmucke Bursch und begrüßte sie: »Guten Tag, Marussja!« »Willkommen!« erwiderte sie. Die Spiele und die Tänze begannen. Noch mehr als am vorigen Tage schmeichelte sich der fremde

Geselle bei Marussja ein und wich keinen Schritt von ihr. Schon ward es Zeit, nach Hause zu gehn. »Marussja, begleit mich«, sagte der Gast. Sie ging hinaus auf die Straße, und als sie Abschied von ihm nahm, warf sie behutsam die Schlinge um einen Knopf. Der Bursch ging seines Weges, sie aber stand da und wickelte das Knäuel ab. Sie ließ es ganz ablaufen und eilte nach, um zu erfahren, wo ihr Verlobter wohne. Zuerst ging der Faden auf dem Wege, nachher aber über Zäune und über Gräber und führte Marussja gerade auf die Kirche und das Hauptportal zu. Marussja versuchte, die Türen zu öffnen, aber sie waren verschlossen. Sie ging um die Kirche herum, fand eine Leiter, stellte sie unter ein Fenster und stieg hinauf, um zu sehen, was innen vor sich ginge. Sie klettert hinauf und schaut hinein: da steht ihr Verlobter an einem Sarge und frißt eine Leiche; man hatte in der Kirche einen Toten aufgebahrt. Marussja wollte leise von der Leiter hinunterspringen, aber in ihrem Schreck sah sie sich nicht vor und machte ein Geräusch. Sie lief nach Hause, sinnlos vor Schrecken, glaubte immer den Verfolger hinter sich; halb tot nur kam sie an! Am Morgen fragte die Mutter: »Hast du deinen Burschen gesehen, Marussja?« »Ja, Mütterchen, ich hab ihn gesehen!« Aber was sie erblickt hatte, erzählte sie nicht.

Am Abend saß Marussja in Gedanken da: soll sie in die Spinnstube gehn oder nicht? »Geh nur hin«, sagte die Mutter, »vergnüge dich, solange du jung bist!« Sie kam in die Spinnstube, der Teufel aber war schon dort. Wieder begannen die Spiele, das Gelächter und die Tänze; die Mädchen ahnten nichts! Als man nach Hause aufbrach, sagte der Teufel: »Marussja, komm, begleit mich!« Sie wollte aber nicht und hatte Angst. Da machten sich alle Mädchen über sie her und riefen: »Was ist mit dir? bist du schämig geworden? Geh und begleit den guten Gesellen!« Es war nichts zu machen, sie ging mit, ergeben in ihr Schicksal. Kaum waren sie auf der Straße, als der Bursch sie fragte: »Bist du gestern bis zur Kirche gegangen?« »Nein!« »Aber hast du gesehen, was ich dort tat?« »Nein!« »Gut, dann wird morgen dein Vater sterben!« So sprach er und verschwand.

Marussja kehrte heim, von Gram und Kummer erfüllt; am Morgen wachte sie auf, der Vater lag tot da. Sie beweinten ihn und legten ihn in den Sarg; abends fuhr die Mutter zum Popen, Marussja aber blieb zu Hause. Furchtbar war's ihr, allein zu bleiben. »Du gehst lieber zu den Freundinnen«, dachte sie. Sie kam hin, der Teufel aber war schon dort. »Willkommen, Marussja! Bist du betrübt?« fragten die Mädchen. »Wie sollt ich mich freuen? Der Vater ist gestorben.« »Ach, du Arme!« Alle beklagten sie, und auch er, der Verfluchte, beklagte ihr Leid, als ob es nicht sein Werk gewesen sei. Man nahm Abschied und ging nach Hause. »Marussja«, sagte der Teufel, »begleit mich.« Sie wollte nicht. »Bist du denn zu jung? Was fürchtest du? Begleit ihn nur!« redeten ihr die Mädchen zu. Sie ging mit und trat auf die Straße hinaus. Er fragte: »Sag mir, Marussja, warst du an der Kirche?« »Nein!« »Aber hast du gesehen, was ich dort tat?« »Nein!« »Gut, dann wird morgen deine Mutter sterben!« So sprach er und verschwand.

Marussja kehrte noch betrübter heim; sie schlief die Nacht über, wachte am Morgen auf, die Mutter lag tot da. Den ganzen Tag weinte sie, und als die Sonne sank und es dunkel wurde ringsum, fürchtete sich Marussja, allein zu bleiben; sie ging zu den Fruendinnen. »Willkommen! Was ist mit dir? Du bist bleich wie ein Tuch!« riefen die Mädchen. »Wie sollt ich auch fröhlich sein! Gestern ist der Vater gestorben und heute die Mutter.« »Du Arme, Unglückliche!« klagten alle. Und als die Zeit kam, Abschied zu nehmen, sagte der Teufel: »Marussja, begleit mich!« Sie ging mit ihm hinaus. »Warst du an der Kirche?« »Nein!« »Aber hast du gesehen, was ich dort tat?« »Nein!« »Gut, so wirst du selber morgen gegen Abend sterben.«

Marussja schlief die Nacht bei ihren Freundinnen, stand

am Morgen auf und dachte nach, was sie wohl tun solle. Sie entsann sich, daß sie eine ur-uralte Ahne hatte, die war schon blind geworden von all den vielen Jahren. »Ich will zu ihr gehn, mich mit ihr beraten.« Sie ging zur Ahne. »Guten Tag, Großmütterchen!« »Willkommen, Kindchen, wie geht's dir, was machen Vater und Mutter?« »Sie sind gestorben, Großmütterchen!« Und sie erzählte alles, was ihr widerfahren war. Die Alte hörte sie an und sagte: »Ach, du mein Unglückswürmchen! Geh schnell zum Popen und bitt ihn: wenn du stirbst, solle man unter der Schwelle eine Grube graben und dich aus der Stube nicht zur Tür hinaustragen, sondern durch diese Öffnung hindurchziehen: und ferner bitt ihn, daß man dich an einem Kreuzweg begraben solle, dort, wo zwei Wege sich schneiden. Marussja kam zum Popen, weinte bitterlich und bat ihn, alles so auszurichten, wie die Großmutter es sie gelehrt hatte; dann kehrte sie heim, kaufte einen Sarg, legte sich hinein und war sogleich tot. Man gab es dem Geistlichen zu wissen, und er beerdigte zuerst den Vater und die Mutter der Marussja und dann sie selbst. Sie wurde unter der Schwelle hindurchgetragen und auf einem Kreuzwege begraben.

Kurze Zeit darauf geschah es, daß ein Bojarensohn an Marussjas Grab vorbeifuhr. Er schaute hin und sah: auf dem Grabe wuchs eine wunderbare Blume, wie er sie noch nie erblickt hatte. Der junge Herr sagte zu seinem Diener: »Geh hin und grab mir diese Blume samt der Wurzel aus; wir wollen sie heimbringen und in einen Topf pflanzen, mag sie bei uns blühen!« Sie gruben die Blume aus, brachten sie heim, setzten sie in einen glasierten Topf und stellten ihn vor ein Fenster. Die Blume fing an zu wachsen, und ihre Pracht wurde immer größer. Einmal wollte den Diener nächtlicherweile kein Schlaf ankommen; da schaute er zum Fenster hin und sah ein Wunder geschehen: die Blüte schwankte, fiel vom Zweig auf die Erde und verwandelte sich in eine wunderschöne Jungfrau; die Blume war schön gewesen, das Mädchen aber war es noch viel mehr! Sie ging in den Zimmern umher, brachte allerlei Getränke und Speisen herbei, trank und aß sich satt, warf sich zu Boden und ward wie früher zur Blüte; sie erhob sich zum Fenster und setzte sich auf das Zweiglein.

Am nächsten Tage erzählte der Diener seinem Herrn, welches Wunder ihm in der Nacht erschienen war. »Ach, Lieber, warum hast du mich nicht geweckt? In dieser Nacht wollen wir beide wachen.« Die Nacht kam heran; sie schliefen nicht, sondern warteten. Genau um zwölf Uhr fing die Blume an sich zu regen, schwebte hinab und fiel auf die Erde, da erschien die wunderschöne Jungfrau. Sie brachte Getränke und Speisen herbei und setzte sich zur Abendmahlzeit nieder. Der junge Herr aber lief hinzu, ergriff sie bei den weißen Händen und führte sie in sein Gemach; er konnte sich an ihr nicht sattsehen, ihre Schönheit nicht genug bewundern.

Am Morgen sprach er zu Vater und Mutter: »Erlaubt mir zu heiraten, ich hab die Braut schon gefunden.« Die Eltern erlaubten es. Marussja aber sprach: »Ich will nur unter der Bedingung deine Frau werden, daß ich vier Jahre lang nicht in die Kirche gehe.« »Gut!« sagte der Bräutigam. Sie wurden getraut, lebten ein Jahr oder zwei miteinander und hatten einen Sohn. Da kamen einstmals Gäste zu ihnen; sie vergnügten sich und zechten und rühmten sich ihrer Frauen: der eine hatte ein schönes Weib, der andere ein noch viel schöneres. »Ihr mögt sagen, was ihr wollt«, sprach der Hausherr, »aber eine schönere als meine Frau gibt es auf der ganzen Welt nicht!« »Schön ist sie, aber ungetauft!« antworteten die Gäste. »Wieso denn das?« »Ja, sie geht doch nicht in die Kirche.«

Diese Reden schienen dem Gatten eine Schmach. Er wartete bis zum Sonntag und befahl seiner Frau, sich zum Hochamt festlich anzukleiden: »Ich will von nichts wissen! Mach dich sofort bereit!« Sie machten sich fertig und fuhren zur Kirche; der Gatte ging hinein und erblickte nichts, sie aber schaute sich um und sah im Fenster den Teufel sitzen. »Ach, also so eine bist du! Entsinn dich des Vergangenen: warst du nachts bei der Kirche?« »Nein!« »Hast du aber gesehen, was ich dort tat?« »Nein!« »Gut, so werden dir morgen Mann und Sohn sterben!«

Marussja eilte gleich von der Kirche zu ihrer alten Großmutter. Die gab ihr in einem Gläschen Weihwasser, im andern Lebenswasser und sagte ihr, wie und was sie tun solle. Am nächsten Tage starben der Marussja Mann und Sohn; der Teufel aber kam zu ihr geflogen und fragte: »Gesteh, warst du bei der Kirche?« »Ja, ich war dort.« »Hast du auch gesehen, was ich dort tat?« »Einen Leichnam hast du gefressen!« antwortete sie, und sowie sie Weihwasser auf ihn spritzte, zerfiel er in Staub. Danach besprengte sie Mann und Sohn mit Lebenswasser, und sie wurden sofort lebendig. Und von der Zeit ab kannten sie weder Kummer noch Trennung und lebten lange und glücklich beisammen.

53. Die Erzählung von Iwan dem Mesnerssohne, wie er im Kampfe lag wider den türkischen Sultan

Es war in alten Zeiten, nahe beim türkischen Land, da lebte bei einer Kirche ein Mesner mit Namen Hermann. Er hatte einen Sohn mit Namen Iwan, der war sehr schön und klug und stark und gelehrt und in allen geheimen Künsten wohl bewandert. Zu einer Zeit geschah es, daß ein türkischer Gesandter mit Namen Kuart durch jenes Land reisen mußte; der war vom türkischen Sultan zum persischen Schah geschickt, und in dem Hause jenes Mesners Hermann hielt er Rast. Iwan, der Sohn des Hauswirts, fing an die Saiten zu schlagen in süßem Spiel; da erstaunte der türkische Gesandte über dieses Spiel und die Schönheit und den Verstand und die Kunst des Knaben, und Kuart sann nach, wie er ihn dem Mesner fortnehmen und als Geschenk seinem Herrscher, dem türkischen Sultan, mitbringen könnte.

Und er schickte die Gesandtschaft zum persischen Schah, kehrte aber selbst in sein Land zurück und ließ zweihundert Mann wider jenen Mesner ausziehen, damit sie seinen Sohn fingen; er selber jedoch hielt sieben Meilen von jener Kirche entfernt. Als der Mesner Hermann das Kommen der türkischen Männer gewahr wurde, gab er es allsogleich seinem Sohne zu wissen; sprach da zu ihm sein Sohn Iwan: »Fürchte dich nicht, mein Herr Vater, vor dem Nahen dieser heidnischen Türken. Gib mir deinen Segen.« Und er empfing seines Vaters Segen. Es gelang ihm nicht mehr, sein Roß zu satteln und die eiserne Keule zu ergreifen, denn schon umringten die Türken den Hof. Iwan aber packte einen Zaunpfahl, sprang eilends hervor und schlug auf dem Hof alle zweihundert Mann zu Tode, nur zwei ließ er am Leben. Und er sprach zu ihnen: »Geht hin und berichtet über mich eurem Gesandten, dem Kuart, und daß er ungefährdet von hinnen fahren möge zurück in sein Land.« Sie gingen und sagten ihrem Gesandten, daß Iwan der Mesnerssohn die zweihundert Mann erschlagen habe: »und er will dir nachreiten und dich erschlagen.« Kuart aber, als er dieses hörte, eilte schnell in sein Land; und als er angelangt war, berichtete er alles getreu dem Sultan, seinem Herrn. Als aber der Sultan von Kuart solche Botschaft vernahm, sandte er ihn samt zehntausend Mann aus, Iwan zu fangen.

Und als Iwan der Mesnerssohn von dem großen Zuge der türkischen Männer hörte, ging er in den Stall, sattelte sein gutes Roß, ergriff die eiserne Keule und sprach zu seinem Vater: »Herr Vater, ich ziehe aus in den Kampf wider die heidnischen Türken auf diesem meinem treuen Roß, aber das andere Heldenroß bleibt im Stall. Und wenn ich getötet bin, so wird das Roß im Stalle bis zu den Knien in Blut stehn; dann sattle es und reit zu mir; das Roß selber wird dich zu meinem toten Körper hinbringen.« Darauf nahm er Abschied von seinem Vater und von der Mutter, setzte sich auf sein wackeres Roß, ritt wider die türkischen Männer und schlug nach beiden Seiten hart auf sie ein, soweit die Keule reichte; die doppelte Anzahl aber zertrat er mit seinem Roß. Und er erschlug sie alle und ließ dem türkischen Sultan nicht einen einzigen Mann am Leben.

Zu der Zeit war Krieg mit dem Könige des Landes Arinarien, dessen Name war Aliostrog. Als Iwan hörte, daß der König des Landes Arinarien im Kampf liege wider den türkischen Sultan, machte er sich zu ihm auf. Unterwegs aber stieß er auf ein großes Heer: es lag erschlagen da. Iwan der Mesnerssohn rief mit Heldenstimme: »Ist in dieser Schar nicht ein Mann lebendig, der mir sagen könnte, wessen Heer hier erschlagen liegt?« Und einer aus der Schar war noch am Leben und sprach: »Diese Kriegsmacht, o Herr, ist des Königs Aliostrog von Arinarien; der türkische Sultan hat sie erschlagen, um die wunderschöne Königstochter Kleopatra in seine Gewalt zu bringen.« Und weiter sprach er zu ihm: »Unter diesem Weidenstrauche liegt ein Schwert aus gutem Stahl, das nimm an dich.« Iwan nahm das Schwert und sprach: »Dieses Schwert ist leicht; ich meine, es kommt von einem wenig starken Helden.« Und er legte es unter denselben Strauch zurück und ritt seines Weges weiter.

Danach stieß er auf ein anderes Heer: es lag erschlagen da. Zum zweiten Male rief er mit lauter Stimme: »Ist in dieser Schar nicht ein Mann lebendig?« Antwortete ihm einer, der noch am Leben war: »Dieses Heer ist des Königs Aliostrog; der türkische Sultan aber hat es geschlagen, um die Königstochter Kleopatra in seine Gewalt zu bringen.« Und weiter sprach er zu ihm: »Unter diesem Strauche liegt ein Schwert aus gutem Stahl.« Iwan nahm das Schwert und sagte: »Es kommt von einem wenig starken Helden.« Und er legte es unter denselben Strauch zurück.

Er ritt fort von jener Stätte und stieß nahe vom Königreich Arinarien auf eine gewaltig große Macht erschlagener Kriegsmanner. Und er rief mit Heldenstimme: »Ist in dieser Schar nicht ein Mann lebendig?« Antwortete ihm einer aus der Schar, der noch am Leben war: »Dieses Heer des Königs von Arinarien ist erschlagen vom türkischen Sultan.« Und weiter sprach er zu ihm: »Unter diesem Weidenstrauche liegt ein Schwert aus gutem Stahl.« Iwan der Mesnerssohn zog das Schwert hervor, ward froh und sprach: »Dieses Schwert taugt meiner Heldenschulter!« Und er ritt in das Königreich Arinarien.

Und als er angelangt war, nahm er Dienst bei einem Großfürsten jenes Landes. Dieser Fürst gewann ihn sehr lieb, als wäre er sein eigener Sohn. Und nicht lange darauf kam in das Königreich Arinarien der türkische Sultan und mit ihm ein Heer von 80 000 Mann. Der König Aliostrog befahl, sein Heer zu sammeln: es kamen 30 000 Mann zusammen, und er führte seine ganze Macht wider den türkischen Sultan. Als aber Iwan, der Mesnerssohn, sah, daß der König wider den türkischen Sultan zog, begann er seinen Fürsten anzuflehen, er möge ihm erlauben, auf das Schlachtfeld zu reiten und dem Zusammenstoß der beiden Heere zuzuschauen. Der Fürst aber hatte eine große Liebe zu ihm und erlaubte ihm nicht, zu jenem Kampfe hinzureiten. Als Iwan sah, daß der Fürst ihn nicht entlassen wollte, nahm er eine günstige Stunde wahr, ging in den Stall, sattelte sein gutes Roß, steckte sein Schwert heimlich zu sich und ritt hinaus zum Kampf. Und als er bei den Heerhaufen angelangt war, tat er einen Ruf mit seiner Heldenstimme, daß alle Kriegsscharen sich über diese Stimme entsetzten, und warf sich auf die türkischen Kriegsscharen. Er schlug hart auf sie ein, so daß alle Türken sich zur Flucht wandten. Und als er die Türkenmacht besiegt hatte, ritt er zu derselbigen Stunde zu jenem Fürsten, sattelte sein gutes Roß ab und ging in seine Gemächer. Auch der König kam mit seiner ganzen Macht in sein Reich zurück und dankte dem allmächtigen Gott, daß er ihn vom türkischen Sultan befreit hatte.

Und drei Jahre später, nachdem sich dieses ereignet hatte, im vierten Sommer, da sammelte der türkische Sultan 100 000

Mann und machte sich auf, das Königreich Arinarien zu verheeren. Als jedoch der König Aliostrog das mächtige versammelte türkische Heer sah, fiel er in große Betrübnis und zog mit seiner ganzen Macht wider den türkischen Sultan. Als aber Iwan der Mesnerssohn sah, daß man gegen den türkischen Sultan zu Felde zog, flehte er seinen Fürsten an, dem Kampf zuschauen zu dürfen. Der Fürst merkte sein heftiges Verlangen und erlaubte ihm, hinzureiten. Iwan ging in den Stall, sattelte sein treues Roß und ritt davon mit Windeseile. Und als er die Kriegsscharen erreicht hatte und den Zusammenstoß der beiden Heere sah, sprengte er mit aller Geschwindigkeit auf die türkischen Kriegsscharen ein und schlug sie hart, und kaum vermochten die türkischen Scharen mit wenigen Mann zu entfliehen. Iwan aber, nachdem er die Türkenmacht zurückgeschlagen hatte, ritt in das Haus seines Fürsten. Dieser sah die Ankunft Iwans, und daß sein ermüdetes Roß mit Menschenblut bespritzt war, und erkannte wohl, daß er ein starker und erfahrener Held sein müsse. Der König Aliostrog kehrte mit seiner ganzen Macht unbeschädigt heim, dankte und lobte den allmächtigen Gott und befahl, mit aller Sorgfalt im ganzen Königreiche jenen Helden zu suchen. Der Fürst aber sprach zu ihm: »Herr König Aliostrog! Bei mir lebt ein Mann, dessen Herkunft mir unbekannt ist. Er ritt zweimal heimlich vor mir zum Kampf und kehrte in mein Haus zurück, und sein Roß war abgehetzt, und viel menschliches Blut war an ihm.« Der König befahl, jenen vor ihn zu führen. Der Fürst aber brachte sogleich Iwan vor den König. Und als dieser sah, daß er schön von Angesicht und von stattlichem Wuchse war, gab er ihm seine Tochter Kleopatra zur Frau. Und danach lebte Aliostrog nicht mehr lange, starb und wurde von Iwan begraben.

Iwan aber begann das Königreich zu regieren; und lange Zeit darauf kam der türkische Sultan in das Land, hielt acht Meilen vor der Stadt und ging mit seinem starken Pascha Begrar als Bettler in die Stadt. Zu der Zeit befand sich Iwan auf der Jagd, und der Sultan ging in die Stadt und kam auf den Königshof, um Almosen zu erbitten. Kleopatra gab ihm ein Almosen. Als der Sultan die schöne Kleopatra sah, sprach er zu ihr: »Zeige mir, Herrin, das Schwert von gutem Stahl, das Iwan der Mesnerssohn im Kriege führt.« Sie befahl, man solle es heraustragen. Und zwölf Mann brachten es heran, und der Sultan befahl dem starken Pascha, es zu ergreifen, und sie trugen es fort vom Königshof; und alsbald belagerten sie die Stadt. Iwan der Mesnerssohn kehrte bald zurück, befahl, sein Roß zu satteln und ging, um sich zu rüsten, in die Kammer; doch als er sein Schwert nicht fand, fragte er sein Weib danach. Sie aber antwortete: »Ein fremder Bettler kam und hat dein Schwert weggetragen.« Er aber ergriff eine eiserne Keule, ritt hinaus auf das freie Feld und schlug die Feinde hart mit der Keule und bahnte sich einen Weg bis in die Mitte des Heeres. Das sah der starke Pascha, und er erschlug Iwan. Der türkische Sultan aber ritt in das Königreich ein, und Kleopatra nahm den Sultan freundlich auf.

Und nach seiner Gewohnheit ging Hermann, der Vater Iwans des Mesnerssohnes in den Stall, und siehe, das Roß steht bis an die Knie in Blut. Er fing an zu weinen, sattelte das treue Roß und ritt davon, und das Roß brachte ihn zu dem toten Körper seines Sohnes. Als Hermann seinen Sohn erschlagen sah, wußte er nicht, was mit ihm zu beginnen sei. Aber das Roß verkündete ihm mit menschlicher Stimme: »Hermann, mein Gebieter! Wenn du deinen Sohn gesund sehen willst, so schneide meinen Bauch auf, nimm die Eingeweide heraus und bestreiche ihn mit Blut; mich werden junge Raben zerhacken, du aber fang einen Raben und bitt ihn um das Wasser des Lebens und des Todes.« Hermann verrichtete alles genauso, wie ihm geheißen war. Und die jungen Raben kamen herbeigeflogen und begannen auf das Roßfleisch einzuhacken. Hermann aber fing einen Raben und tat, als wollte er ihn in Stücke reißen. Der Rabe jedoch verkündete mit menschlicher Stimme: »O Herr, quäle mich nicht; ich werde dir das Wasser des Lebens und des Todes zur Heilung deines Sohnes und des Rosses bringen.« Und der Rabe flog über die Woklonflüsse zum König Redosub. Und zu der Zeit wuschen Mädchen die königliche Wäsche. Der Rabe entführte das feinste Hemd und sagte mit menschlicher Stimme: »Gebt mir zwei Gefäße mit dem Wasser des Lebens und des Todes.« Sie gaben ihm Wasser des Lebens und des Todes. Und der Rabe flog zu Hermann. Der nahm das Wasser entgegen und ließ den Raben frei; dann besprengte er seinen Sohn mit dem Lebenswasser, und der Sohn ward gesund und er besprengte mit dem gleichen Wasser auch das Roß, und auch dieses wurde gesund. Iwan aber sprach zu seinem Vater: »Herr Vater! Reite du nur heim zu deinem Hause, ich aber werde mit meinem Feinde abrechnen.«

Iwan sah auf dem Wege einen Bauern gehn und sprach zu ihm: »Wenn du dir einen Lohn verdienen willst, so werd ich mich in ein wunderbares Roß mit goldenem Fell verwandeln, du aber führ es am Hofe des Sultans vorbei.« Und er ward zu einem wunderbaren Roß, der Bauer jedoch führte es am Hofe des Sultans vorbei. Als der Sultan dieses Roß sah, begann er zu handeln und gab dafür zweihundert Rubel und befahl, es in den Stall zu führen. Seit diesem Tage fing er an, in den Stall zu gehn. Und Kleopatra sagte: »Warum, o Herr, gehst du ständig in den Stall?« Er aber antwortete ihr: »Ein wunderbares Roß hab ich gekauft, das hat ein goldenes Fell.« Sie sagte darauf: »Das ist kein Roß, das ist Iwan der Mesnerssohn; befiehl, ihn in Stücke zu hauen.« Und er befahl, ihn zu töten. Eine Magd jedoch lief zu dem Roß und erzählte Iwan alles genau, was sie gehört hatte. Iwan sagte zu ihr: »Wenn man mich in Stücke hauen wird, so nimm Blut aus meinem Kopf und wirf es zu den Stieren des Sultans.« Und es kamen welche vom Sultan, die hieben dem Roß den Kopf ab. Die Magd aber fing das Blut auf und warf es zu den Stieren, und sogleich ward daraus ein Stier mit goldenem

Fell. Und es wurde dem Sultan berichtet. Als dieser den Stier gesehen hatte, begann er ständig zu ihm zu gehen. Kleopatra aber sagte zu ihm: »Warum, o Herr, gehst du ständig auf den Viehhof?« Er antwortete ihr: »Ich hab einen Stier mit goldenem Fell.« Sie sagte darauf: »Das ist kein Stier, das ist Iwan der Mesnerssohn; befiehl, ihn in Stücke zu hauen.« Der Sultan befahl, den Stier zu töten. Und die Magd kam gelaufen und erzählte Iwan, was sie gehört hatte. Iwan aber sagte zu ihr: »Wenn man mich in Stücke hauen wird, so nimm du meinen Kopf und vergrab ihn im Garten des Sultans.« Und es kamen welche vom Sultan und hieben dem Stier den Kopf ab. Die Magd aber vergrub ihn im Garten. Am Morgen war ein wundervoller Apfelbaum herangewachsen, der trug goldene Äpfel; und es wurde dem Sultan berichtet. Als dieser den Apfelbaum gesehen hatte, begann er ständig im Garten spazierenzugehen. Kleopatra aber sagte zu ihm: »Warum, o Herr, gehst du ständig im Garten spazieren?« Antwortete ihr der Sultan: »Ein wundervoller Apfelbaum ist herangewachsen, der trägt goldene Äpfel.« Kleopatra jedoch erwiderte: »Das ist, o Herr, Iwan der Mesnerssohn; befiehl, den Apfelbaum zu fällen.« Der Sultan befahl, ihn abzuhauen, und die Magd kam gelaufen und erzählte Iwan dem Mesnerssohn, was sie gehört hatte. Iwan aber sagte zu ihr: »Wenn man mich abhauen wird, so nimm den ersten Span und wirf ihn in des Sultans Teich.« Es kamen welche vom Sultan und begannen zu hauen. Die Magd aber nahm den ersten Span und warf ihn in des Sultans Teich. Da schwamm ein wundervoller Enterich herum; und es wurde dem Sultan berichtet. Dieser aber befahl seinen Dienern, den Vogel zu fangen, und er zog sich selbst aus und schwamm ihm nach. Und der Enterich lockte den Sultan auf die andere Seite, und dann flatterte er hinaus an das Ufer. Und Iwan der Mesnerssohn ward wieder lebendig und kleidete sich in des Sultans Gewänder. Die Wächter jenes Teiches sahen es und berichteten dem Sultan, daß Iwan der Mesnerssohn wieder am Leben sei und sich für den Sultan ausgebe. Und der Sultan wurde gefangen und auf den Königshof geführt, und auf den Rat der Fürsten und Bojaren wurde Kleopatra mit dem türkischen Sultan auf dem Scheiterhaufen verbrannt. Iwan aber nahm seinen Vater und seine Mutter zu sich und lebte glücklich. Nicht lange Zeit danach starb sein Vater Hermann, Iwan jedoch, der Mesnerssohn, nahm die Tochter des Großfürsten zur Frau, lebte mit ihr und zeugte Kinder. Und so endet diese Erzählung.

54. Die Erzählung vom Urteil des Schemjaka

In irgendeinem Orte lebten einmal zwei Brüder, die waren Bauern: der eine war reich, der andere war arm. Der Reiche hatte dem Armen viele Jahre lang geborgt, aber er vermochte seiner Armut nicht abzuhelfen. Nach einiger Zeit kam der Arme zum Reichen und bat ihn um ein Pferd, damit er Brennholz heimfahren könnte. Der Bruder wollte ihm jedoch das Pferd nicht geben und sprach: »Bruder, ich habe dir viel geborgt und konnte dein Los doch nicht verbessern.« Und als er ihm schließlich das Pferd gab, nahm jener es und bat ihn noch um ein Kummet. Der Bruder wurde böse auf ihn, begann auf seine Armut zu schelten und sprach: »Was, nicht einmal ein Kummet hast du!« Und er gab ihm das Kummet nicht.

Der Arme verließ den Reichen, nahm seinen Schlitten, band ihn an den Schwanz des Pferdes, fuhr in den Wald und kam auf seinen Hof. Er vergaß aber das Schwellbrett fortzunehmen, und als er das Pferd mit der Knute schlug, warf es sich mit aller Kraft samt dem Gefährt über das Schwellbrett und riß sich den Schwanz ab. Der Arme führte das schwanzlose Pferd zu seinem Bruder. Dieser sah, daß das Pferd ohne Schwanz war, und begann seinen Bruder zu schelten, weil er das geliehene Pferd zu Schanden gemacht hatte. Er nahm das Pferd nicht zurück, sondern ging in die Stadt zum Richter Schemjaka, um seinen Bruder zu verklagen. Der Arme sah, daß sein Bruder fortgegangen war, um ihn zu verklagen, und er folgte ihm, da er wußte, daß man aus der Stadt nach ihm schicken würde, und er, wenn er nicht selbst hinginge, noch die Gebühr für den Büttel bezahlen müßte.

Und sie kamen beide in ein Dorf vor der Stadt. Der Reiche ging zum Popen des Dorfes, um dort zu übernachten, denn er war mit dem Popen bekannt. Der Arme ging gleichfalls zum Popen, trat ein und legte sich oben auf die Pritsche hin. Der Reiche erzählte von dem Unglück mit seinem Pferde, weswegen er zur Stadt ginge. Darauf begann der Pope mit dem Reichen Abendbrot zu essen, den Armen aber luden sie nicht ein mitzuessen. Der Arme sah von seiner Pritsche aus, wie der Pope mit seinem Bruder aß. Plötzlich stürzte er von der Pritsche auf die Wiege herab und drückte den Sohn des Popen zu Tode. Der Pope schloß sich dem Bruder an und ging gleichfalls in die Stadt, den Armen wegen seines toten Sohnes zu verklagen. Und sie kamen zur Stadt, wo der Richter wohnte. Der Arme ging hinter den beiden her. Sie gingen in die Stadt hinein über eine Brücke, unter der ein Einwohner dieser Stadt seinen Vater zur Badestube führte. Der Arme aber wußte, daß ihm vom Bruder und vom Popen Verderben drohte und wollte sich selbst den Tod geben. Er warf sich von der Brücke in den Graben, um sich zu Tode zu stürzen, fiel auf den alten Mann und drückte ihn tot. Man ergriff den Armen und führte ihn vor den Richter.

Der Arme überlegte, wie er wohl dem Urteil zu entgehen vermöchte und dem Richter etwas zustecken könnte. Und da seine Taschen leer waren, kam er auf einen Einfall: er nahm einen Stein, wickelte ihn in ein Tuch, legte ihn in seine Mütze und trat vor den Richter. Der Bruder aber legte seine Klageschrift vor wegen des Pferdes und beschwerte sich über den Armen beim Richter Schemjaka. Dieser hörte sich die Klage an und sprach zum Armen: »Verantworte dich!« Der Arme wußte jedoch nicht, was er sagen sollte, nahm den eingewickelten Stein aus der Mütze, zeigte ihn dem Richter und verneigte sich. Der Richter vermutete, daß der Arme ihm wegen des Rechtshandels etwas anbieten wollte und sagte zum reichen Bruder: »Da dein Bruder dem Pferd den Schwanz abgerissen hat, so nimm das Pferd von ihm nicht eher, als bis der Schwanz wieder nachgewachsen ist. Sowie der Schwanz aber nachgewachsen ist, nimm dein Pferd von ihm zurück.«

Darauf begann die zweite Gerichtsverhandlung. Der Pope trug seine Klage wegen des toten Sohnes vor, den der Arme ihm erdrückt hatte. Dieser aber nahm wieder den in das Tuch eingewickelten Stein und zeigte ihn dem Richter. Der sah ihn und glaubte, daß der Arme ihm für das zweite Urteil ein zweites Stück Gold anbieten wollte, und sagte zum Popen: »Da er deinen Sohn getötet hat, so überlaß ihm die Popin, deine Frau, auf so lange Zeit, bis er mit ihr für dich ein Kind haben wird, dann nimm die Popin und das Kind von ihm zurück.«

Darauf begann die dritte Verhandlung darüber, daß er sich von der Brücke gestürzt und dem Sohn den alten Vater erschlagen hatte. Der Arme nahm wieder den in das Tuch eingewickelten Stein aus seiner Mütze heraus und zeigte ihn zum drittenmal dem Richter. Der Richter vermeinte, daß er ihm für das dritte Urteil einen dritten Beutel verspräche, und sagte zu dem, dessen Vater getötet war: »Geh du auf die Brücke, und der deinen Vater erschlagen hat, wird sich unter die Brücke stellen, du aber stürze dich von der Brücke auf ihn und erschlage ihn ebenso, wie er deinen Vater erschlagen hat.«

Nach der Verhandlung verließen die Kläger und der Angeklagte den Gerichtshof. Der Reiche verlangte vom Armen sein Pferd zurück, der aber antwortete ihm: »Nach richterlichem Spruch geb ich dir dein Pferd erst dann zurück, wenn ihm wieder ein Schwanz gewachsen ist.« Der reiche Bruder bot ihm fünf Rubel, damit er ihm das Pferd auch ohne Schwanz ließe. Der Arme nahm die fünf Rubel und gab dem Bruder das Pferd zurück. Dann begann der Arme beim Popen nach des Richters Entscheid die Popin einzufordern, um mit ihr ein Kind zu zeugen und sie ihm darauf mit dem Kind wieder zurückzugeben. Der Pope aber bat ihn fußfällig, ihm die Popin nicht fortzunehmen, und der Arme erhielt von ihm zehn Rubel. Darauf sprach der Arme zum dritten Kläger: »Laut richterlichem Spruch werde ich mich unter die Brücke stellen, du aber geh auf die Brücke und wirf dich ebenso auf mich, wie ich mich auf deinen Vater geworfen habe.« Jener aber dachte bei sich: »Springe ich von der Brücke hinunter, so werde ich ihn wohl nicht erschlagen, dafür aber selbst zu Tode kommen.« Und auch dieser verglich sich mit dem Armen und gab ihm ein Entgelt dafür, daß er nicht darauf bestand, er solle sich von der Brücke auf ihn hinunterstürzen. Und so erhielt der Arme von jedem der drei Kläger etwas.

Der Richter aber sandte einen Boten zum Angeklagten und verlangte von ihm die drei vorgezeigten Beutel. Der Gerichtsbote forderte vom Armen die drei Beutel und sprach: »Gib, was du aus deiner Mütze in den Beuteln dem Richter gezeigt hast. Er hat mir aufgetragen, es von dir in Empfang zu nehmen.« Dieser aber nahm aus seiner Mütze den eingewickelten Stein und zeigte ihn dem Boten. Der aber sprach zu ihm: »Warum zeigst du mir den Stein?« Der Angeklagte antwortete ihm: »Der Stein war für den Richter bestimmt, denn hätte er nicht für mich entschieden, so würde ich ihn mit diesem Stein erschlagen haben.« Der Diener kehrte zurück und erzählte alles dem Richter. Als dieser ihn angehört hatte, sagte er: »Ich danke und lobe Gott, daß ich jenem Recht gegeben habe; hätte ich es nicht getan, würde er mich erschlagen haben.« Der Arme ging darauf nach Haus, war froh und lobte Gott.

55. Das Märchen von Ssila Zarewitsch und Iwaschka Weißes Hemd

Es war einmal ein Zar mit Namen Chatej. Dieser Zar Chatej hatte drei Söhne: der erste war Assir Zarewitsch, der zweite Adam Zarewitsch und der dritte Ssila Zarewitsch, und dieser war der jüngste Bruder. Die beiden älteren Brüder baten ihren Vater, den Zaren Chatej, gar sehr, sie in andere Reiche ziehen zu lassen, die Leute zu betrachten und sich selbst zu zeigen. Der Zar Chatej entließ sie mit seinem väterlichen Segen und gab jedem ein Schiff, auf dem sie in die fremden Reiche fahren konnten. Der jüngste Bruder, Ssila Zarewitsch, hörte das und wünschte sehr, mit ihnen zu fahren und fremde Länder kennen zu lernen. Er kam zu seinem Vater, dem Zaren Chatej, und bat ihn unter Tränen, er möge ihn zusammen mit den Brüdern ziehen lassen. Der Zar antwortete ihm jedoch: »Mein lieber Sohn, Ssila Zarewitsch! Du bist noch jung und an die Mühen einer Reise nicht gewöhnt, darum rate ich dir, lieber zu Hause zu bleiben und nicht willens zu sein, das zu unternehmen, woran du denkst.« Allein Ssila Zarewitsch begehrte so heftig danach, fremde Reiche zu sehen, daß er seinen Vater dringlich bat und der Zar ihn endlich ziehen ließ und ihm ein Schiff gab. Als sich die Zarensöhne, jeder auf seinem Fahrzeug, eingeschifft hatten, befahlen sie alsbald, vom Ufer abzustoßen. Und als sie auf das hohe Meer kamen, fuhr der älteste Bruder, Assir Zarewitsch, auf seinem Schiff voran, hinter ihm kam der zweite Bruder, Adam Zarewitsch, und zuletzt, hinter allen, Ssila Zarewitsch.

Am dritten Tage ihrer Meerfahrt schwamm an dem Schiff Assir Zarewitschs ein Sarg vorbei, der war mit eisernen Reifen verschlossen. Und Assir Zarewitsch erblickte den Sarg, befahl aber nicht, ihn auf sein Schiff zu ziehen. Adam Zarewitsch sah den Sarg ebenfalls und befahl nicht, ihn aus dem Wasser herauszuholen. Als aber Ssila Zarewitsch den Sarg erblickte, da gab er sogleich den Befehl, die Jolle hinabzulassen, den Sarg aufzunehmen und auf sein Schiff zu bringen. Die Matrosen zogen den Sarg rasch heraus und brachten ihn auf das Schiff, und Ssila Zarewitsch ließ ihn auf einen sicheren Platz stellen. Danach erhob sich am nächsten Tage ein ungeheurer Sturm, der das Fahrzeug Ssila Zarewitschs aus der Richtung warf und es an ein unbekanntes, steiles Ufer trieb. Da befahl Ssila Zarewitsch, die Jolle auszusetzen und den Sarg hineinzulegen, und er selber setzte sich auch in die Jolle und fuhr an das Ufer. Und er ließ den Sarg unter den üblichen Bestattungsbräuchen der Erde übergeben. Und als sie den Sarg vergraben hatten, befahl Ssila Zarewitsch seinem Schiffsführer, er möge an diesem Orte, wo er das Fahrzeug verlassen hatte, ein Jahr lang auf ihn warten; käme er aber nach einem Jahr nicht zurück, so solle er auch ein zweites Jahr warten, käme er aber auch in zwei Jahren nicht wieder, so solle er ein drittes Jahr warten; doch käme er auch bis dahin noch nicht zurück, solle er in sein Reich zurückkehren.

Als Ssila Zarewitsch seinem Schiffsführer diesen Befehl gegeben hatte, ging er selbst ganz allein fort, wohin die Augen schauen. Er wanderte drei Tage über Weg und Steg, und am vierten hörte er hinter sich einen Menschen laufen, so, als wenn jemand eilends hinter ihm herrannte. Er sah sich um und erblickte einen Mann in weißer Kleidung, der ihm nachlief. Ssila Zarewitsch zog sein scharfes Schwert und blieb stehn. Er dachte, daß es irgendein Bösewicht sei, der ihn einholen wolle. Doch als jener Mann Ssila Zarewitsch erreicht hatte, warf er sich zu seinen Füßen nieder und küßte sie und dankte dem Zarensohne für seine Rettung. Ssila Zarewitsch fragte, warum er ihm zu Füßen falle und für welche Guttat er ihm danke, und sagte zu ihm, daß er ihn gar nicht kenne! Da sprang der Mann in der weißen Kleidung sogleich auf die Füße und sprach: »Wohlan, junger Held Ssila Zarewitsch! Wie sollt ich dir nicht danken, ich habe ja in jenem Sarge gelegen, den du aus dem Meere herausgezogen hast und danach am Ufer begraben ließest. Und wärest du nicht gewesen, so hätte ich vielleicht ewiglich im Sarge auf dem Meere herumschwimmen müssen!« »Wie bist du denn aber in den Sarg hineingeraten?« fragte Ssila Zarewitsch. »Ich will dir nun alles erzählen«, sagte der fremde Mann. »Ich heiße Iwaschka Weißes Hemd und war ein großer Ketzer. Meine Mutter erkannte, daß ich den Menschen durch meine Ketzerei viel Schaden tat. Sie ließ diesen Sarg anfertigen und, nachdem man mich hineingelegt hatte, den Deckel auflegen und die Ritzen verstopfen und den Sarg mit eisernen Reifen beschlagen. Danach aber verfluchte sie mich und warf mich ins Meer. Und auf dem Meere schwamm ich länger denn zwei Jahre herum, und niemand nahm mich auf. Jetzt jedoch dank ich dir auf den Knien für meine Rettung und will dir ewiglich ein treuer Diener sein und in allen Fährlichkeiten helfen. Auch will ich dich fragen, ob du nicht heiraten möchtest? Denn ich weiß eine wunderschöne Königstochter mit Namen Truda, die ist es wohl wert, deine Gattin zu sein.« Ssila Zarewitsch sagte darauf zu ihm, daß er die Königstochter wohl heiraten wollte, wenn sie schön wäre. Iwaschka Weißes Hemd antwortete ihm, daß Truda die erste Schöne in der ganzen Welt sei. Als Ssila Zarewitsch von solcher Schönheit hörte, entflammte sein ganzes Herz in Liebe zu der Königstochter, und er bat Iwaschka, er möge mit ihm in jenes Reich ziehen.

Und so machten sie sich auf und wanderten über Weg und Steg; und ob sie nun weit gingen oder nah, lang oder kurz, ist unbekannt, doch kamen sie in jenes Reich, und rund herum standen Pfähle, so daß es war, als sei das ganze Reich von einem Palisadenzaun umgeben. Auf jedem Pfahl aber stak der Kopf eines Helden, nur auf einem einzigen Pfahl war noch keiner aufgepflanzt. Als Ssila Zarewitsch die Köpfe erblickte, erschrak er und fragte Iwaschka Weißes Hemd, was das alles zu bedeuten habe. Iwaschka Weißes Hemd erwiderte ihm: »Edler Kavalier, Ssila Zarewitsch, das sind die Köpfe von Helden, die um die wunderschöne Königstochter Truda freiten.« Ssila Zarewitsch bekam einen gewaltigen Schrecken, als er von diesen seltsamen Dingen hörte, und wollte in sein heimatliches Land zurückkehren und sich nicht in dem Reiche des Vaters der Königstochter Truda sehen lassen; der Vater aber hieß Ssalom. Allein Iwaschka Weißes Hemd sagte ihm, er solle nichts befürchten und getrost mit ihm gehn. Da folgte ihm Ssila Zarewitsch und ging mit ihm.

Als sie in das Reich hineingewandert waren, sprach Iwaschka Weißes Hemd: »Höre, Ssila Zarewitsch, ich werde von nun ab dein Diener sein. Und wenn du in den Zarenpalast eintrittst, so verneige dich tief vor dem Könige Ssalom, dann wird er dich sehr freundlich bei den weißen Händen fassen und dich fragen, woher und warum du kommst und aus welchem Reiche, wessen Vaters Sohn du bist und wie du mit Namen heißest. Dann erzähle ihm alles und verbirg ihm nichts: daß du gekommen bist, seine Tochter zu freien, die du zu deiner Gattin zu nehmen wünschest. Und er wird sie dir mit großer Freude geben.« Ssila Zarewitsch trat nun, wie erzählt wird und wie es geschrieben steht, in den Palast, und sobald ihn der König Ssalom erblickte, ging er ihm entgegen, um ihn zu begrüßen, faßte ihn bei den weißen Händen, führte ihn in die weißsteinernen Gemächer und begann zu fragen: »Wohlan, wackerer Held, junger Gesell! Woher und warum kommst du und aus welchem Reich? und wessen Vaters Sohn bist du? und wie heißest du mit Namen?« »Ich komme aus dem Reiche des Zaren Chatej und bin sein Sohn; und man nennt mich Ssila Zarewitsch, und ich bin gekommen, um deine Tochter zu freien, die wunderschöne Königstochter Truda.« Der König Ssalom war über die Maßen froh, daß eines so berühmten Zaren Sohn sein Schwiegersohn werden wollte, und befahl daher seiner Tochter, sich zu der Hochzeit zu rüsten.

Als der Tag gekommen war, an dem Ssila Zarewitsch heiraten sollte, befahl der König Ssalom allen, auch den Fürsten und den Bojaren, sich im Palast zu versammeln. Und als alle beisammen waren, fuhren sie in die Kirche, und Ssila Zarewitsch wurde mit der wunderschönen Königstochter Truda getraut. Und nachdem sie von der Trauung heimgekommen waren, setzten sie sich an die eichenen Tische, vor die gemusterten Tücher, aßen und tranken und stärkten sich und vergnügten sich mit allerlei Kurzweil. Doch als Ssila Zarewitsch in die Brautkammer gehn mußte, rief ihn Iwaschka Weißes Hemd beiseite und sagte leise zu ihm: »Höre mich an, Ssila Zarewitsch: wenn du dich zu Bett legst mit deiner Gattin, sollst du sie nicht berühren; tust du es dennoch, so bleibst du nicht am Leben, und dein Kopf wird auf den letzten Pfahl gespießt werden. Und obwohl sie dich küssen und liebkosen und fest an ihr Herz drücken wird, so verrichte jedoch nichts mit ihr.« Ssila Zarewitsch fragte: »Warum verlangst du das von mir?« »Darum«, antwortete Iwaschka, »weil sie mit einem unreinen Geist eine Liebschaft hat; und der kommt jede Nacht zu ihr in der Gestalt eines Menschen, durch die Luft aber fliegt er als ein sechsköpfiger Drache. Darum hör auf mich und verrichte nichts mit ihr. Wenn sie aber auf deine weiße Brust ihre Hand legen und dich drücken wird, so spring aus deinem Bett und schlag sie heftig mit einem Stock, so lange, bis sie all ihre Kräfte verloren hat. Ich aber werde unterdessen an der Türe deines Schlafgemaches Wache stehn.«

Als Ssila Zarewitsch diese Worte vernommen hatte, ging er mit der wunderschönen Königstochter Truda in das Brautgemach und legte sich mit ihr auf das Bett. Die Königstochter Truda begann ihn zu küssen und nötigte ihn dazu, die gewohnten Dinge der Liebe mit ihr zu verrichten, allein Ssila Zarewitsch wollte das nicht tun. Da legte die Königstochter Truda ihre Hand auf seine Brust und drückte sie stark, so daß er kaum bei Besinnung blieb. Ssila Zarewitsch sprang aus seinem Bett, ergriff einen Stock, den Iwaschka ihm zu diesem Zwecke gegeben hatte, und fing an, die Königstochter Truda zu schlagen, und hörte erst dann auf, als sie halb tot am Boden liegen blieb. Gleich darauf erhob sich plötzlich ein Sturmwind, und der sechsköpfige Drache flog in das Schlafgemach und wollte Ssila Zarewitsch verschlingen. Iwaschka jedoch ließ es nicht dazu kommen: er nahm sein scharfes Schwert in die Hand und kämpfte mit dem Drachen. Sie schlugen sich genau drei Stunden, und Iwaschka hieb dem Drachen zwei Köpfe ab. Danach flog der Drache wieder fort. Iwaschka hieß Ssila Zarewitsch sich hinlegen und nichts weiter befürchten. Ssila Zarewitsch gehorchte ihm und legte sich nieder und schlief bis zum nächsten Morgen. Der König Ssalom aber schickte am Morgen hin, um zu erfahren, ob sein lieber Schwiegersohn Ssila Zarewitsch noch am Leben sei. Und als man ihm sagte, daß er lebendig und wohlbehalten sei, war der König sehr froh darüber, daß Ssila Zarewitsch der erste gewesen war, der seiner Tochter hatte widerstehen können, und ließ ihn zu sich rufen. Und als er zu ihm kam, tranken und vergnügten sie sich den ganzen Tag. Doch für die nächste Nacht befahl Iwaschka Ssila Zarewitsch, daß er mit seiner Gattin gleichermaßen verfahren solle, selbst aber stellte er sich hinter die Tür und hielt Wache wie vorher.

Als Ssila Zarewitsch sich mit Truda zu Bett gelegt hatte, legte sie ihm wiederum die Hand auf die Brust und fing an, ihn zu drücken. Da sprang Ssila Zarewitsch aus dem Bett und schlug sie abermals. Danach jedoch kam der Drache geflogen und wollte Ssila Zarewitsch verschlingen. Iwaschka aber eilte mit dem Schwerte hinter der Tür hervor, fing an, sich mit dem Drachen herumzuschlagen und hieb ihm noch zwei Köpfe ab. Da flog der Drache fort, Ssila Zarewitsch aber legte sich schlafen. Am Morgen ließ ihn der König Ssalom wieder rufen und vergnügte sich mit ihm den ganzen Tag. Für die dritte Nacht befahl Iwaschka Weißes Hemd dem Zarensohn das gleiche wie früher, und der vollbrachte alles so, wie ihm geheißen war. Iwaschka jedoch hieb dem

Drachen die letzten zwei Köpfe ab, verbrannte sie mitsamt dem Leib und verstreute die Asche über das weite Feld. In der vierten Nacht fragte Ssila Zarewitsch Iwaschka, ob er nun mit seiner Gattin der Liebe pflegen dürfe, doch Iwaschka sagte ihm, er solle das nicht tun, sondern damit warten, bis er es ihm erlauben würde.

Und so lebte Ssila Zarewitsch ein ganzes Jahr bei seinem Schwiegervater, dem Zaren Ssalom, und verrichtete nicht die Dinge der Liebe mit seiner Gattin. Dann aber sagte Iwaschka Weißes Hemd zu ihm, er möge seinen Schwiegervater um die Erlaubnis bitten, in sein Vaterland zu fahren und seine Eltern aufzusuchen. Ssila Zarewitsch gehorchte ihm, ging hin und bat den König Ssalom. Und dieser entließ ihn und gab ihm zur Begleitung zwei Regimenter seines Heeres. Da nahm Ssila Zarewitsch Abschied von seinem Schwiegervater und ritt mit seiner Gattin in sein väterliches Reich. Auf halbem Wege aber sagte Iwaschka zu Ssila Zarewitsch, er solle mit seinen Regimentern ein Lager aufschlagen. Ssila Zarewitsch folgte ihm und befahl, die Zelte zu errichten. Am nächsten Tage schichtete Iwaschka vor dem Zelte Ssila Zarewitschs Brennholz zu einem Scheiterhaufen und zündete ihn an. Darauf führte er die Königstochter Truda aus dem Zelt, entkleidete sie und zog unter dem Rockschoß sein Schwert hervor und hieb Truda in zwei Hälften. Ssila Zarewitsch erschrak gewaltig und weinte bittere Tränen. Iwaschka aber sagte ihm, daß seine Gattin wieder lebendig werden würde. Als der Leib der Königstochter Truda in zwei Stücke auseinanderfiel, krochen sogleich allerlei Schlangen aus dem Bauche hervor. Iwaschka warf sie alle ins Feuer und sagte dann zu Ssila Zarewitsch: »Siehst du wohl, Ssila Zarewitsch, wie es mit der Reinheit im Bauche deiner Gattin beschaffen war. Das sind ja alles böse Geister, die dort in ihr entstanden sind.« Als hernach alle Schlangen aus dem Bauche herausgekrochen waren und Iwaschka sie alle verbrannt hatte, legte Iwaschka Weißes Hemd den Körper der Truda zusammen, besprengte ihn mit Lebenswasser. Da ward die Königstochter Truda zu derselbigen Minute lebendig und war jetzt so sanft, wie sie vordem böse gewesen war. Dann sprach Iwaschka Weißes Hemd zu Ssila Zarewitsch: »Na, Ssila Zarewitsch, jetzt geb ich dir die Freiheit, mit deiner Gattin zu tun, was du willst, denn nun brauchst du nichts mehr zu befürchten.« Und darauf sagte er noch zu ihm: »Jetzt leb wohl, Ssila Zarewitsch! Du wirst mich niemals mehr wiedersehen.« Diese Worte sprach er und ward unsichtbar.

Ssila Zarewitsch aber befahl, die Zelte abzubrechen, und sowie sie abgebrochen waren, ritt er in sein Reich. Und als er an den Ort kam, wo das Schiff auf ihn wartete, ging er an Bord mit der wunderschönen Königstochter Truda und fuhr seines Weges, die Regimenter aber ließ er heimziehen. Und sobald er in sein väterliches Reich kam, begrüßte man ihn mit Kanonenschüssen, und der Zar Chatej kam aus seinen weißsteinernen Gemächern hervor und ergriff ihn und die wunderschöne Königstochter Truda bei den weißen Händen. Er führte sie in die weißsteinernen Gemächer setzte sie an die eichenen Tische, vor die gemusterten Tücher, und sie tranken und aßen und erfrischten sich und vergnügten sich mit allerlei Kurzweil. Und Ssila Zarewitsch blieb zwei Jahre bei seinem Vater, hernach aber fuhr er in das Reich seines Schwiegervaters, des Königs Ssalom, empfing von ihm die goldene Krone und begann über das Königreich zu herrschen. Mit der wunderschönen Königstochter Truda aber lebte er in großer Liebe und Eintracht.

56. Die Erzählung von Jorsch Jerschowitsch, dem Kaulbarsch

Irgendwo in einer Stadt des Kreises Rostow ward Gericht gehalten. Richter waren der Bojar Stör und der Wojewode des Kaspischen Meeres, der Wels, als Schöffen saßen dabei der

Zander und der Hecht Zitterling. Man beschwerte sich über den Kaulbarsch, und in der Anklageschrift stand geschrieben: »Unter Tränen reichen die armen Waisen, eure Bauern des Kreises Rostow, eure Knechte, der Blei und der Weißfisch, eine Beschwerde ein. Wir klagen, ihr hohen Herren, gegen Kaulbarsch den Borstigen, des Kaulbarschs Sohn, gegen den Verleumder, das üble Fratzengesicht, den Krebsäugigen, den Scharfborstigen, den Tagedieb und unnützen Kerl. Ihr hohen Herren, seit alters her ist der Rostower See unser Eigentum und uns, euren Waisen, von euch als Erbgut übergeben, ein festes Erbe von den Vätern für alle Ewigkeit. Aber der Kaulbarsch, dieser Verleumder, Tagedieb, Betrüger und Gauner, dieser üble Kerl und widerliche Hund, das stachlige Borstentier, kam vom Wolga-Fluß, von einem Landgut an der Wetluga, aus dem Kreise Kosmodemjansk durch den Wyra-Fluß zu uns in den Rostower See. Er kam hergezogen zur unwirtlichen Winterszeit, grub sich in den Schlamm ein, ließ sich einfrieren wie ein Krebs und schmierte sich die Nasenlöcher zu. Unterwegs nährte er sich in den Sümpfen, und als er zum Rostower See gelangte, bat er, eine einzige Nacht bei uns übernachten zu dürfen und gab sich für einen unbekannten Bauern aus. Nachdem er genächtigt hatte, erreichte er durch sein Flehen, eine Zeitlang bei uns wohnen zu können, sich aufzuwärmen und sich mit Weib und Kinderchen durchzufüttern. Doch sollte er wieder zurück zum Kudma-Flusse und dort leben und Nahrung suchen. Dieser diebische Kaulbarsch hat bei uns eine Zeitlang gelebt, Kinder gezeugt, seine Tochter dem Löffelstint, dem Sohn des kleinen grätigen Spuckfisches, verheiratet und mit seiner ganzen Sippe sich heimlich gegen uns verschworen, er hat uns Bauern alle verprügelt, ausgeplündert und mit seinen scharfen Borsten übel zugerichtet. Er hat uns aus unserem Erbsitz hinausgeprügelt, widerrechtlich den See in Besitz genommen, im Vertrauen auf seine Gewalt und seine scharfen Borsten, nun will er uns mit Weib und Kind verhungern lassen. Ihr Herren

Bojaren und Richter, habt Erbarmen und sprecht ein gerechtes Urteil.«

Der Kaulbarsch ging zu Gericht, um sich in dieser Angelegenheit zu verantworten. Vor Gericht erklärte er: »Ich will mich in dieser Sache verteidigen und die Kläger gerichtlich belangen wegen der mir angetanen Schmach. Sie haben mich einen Tagedieb genannt. Keineswegs habe ich sie geschlagen oder ausgeraubt. Das alles ist mir unbekannt, und ich weiß von nichts. Der Rostower See aber gehört mir, und er war schon meines Ahnen Eigentum. Der alte Kaulbarsch, mein Ahn, hat ihn für alle Ewigkeit zu festem Besitz erhalten. Von Geburt gehören wir seit alters her zum niederen Adel, sind von kleinem Bojarengeschlecht, stammen aus Perejaslawlj und haben den Beinamen Löffelstint. Der Blei und der Weißfisch aber waren Leibeigene meines Vaters. Um des Seelenheils meines Vaters willen habe ich ihnen die Freiheit gegeben. Ich ordnete an, sie sollten bei sich leben und uns mit ihrer Hände Arbeit tränken und nähren. Unter meinen Leibeigenen gibt es auch heute noch Leute, die von ihrer Sippe sind. Als der See zur heißen Sommerszeit austrocknete, Not und großer Hunger eintrat, da sind der Blei und der Weißfisch selbst zur Wolga gezogen und haben sich dort in den Buchten niedergelassen. In ihrer Klageschrift aber haben sie es auf meinen Kopf abgesehen und mir dadurch das Leben schwergemacht. Ohne Grund und Recht wollten sie mich ins Unglück bringen. Sie selbst aber scheuten wegen ihrer Betrügereien das Tageslicht und versteckten sich vor mir und den Bauern. Ich aber lebe auch heute noch vom Erbe meines Vaters. Ich bin kein Dieb und kein Räuber, sondern ein anständiger Mensch, ich lebe aus eigenem Vermögen, ich nähre mich von meinem Erbgut, mich kennen Großfürsten, Bojaren, hohe Beamte und die Kaufmannsgilden in vielen Städten, sie verzehren mich in Ehren, und nach dem Rausch bringen sie ihre Bäuche durch mich wieder in Ordnung.«

Die Richter sprachen nun zu den Klägern: »Wie könnt

ihr den Kaulbarsch durch Beweise überführen?« Diese begannen ihre Beweise vorzubringen und sprachen: »Ihr Herren Richter, ganz der Wahrheit gemäß werden wir ihn überführen, und wir wollen uns dabei auf Augenzeugen berufen. Wir haben ordentliche Leute als Zeugen: im Gebiet von Nowgorod, im Ladoga-See lebt der Hausen, im Newa-Fluß aus edler Familie der Nestling, und im See von Perejaslawlj der Hering, die werden bezeugen, daß der Rostower See in Wahrheit unser ist.« Darauf erwiderte der Kaulbarsch: »Ihr Herren Richter! Ich kann mich nicht auf den Hausen, den Nestling und den Hering berufen, denn sie gehören zur Verwandtschaft jener, sie trinken und essen mit ihnen zusammen und werden nicht zu meinen Gunsten aussagen. Auch sind sie wohlhabende Leute, ich aber bin ein armer Mann, deshalb vermag ich auch nicht das Reisegeld für jene zu bezahlen, und der Weg ist weit.«

Die Richter aber schickten, ohne daß Kläger und Angeklagte es wußten, den Flußbarsch hin, und die Reisekosten beschlossen sie vom Schuldigen einzutreiben. Als Beistand aber nahmen sie die Aalraupe. Die jedoch erklärte den Richtern, daß sie kein Beistand sein könne: »Mein Bauch ist groß, meine Augen sind klein, die Lippen sind wulstig, reden kann ich nicht, und mein Gedächtnis ist schlecht.« Deshalb entließen sie sie aus Gesundheitsgründen und nahmen den Flußkarpfen und einige kleine Fische als Beistand.

Die Zeugen sagten nun bei der Untersuchung aus: »Der Blei und der Weißfisch sind gutherzige Leute, gottesfürchtige Bauern, sie nähren sich von ihrer Hände Arbeit und von ihrem Erbgütchen, aber dieser Kaulbarsch ist ein Verleumder, ein böser Kerl, ein Bauerntölpel, er wohnt auf dem Grunde von Flüssen und Seen, ans Tageslicht kommt er selten, und wie ein Drache sticht er aus dem Gebüsch mit seinen Borsten. Tritt er aber zur Mündung heraus, so lockt er die großen Fische ins Netz, selbst aber entschlüpft er immer. Wo dieser Dieb um ein Nachtlager bittet, dort will er den Hausherrn selbst hinausdrängen, und viele Leute hat er durch seine Verleumdungen schon ins Unglück gebracht. Den einen hat er vom Hof gejagt, einen andern Hungers sterben lassen. Nie ist jemand seines Geschlechts vom niederen Adel gewesen. Ferner hat er behauptet, in Moskau kenne man ihn, Fürsten und Bojaren verspeisten ihn, ja hat er da wirklich die Wahrheit gesprochen?« Die Kläger sagten ferner aus, daß den Kaulbarsch nur die Trunkenbolde kennen, die Habenichtse in den Kneipen und allerlei Bettelvolk, das kein Geld besäße, um guten Fisch zu kaufen. Die kaufen für eine halbe Denga Kaulbarsch, einen Teil des Fisches werfen sie fort, den anderen spucken sie aus, den Rest schütten sie auf den Boden und geben ihn den Hunden zum Fraß.

Der Stör aber fügte hinzu: »Meine Herren, ich habe hier weder auszusagen noch etwas zu bezeugen, ich will euch nur die reine Wahrheit sagen und von meiner Not berichten: Als ich zum Rostower See zog und zu den reichen Flüssen, um fette Nahrung zu suchen, da begegnete ich dem Kaulbarsch am Einfluß in den Rostower See, und er nannte mich seinen Bruder. Ich aber kannte seine Hinterlist nicht, auch war niemand zur Stelle, bei dem ich mich nach dem Bösewicht hätte erkundigen können. Er fragte mich: ›Brüderchen Stör, wohin gehst du?‹ Ich antwortete ihm: ›Ich gehe zum Rostower See, zu den reichen Flüssen, um fette Nahrung zu suchen.‹ Und er darauf ›Brüderchen Stör, zieh nicht zum Rostower See, zu den reichen Flüssen, um fette Nahrung zu suchen. Bruder, ich war stattlicher als du, meine Seiten waren breiter als die deinen, sie reichten von einem Ufer zum anderen und rieben sich an ihnen, meine Augen waren wie volle Tassen, mein Schwanz glich dem Segel eines großen Schiffes und war vierzig Klafter groß. Schau, Brüderchen, wie ich jetzt aussehe, da ich aus dem Rostower See komme.‹ Ich hörte auf ihn, ließ mich durch seine trügerischen Worte betören und kehrte um, Weib und Kind hat er mir verhungern lassen, um mich selbst war es schließlich auch geschehen. Ja, ihr Herren, dieser Kaulbarsch hat mich betrogen, mich, den einfachen Bauern, er hat mich zum Netz gelockt und gesagt: ›Brüderchen Stör, laß uns ins Netz gehen, dort wollen wir uns an Fischen satt essen.‹ Und ich habe auf ihn gehört, habe seinen trügerischen Worten geglaubt und bin ihm ins Netz gefolgt. Ich wollte zurückkehren und verfing mich im Netz. Der Kaulbarsch aber sprang hinten durch ein Loch heraus und lachte über mich: ›Brüderchen Stör, hast du dich an Fisch satt gegessen?‹ Und als man mich aus dem Wasser ans Ufer zog, da nahm er Abschied von mir: ›Leb wohl, Brüderchen Stör, nimm mir's nicht übel!«‹

Die Richter fällten das Urteil: Den Blei sprachen sie frei, den Kaulbarsch aber verurteilten sie. Sie übergaben den Schuldigen dem Kläger, dem Blei, und sie ordneten an, daß der Kaulbarsch auf dem Marktplatz öffentlich hingerichtet würde: für seine Diebereien und Verleumdungen sollte er an heißem Sommertage in der Sonne aufgehängt werden. Zu Gericht hatten lauter ehrbare Leute gesessen: Vorsitzender war der Wels mit dem großen Schnurrbart, Protokoll führte die Schmerle, die gute Karausche war auch dabei, gesiegelt hat der Krebs Glotzauge mit seiner linken Schere, Beisitzer waren die Schmerle von Perejaslawlj und der Bläuling von Rostow, unterschrieben hat der Sterlet mit seiner langen Nase. So endete die Gerichtsverhandlung.

ANHANG

Einleitung zur ersten Ausgabe

Das große Reich an der Schwelle Asiens ist bis auf den heutigen Tag für den Bewohner der westlichen Hälfte Europas von einem Nebel des Geheimnisvollen, hier leichter, dort tiefer verschleiert. Die Geschichte nennt die Ursachen dieser Erscheinung, und aus den Werken der Dichter Rußlands klingen sie dem Feinhörigen in einer Welt von Tönen ans Ohr. Doch nicht nur in den Schilderungen Turgénjews, Tolstójs, Dostojéwskijs, sondern auch in der alten Volkspoesie der Russen, vor allem in den Heldenliedern, flutet die Woge des Seltsamen, Fernen. Hier spürt man die Weite der unermeßlichen Ebene zwischen den vier Meeren und lernt ein Volk kennen, in dessen Gemüt Naivität und Tiefsinn dicht beieinanderliegen. Bunteste Phantastik, die an den Orient gemahnt, steigt hier empor, und übermenschliche Recken, die in ihren Charakteren die Ideale des Volkes verkörpern, vollbringen unerhört kühne Taten und begeistern, durch den Mund der Sänger immer wieder neu belebt, noch jetzt die Herzen andächtig lauschender Hörer.

Neben dem Heldenliede, russisch volkstümlich stárina oder stariná, d. h. Altertum, sonst auch bylína genannt, spielt in den Vorträgen der dörflichen Erzähler das Märchen, skázka, d. i. erfundene Erzählung, die wichtigste Rolle. Im Gegensatz zum Heldenliede, dessen Tradition sich nur noch in den nördlichsten Gouvernements lebendig erhalten hat, erfreut das Märchen überall im weiten Reiche sowohl Kinder wie Erwachsene, Frauen wie Männer und blüht noch heute kaum weniger frisch, als vor Hunderten von Jahren. Auch von diesem Produkt der Volkspoesie geht ein starker Zauber des Geheimnisvollen aus, und um ihn ganz erfassen und würdigen zu können, mag es angebracht sein, zunächst einen raschen Blick auf die Überlieferung des russischen Märchens zu werfen.

In Rußland beginnt die Geschichte des Märchens nicht mit seinen Stoffen, sondern mit seinen Verbreitern, den Erzählern. Schon im 11. Jahrhundert erging ein Verbot der Kirche, »Fabeln zu erzählen«, das häufig wiederholt wurde, freilich ohne den gewünschten Erfolg zu erzielen, denn die Leidenschaft für Märchen ist stets zu groß gewesen, um sie ausrotten zu können. So wird z. B. aus dem 12. Jahrhundert von einem reichen Manne berichtet, der sich vor dem Einschlafen von seinen Dienern die Fußsohlen kitzeln und dazu »Fabeln« erzählen ließ. – Der Ausdruck bássnja oder bassnj, worunter man heute die Fabel versteht, ist hierbei dem jüngeren skázka sicherlich gleichzusetzen, denn noch bis in die Gegenwart hat sich in Südrußland jene Bezeichnung im Sinne des alten Sprachgebrauchs erhalten und bedeutet hier »das Märchen«.

Man hat allen Grund, der Meinung beizustimmen, die dahin geht, daß es die mittelalterlichen Spielleute – skomoróchi – waren, die neben ihrer sonstigen Tätigkeit als Musikanten, Sänger und Spaßmacher auch die Pflege des Märchens in Händen hatten. Gelegentliche Anspielungen junger Märchentexte auf wackere Burschen, derer man beim Gelage nicht vergessen solle, ferner die häufige Erwähnung des Saitenspiels und des Märchenerzählens selbst, vor allem aber die ungemein geschlossene Darstellung, die typische Ausmalung bestimmter, spezifisch russischer Bilder und Situationen, die formelhafte, oft gereimte oder assonierende Sprache, die ständig wiederkehrenden Schlußverse – alles deutet darauf hin, daß es ein berufsmäßiger Stand von Erzählern war, der die Märchen in eine Form goß, die im wesentlichen die gleiche geblieben ist bis auf den heutigen Tag. Liegt doch selbst zu unserer Zeit die Pflege des Märchens in der Regel nicht in den Händen beliebiger Bauern oder Bäuerinnen, die zufällig über ein bescheidenes Repertoire verfügen, sondern besonders begabte Persönlichkeiten, die mehr oder weniger den sogenannten »Zeremonial-Stil« beherrschen, d. h. die formelhaften Wendungen kennen, unterhalten die Dorfgenossen in arbeitsfreien Stunden mit ihrem Schatz an gut erzählten Märchen. Häufig sind es Personen, die weit im Lande herumkommen, wie die wandernden Handwerker und Bettler; im Norden, am Ufer des Weißen Meeres, vielfach auch Fischer und Seeleute. Erstaunlich groß ist mitunter das Repertoire der einzelnen Erzähler. Ein Sammler, der in den siebziger Jahren im Gouvernement Samára Märchen aufzeichnete, hörte von einem einzigen Bauern 72 Märchen verschiedensten Inhalts. Unsere Nr. 34 bis 36 verdanken wir dem seltenen Gedächtnis jenes Mannes.

Leider kennen wir die Stoffe der mittelalterlichen Spielleute im einzelnen nicht, denn die ältesten Märchentexte gehen nicht über das 17. Jahrhundert hinaus. Vieles spricht dafür, daß die Spielleute komische Stoffe bevorzugten und wohl auch Tiergeschichten kannten, doch setzt der nicht seltene Hinweis, daß die Märchen auch zum Einschläfern dienen mußten, Erzählungen voraus, die novellenartig ausgesponnen waren und vielleicht den längeren Geschichten aus Tausendundeinernacht ähnelten, die ja eigentlich den gleichen Zweck verfolgten und diesen in ihrer Komposition zum Teil sehr deutlich verraten.

Erst im 18. Jahrhundert werden die Aufzeichnungen häufiger, doch sind die Erzählungen nicht im schlichten volkstümlichen Stile wiedergegeben, sondern tragen deutliche Spuren der Bearbeitung. Um die Mitte des Jahrhunderts beginnen die ersten mit Illustrationen versehenen Flugblattdrucke roh in Holz geschnitten zu erscheinen; sie dringen ins Volk und bereichern dessen Märchenschatz mit manchen neuen Stücken. Bald danach werden die ersten Sammlungen in Buchform gedruckt und von hoch und niedrig gern gelesen.

Endlich erscheint in Púschkin ein Dichter, der zuerst im Geiste der Romantik, dann aber immer volkstümlicher, schlichter und wahrer Märchen in gebundener Form wiedererzählt und dadurch in weitesten Kreisen das Interesse für nationale Poesie erweckt. Den Höhepunkt seines Schaffens auf diesem Gebiet erreicht er im Jahre 1833, in dem das Märchen vom Fischer und Fischlein entstand, dessen Stoff auch unser 38. Stück, nur in anderer Weise, erzählt. Der erste russische Forscher jedoch, der eine wissenschaftlich brauchbare Sammlung von Volksmärchen herausgab, erschien erst in der Mitte des 19. Jahrhunderts, vierzig Jahre etwa, nachdem die Brüder Grimm ihre deutschen Sammlungen hatten erscheinen lassen. – Alexánder Nikolájewitsch Afanássjew, den man den russischen Wilhelm Grimm nennen darf, veröffentlichte mit Unterstützung einer gelehrten Gesellschaft in den Jahren 1855–1857 die ersten drei Bändchen seiner Volksmärchen, denen später noch weitere fünf folgten. Zum erstenmal erschienen hier nach dem Volksmunde aufgezeichnete Erzählungen, freilich nicht ganz unveränderte, sondern, wie bei den Brüdern Grimm, leicht überarbeitete und zum Teil aus den jeweils besten Varianten zusammengestellte Texte. Afanássjews bahnbrechende Leistung spornte aber zu weiterer Sammlertätigkeit an, die bis in unsere Zeit hinein reichste Ausbeute aus allen Teilen des großen Reichs zutage förderte.

Die landschaftlichen Verschiedenheiten sind, ähnlich wie bei den Märchen aus Deutschlands verschiedenen Gauen, im Stofflichen nicht sehr stark. Immerhin läßt es sich erkennen, daß der Großrusse der zentralen und nördlichen Gouvernements die heroischeren, phantasiereicheren Stoffe bevorzugt, der Ukrainer und Weißrusse mehr zu ruhigerer Handlung neigt, die oft schwankhafte und legendarische Elemente in sich schließt. Hand in Hand damit geht die verschiedene Behandlung des äußeren Stils: im Südwesten und Westen des

Reichs kleiden die Erzähler ihre Märchen viel seltener in das streng formelhafte Gewand, als die Großrussen es tun; ihre Sprache ist vielmehr die gleichmäßig alltägliche, unrhythmische und besitzt nicht den aus den Heldenliedern übernommenen Schatz an pathetischen Wendungen.

Um diese Unterschiede deutlicher hervortreten zu lassen, sind die hier übersetzten Märchen nach den Orten ihrer Aufzeichnung geordnet, doch wurde einigen wenigen Stücken der Platz außer der Reihe neben ihren Varianten eingeräumt. Den Anfang macht der Südwesten, das Land der Ukrainer, zu beiden Seiten des unteren Dnjepr (1–8, 10–13). Es folgen ein paar Märchen der Weißrussen (9, 14–19) aus den Gouvernements Minsk, Smolénsk und Mohiléw; mehr von ihnen zu bringen, verbot leider der beschränkte Raum. Aus Großrußland liefern zunächst die zentralen, dann die nördlichsten Gouvernements ihre Beiträge; den Beschluß machen Aufzeichnungen aus drei sibirischen Gebieten, wo großrussische Bauern schon seit langem heimisch sind und in ihren Überlieferungen viel Altertümliches bewahrt haben.

Die vorliegende Übersetzung ist zwar nicht die erste ihrer Art, denn schon Jakob Grimm schrieb das Vorwort zu einer Übertragung, die im Jahre 1831 erschien, und dieser Arbeit sind noch mehrere andere in deutscher, englischer und französischer Sprache gefolgt. Allein sie sind einem weiteren Leserkreis kaum bekannt geworden und erfreuen sich selbst bei den Fachgelehrten nicht in dem Maße der Beachtung, die der Stoff eigentlich fordern darf. Freilich tragen zum Teil die großen Mängel daran die Schuld, die einige dieser Übersetzungen aufweisen.

Unsere Sammlung versucht neue Wege zu beschreiten, um dem Leser, der nicht aus den Quellen zu schöpfen vermag, die Kenntnis des russischen Märchens zu vermitteln. Einmal erstreckt sich die Auswahl über einen Zeitraum von mehr als zweihundert Jahren bis hinauf in die jüngste Vergangenheit und berücksichtigt fast alle Teile des weiten Reichs.

Ferner ist die Sammlung so gewählt, daß alle wichtigeren Stoffe in wenigstens einem Beispiel vertreten sind. Nur von den hochinteressanten und infolge neuester wissenschaftlicher Untersuchungen gerade jetzt viel besprochenen Brünhildmärchen (19–22), über die unten Näheres gesagt ist, sind vier Varianten aufgenommen worden. Eine Monotonie ist dadurch jedoch nicht herbeigeführt, denn in jedem dieser Märchen wird die Brünhild-Episode von einem eigenartigen Rahmen umschlossen.

Das Hauptgewicht wurde auf die Wunder- und Zaubererzählungen, als die Märchen im eigentlichsten Sinne, gelegt, weil sich hier die Erzählkunst am ausgebildetsten zeigt, die Phantasie ihren Gipfel erreicht, und die Stimmungswelt eine ganz besonders kräftige eigene Note hat. Schwankmärchen wurden jedoch nicht völlig ausgeschlossen, sondern in einigen charakteristischen Beispielen aus verschiedenen Gegenden aufgenommen.

Hingewiesen sei noch darauf, daß die russischen Sammlungen der jüngsten Vergangenheit dank den erleichterten Zensurbedingungen nicht selten Aufzeichungen von derb sexueller Haltung gebracht haben. Solche Stücke sind hier nicht absichtlich übergangen worden, sondern nur deshalb fortgeblieben, weil die Neigung zu drastischer Schilderung fast immer dem ursprünglichen Gefüge des Märchens schadet. Diese Fassungen sind daher meist unvollständig oder verderbt und haben deswegen nur einen bedingten Wert für die Forschung. Gelegentliche derbe Ausdrücke sind jedoch in unseren Stücken nicht etwa gemildert und gefälscht; beim Vorlesen können sie aber leicht fortgelassen werden.

Von der Übersetzung ist ferner zu sagen, daß sie größte Treue mit guter Lesbarkeit zu vereinigen bestrebt war. Es galt den oftmals nur zarten Hauch der Eigenart nicht abzustreifen, Fremdartiges in seinem ihm eigentümlichen Sinne wirken zu lassen und doch verständlich zu bleiben und für wörtlich Unübersetzbares einen Ausdruck zu finden, der dem

Stile des russischen Märchens entsprechen, dem Ohre des deutschen Hörers jedoch nicht anstößig klingen sollte. Wer die Sprache der russischen Märchen kennt, wird zugeben müssen, daß diese Aufgabe mit einigen Schwierigkeiten verbunden ist. Der Übersetzer selber weiß nur zu gut, daß ihm häufig der rechte Ausdruck für das intuitiv wohl Erfaßte gemangelt hat. Doch dürfen ihm nicht alle Unebenheiten zur Last gelegt werden, denn er vermied es dort zu glätten und zu feilen, wo die getreue Aufzeichnung den knorrigen, ungelenken Satzbau des bäuerlichen Erzählers festgehalten hatte. Die russischen Märchen wollen eben nicht nur als künstlerische Gebilde der Volksphantasie verstanden werden, denn sie sind es besonders in ihrem äußeren Gewande, der Sprache, und in der Komposition durchaus nicht immer, sondern sie müssen auch als einfache, naive, oft unbehilfliche Äußerungen bäuerlichen Unterhaltungsbedürfnisses gewertet werden. Ihre Sprache ist oft genug stockend, und breite Wiederholungen, ja sogar aus dem Stil fallende Wendungen und moderne Bezeichnungen fehlen nicht. Dazwischen jedoch überraschen wiederum auch schöne, klangvolle Formeln, alte Sprichwörter mengen sich ein, und eine klare, bilderreiche, urwüchsige Ausdrucksweise, vereint mit lebendiger, spannender Handlung, die sich im Gegensatz zu den deutschen Märchen sehr häufig in Dialogen fortsetzt, geben ein abgerundetes, kunstvolles Bild.

Lehrreich ist eine Stilvergleichung zwischen den mündlichen Erzählungen und den aus gedruckter Überlieferung entnommenen Stücken. In diesen ist der Stil recht hölzern, und der Faden der Erzählung wickelt sich streckenweise nur langsam ab, vor allem aber ist die Sprache eine ganz andere und kommt einem trockenen Papierrussisch nahe. Volkstümliche, traditionelle Wendungen finden sich freilich selbst hier, allein es fehlt ihnen an Frische, und auch sie wirken in dieser Umgebung wie »gedruckt«. Es darf eben nicht außer acht gelassen werden, daß unsere Märchen laut gesprochene Vortragsstücke sind* und von Gesten und Mienenspiel ein wenig unterstüzt werden sollten, also auch in ihrer Wiedergabe des dramatischen Elements nicht ganz entbehren dürfen. Manches, was dem Auge des Lesers verborgen bleibt, würde dem gespannt Zuhörenden nicht entgehen.

Es bleibt nun noch ein Wort der Erläuterung über die Stoffe des russischen Märchens und unserer ausgewählten Stücke zu sagen.

Die nahen Berührungen mit deutschen Märchen, etwa der Sammlung der Brüder Grimm, fallen dem Leser wohl zuerst ins Auge. Es sind die bekannten, fast in allen Ländern der alten Welt verbreiteten Erzählungen von singenden Knochen, von den Menschen mit den wunderbaren Fähigkeiten, vom Zauberlehrling und vom Däumling, von den Zwillingsbrüdern und von Schneewittchen, von der Schwanenjungfrau und vom Tischleindeckdich und viele andere. Neben diesen allenthalben wiederkehrenden Wanderstoffen, die wir zu einem großen Teil aus orientalischen Vorbildern ableiten müssen, kennt der Russe auch einige Märchen, die nur ihm eigentümlich sind und ein rein nationales Gepräge tragen. Hierher gehören vor allem die Märchen, die mit den epischen Heldenliedern in naher stofflicher Verwandtschaft stehen und häufig nichts weiter sind als Wiedergaben dieser Lieder in Prosaform. Wegen Raummangels konnte hier leider kein vollgültiges Beispiel dieser recht interessanten Gruppe aufgenommen werden. Nur im Eingang der Nr. 39 finden wir als Nebenpersonen ein paar Gestalten aus dem Kijewer Zyklus der epischen Lieder, und im Schwankmärchen Nr. 27

* Um beim Vorlesen die rechte klangliche und rhythmische Wirkung zu erzielen, ist es erforderlich, die russischen Eigennamen mit ihrem ganz unregelmäßigen Akzent richtig zu betonen. Man lese daher: Bába-Jagá, Iwán, Iwás, Iwánko, Iwánywitsch, Wanjúschka, Nikíta Koltóma, Óletschka, Nikanór, Fomá Berénnikow, Iljá Múrometz, Aljóscha Popówitsch, Koschtschéj, Wassilíssa, Antípka, Baldák Borísjewitsch, Wladímir und Wolodímir, Jarýschko, Márjuschka, Marússja, Trúda, Chatéj, Ssalóm, Zaréwna, Zaréwitsch.

werden zwei der alten Helden parodiert. – Freie Anlehnung an das Lied zeigt 22 in seinen prachtvollen Kampfesschilderungen, zu denen man außerhalb der Grenzen des russischen Reichs vergeblich ein Gegenstück suchen würde.

Auch das Hexenabenteuer des kecken kleinen Burschen darf in der Form, wie unser 7. Märchen es schildert, als gut russisch gelten, denn im übrigen Europa scheint nur der Typus »Hänsel und Gretel« (Grimm Nr. 15) verbreitet zu sein, der ein ganz anderes Bild von der Hauptperson zeichnet.

Überhaupt finden sich unter den auftretenden Personen einige, die vorzugsweise in russischen Märchen begegnen: so die groteske Bába-Jagá oder Bába-Igá (5, 18, 23 u. a.), Koschtschéj, der Riese ohne Seele (29), der Wasser-Zar (45), die Söhne tierischer Abkunft (22, 37), die Heiligen und andere mehr.

Spezifisch russisch ist natürlich auch die Beschreibung ruhender Situationen, die Milieuschilderung, besonders in den Eingängen der Märchen; die Stücke 10, 16, 38, 48, 49, 50, 52 z. B. geben davon einen guten Begriff.

Wie jedoch schon angedeutet wurde, sind die meisten Stoffe nicht autochthon, sondern gehören zu den überall verbreiteten Wanderstoffen, deren Urheimat wir zu einem großen Teil noch nicht kennen. Vieles kam auf dem Wege über das alte Byzanz nach Rußland, vor allem Märchen mit legendenhaftem Hintergrund, vieles kam auch aus Asien, besonders in der Zeit der Tatarenherrschaft.

Ungelöst ist heute noch die Frage, wieviel das russische Märchen dem germanischen Westen verdankt, ob nicht vielleicht die Gestalten des Bärenhäuters (28), der Pferdehüterin (25), der kampfesfrohen Jungfrau (19–22), Schneewittchens (23), des erschlagenen Sohnes (3) u. a. aus der germanischen Welt eingedrungen sind. Die Forschung steht hier noch in ihren ersten Anfängen, und es bedarf daher eingehender, für einzelne Stoffe wiederholter Untersuchungen, um diese Frage zu lösen.

Da unsere Erzählungen nach geographischen Gesichtspunkten angeordnet werden sollten, mußte darauf Verzicht geleistet werden, die innere Entwicklung des russischen Märchens zu zeigen. Nicht zufällig jedoch stehen trotzdem ein paar sehr alte Märchen an der Spitze. Das erste hat sein Gegenstück im »Totenhemdchen« der Brüder Grimm (Nr. 109); es steht der Sage in Form und Inhalt noch weit näher als dem Märchen und ruht auf der uralten Vorstellung von der Wiederkehr der Toten. Primitiv ist auch das Mittel, durch das die Mutter die Verfolgung aufzuhalten weiß; vielleicht schimmert hier noch die Vorstellung durch, daß körperliche Nacktheit Geistern gegenüber Schutz gewährt. – Die beiden folgenden Stücke variieren den Glauben an das Fortleben der menschlichen Seele; sie berühren sich selbst in den eingestreuten Versen auf das engste mit Grimms Märchen von dem singenden Knochen (Nr. 28) und von dem Machandelboom (Nr. 47).

Sieben hilfreiche Diener hat der Held unseres 4. Märchens, bei Grimm (Nr. 71, 134) sind es sechs, aber auch hier gehen die Übereinstimmungen bis in manches kleine Detail. – Ebenso kennen wir das Thema von der verwandelten Froschprinzessin (5) aus dem Grimmschen »Die drei Federn« (Nr. 63) und den Zauberlehrling des Waldkönigs (6) aus dem »Gaudeif un sien Meester« (Nr. 68).

Vom 7. Märchen war oben schon die Rede. Interessant sind seine Verseinlagen, vor allem beim Anrufen der Vögel, worin sich eine primitive, dem Märchenhelden noch ganz vertraute Naturnähe spiegelt. – Unser 8. Stück ist die eigenartige Umbildung eines italienischen Märchens, das in Giambattista Basiles Pentamerone (1637) zum erstenmal gedruckt erscheint. *Ein* Beispiel ist es unter vielen für die starken Einflüsse der italienischen Novellen- und Märchenbücher auf die russische volkstümliche Literatur. – Das 9. Stück beginnt mit dem Thema von »Allerleirauh« (Grimm Nr. 65), setzt sich auf eigene, etwas unbeholfene Weise fort und schließt mit dem

Pantoffelmotiv, bekannt aus »Aschenputtel« (Grimm Nr. 21). – 10 beruht auf dem Glauben, daß der Teufel, wie alle bösen Geister, nur bis Sonnenaufgang Gewalt über den Menschen hat. Es gilt also, ihn hinzuhalten und mit Aufgaben zu beschäftigen; der überlegenden, bescheidenen Schwester gelingt dies, die habgierige muß ihre Torheit büßen. – 11 ist ein Schicksalsmärchen von legendenhafter Haltung. Das Motiv der drei Sessel des Glücks ist uns anderweitig noch nicht begegnet.

Die Geschichte vom blutdürstigen Blaubart erzählt unsere Nr. 12. Hier wie so oft ist es der Drache, russisch zmej, der die Rolle des Widerspielers übernimmt. – Mit 13 stimmt das Märchen überein, das im 5. Bande dieser Sammlung: »Deutsche Märchen seit Grimm« unter dem Titel »Der Däumling und der Menschenfresser« mitgeteilt ist. Der Mittwoch und Freitag in 13 sind die häufig vorkommenden Personifikationen der zwei griechisch-katholischen Fasttage. Durch welche Ideenverbindung aber der Mittwoch an die Stelle des üblichen Menschenfressers im Märchen gelangte, ist noch nicht erklärt worden. – 14 gehört zu den weitverbreiteten Däumlingsmärchen, von denen sich auch bei Grimm zwei Proben finden (Nr. 37, 45).

In humorvoller Weise erzählt 15 das berühmte, schon in alten italienischen Sammlungen vertretene Märchen vom gestiefelten Kater; es erfreut sich bei den Russen einer großen Beliebtheit. – Eigenartig ist der Eingang zu 16, das Hauptthema aber findet sich auch bei Grimm (Nr. 122). – Fein pointiert und mit kecker Laune erfüllt ist unser 17. Stück, ein Lügenmärchen gewiß sehr alter Tradition. Auch bei Grimm liest man es ähnlich (Nr. 112), doch ist unseres weit lebendiger und übermütiger erzählt. – 18 ist eine Variante des uralten Brüdermärchens, das die Brüder Grimm als ihr 60. Stück aufnahmen. Die Vorliebe des Russen für die formelhafte Zahl von *drei* Brüdern bringt hier etwas störende und überflüssige Wiederholungen mit sich. Interessant ist aber die Art der

Verzauberung durch die Hexe: sie verbrennt einen Teil des Ganzen, ein Haar des Helden und seiner Tiere, und verwandelt sie dadurch. Ein sehr alter, primitiver Glaube liegt diesem Zauber zugrunde; er ist bei zahlreichen Naturvölkern noch heute lebendig.

Die Märchen 19–22 schließen sich durch ein gemeinsames Thema zu einer Gruppe zusammen: es ist die »Überwindung der starken Jungfrau und ihre Zähmung in der Brautnacht«. Dem Leser ist das Thema aus der Werbung Gunthers um Brünhild im mittelhochdeutschen Nibelungenliede bekannt, und er wird erstaunt sein über die vielfältigen nahen Übereinstimmungen zwischen der deutschen Heldensage und dem russischen Märchen. Man hat denn auch den Nachweis zu führen gesucht, daß die Sage auf dem Märchen beruhe, aus ihm den Stoff entlehnt habe. Allein dieses Ergebnis kann noch nicht als gesichert gelten, denn es fehlt vor allem an einer Untersuchung über die Stellung der Märchengruppe innerhalb der eigenen russischen Überlieferung und ihre Berührungen mit verwandten Gruppen, vor allem der vom dankbaren Toten (vgl. 48, 55). Der Übersetzer hofft bald in der Lage zu sein, diese zur Klärung der Frage notwendige Vorarbeit leisten zu können.

Den Brünhildmärchen folgt die allbeliebte Erzählung von der Stiefmutter, die die Schönste sein wollte im ganzen Lande und aus diesem Grunde ihre Stieftochter zu töten gedachte (23). Oletschka heißt die Heldin bei uns, Schneewittchen bei den Brüdern Grimm (Nr. 53).

Von ungetreuen Dienern berichten die beiden nächsten Märchen. Das erste (24) ist z. T. verwandt mit der Geschichte vom Eisenhans (Grimm Nr. 136), doch fehlt hier die Gestalt des betrügerischen Dieners; die zweite (25) ist eine freilich nur blasse Variante zum schönen Märchen von der Gänsemagd (Grimm Nr. 89), das in Rußland nur wenig verbreitet zu sein scheint. Eigenartig sind jedoch die Warnungen des Hündchens, aus anderen Fassungen kennen wir sie nicht. –

Ein gut erzähltes Märchen ist 26; die gleichnamige Variante bei Grimm (Nr. 31) stimmt mit ihm in vielen Punkten überein. – Auf das 27. parodierende Märchen wurde schon hingewiesen. Hier treten die stolzen Helden der alten epischen Lieder, Iljá Múrometz und Aljóscha Popówitsch, als Nebenpersonen in recht kläglicher Rolle auf und dienen dem Maulhelden zur Folie. Der Rahmen des Märchens ist dem Leser aus Grimms »Tapferem Schneiderlein« bekannt (Nr. 20).

In 28 ist das beliebte Thema vom Bärenhäuter behandelt (Grimm Nr. 100, 101); in 29 finden wir den Riesen ohne Seele und den treuen Johannes (vgl. Grimm Nr. 197 und 6); im Eingang klingt auch noch das Märchen vom dankbaren Toten, hier Schuldner an. – Die beiden folgenden Stücke (30, 31) finden sich bei den Brüdern Grimm nicht, sie sind jedoch vielfach in Europa verbreitet. – Vertrauter muten 32–34 an: es sind die Märchen von der Schwanenjungfrau, vom Tischleindeckdich und vom Brüderchen und Schwesterchen (Grimm Nr. 193, 36, 11). Freilich, die Einkleidung und manches Beiwerk dieser Märchen würde man in den deutschen Erzählungen vergeblich suchen. – Auf legendenhaften Hintergrund baut sich das Märchen von Márko dem Reichen auf (35). Der Leser wird sich an Schillers Gedicht »Der Gang nach dem Eisenhammer« und an das 29. Grimmsche Märchen erinnert fühlen, aber wiederum das echt russische Milieu nicht verkennen. – 36 variiert das Thema von den zertanzten Schuhen (Grimm Nr. 133). – 37 ist ein Schwankmärchen mit vielen lustigen Pointen und gleicht in manchen Zügen dem 183. Stück bei Grimm. – 38 erzählt von menschlicher Machtsucht und Überhebung und der Strafe, die den Nimmersatten trifft. »Von dem Fischer un syner Fru« heißt die entsprechende Variante bei den Brüdern Grimm (Nr. 19). Der Schluß des russischen Märchens gibt eine Deutung der Entstehung der Bären, die in Rußland noch vielfach, auch in anderem Zusammenhang, erzählt wird.

In klangvoller, rhythmischer Prosa, die in den Reden fast

nie, in der Schilderung nur zuweilen aussetzt, erzählt unser 39. Stück von den kühnen Taten des jungen Baldák. Es ist die Sprache der Heldenlieder, die auf den Inhalt fein abgestimmt ist, denn auch der Rahmen des Märchens und die Nebenfiguren der Eingangsepisode (der Zar, eigentlich Fürst Wladímir und Iljá Múrometz) sind den alten Bylinen entnommen. Die Haupthandlung jedoch stimmt einerseits sehr merkwürdig mit den Taten Hüons, des altfranzösischen Ritters, überein, geht andrerseits aber auch auf eine sehr verbreitete Salomosage zurück, die in russischen Handschriften des 17. und 18. Jahrhunderts vorliegt. Leider kennen wir nur diese eine, auffallenderweise im Gouvernement Nówgorod gefundene Fassung, die einer sorgfältigen Untersuchung wohl wert ist. Der beschränkte Raum verbietet leider, an dieser Stelle auf manche sehr interessante Einzelheiten näher einzugehen.

Das 40. Märchen setzt sich aus zwei Teilen zusammen: im ersten hören wir von der Gevatterin Tod (vgl. Grimm Nr. 42, 44), im zweiten gelangen wir mit dem Soldaten, wie der Bruder Lustig und der Spielhansl (Grimm Nr. 81, 82), in die Hölle und in den Himmel. – 41 baut sich auf dem Motiv der Schwängerung einer Schlafenden auf, das oft und bis in die jüngste Zeit hinein literarisch verwertet worden ist. In den Anmerkungen zu ihrem 111. Märchen teilen die Brüder Grimm deutsche Varianten hierzu mit. – Zu einer heimlichen Eheschließung kommt es in der 42., ursprünglich indischen Erzählung, in der ein modern anmutender Flugapparat eine wichtige Rolle spielt. In den »Märchen seit Grimm«, S. 281, ist eine Variante aus Oldenburg mitgeteilt. – 43 kennen wir aus Grimms »Meerhäschen« (Nr. 191); 44 erinnert an den Eingang des Märchens »Vom klugen Schneiderlein« (Nr. 114); auch unser 47. Stück gehört hierher.

45 ist ein recht altes Märchen, das schon einem lateinischen romanhaften Gedicht des 11. Jahrhunderts, dem »Ruodlieb«, zugrunde liegt. – Bekannter als dieses Märchen ist 46, die

hübsche Erzählung von der klugen Bauerntochter (Grimm Nr. 94), die auf alles eine Antwort bereit hat und sich auch leicht auf eine wohlgemeinte List zu besinnen weiß, um das Glück ihrer Ehe zu retten. – 48 ist mit dem verbreiteten Märchen vom dankbaren Toten identisch, nur tritt bezeichnenderweise einer der verehrtesten russischen Heiligen an die Stelle des Toten. – 49 ist eine Variante des alten Diebsmärchens »Der Schatz des Rampsinit«, das schon Herodot erzählt; nahe berührt sich mit ihr die Erzählung aus Pommern in den »Märchen seit Grimm«, S. 216, und auch hier tritt der russische Kaiser, wenn auch nicht in der Rolle des Diebes, auf. – Gut russisch scheint dagegen unser 50. Stück in den Hauptmotiven zu sein, der Fahrt auf dem Sonnenwagen und der Bestrafung der Sonne und des heiligen Georgs. Dieser Heilige gilt seit alters her als der Schutzpatron der Herden und als Herr der Wölfe, für deren Taten er also verantwortlich ist. Der Zug, daß die Sonne sich in ein schönes Menschenkind vergafft, findet sich auch in einem aus dem Walachischen stammenden Märchen der Siebenbürger Sachsen (s. Zaunert, Märchen seit Grimm, S. 143). – 51 und 52 sind Varianten zum Marienkind (Grimm Nr. 3); besonders eigenartig ist die zweite, doch wissen wir leider nicht, wo sie aufgezeichnet wurde.

Die Proben von den Märchen aus handschriftlicher und gedruckter Überlieferung verdienen besondere Aufmerksamkeit. Das erste von ihnen (53) beginnt fast sagenhaft mit politischen und kriegerischen Ereignissen und nennt bestimmte Personen, schwenkt dann aber um so entschiedener in die Stimmungswelt des Märchens ein. Motive aus dem Grindkopfmärchen klingen an, gegen Ende aber lesen wir von den sehr merkwürdigen Wanderungen der Seele, die sich ganz ähnlich schon in dem ältesten aller uns bekannten Märchen, der ägyptischen Erzählung von den zwei Brüdern, finden. Bedauerlicherweise kennen wir die Quellen nicht, aus der unsere Fassung schöpfte. Lebendige Volksüberlieferung dürfte es nicht gewesen sein, sondern man wird literarische Vorbilder annehmen müssen; dafür sprechen auch die zahlreichen, z. T. sehr ungewöhnlichen Personennamen und der sagenhafte Hintergrund.

54 ist eigentlich eine Anekdote, kein Märchen. Sie erfreut sich aber eines hohen Alters und ist wahrscheinlich schon im 15. Jahrhundert in Rußland bekannt gewesen; sie spielte vielleicht auf einen damals herrschenden Großfürsten mit Namen Dmitrij Schemjáka an. Es gibt buddhistische Legenden und indische Erzählungen, die ihr nahestehn, und es ist wahrscheinlich, daß sie ihre Quellen waren, doch trägt erst die russische Fassung das stark satirische Element in die Fabel hinein.

Den Beschluß unserer Sammlung macht ein in Kupfer gestochenes und mit zwölf Illustrationen versehenes Flugblattmärchen aus dem Jahre 1786. »Der dankbare Tote« ist hier wie in 48 das Thema. – Für dieses Märchen wird eine deutsche Quelle vermutet, und diese Annahme stützt sich darauf, daß der Name Trúda aus Gertrud verstümmelt sein solle. Diese an sich vielleicht richtige Behauptung dürfte jedoch für die Bestimmung der Herkunft des Märchens noch nicht beweiskräftig genug sein, denn der Name Trúda könnte auch unabhängig von der Vorlage in das Märchen gedrungen sein. Wichtiger als diese Streitfrage ist für uns die sehr auffallende Berührung mit den Märchen von der Zähmung der Widerspenstigen in der Brautnacht, dem Thema aus der Brünhildsage. Um diese Verwandtschaft, auf die oben schon hingewiesen wurde, in ein helleres Licht zu stellen, wurde das Märchen aufgenommen, und es steht zu hoffen, daß es als ein interessanter und wichtiger Beitrag zur Geschichte der Brünhildsage zu werten sein wird.

Wir sind am Ende unserer Wanderung durch die russische Märchenwelt, von der freilich nur ein kleiner Ausschnitt gezeigt werden konnte. Und doch wird der Leser einen Begriff davon gewonnen haben, wie reich das Repertoire der Erzähler ist, wie plastisch, durch Ernst und Humor vertieft und wie eigen stilisiert ihre Schilderungen sind. Er wird – so hofft der Übersetzer – in seinem Interesse auch dort nicht erlahmen, wo eine naive Erzählkunst mit unbeholfenen Mitteln arbeitet, geben doch gerade solche Märchen eine reinere Spiegelung der bäuerlichen Psyche, als die von Aufzeichnern oder Herausgebern überarbeiteten und geglätteten Erzählungen

Unser Märchenband will sein Teil dazu beitragen, den Nebel des Geheimnisvollen zu lichten, von dem eingangs die Rede war, denn trotz aller Wunder, alles Zaubers und aller phantastischen Träume ist auch das russische Märchen ein Erzeugnis des wachen, wirklichen, nur fremdartigen Lebens.

Zum Schluß erfüllt der Übersetzer eine angenehme Pflicht und dankt dem Herausgeber dieser Sammlung, Professor Friedrich v. der Leyen, herzlichst für manche Hinweise und seine Hilfe bei der Korrektur.

A. von Löwis of Menar

NACHWORT ZUR VORLIEGENDEN AUSGABE

Es wäre verlockend gewesen, die »Russischen Volksmärchen« in völlig neugestalteter Ausgabe vorzulegen. Dem stand jedoch die Absicht des Verlages entgegen und wohl auch der Wunsch, weiterbestehen zu lassen, was durch die bewährte Übersetzung von Löwis of Menar zur beliebten Lektüre geworden war. An Auswahl und Anordnung der Märchenstoffe wurde deshalb wenig geändert. Nur die altrussische Erzählung vom Kaulbarsch Jorsch Jerschówitsch ist neu hinzugekommen, und der alte Schwank vom Urteil des Schemjáka wurde nach einer der letzten Ausgaben des Originals erneut übertragen. Die übrigen Märchentexte behielten sprachlich weithin die Form, die ihnen für das Deutsche durch die Übertragung von Löwis of Menar gegeben war. Manches ist auch hier anders geworden, und wer die früheren Ausgaben mit der vorliegenden vergleichen wollte, wird nicht wenig Unterschiede vorfinden. Geändert aber wurde nur, wo der Gegensatz zum Original es als notwendig erscheinen ließ. Freiere Wiedergaben, so bei gebundener Rede und kräftiger Ausdrucksform, versuchten immer in Sinn und Stimmung der russischen Vorlage zu bleiben, um der deutschen Fassung hier wie auch sonst Sprachcharakter und Stimmungsgehalt des russischen Märchens zu erhalten. Es sind ja echte Volksmärchen, die auch dort, wo der große russische Märchengestalter Afanássjew nach dem Beispiel der Brüder Grimm die unebene Natürlichkeit der Urform glättete und den lebendigen Märchenstoff in seiner Ursprünglichkeit umformte, ihre wesenhafte Eigenart nicht ganz verloren haben. Alles Bemühen um Originaltreue hat trotzdem manche typische Wendung des russischen Märchens nicht wiederzugeben vermocht. Hier wurde die Schwäche jeder Übersetzung deutlich, daß sich die Einmaligkeit sprachlicher Individualität in der Übertragung nie ganz erfassen läßt. Ein fremdes Sprachgewand wandelt die Gefühlsinhalte und ursprüngliche Vorstellungsart, deren vollkommene Wiedergabe in der Welt der anderen Sprache über das Rationale hinaus nur zuweilen gelingen kann. Die weite Auslegung des Begriffs »Märchen«, wie sie Löwis of Menar seiner Auswahl der russischen Märchen zugrunde gelegt hat, läßt die Grenze zu Fabel und Legende sowie die Scheidung zwischen Volksmärchen und der in den Bereich des Märchens geratenen literarischen Erzählung sich nur unscharf abzeichnen. Eine klare Systematik der einzelnen Kategorien des Märchens aber hätte eine neue Aufordnung der Stoffe verlangt und die bei Löwis of Menar vom Lokalen her vorgenommene Zusammenstellung der Märchen völlig verändert. So mußte auch sie für diese Auflage unterbleiben.

Der Herausgeber ist sich durchaus bewußt, daß die Fassung des Titels »Russische Volksmärchen« vom Inhalt her nicht mehr tragbar ist, nachdem die Forschung wie auch völkische und politische Verhältnisse unter russisch nur noch den Sachverhalt des Großrussischen, nicht aber des Gesamtostslawischen verstehen. Hier haben Tradition, Pietät gegenüber den früheren Ausgaben, Einfachheit der Formulierung und vor allem auch die Rücksicht auf den deutschen Leser, in dessen Vorstellung das Ostslawische mit dem Russischen gleichgesetzt wird, für die Beibehaltung des alten Buchtitels entschieden. Genau genommen konnte der Titel dieser Sammlung nur »Ostslawische Märchen« lauten, da neben dem großrussischen Märchengut auch die Märchen der beiden anderen ostslawischen Völker, der Ukrainer und der Weißrussen, mit einbegriffen sind. Aber auch die sowjetische Academia-Ausgabe spricht, mit Rücksicht auf die von Afanássjew verwandte Bezeichnung, von russischen und nicht von ostslawischen Märchen. Andererseits sollte die Geschlossenheit der ostslawischen Märchenwelt erhalten bleiben, um nicht weniger zu bieten, als die Auswahl von Löwis of Menar gebracht hatte. Deshalb ist auch die vom ersten Herausgeber der »Russischen Volksmärchen« geschriebene Einleitung sachlich unverändert in den Anhang wieder aufgenommen worden, zumal sie mit der Anordnung der Märchentexte eng verknüpft ist und auch als Zeitdokument der Märchenbetrachtung wesentlich genug erschien, in alter Form erhalten zu bleiben. Nur das heute nicht mehr vertretbare »kleinrussisch« wurde durch das entsprechendere »ukrainisch« ersetzt.

Zur Geschichte der Erforschung des ostslawischen Märchens wurde in den »Anmerkungen zu den Kinder- und Hausmärchen der Brüder Grimm« von Bolte-Polívka übersichtlich zusammengestellt, was bis zu Beginn der dreißiger Jahre an fachlicher Literatur und veröffentlichten Märchentexten erwähnenswert erschien. Unser Literaturverzeichnis bringt ergänzend noch einige spätere Arbeiten. Märchen kannte man in Rußland seit den ältesten Zeiten. Der altrussische Spielmann, der Skomoróch, wird Märchen erzählt haben, und Hagiographie, Chronik wie apokryphes Schrifttum Alt-Rußlands zeigen vielfach das Vorhandensein märchenhafter Volkserzählungen. Weltweit und mannigfaltig wie in der Geschichte des Ostslawentums sind auch im Märchen die Wirkungen anderer Völker und Kulturen. Byzanz hat unmittelbar und über den südslawischen Vermittler zu den Ostslawen hinübergewirkt und dabei eigene wie auch aus dem Orient übernommene Erzählungen weitergegeben. Die altnordische Saga finden wir in der ältesten Chronik der östlichen Slawen wieder, und als im späteren Mittelalter europäisches Geistesgut zeitweise über Polen seinen Weg in den slawischen Osten fand, da sind damals bekannte Erzählungsstoffe des Westens mitgekommen, die zum wesentlichen Bestand einer besonders in der zweiten Hälfte des 17. Jahrhunderts in Rußland aufblühenden Erzählungsliteratur gehören, deren Niederschlag auch im Märchen spürbar geworden ist. Das folgende Jahrhundert stand in Rußland im Zeichen der Reformen Peters d. Gr. und ihrer Auswirkungen, die nicht nur die technischen Errungenschaften Europas nach Rußland brachten, sondern in stetig zunehmendem Maße auch westeuropäisches Geistesgut einströmen ließen und eine fruchtbare Auseinandersetzung mit dem eigenen

Kulturerbe auslösten. Die späteren Jahrzehnte des 18. Jh. sind in ihrer geistesgeschichtlichen Situation schon europäisch bestimmt und durch das selbstverständliche Bewußtsein des Zugehörens zur abendländischen Kulturwelt gekennzeichnet. Die geistigen Umwertungen dieser neuen Zeit, in der die Ideen der Aufklärung durch die gleichfalls aus dem Westen übernommene Empfindsamkeit abgelöst werden, äußerten sich auch in Rußland in einer stärkeren Besinnung auf die nationale Vergangenheit und das eigene Volkstum. Eines ihrer greifbarsten Ergebnisse ist das rege Interesse am russischen Volkslied, an der Byline und dem Märchen, das jetzt lebendig wird. Die bekanntesten russischen Märchenfassungen des 18. Jh., wie sie sich uns bei Tschulków und Ljówschin darstellen, tragen die literarischen Merkmale des Ritter- und Schelmenromans, und sie sind noch weit entfernt von der Ursprünglichkeit des Volksmärchens. Bedeutungsvoll wurden sie durch die Anregungen, die in der Folgezeit die heroisch epische Märchendichtung von ihnen empfing, und die noch in Puschkins Märchenepos »Russlán und Ljudmíla« erkennbar sind. Bemerkenswert bleiben sie auch durch die Tatsache der literarischen Verwendung von Stoffen der Volksdichtung, deren künstlerische Darstellung später in den prächtigen Märchenschöpfungen Puschkins ihren vollendetsten Ausdruck gefunden hat. Doch erschienen in den achtziger Jahren auch schon die ersten russischen Volksmärchen, die P. Timoféjew herausgegeben hat.

Was in diesen Jahrzehnten vorbereitend begonnen war, ist im 19. Jahrhundert mit viel Erfolg fortgesetzt worden. Getragen von romantischer Begeisterung für nationale Geisteswerte setzte ein umfangreiches Sammeln russischer Volksmärchen ein. Zu den bedeutendsten Märchensammlern Rußlands gehört der aus der Ukraine stammende Sohn eines dänischen Arztes und einer Deutschen, Wladímir Iwánowitsch Dalj (1801–1872). Der zu seiner Zeit bekannte Schriftsteller ist vor allem durch seine wissenschaftliche Tätigkeit als Lexikograph und Ethnograph bedeutsam geblieben. Auf seine umfangreiche Märchensammlung hat bald der große Gestalter und Schöpfer der klassischen Form des russischen Märchens, Alexánder Nikolájewitsch Afanássjew (1826–1871), zurückgegriffen. Die mehrere hundert Märchen zählende Ausgabe von Afanássjew nimmt ihre Stoffe aus den Sammlungen der Russischen Geographischen Gesellschaft und von Dalj, einiges ist aus alten Handschriften und Drucken hervorgeholt, und nur wenige Märchen stammen aus den eigenen Aufzeichnungen Afanássjews. Es sind genau hundert Jahre her, daß Afanássjews Märchen zu erscheinen begannen. Frische und Popularität haben sie sich bis heute erhalten, ein untrügliches Zeichen für das lebendig gebliebene Verlangen des Menschen, sich trotz aller technischen Modernisierung des Lebens irgendeinmal wieder in die unwirklich schöne, entrückte Welt des Märchens zurückzuziehen, ein Beweis aber auch für die Lebensfähigkeit des Märchens in der ihm wesensfremden Welt moderner Technik.

Afanássjews Umarbeitungen haben seinen Märchen oft viel von ihrer natürlichen Ursprünglichkeit genommen, was die spätere Märchenforschung ihm zum Vorwurf gemacht hat. An Volkstümlichkeit und lebendiger Wirkung ist ihnen dadurch nichts verloren gegangen. Über Leben und Werk Afanássjews berichtet eine kenntnisreiche Studie von Jurij Sokolów, die als Einleitung zur Academia-Ausgabe der Afanássjewschen Märchen geschrieben wurde. Was sonst wissenschaftlicher Eifer des 19. und 20. Jh. erforscht und an russischen Märchen zusammengetragen hat, läßt sich aus den Ausführungen über die Geschichte des Märchens bei Großrussen, Ukrainern und Weißrussen in den »Anmerkungen« von Bolte-Polívka gut überschauen. Die sowjetische Märchenforschung hat durch die Betonung der soziologischen Betrachtungsweise ihre Eigenart auch in diesem Wissenschaftsbereich herauszuarbeiten versucht. Ihre Problemsicht lassen zwei Beispiele erkennen, Azadówskijs Einführung in seine

Anthologie des russischen Märchens, mit ihrer nach Erzählern vorgenommenen Märchengliederung, und die in schulpädagogischer Vereinfachung formulierte Abhandlung über das Märchen in der russischen Literaturgeschichte von Kájew. Durch Azadówskijs Analyse der Darstellungskunst der einzelnen Märchenerzähler war übrigens ein bisher wenig beachteter Bereich des russischen Märchens erschlossen worden. Die weithin anders gelagerten Probleme der europäischen Märchenforschung stellt deutlich ein Vergleich mit den Arbeiten von Jolles, Lüthi, v. Beit oder von der Leyen heraus.

Köln a. Rh. im August 1955 und 1959 *R. Olesch*

QUELLENNACHWEIS

Der Quellennachweis wurde neu zusammengestellt. Zu der Angabe über die Veröffentlichung des Originaltextes ist die Zitierung des Märchentitels in der Fassung der Übersetzungsvorlage hinzugekommen. Die Wiedergabe der kyrillischen Schrift erfolgte hier wie auch für Verfassernamen und Buchtitel des Literaturverzeichnisses nach den »Regeln für die alphabetische Katalogisierung in wissenschaftlichen Bibliotheken«, sonst aber mit den Mitteln der deutschen Orthographie. Den aus der Sammlung von Afanassjew entnommenen Märchentexten ist, wie bei Löwis of Menar, die Numerierung nach der dritten Auflage beigegeben, außerdem wurde noch die Nummer der sowjetischen Academia-Ausgabe beigefügt. Es folgt der Vermerk über die sprachliche Zugehörigkeit des Textes sowie über den Ort der Aufzeichnung, letzterer mit der zur Zeit der Aufnahme gültigen Verwaltungseinheit als Gouvernement und mit der vom jeweiligen Forscher vermerkten Namensbezeichnung. Später umbenannte Ortsnamen sind in Klammern nachgestellt. Den Abschluß bildet die Einordnungsnummer nach dem Verzeichnis der Märchentypen von Aarne-Thompson. Das russische Verzeichnis der Märchentypen von Andrejew folgt dem System von Aarne und weist die gleiche Numerierung auf. Andrejewsche Nummern werden deshalb nur angegeben, wenn es sich um einen von Andrejew zusätzlich festgelegten Typ handelt. Sternchenvermerk zu Beginn der Anmerkung weist darauf hin, daß eine Einsichtnahme in das Original für den betreffenden Märchentext nicht möglich war.

1. P. Kuliš, Zapiski o Južnoj Rusi. Bd. 2, 43. Nr. 7 b. O tom, kak matj videla mertveca syna. Petersburg 1857. Ukrainisches Märchen aus dem Gouvernement Poltáwa. Bei Aarne-Thompson nicht erfaßt. Fehlt auch bei Andreev. Bolte-Polívka Bd. II, 485.

2. I. Rudčenko, Narodnye južnorusskie skazki. Heft 1, 159–161. Nr. 56. Try braty. Kiew 1869. Ukrainisches Märchen aus dem Gouvernement Wolhynien. Aarne-Thompson Nr. 780.

3. I. Rudčenko, a. a. O. Heft 2, 35–38. Nr. 14. Holub. Kiew 1870. Ukrainisches Märchen aus Poltáwa. Aarne-Thompson Nr. 720.

4. I. Rudčenko, a. a. O. Heft 2, 78–85. Nr. 25. Letjučyj korabelj. Kiew 1870. Ukrainisches Märchen aus dem Gouvernement Poltáwa. Aarne-Thompson Nr. 513.

5. I. Rudčenko, a. a. O. Heft 2, 99–106. Nr. 28. Carivna-žaba. Kiew 1870. Ukrainisches Märchen aus dem Gouvernement Poltáwa. Aarne-Thompson Nr. 402.

6. I. Rudčenko, a. a. O. Heft 2, 107–114. Nr. 29. Och. Kiew 1870. Ukrainisches Märchen aus dem Gouvernement Poltáwa. Aarne-Thompson Nr. 325.

7. P. Kuliš, Zapiski o Južnoj Rusi. Bd. 2, 17–20. Skazka ob Ivase i vedjme. Petersburg 1857. Ukrainisches Märchen aus dem Gouvernement Poltáwa. Aarne-Thompson Nr. 327 C.

8. Živaja starina Jahrg. 12, 469–470. Durnyj Ivan. Petersburg 1902. Ukrainisches Märchen aus dem Gouvernement Siédlce oder Lúblin. Aarne-Thompson Nr. 675.

9. A. N. Afanasjev, Narodnye russkie skazki. 3. Aufl. Bd. 2, 207–208. Nr. 164. Carevna v podzemnom carstve. Moskau 1897. (Academia-Ausgabe Bd. 2, 493–494. Nr. 294). Weißrussisches Märchen aus dem Gouvernement Tschernígow. Aarne-Thompson Nr. 510 B und Andreev Nr. 722.

10. I. Rudčenko, Narodnye južnorusskie skazki. Heft 2, 61–65. Nr. 20. Didova dočka i babyna dočka. Kiew 1870. Ukrainisches Märchen aus dem Gouvernement Kiew. Bei Aarne-Thompson und Andreev nicht erfaßt.

11. P. P. Čubinskij, Trudy etnografičesko-statističeskoj ekspedicii v Zapadno-russkij kraj. Jugo-zapadnyj Otdel. Bd. II, 423/24. Nr. 126. Petersburg 1878. Aufgezeichnet im Gouvernement Kiew. Bei Aarne-Thompson und Andreev nicht erfaßt. Ist als Schicksalsmärchen unter Nr. 930 ff. einzuordnen.

12. V. N. Jastrebov, Materialy po etnografii Novorossijskogo kraja. S. 203–206. Nr. 15. Pro zmija. Odessa 1894. Ukrainisches Märchen aus dem Gouvernement Chersón. Aarne-Thompson Nr. 311.

13. M. Dragomanov, Malorusskie narodnye predanija i rasskazy. S. 336–338. Nr. 25. Sorok odin brat. Kiew 1876. Ukrainisches Märchen aus dem Gouvernement Jekaterinosláw (Dnjepropetrówsk). Aarne-Thompson Nr. 327 B, Variante zu Nr. 531. Andreev Nr. 313.

14. P. V. Šejn, Materialy dlja izučenija byta i jazyka russkogo naselenija Severo-zapadnogo kraja. Bd. 2, 70–71. Nr. 35. Maljčik s paljčik. Petersburg 1893. Weißrussisches Märchen aus dem Gouvernement Mogiléw. Aarne-Thompson Nr. 700.

15. P. V. Šejn, a. a. O. Bd. 2, 128–130. Nr. 58. Kot i durenj. Petersburg 1893. Weißrussisches Märchen aus dem Gouvernement Minsk. Aarne-Thompson Nr. 545 B.

16. P. V. Šejn, a. a. O. Bd. 2, 163–165. Nr. 78. Pan i mužik. Petersburg 1893. Weißrussisches Märchen aus dem Gouvernement Minsk. Aarne-Thompson Nr. 566.

17. V. N. Dobrovoljskij, Smolenskij etnografičeskij sbornik. Teil 1. Zapiski imperatorskogo Russkogo geografičeskogo obščestva po Otdeleniju etnografii. Bd. 20, 663–665. Nr. 11. A mužike, što louka uratj umeu. Petersburg 1891. Weißrussisches Märchen aus dem Gouvernement Smolénsk. Aarne-Tompson Nr. 852 (Variante), Nr. 1960 G.

18. V. N. Dobrovoljskij, a. a. O. S. 492–495. Nr. 14. Ib trech bratjtich achotnikach, dvuch iz ich u kamin abraščonnych, i ab Babe-Jage, kastjanej naze. Petersburg 1891. Weißrussisches Märchen aus dem Gouvernement Smolénsk. Aarne-Thompson Nr. 303 (Variante).

19. P. V. Šejn, Materialy dlja izučenija byta i jazyka russkogo naselenija Severo-zapadnogo kraja. Bd. 2, 62–64. Nr. 30. Ivan popelyš. Petersburg 1893. Weißrussisches Märchen aus dem Gouvernement Mogiléw. Aarne-Thompson Nr. 592, die anderen Motive sind nicht erfaßt.

20. A. N. Afanasjev, Narodnye russkie skazki. 3. Aufl. Bd. 1, 343 bis 347. Nr. 116 b. Beznogij i slepoj bogatyri. Moskau 1897. (Academia-Ausgabe Bd. 2, 135–142. Nr. 199). Großrussisches Märchen. Ort der Aufzeichnung ist nicht bekannt. Aarne-Thompson Nr. 519.

21. A. N. Afanasjev, a. a. O. 3. Aufl. Bd. 2, 5–7. Nr. 118 a. Zverinoe moloko. Moskau 1897. (Academia-Ausgabe Bd. 2, 151–154. Nr. 202). Großrussisches Märchen aus dem Gouvernement Orél. Aarne-Thompson Nr. 315. Andreev Nr. 315 A, außerdem Andreev Nr. 314.

22. A. N. Afanasjev, a. a. O. 3. Aufl. Bd. 1, 154–159. Nr. 76. Burja bogatyrj Ivan korovij-syn. Moskau 1897. (Academia-Ausgabe Bd. 1, 292–303. Nr. 136). Großrussisches Märchen aus dem Gouvernement Orenburg (Tschkálow). Andreev Nr. 300 B.

23. Kurskij sbornik IV, 87–92. Nr. 3. Izdanie Kurskogo gubernskogo statističeskogo komiteta. Olečka. Kursk 1903. Aufgezeichnet im Gouvernement Kursk. Aarne-Thompson Nr. 709.

24. A. N. Afanasjev, Narodnye russkie skazki. 3. Aufl. Bd. 1, 111–113. Nr. 67 b. Korolevič i ego djadjka. Moskau 1897. (Academia-Ausgabe Bd. 1, 228–233. Nr. 124). Großrussisches Märchen aus dem Gouvernement Worónesch. Aarne-Thompson Nr. 502.

25. I. A. Chudjakov, Velikorusskie skazki. Heft 3, 103–105. Nr. 105. Brat s sestroj. Petersburg 1862. Großrussisches Märchen aus dem Gouvernement Orél. Aarne-Thompson Nr. 533.

26. A. N. Afanasjev, Narodnye russkie skazki. 3. Aufl. Bd. 2, 181–183. Nr. 158 a. Kosoručka. Moskau 1897. (Academia-Ausgabe Bd. 2, 451–455. Nr. 279). Großrussisches Märchen aus dem Gouvernement Orél. Aarne-Thompson Nr. 706.

27. A. N. Afanasjev, a. a. O. 3. Aufl. Bd. 2, 386–387. Nr. 235 a. Foma Berennikov. Moskau 1897. (Academia-Ausgabe Bd. 3, 262–264. Nr. 431). Großrussisches Märchen aus dem Gouvernement Kalúga. Aarne-Thompson Nr. 1640.

28. A. N. Afanasjev, a. a. O. 3. Aufl. Bd. 2, 180–181. Nr. 157. Neumojka. Moskau 1897. (Academia-Ausgabe Bd. 2, 448–450. Nr. 278). Großrussisches Märchen. Ort der Aufzeichnung ist nicht bekannt. Aarne-Thompson Nr. 361.

29. A. N. Afanasjev, a. a. O. 3. Aufl. Bd. 1, 224–227. Nr. 93 c. Koščej bessmertnyj. Moskau 1897. (Academia-Ausgabe Bd. 1, 407–413. Nr. 158). Großrussisches Märchen. Ort der Aufzeichnung ist nicht bekannt. Aarne-Thompson Nr. 302, ferner Nr. 516 und Andreev 400 A.

30. A. N. Afanasjev, a. a. O. 3. Aufl. Bd. 2, 392–394. Nr. 236 c. Skazka o zloj žene. Moskau 1897. (Academia-Ausgabe Bd. 3,

270–273. Nr. 435). Großrussisches Märchen aus dem Gouvernement Túla. Aarne-Thompson Nr. 1164.

31. I. A. Chudjakov, Velikorusskie skazki. Heft 2, 81–85. Nr. 60. Opjatj snocha. Moskau 1861. Großrussische Märchen aus dem Gouvernement Rjasán. Aarne-Thompson Nr. 514, ferner Andreev Nr. 313, Nr. 480 E, Nr. 884 B.

32. A. N. Afanasjev, Narodnye russkie skazki. 3. Aufl. Bd. 2, 59–61. Nr. 125 b. Morskoj carj i Vasilisa Premudraja. Moskau 1897. (Academia-Ausgabe Bd. 2, 245–249. Nr. 220). Großrussisches Märchen aus dem Gouvernement Rjasán. Andreev Nr. 222 B, Aarne-Thompson Nr. 313 C.

33. I. A. Chudjakov, Velikorusskie skazki. Heft 2, 49–52. Nr. 48. Kulik. Moskau 1861. Großrussisches Märchen aus dem Gouvernement Rjasán. Aarne-Thompson Nr. 563.

34. D. N. Sadovnikov, Skazki i predanija Samarskogo kraja. Zapiski imperatorskogo Russkogo geografičeskogo obščestva po Otdeleniju etnografii. Bd. 12, 218–222. Nr. 65. Vanjuška i Annuška. Petersburg 1884. Großrussiches Märchen aus dem Gouvernement Samára (Kújbyschew). Aarne-Thompson Nr. 511 und Nr. 450.

35. D. N. Sadovnikov, a. a. O. S. 256–262. Nr. 86. Marko Bogatyj. Petersburg 1884. Großrussisches Märchen aus dem Gouvernement Samára (Kújbyschew). Aarne-Thompson Nr. 461 und Nr. 930.

36. D. N. Sadovnikov, a. a. O. S. 52–55. Nr. 7. Torbočka-samobranka. Petersburg 1884. Großrussisches Märchen aus dem Gouvernement Samára (Kújbyschew). Aarne-Thompson Nr. 518 und Nr. 306.

37. A. N. Afanasjev, Narodnye russkie skazki. 3. Aufl. Bd. 1, 202–203. Nr. 89. Ivanko medvedko. Moskau 1897. (Academia-Ausgabe Bd. 1, 372–374. Nr. 152). Großrussisches Märchen aus dem Gouvernement Orenburg (Tschkálow). Andreev Nr. 1006 I, Aarne-Thompson Nr. 1009, Nr. 1174, Nr. 1045, Nr. 1072, Nr. 1063, Nr. 1082, Nr. 1130.

38. I. A. Chudjakov, Velikorusskie skazki. Heft 1, 132–134. Nr. 37. Zakoldovannoe derevo lipka. Moskau 1860. Großrussisches Märchen aus Moskau. Aarne-Thompson Nr. 555.

39. A. N. Afanasjev, Narodnye russkie skazki, 3. Aufl. Bd. 2, 265–268. Nr. 180. Baldak Borisjevič. Moskau 1897. (Academia-Ausgabe Bd. 3, 30–35. Nr. 315). Großrussisches Märchen aus dem Gouvernement Nowgorod. Andreev Nr. 946, Nr. 905.

40. N. Charuzin, Sbornik svedenij dlja izučenija byta krestjjanskogo naselenija Rossii. Lief. 2, 195–197. Nr. 25. Skazka pro soldata i ego sumku. Moskau 1890. Aufgezeichnet im Gouvernement Wologdá. Aarne-Thompson Nr. 332 und Nr. 330 A.

41. Živaja starina. Jahrg. 7, 113–120. O carj-device. Petersburg 1897. Großrussisches Märchen aus dem Gouvernement Olónez. Aarne-Thompson Nr. 550.

42. N. E. Ončukov, Severnye skazki. S. 517–519. Nr. 243. Derevjannyj orel. Petersburg 1909. Großrussisches Märchen aus dem Gouvernement Archángelsk. Aarne-Thompson Nr. 575.
43. N. E. Ončukov, a. a. O. S. 3–7. Nr. 2. Carj-černoknižnik. Petersburg 1909. Großrussisches Märchen aus dem Gouvernement Archángelsk. Aarne-Thompson Nr. 329.
44. N. E. Ončukov, a. a. O. S. 147–148. Nr. 56. Všivye bašmački. Petersburg 1909. Großrussisches Märchen aus dem Gouvernement Archángelsk. Aarne-Thompson Nr. 621 und Nr. 313 C.
45. N. E. Ončukov, a. a. O. S. 53–56. Nr. 12. Ivan zločastnyj, mužik bessčastnyj. Petersburg 1909. Großrussisches Märchen aus dem Gouvernement Archángelsk. Aarne-Thompson Nr. 910 B und Nr. 677.
46. I. A. Chudjakov, Velikorusskie skazki. Heft 1, 30–35. Nr. 6. Semiletka. Moskau 1860. Großrussisches Märchen aus Tobólsk. Aarne-Thompson Nr. 875. Die Antwort auf die Frage »Wo ist dein Vater?« und der folgende Text bis zum Ende des Abschnittes fehlen bei Chudjakov. Die Lücke wurde verkürzt nach dem Märchen von Afanasjev Nr. 188 a aufgefüllt.
47. *Zapiski Krasnojarskogo podotdela Vostočno-sibirskogo otdela imperatorskogo Russkogo geografičeskogo obščestva po etnografii. Bd. 1, Heft 1, 72–74. Nr. 38. Krasnojarsk 1902. Aufgezeichnet im Gouvernement Tomsk. Aarne-Thompson Nr. 850 und Nr. 592.
48. *A. a. O. Bd. 1, Heft 1, 99–101. Nr. 51. Krasnojarsk 1902. Aufgez. im Gouvernement Tomsk. Aarne-Thompson. Nr. 307.
49. *A. a. O. Bd. 1, Heft 1, 97–99. Nr. 50. Krasnojarsk 1902. Aufgezeichnet im Gouvernement Tomsk. Aarne-Thompson Nr. 1525 D und Nr. 950.
50. * A. a. O. Bd. 1, Heft 1, 13–14. Nr. 1. Krasnojarsk 1902. Aufgezeichnet im Gouvernement Jenisséjsk. Aarne-Thompson Nr. 475 und Nr. 465 C.
51. *A. a. O. Bd. 1, Heft 2, 22–26. Nr. 8. Tomsk 1906. Aufgezeichnet im Gouvernement Jenisséjsk. Aarne-Thompson Nr. 710.
52. A. N. Afanasjev, Narodnye russkie skazki. 3. Aufl. Bd. 2, 322–323. Nr. 206. Upyrj. Moskau 1897. (Academia-Ausgabe Bd. 3, 136–139. Nr. 363). Großrussisches Märchen. Ort der Aufzeichnung ist nicht bekannt. Aarne-Thompson Nr. 363 und Nr. 407.
53. Grigorij Kušelev-Bezborodko und N. Kostomarov, Pamjatniki starinnoj russkoj literatury. Skazanija, legendy, povesti, skazki i pritči. Lief. 2, 319–322. Povestj o Ivane Ponomareviče, kako imel branj s turskim saltanom. Petersburg 1860.
54. V. P. Adrianova-Peretc, Russkaja demokratičeskaja satira XVII veka. S. 20–23. Povestj o Šemjakinom sude. Moskau 1954. Akademie d. Wiss., Literaturnye pamjatniki. Löwis of Menar übersetzte nach einer älteren Ausgabe dieses Textes von Grigorij Kušelev-Bezborodko und Kostomarov »Pamjatniki starinnoj russkoj literatury«. Lief. 2, 405–406. Petersburg 1860.

55. D. Rovinskij, Russkie narodnye kartinki. Bd. 1, 148–155. Nr. 41, 1. Skazka o Sile careviče i o Ivaške beloj rubaške. Petersburg 1881. Aarne-Thompson Nr. 505.

56. Russkaja povestj XVII veka. S. 136–139. Povestj o Jerše Jeršoviče. Leningrad 1954.

LITERATUR

Aarne, A. Verzeichnis der Märchentypen. FF Communications Nr. 3. Helsinki 1910.

Aarne, A. und *Thompson, St.* The types of the folktale. A classification and bibliography. FF Communications Nr. 74. Helsinki 1928.

Afanasjev, A. N. Narodnye russkie skazki. 3. Aufl. 2 Bde. Moskau 1897. Hg. A. E. Gruzinskij.

Afanasjev, A. N. Narodnye russkie skazki i legendy. 2 Bde. Berlin 1922. Ladyžnikov-Ausgabe.

Afanasjev, A. N. Narodnye russkie skazki. 3 Bde. Moskau 1936/40. Hg. M. K. Azadovskij, N. P. Andreev, Ju. M. Sokolov. Academia-Ausgabe.

Anderson, Walter A. N. Afanasjev. Narodnye russkie skazki. Zeitschrift f. slavische Philologie Bd. 16, 457 ff. Leipzig 1939.

Andreev, N. P. Ukazatelj skazočnych sjužetov po sisteme Aarne. Leningrad 1929. Gosudarstvennoe Russkoe geografičeskoe obščestvo. Otdelenie etnografii. Skazočnaja komissija.

Aničkov. E. V. Istorija russkoj literatury. Bd. 1, Narodnaja slovesnostj. Petersburg 1908.

Anmerkungen zu den Kinder- und Hausmärchen der Brüder Grimm. Neu bearbeitet von Johannes Bolte und Georg Polívka. 5 Bde. Leipzig 1913–1932. (Bd. 5, S. 145–163 Zur Geschichte des Märchens bei den Ostslaven).

Archiv für slavische Philologie. Bd. 1 ff. Berlin 1876 ff.

Avdeeva, K. Russkie skazki dlja detej. Petersburg 1860.

Azadovskij, M. Russkaja skazka. Izbrannye mastera. 2 Bde. Leningrad 1931. Academia.

Azadovskij, M. Skazki Verchnelenskogo kraja. Heft 1. Izdanie Vostočno-sibirskogo otdela Russkogo geografičeskogo obščestva. Irkutsk 1925.

Azadovskij, M. Pohádky z hrnolenského kraje. Věstník národopisný československý. Prag 1928/1929.

Baschow, P. Legenden aus dem Ural. Berlin o. J.

Beit, Hedwig von Symbolik des Märchens. Versuch einer Deutung. Bern 1952.

Čudinskij, E. A. Russkie narodnye skazki, pribautki i pobasenki. Moskau 1864.

Charuzin, N. Sbornik svedenij dlja izučenija byta krestjjanskogo naselenija Rossii (obyčnoe pravo, obrjady, verovanija i pr.). Lief. 1, Moskau 1889. Lief. 2, Moskau 1890.

Chudjakov, I. A. Velikorusskie skazki. Drei Lieferungen. Moskau 1860/61. Petersburg 1862.

Dietrich, A. Russische Volksmärchen. Mit einem Vorwort von Jacob Grimm. Leipzig 1831.

Dobrovoljskij, V. N. Smolenskij etnografičeskij sbornik. Teil 1. Petersburg 1891. Zapiski imperatorskogo Russkogo geografičeskogo obščestva po Otdeleniju etnografii. Bd. 20.

Dragomanov, M. Malorusskie narodnye predanija i rasskazy. Kiew 1876. Izdanie Jugo-zapadnogo otdela imperatorskogo Russkogo geografičeskogo obščestva.
Erlenvejn, A. A. Narodnye skazki, sobrannye seljskimi učiteljami. Moskau 1863.
Etnografičnyj zbirnyk. Vydaje Naukove tovarystvo imeny Ševčenka. Bd. 1 ff. Lemberg 1895 ff.
FF Communications. Bd. 1 ff. Helsinki 1910 ff.
Federowski, Michał. Lud białoruski na Rusi litewskiej. Wydawnictwo Komisji Antropologicznej AU w Krakowie. Bd. 1. Krakau 1897. Bd. 2, 1. Krakau 1902.
Goldschmidt, W. Russische Märchen. Leipzig 1883.
Gruzinskij, A. E. Russkie narodnye skazki A. N. Afanasjeva. 5 Bde. Moskau 1913/14. 4. Aufl. der Russischen Volksmärchen von A. N. Afanassjew.
Handwörterbuch des deutschen Märchens. Bd. 1, Lutz Mackensen und Johannes Bolte. Berlin–Leipzig 1930/1933. Bd. 2, Lutz Mackensen. Berlin 1934/1940.
Harkins, W. E. Bibliography of slavic folk literature. New York, Columbia University. 1953.
Hildebrand, F. Russische Volksmärchen gesammelt von A. N. Aphanassjew. Leipzig 1912.
Hnatjuk, V. Ukrajinsjki narodni bajky. Lemberg 1916. Etnografičnyj zbirnyk. Vydaje Etnografična komisija Naukovoho tovarystva imeny Ševčenka. Bd. 37, 38.
Jastrebov, V. N. Materialy po etnografii Novorossijskogo kraja. Letopis istoriko-filologičeskogo obščestva pri imp. Novorossijskom universitete. Bd. 3. Odessa 1894.
Jolles, A. Einfache Formen. Halle 1930.
Kapica, O. I. Russkie narodnye skazki. Moskau-Leningrad 1930.
Karnauchova, I. V. Skazki i predanija Severnogo kraja. Moskau-Leningrad 1934.
Kolpakova, N. Kniga o russkom foljklore. Posobie dlja učaščichsja srednej školy. Leningrad 1948.
Korennoj, P. Zaonežskie skazki. Petrozavodsk 1918.
Kuliš, P. Zapiski o Južnoj Rusi. 2 Bde. Petersburg 1856/57.
Levčenko, M. Kazky ta opovidannja z Podillja. Kiew 1928.
Leyen, Friedrich von der Die Welt der Märchen. 2 Bde. Düsseldorf 1953/54. (Bd. 2, 16–33. Rußland).
Ljackij, E. A. Skazki utechi dosužija. 2. Aufl. Stockholm 1920.
Löwis of Menar, August von Der Held im deutschen und russischen Märchen. Jena 1912.
Löwis of Menar, August von Die Brünhildsage in Rußland. Palaestra 142. Leipzig 1923.
Lüthi, Max Das europäische Volksmärchen. Form und Wesen. Bern 1947.
Märchen der Völker der Sowjetunion. Aus dem Russischen übertragen von Tinzmann. Berlin 1947.

Manžura, I. I. Skazki, poslovicy i t. p., zapisannye v Ekaterinoslavskoj i Charjkovskoj gub. Charkow 1890. Sbornik Charjkovskogo istoriko-filologičeskogo obščestva. Bd. 2, Heft 2.
Manžura, I. I. Malorusskie skazki, predanija, poslovicy i poverjja, zapisannye v Ekaterinoslavskoj gubernii. Charkow 1894. Sbornik Charjkovskogo istoriko-filologičeskogo obščestva. Bd. 6.
Meyer, Anna Russische Volksmärchen. Gesammelt von Alexander N. Afanassjew. Wien 1906.
Meyer, Anna A. N. Afanassjew. Russische Volksmärchen. Wien 1910. Neue Folge.
Müller, Max Sechs russische Volksmärchen mit Anmerkungen übersetzt. Städtisches Realgymnasium zu Görlitz. Görlitz 1903.
Olesch, R. Ukrainische Dialekttexte. (Ukrainische Märchen, Aarne-Thompson Nr. 451 und 480, und Schwänke aus Starobelsk und Umgebung, Ostukraine). Slavistische Veröffentlichungen des Osteuropa-Instituts Berlin. Nr. 6, 218–229. Berlin 1954.
Ončukov, N. E. Severnye skazki. Petersburg 1909.
Pamjatniki starinnoj russkoj literatury, izdavaemye Grafom Grigoriem Kuševlevym-Bezborodko, pod redakcieju N. Kostomarova. Skazanija, legendy, povesti, skazki i pritči. 4 Lieferungen. Petersburg 1860/62.
Pypin, A. N. Istorija russkoj etnografii. 4 Bde. Petersburg 1890/92.
Rovinskij, D. Russkie narodnye kartinki. Bd. 1, Skazki i zabavnye listy. Bd. 2, Listy istoričeskie, kalendari i bukvari. Bd. 3, Pritči i listy duchovnye. Bd. 4, Primečanija, i dopolnenija. Bd. 5, Zaključenie i alfavitnyj ukazatelj imen i predmetov. Sbornik Otdelenija russkogo jazyka i slovesnosti imperatorskoj Akademii nauk. Bd. 23–27. Petersburg 1881.
Rudčenko, I. Narodnye južnorusskie skazki. 2 Lieferungen. Kiew 1869/70.
Russkie skazki i legendy. Russische Märchen und Legenden. Übertragen von W. Gentimur. Berlin 1948.
Sadovnikov, D. N. Skazki i predanija Samarskogo kraja. Zapiski Russkogo geografičeskogo obščestva po Otdeleniju etnografii. Bd. 12. Petersburg 1884.
Savčenko, S. V. Russkaja narodnaja skazka (Istorija sobiranija i izučenija). Kiew 1914.
Schwarz, E. Drei Märchen. Aus dem Russischen übertragen von I. Tinzmann. Berlin 1947.
Šejn, P. V. Materialy dlja izučenija byta i jazyka russkogo naselenija Severo-zapadnogo kraja. Bd. 2, Skazki, anekdoty, legendy, predanija, vospominanija, poslovicy, zagadki, privetstvija, poželanija, božba, prokljatija, ruganj, zagovory, duchovnye stichi i proč. Sbornik Otdelenija russkogo jazyka i slovesnosti imperatorskoj Akademii nauk. Bd. 57. Petersburg 1893.
Smirnov, A. M. Sbornik velikorusskich skazok Archiva Russkogo geografičeskogo obščestva. Heft 1 u. 2. Petrograd 1917. Zapiski Russkogo geografičeskogo obščestva po Otdeleniju etnografii. Bd. 44.

Smirnov, A. M. Sistematičeskij ukazatelj i variantov russkich narodnych skazok. Izvestija Otdelenija russkogo jazyka i slovesnosti Akademii nauk. Bd. 16, 4 (1911), Bd. 17, 3 (1912), Bd. 19, 4 (1914). Petersburg 1912/15.

Sokolov, B. und *Ju.* Skazki i pesni Belozerskogo kraja. Moskau-Petersburg 1915.

Sovetskaja etnografija. Ausg. d. Sov. Akademie d. Wiss. Moskau-Leningrad.

Sydow, C. W. von Kategorien der Prosa-Volksdichtung. Volkskundliche Gaben, S. 253 ff. Festschrift für John Meier. Berlin-Leipzig 1934.

Tolstoj, A. N. Russische Volksmärchen. Aus dem Russischen übertragen von M. Spady. Berlin 1949.

Trudy etnografičesko-statističeskoj ekspedicii v Zapadno-russkij kraj, snarjažennoj imp. Russkim geografičeskim obščestvom. Jugozapadnyj Otdel. Materialy i issledovanija, sobrannye P. P. Čubinskim. Bd. 1–7. Petersburg 1872–1877.

Trudy Instituta etnografii im. N. N. Miklucho-Maklaja. AN SSSR. Neue Serie Bd. 26. Moskau 1955.

Vogl, J. N. Die ältesten Volksmärchen der Russen. Wien 1841.

Zapiski Krasnojarskogo podotdela Vostočno-sibirskogo otdela Russkogo geografičeskogo obščestva po etnografii. Bd. 1, Heft 1. Krasnojarsk 1902.

Zeitschrift für slavische Philologie. Bd. 1 ff. Leipzig 1924 ff.

Zeitschrift des Vereins für Volkskunde. 1. Jahrg. Berlin 1891. – Zeitschrift für Volkskunde. Neue Folge, Bd. 1 (39. Jahrg.), Berlin-Leipzig 1929.

Zelenin, D. K. Velikorusskie skazki Permskoj gubernii. S priloženiem dvenadcati baškirskich skazok i odnoj meščerjakskoj. Petrograd 1914. Zapiski imperatorskogo Russkogo geografičeskogo obščestva po Otdeleniju etnografii. Bd. 41.

Zelenin, D. K. Velikorusskie skazki Vjatskoj gubernii. Petrograd 1915. Zapiski imperatorskogo Russkogo geografičeskogo obščestva po Otdeleniju etnografii. Bd. 42.

Zelenin, D. Russische (Ostslavische) Volkskunde. Grundriß der slavischen Philologie und Kulturgeschichte. Berlin-Leipzig 1927.

Žigulev, A. Russkie narodnye skazki. Moskau 1953.

Živaja starina. Otdelenie etnografii imperatorskogo Russkogo geografičeskogo obščestva. 1. Jahrg. ff. Petersburg 1890/91 ff.

INHALT

Die Märchen der Weltliteratur

»Märchen sind rebellierende und wache Geschichten, die ältesten utopischen Erzählungen.« (Ernst Bloch)

Albanische Märchen
Altägyptische Märchen
Arabische Märchen I und II
Märchen der Azteken
und Inkaperuaner
Baskische Märchen
Brasilianische Märchen
Bretonische Märchen
Buddhistische Märchen
Chinesische Märchen
Dänische Volksmärchen
Deutsche Märchen seit Grimm
Deutsche Volksmärchen
Englische Volksmärchen
Eskimo-Märchen
Finnische und estnische Märchen
Französische Märchen
Märchen griechischer Inseln
und Märchen aus Malta
Griechische Volksmärchen
Indianermärchen
aus den Kordilleren
Indische Märchen
Indonesische Märchen
Irische Volksmärchen
Märchen aus Israel
Italienische Volksmärchen
Japanische Volksmärchen
Märchen der Kabylen
Märchen aus dem Kaukasus
Märchen aus Korea
Kroatische Volksmärchen
Kurdische Märchen
Märchen aus dem Libanon
Mazedonische Volksmärchen
Märchen aus Mexiko
Mongolische Märchen
Märchen der Niederlande
Nordamerikanische
Indianermärchen
Norwegische Volksmärchen
Nubische Märchen
Österreichische Märchen
Märchen aus Pakistan
Märchen aus dem Pandschab
Märchen aus Papua-Neuguinea
Persische Märchen
Plattdeutsche Volksmärchen
Polnische Volksmärchen
Portugiesische Märchen
Provenzalische Märchen
Rätoromanische Märchen
Rumänische Volksmärchen
Russische Volksmärchen
Schottische Volksmärchen
Schwedische Volksmärchen
Schweizer Volksmärchen
Sibirische Volksmärchen
Spanische Märchen
Südamerikanische
Indianermärchen
Südchinesische Märchen
Südsee-Märchen
Märchen aus Thailand
Märchen aus Tibet
Tschechische Volksmärchen
Türkische Märchen
Ukrainische Märchen
Ungarische Volksmärchen
Märchen aus Vietnam
Westafrikanische Märchen
Zigeunermärchen

Eugen Diederichs Verlag